KB152298

감옥으로부터의 사색

감옥으로부터의 사색

신영복 지음

1988년 9월 5일
초판(햇빛출판사 판) 1쇄 발행

1998년 8월 1일
2판(증보판) 1쇄 발행

2018년 8월 15일 30주년 기념판 발행
2018년 10월 30일 3판 1쇄 발행
2024년 11월 11일 3판 17쇄 발행

펴낸이 한철희
펴낸곳 돌베개
등록 1979년 8월 25일 제406-2003-000018호
주소 (10881) 경기도 파주시 회동길 77-20 (문발동)
전화 031-955-5020
팩스 031-955-5050
홈페이지 www.dolbegae.co.kr
전자우편 book@dolbegae.co.kr
블로그 blog.naver.com/imdol79
트위터 @Dolbegae79

주간 김수한
편집 이경아
표지디자인 김동신
본문디자인 김동신 · 이연경
마케팅 심찬식 · 고운성 · 조원형
제작 · 관리 윤국중 · 이수민
인쇄 · 제본 상지사

ISBN 978-89-7199-911-0 03810
값 18,000원

감옥으로부터의 사색

신영복 옥중서간

돌베개

초판 서문

'감옥으로부터의 사색'에 부쳐

신영복 선생의 감옥 안에서의 마음 씀이라 할까 하는 것은 가끔 선생이 쓴 붓글씨의 글말들을 더듬어 막연하게나마 헤아리고 있었다. 거기에는 '아침햇빛'이나 '샘터찬물' 같은 넉 자로 된 것도 있었고, 때로는 살아 있는 시인들의 시 작품을 쓴 것도 있었다. 그리고 성 프란체스코의 '평화를 구하는 기도'도 있다고 들었다. 그러다가 신선생이 쓴 시를 보고, 그 시인의 그 시를 좋아하게 되기도 했다.

『평화신문』을 창간하던 지난 4~5월 무렵에는, 어쩌면 신선생의 붓글씨 가운데서 '평' '화' '신' '문' 넉 자를 찾아 집자(集字)하여 제호(題號)로 썼으면 좋겠다는 생각이 불현듯 들었었다. 그래서 다행히 '평화신문' 넉 자를 집자할 수 있었고, 보는 사람마다 한결같이 좋다고는 하였지만 막판에 가서는 '제자'(題字)를 쓴 사람을 밝혀야 할 텐데 어떻게 할 거냐는 문제에 부딪쳤다. 신선생이 이렇게 나오신 뒤에 우리 신문이 창간되었다면 아마도 신선생의 글씨로 '평화신문'의 제자를 삼았을 것이다.

작년에 6·29선언이라는 것이 있은 후, 그 선언이 떠들썩했던 데 비해서는 정치범 양심수의 석방은 찔끔찔끔, 정말 감질나는 것이었다. 이른바 공안당국에 의한 선별석방이었는 데다가 대개의 경우 그나마 형기가 다 찬 사람들에 국한되었다. 그러다보니까 이름 그대로 형기가 없는 신선생과 그 동료분들이 나오기는 기대하기조차 어려웠지만 그래도 석방 때마다 그 석방을 바라는 관심 있는 이웃과 가족들의 노심초사는 더해만 갔다.

이럴 무렵, 우연한 기회에 신선생이 그동안 감옥에서 가족 앞으로 보낸 편지들을 보게 되었다.

그것은 감동이었다. 그때 특히 감동을 받았던 내용은 1985년 8월에 '계수님께' 보낸 다음과 같은 구절이었다.

> 없는 사람이 살기는 겨울보다 여름이 낫다고 하지만, 교도소의 우리들은 없이 살기는 더합니다만 차라리 겨울을 택합니다. 왜냐하면 여름 징역의 열 가지 스무 가지 장점을 일시에 무색케 해버리는 결정적인 사실—여름 징역은 자기의 바로 옆 사람을 증오하게 한다는 사실 때문입니다.
>
> 모로 누워 칼잠을 자야 하는 좁은 잠자리는 옆 사람을 단지 37℃의 열덩어리로만 느끼게 합니다. 이것은 옆 사람의 체온으로 추위를 이겨나가는 겨울철의 원시적 우정과는 극명한 대조를 이루는 형벌 중의 형벌입니다.
>
> 자기의 가장 가까이에 있는 사람을 미워한다는 사실, 자기의 가장 가까이에 있는 사람으로부터 미움받는다는 사실은 매우 불행한 일입니다. 더욱이 그 미움의 원인이 자신의 고의적인 소행에서 연유된 것이 아니고 자신의 존재 그 자체 때문이라는 사실은 그 불행을 매우 절망적인 것으로 만듭니다. 그러나 무엇보다도 우리 자신을 불행하게 하는 것은 우리가 미워하는 대상이 이성적으로 옳게 파악되지 못하고 말초감각에 의하여 그릇되게 파악되고 있다는 것, 그리고 그것을 알면서도 증오의 감정과 대상을 바로잡지 못하고 있다는 자기혐오에 있습니다.

대개의 편지가 다 따뜻한 마음, 아름다운 뜻을 그 안에 함축하고 있지만 자신의 처지와 마음이 그림처럼 곱게 나타나 감동을 주는 것들이다.

짧은 글이면서 또 징역 사는 사람들의 바람과 한을 나타낸 것 중에 이런 것이 있다. 그 글귀는 읽는 사람들의 가슴을 저미게 하고 남을 것이라 생각된다. 1988년 1월에 쓴 것으로, 역시 '계수님께' 쓴 글이다.

옥뜰에 서 있는 눈사람.
연탄조각으로 가슴에 박은 글귀가 섬뜩합니다.
"나는 걷고 싶다."
있으면서도 걷지 못하는 우리들의 다리를 깨닫게 하는
그 글귀는 단단한 눈뭉치가 되어 이마를 때립니다.

처음에 신선생의 글을 『평화신문』에 싣기에 앞서 다소 망설였던 것을 고백하지 않을 수 없다. 안 그래도 『평화신문』이 소외되거나 인권이 유린된 사람들의 이야기만을 실어 어둡고 그늘지다는 얘기를 듣고 있는 터에 감옥에서 보낸 편지, 그것도 언제 나올지 모르는 무기수(이렇게 말하는 것을 용서받을 수 있다면)의 글을 싣는다고 짜증 섞인 항변은 없을는지 걱정하지 않을 수 없었던 것이다.

그러나 그것은 우리의 기우였다. 가장 고통스러운 속에서 나오는 평화의 메시지로서, 인간의 마음 가장 깊은 곳에 가닿는 조용한 호소력이 신선생의 글에는 있었던 것이다. 신문에 실린 편지를 읽고 울었다는 사람도 있고 온몸으로 쓰는 글이기 때문에 심금에 와 닿는다고 하는 사람도, 신선생을 위하여 기도한다는 사람도, 주소를 묻는 사람도 있었다.

그리고 우리가 4회에 걸쳐 실은 뒤끝에 신선생은 석방되었다. 그 얼마나 고맙고 바람직스러운 일이었던가. 우리는 마치 우리가 신선생이 나오는 데 큰 몫이라도 한 것처럼 괜히 덩달아 기뻐했다.

감옥은 나오는 맛에 들어간다는 말이 있다. 이 말이 사실이라면 신선생이 감옥에서 나오는 맛은 일반의 다른 사람보다는 진했으리라 생각된다. 지나온 날, 어머님과 아버님, 그 가족들에게 끼친 염려가 엄청난 것이기도 하지만, 그러나 그만큼 한꺼번에 바친 효도도 큰 것이라고 우리는 감히 말하고 싶다. 부모는 아들을 되찾은 것이다. 돌아온 아들만큼 반가운 일이 어디 있겠는가.

이제 우리가 감히 앞을 자르고 위를 쳐서 겨우 신선생의 참뜻의 일부(교도소 검열을 거친 것이기에 사전에 여과된 것까지 치면, 더욱 그렇다)만을 전한 것이 늘 죄송스럽더니 이제 신선생 편지의 전문이 비교적 다 살려진 채로 세상에 한 권의 책이 되어 나온다고 한다. 우리가 못다 한 일이 마침내 이루어지는 것 같아서 여간 반가운 것이 아니다.

이제 『평화신문』을 통해서 겨우 신선생의 절제된 체취와 사색의 일단만을 보아온 독자들이 보다 가깝게 신선생 내면의 사색을 접근할 수 있게 된 데 대해 만세를 부르고 싶은 심정이다. 더구나 지금은 신선생이 밖에 나와 있지 않은가.

우리는 진정 이런 날이 있기를 간절히 바라왔던 것이다.

1988년 8월 15일 『평화신문』

영인본『엽서』서문

우리 시대의 고뇌와 양심

20년의 옥고를 치르고 우리들 앞에 나타난 그를 처음 만났을 때 우리는 그의 변함없는 모습에 놀라지 않을 수 없었다. 그리고 그가 가족에게 보낸 편지를 모아서 출판한『감옥으로부터의 사색』을 읽었을 때 그의 조용하면서도 견고한 정신의 영역에 대하여 다시 한 번 놀라지 않을 수 없었다. 그리고 우리는 생각했다. 그 긴 암묵의 세월을 견디게 하고 지탱해준 것은 과연 무엇이었을까. 그의 20년과 비교한 우리들 20년은 어떠한 것이었던가를 스스로 돌이켜보지 않을 수 없었다.

그리고 더욱 놀라웠던 것은 그 엽서들의 초고를 보았을 때의 충격이었다. 작은 엽서 속에 한 자 한 자 또박또박 박아 쓴 글씨는 그가 인고해온 힘든 하루하루인 듯 그 글을 결코 범상한 마음으로 대하지 못하게 하였다. 그가 엽서에 담으려고 했던 것이 단지 그의 아픔뿐만이 아니라 우리 시대의 고뇌와 양심이었다는 사실에는 많은 사람들이 공감하고 있음이 사실이다.

우리는 그의 양심과 고뇌를 나누어 받는 심정으로 그의 엽서를 한 장씩 나누어 가졌다. 두 장 가진 친구도 있었던 것으로 기억된다. 복사해서 여러 장 가지고 간 친구도 있었다. 그러다가 생각했다. 이렇게 한두 장씩 나누어 가져갈 것이 아니라 원본은 본인에게 돌려주고 우리는 이 엽서의 영인본을 만들어 한 권씩 나누어 가졌으면 어떨까. 모두가 같은 생각이었다.

영인본의 출판계획은『감옥으로부터의 사색』이 출판된 직후 일찌감치 의견이 모아졌었다. 그러나 저자가 내키지 않아 할 뿐 아니라 또 다른 여러 가지 사정으로 지금껏 미루어오다가 이제 여러 친구들이 뜻을 모아 만들어내게 되었다. 영인본을 만들면서 가장 먼저 의견의 일치를 본 것은 되도록이면 초고와 똑같이 만들자는 것이었다. 그렇게 하는 것이 그의 고뇌와 양심에 조금이라도 더 가까이 다가서는 듯하고, 또 엽서의 초고를 갖자는 것이 애초의 생각이었기 때문이었다.

그가 보관하고 있는 엽서를 전부 싣지는 못하였지만 그와 상의하여 230장가량을 뽑아서 실었다. 그러나 무엇보다도 『감옥으로부터의 사색』에 실리지 않은 편지와 글들을 싣게 된 것은 비단 우리들뿐만 아니라 많은 독자들에게도 매우 다행한 일이 아닐 수 없다고 생각된다. 특히 지금은 없어졌지만 남한산성의 육군교도소에 수감되어 있을 때에 하루 두 장씩 지급되는 휴지에다 깨알같이 박아 쓴 그의 사색노트를 함께 실었다. 이 노트는 저자가 출소한 뒤에야 집에서 발견된 것으로 당시 남한산성에서 근무한 어느 헌병의 친절이 아니었더라면 영영 없어져버렸을 그의 20대의 사색의 편린이다. 그리고 『감옥으로부터의 사색』을 읽은 독자들이 궁금해하던 76년 이전의 편지도 마침 이삿짐을 챙기다가 발견되어 함께 싣게 되어 그의 20대와 30대 초반의 사색을 접할 수 있게 된 것은 여간 다행한 일이 아닐 수 없다.

영인본은 그의 편지 군데군데에 들어 있는 그림들도 고스란히 살려내었을 뿐만 아니라 그가 옥중에서 어렵사리 그려두었던 삽화들도 영인본이 아니면 전할 수 없는 것들이다. 제대로 무엇을 갖추어 그린 그림도 아니고 그래서 서투르기 짝이 없는 삽화들이지만 우리는 그 속에 담겨 있는 그의 또 다른 면모를 접하게 될 것이다.

이 책에 실린 모든 글은 연월일의 순서로 편집하였다. 1969년부터 1988년까지의 기간이다. 20년 동안의 기록이 거의 망라된 셈이다.

문득문득 생각나기는 했지만 친구를 감옥 속에 보내고, 아니 어두운 망각 속에 묻고 나서 우리는 20년이란 세월 동안 그가 어떤 잠을 잤는지 무슨 밥을 먹었는지 어떤 고통을 부둥켜안고 씨름했는지 까맣게 잊고 있었다. 20년이 지난 어느 날, 그 어둠 속의 유일한 공간이던 엽서와 그리고 그 작은 엽서를 천 근의 무게로 만드는 깨알 같은 글씨들을 마주했을 때의 감회는 실로 형언키 어려운 것이었다.

그 작은 엽서는 바쁘고 경황없이 살아온 우리들의 정수리를 찌르는 뼈아픈 일침이면서 우리들의 삶을 돌이켜보게 하는 자기성찰의 맑은 거울이었다. 그것은 작은 엽서이기에 앞서 한 인간의 반듯한 초상이었으며 동시에 한 시대의 초상이었다. 어쩌면 우리는 이 한 권의 책에서 우리가 추구해야 할 삶의 모습을 읽으려 하고 있는지도 모른다. 이러한 심정은 비단 그를 아는 친구들뿐만 아니라 그와 무연한 독자에게도 마찬가지리라고 감히 말할 수 있다.

사람이 그리운 시절에 그 앞에 잠시 멈출 수 있는 인간의 초상을 만난다는 것은 행복이다. 바로 이 점에 있어서 모든 독자들의 뜨거운 공감을 믿어 의심치 않는다.

끝으로 이 영인본을 만들기 위하여 물심양면으로 뜻을 모아준 친구들에게 다시 감사를 드린다.

1993년 정월 보름.

여러 친구들을 대신하여, 이영윤.

증보판 서문

시대를 넘어 민족의 고전으로

『감옥으로부터의 사색』이 출판된 지 10년, 『엽서』가 나온 지 5년. 이제 이 두 책이 합해져 한 책으로 나오게 되었습니다. 그동안 이 책을 아끼며 보다 온전하고 보기 좋게 재출간되기를 희망해왔던 독자의 한 사람으로서 매우 기쁩니다. 다른 한편으로는 그사이 '사색'을 출간하려고 동분서주하시던 아버님 신학상 옹께서는 돌아가시고 『엽서』를 출판해주셨던 이영윤 선생은 병상에 계셔서 마음이 착잡하기도 합니다.

증보판을 낸다는 것이 독자들에게 또 돈을 내고 사야 하는 부담을 준다는 점에서 저자인 신선생은 선뜻 응하지 않았습니다. 그러나 누락된 편지들, 특히 '청구회의 추억'을 비롯하여 어려운 여건 속에서 기록한 메모노트는 많은 독자들에게 그런 부담을 갚고도 남을 것이라는 주장을 받아들였습니다.

이번 증보판에는 그가 출소한 이후에 발견된 편지와 메모노트가 새로 보태졌습니다. 지난번 책은 1976년 2월의 편지부터 실려 있는데, 영인본인 『엽서』에서 밝히고 있듯이 그가 남한산성 육군교도소에서 쓴 글들이 이번에 실리게 되었습니다. 이 부분은 1969년, 1970년의 글로서 그의 20대의 생각들이 담겨 있고, 특히 사형을 언도받고 있던 기간 중에 기록된 것이어서 의미가 크다고 하겠습니다. 교도소에서 하루 두 장씩 지급하는 휴지에다 깨알같이 박아 쓴 글들은 그 어려웠던 징역 초년의 면모를 보여줍니다.

원본 엽서는 더러는 연필로 쓴 것도 있고 볼펜으로 쓴 것도 있지만 대부분 철필로 먹물을 찍어서 쓴 것들입니다. 이 원본을 본

사람이면 누구나 하는 말이지만, 철필로 먹물을 찍어서 또박또박 박아 쓴 글씨들은 글의 내용에 앞서 어쩌면 글의 내용보다 더 짙은 느낌을 갖게 합니다. 이러한 것을 전달하지 못했던 아쉬움을 덜기 위하여 중간중간에 메모와 엽서 원본의 사진을 실었습니다.

이번에는 수신자별로 나누어 편집하지 않고 시기별로 실었습니다. 수신자가 아니라 발신자인 저자의 입장이 잘 보이는 편집형식이라 할 수 있습니다. 신선생의 옥중 20년 20일이 그 고뇌 어린 사색의 결정과 함께 펼쳐져 있는 셈이지요. 그리고 지난번의 책은 그가 아직 옥중에 있는 동안에 만들어졌었습니다. 그래서 편지글들의 소제목을 편집자가 달았지만 이번에는 신선생이 직접 소제목을 다시 달았습니다.

그동안 『감옥으로부터의 사색』이라는 이 책의 표제가 우리말 표현이 아니라는 지적이 있었습니다. 옳은 지적이라고 생각합니다. 그러나 10년 동안 굳어져온 일정한 역사성을 무시하기 힘들고 이미 하나의 단어로 정착되었다는 의미에서 그대로 두기로 했습니다.

부침이 심한 우리 독서계에서 드물게 지난 10년 동안 많은 사람들로부터 꾸준히 사랑받으며 우리 시대의 고전으로 자리 잡은 이 책이, 내용과 형식의 양면에서 보다 완벽하고 새로워진 이번 재출간을 계기로 우리 시대의 고전을 넘어 민족의 고전으로 이어가기를 바랍니다. 지난 3월 사면 복권되어 이제 우리의 곁으로 '완전히' 돌아오신 신선생과, 그에 즈음하여 온전한 본래의 모습으로 재탄생된 『감옥으로부터의 사색』을 여러 독자들과 함께 기뻐합니다.

1998년 7월. 봉화에서 전우익 씀.

차례

고성(古城) 밑에서 띄우는 글

남한산성 육군교도소　　　　1969년 1월～1970년 9월

오늘은 다만 내일을 기다리는 날이다.
오늘은 어제의 내일이며
내일은 또 내일의 오늘일 뿐이다.

智慧의 女神 「미네르바」의 부엉이는
夕陽에 날기 시작한다.

나의 숨결로 나를 데우며

겨울의 싸늘한 냉기 속에서 나는 나의 숨결로 나를 데우며 봄을 기다린다.

천장과 벽에 얼음이 하얗게 성에 져서, 내가 시선을 바꿀 때마다 반짝인다. 마치 천공(天空)의 성좌(星座) 같다. 다만 10와트 백열등 부근 반경 20센티미터의 달무리만 제외하고 온 방이 하얗게 얼어 있다.

1월 22일 3호실로 전방(轉房)되어 왔다.

방 안 가득히 반짝이는 이 칼끝 같은 '빙광'(氷光)이 신비스럽다. 나는 이 하얀 성에가, 실은 내 입김 속의 수분이 결빙한 것이라 생각한다. 내가 내뿜는 입김 이외에는 얼어붙을 것이라고는 아무것도 없기 때문이다. 천공의 성좌 같은 벽 위의 빙광은 현재 내게 주어진 가장 큰 '세계'이다.

기온이 내려갈수록 이 빛은 더욱 날카롭게 서슬이 서는 듯하다. 나는 이 빙광이 날카로워지면서 파릇한 빛마저 내뿜는 때를 가장 좋아한다.

그저께는 바깥 날씨가 많이 풀린 모양인지 이 벽의 성에가 녹아내리는 것이었다. 지렁이처럼 벽을 타고 질질 흘러내리는 물줄기는 흡사 '시체'처럼 처량하고 징그럽다. 지렁이의 머리짬에 맺힌 물방울에서 흐릿한 물빛이 반사되고 있기는 하다. 흐릿하고 지루한 빛을 둔하게 반사하면서 느릿느릿 벽을 타고 기어내린다. 그것도 한두 마리의 지렁이가 아니라, 수십 마리의 기다란 지렁이가 거의 같은 속도로 내려올 때 나는 공포를 느낀다. 끈적끈적한 공포가 서서히 나를 향해서 기어오는 듯한 느낌이 눈앞의 사실로 다가온다.

이런 축축한 공포에서 벗어나고 싶기 때문에 나는 어서 기온이 싸늘히 내려가기를 바란다. 그리고 방 안 가득히 반짝이는 그 총명한 빙광을, 그 넓은 성좌를 보고 싶다.

그 번뜩이는 빛 속에서 냉철한 예지의 날을 세우고 싶다.

사랑은 경작되는 것

사랑이란 생활의 결과로서 경작되는 것이지 결코 갑자기 획득되는 것이 아니다. 한 번도 보지 못한 사람과 결혼하는 것이, 한 번도 보지 않은 부모를 만나는 것과 같이 조금도 이상하지 않는 까닭도 바로 사랑은 생활을 통하여 익어가는 것이기 때문이다.

부모를 또 형제를 선택하여 출생하는 사람이 없는 것처럼 사랑도 그것을 선택할 수는 없다. 사랑은 선택 이전에는 존재하지 않는 것이며 사후(事後)에 서서히 경작되는 것이다. 그러므로 "당신을 사랑합니다"라는 말처럼 쓸데없는 말은 없다. 사랑이 경작되기 이전이라면 그 말은 거짓말이며, 그 이후라면 아무 소용없는 말이다.

인간을 사랑할 수 있는 이 평범한 능력이 인간의 가장 위대한 능력이다. 따라서 문화는 이러한 능력을 계발하여야 하며, 문명은 이를 손상함이 없어야 한다.

Das beste sollte das liebste sein.
가장 선한 것은 무릇 우리가 가장 사랑하는 것이어야 한다.

고독한 풍화(風化)

고립되어 있는 사람에게 생활이 있을 수 없다. 생활이란 사람들과의 관계 속에서 이루어지는 것이기 때문이다. 사회적·정치적·역사적 연관이 완전히 두절된 상태에 있어서의 생활이란 그저 시간의 경과에 지나지 않는다. 그리고 시간이 물질의 운동양식이라면 나는 시간의 경과와 더불어 바위처럼 풍화당하는 하나의 물체에 불과하다.

그러나 세칭 옥살이라는 것은 대립과 투쟁, 억압과 반항이 가장 예리하게 표출되어 팽팽하게 긴장되고 있는 생활이다. 궁핍은 필요를 낳고 필요는 또 요구를 낳으며 그 요구가 관철되기 위하여는 크고 작은 투쟁의 관문을 거쳐야 하는 판이다.

그런데 그 요구의 질과 양이 실로 빈약하기 짝이 없다. 일광욕 투쟁, 용변 투쟁, 치료, 식수……. 바깥세상에서는 관심 밖의 것들이 거의 전부이다. 그러나 이것들은 결코 사소한 것이 아니라고 생각한다. 이러한 것들을 사소한 것으로 생각하는 것은 그것에 대한 궁핍과 제한을 전혀 받지 않기 때문이며 그것이 생존에 불필요하기 때문은 아니다.

가장 불리하고 약한 입장에서 가장 필요불가결한 것을 획득하기 위한 투쟁이 수인(囚人)들을 강하게 만들어준다. 그리하여 다듬어진 용기와 인내와 지구력…… 이것이 곧 수인의 영광인 것이다.

일광욕 시간에 양지쪽에서 푸른 하늘을 넋을 놓고 보다가 붉은 벽돌담 밑에 피어 있는 흰 꽃잎의 코스모스 한 송이를 따왔다. 줄기에, 씹던 껌을 붕대처럼 감아서 벽에다 붙여놓았다.

어두한 옥방(獄房) 속에서 더욱 하얗게 피는 꽃. 그 꽃잎 옆 땀에 찌들은 판자 위에 새겨진 낙서들. '까까머리 내 청춘', '무죄', '파란 인생', '그리워 불러보는 이름이건만', '생각을 말자'…… 그리고 몇 년도의 몇 월치 달력인지 77개의 칸을 그어서 깨알같이 숫자를 적어놓았다.

불행은 대개 행복보다 오래 계속된다는 점에서 고통스러울 뿐이다. 행복도 불행만큼 오래 계속된다면 그것 역시 고통이 아닐 수 없을 것이다.

단상 메모

◦ 독서는 타인의 사고를 반복함에 그칠 것이 아니라 생각거리를 얻는다는 데에 보다 참된 의의가 있다.

◦ 세상이란 관조(觀照)의 대상이 아니라 실천의 대상이다.

◦ 퇴화한 집오리의 한유(閑遊)보다는 무익조(無翼鳥)의 비상하려는 안타까운 몸부림이 훨씬 훌륭한 자세이다.

◦ 인간의 적응력, 그것은 행복의 요람인 동시에 용기의 무덤이다.

◦ 인내는 비겁한 자의 자학(自虐)인 경우가 대부분이다.

◦ 투쟁은 그것을 멀리서 맴돌면서 볼 때에는 무척 두려운 것이지만 막상 맞붙어 씨름할 때에는 그리 두려운 것이 아니며 오히려 어떤 창조의 쾌감 같은 희열을 안겨주는 것이다.

◦ 오늘날의 문학·예술인에게 필요한 것은 과감한 쿠데타이다. 그들의 '스폰서'(물주)로부터의 미련 없는 결별이다. 그들이 자기의 물주를 생산의 비호인으로서 갖고 있든, 소비의 고객으로서 갖고 있든, 어쨌든 그들 개개인의 결별이 아니라 집단적인 결별이라면 좋다. 그리하여 대중의 정의와 양심의 역사적 대하(大河) 속에 흔연히 뛰어들 때 비로소 문학·예술은 고래(古來)의 그 환락의 수단이라는 오명을 씻을 수 있는 것이다.

초목 같은 사람들

농촌 사람들은 리, 동 소비조합에서 살 수 있는 물건이라도 거기서 구입하지 않고 대개 장날을 기다린다. 시골 사람들이 장날을 기다려 장을 보러 가는 것은 꼭 살 물건이 있어서거나 살 돈을 장만해서가 아니다. 그야말로 장〔市〕을 '보러' 가는 것이다. 그렇기 때문에 반드시 돈을 쥘 필요는 없다. 시골에서 아쉬운 것이 어찌 하나둘일까마는 오랜 세월을 그렇게 가난하게 살아오는 동안 웬만한 필요쯤이야 으레 참을 줄 아는 숙명 같은 미덕(?)을 키워온 것이다. 그래서 장날이 오면 돈이 없어도 그리 무겁지 않은 마음으로 장을 '보러' 갈 수가 있는 것이다. 새 옷들을 꺼내 입고 고무신까지 걸레로 잘 닦아서 아침 일찍 길들을 나선다. 그래서는 고작 물이 진 생선 몇 마리를 들고 돌아오지만, 저마다 제법 푸짐한 견문들을 안고 돌아오는 것이다. 이 견문들이 오래오래 화제에 오르내리며 무수히 반추되는 동안에 그것은 시골의 '문화'가 되어간다. 이 화려한 견문으로 해서 자신들의 빈한한 처지를 서러워하는 사람도 없지만 그 처지를 개조하려는 사람도 없다. 싸고 좋은 물건이 많이 생산되어서 참 편리한 세상이 되었다는 사실이 비록 자신들과는 아무 관계가 없다고 하더라도 그것은 무척 기쁜 일이 아닐 수 없다. 이처럼 메마르고 자그마한 생활이지만 그들은 이것을 소〔牛〕처럼 되씹고 되씹어 반추함으로써 마치 흙내음처럼 결코 부패하지 않는 풋풋한 삶의 생기로 만들어 살아가는 것이다.

농촌 아이들은 참 많이 죽는다. 시골의 어머니들은 보통 여남은 명의 아이를 낳지만 그중 네댓 명 정도만 남고 다 죽는다. 약한 놈은 '일찌감치' 죽어버리고 강한 놈만 살아서 커가는 것이다.

농촌에서는 강한 아이만이 어른이 될 수 있다. 살아남은 그 어른들을 보고 성내(城內) 사람들은 농촌 사람들이 무병(無病)하고 건강하다고 말한다. 맑은 공기에 산수, 일광이 좋아서 농촌 사람들은 무척 튼튼하다고 생각하는 사람들은 시골 어머니들이 흘린 그 숱한 눈물을 모르는 것이다.

농촌의 노인들이 도회지에 가면 전부 환자가 된다. 그것은 교통사고로 아스팔트 위에서 부상을 당하기 때문이 아니라 시골에서는 질병이 인내되는 데에 반하여 도회지에서는 치료되고 있기 때문이다.

농촌 사람들은 흡사 초목 같다. 어려서는 푸성귀를 솎아내듯 약한 놈들을 솎아버리고 늙어서는 수목처럼 모든 질환의 고통으로부터 감각의 문을 닫아버리고 있기 때문에 그렇다.

독방에 앉아서

고독하다는 뜻은 한마디로 외롭다는 것, 즉 혼자라는 느낌이다. 이것은 하나의 '느낌'이다. 객관적 상황에 관한 것이라기보다 주관적 감정의 어떤 상태를 가리킨다.

자신이 혼자임을 느끼게 되는 것은 반드시 타인이 없는 상태이어야 하는 것은 아니다. 이것은 오히려 자기가 자기 자신에 대하여 갖는 감정이다. 버스를 타고 있을 때나, 극장에 앉아 있을 때처럼 흔히 자기의 좌우에 타인이 동석하고 있는 상황에서도 외로움은 느낄 수 있으며 심지어는 친구와 가족과 함께 있을 때에도 소위 '고독'에 젖게 되는 경우가 있는 것으로 설명되고 있다.

고독이란 고도(孤島)의 '로빈슨 크루소'의 그것만이 아니라 개선하는 '나폴레옹'의 그것까지도 포함하는 것으로 설명한다는 점에서 그것은 꽤 광범한 내용을 갖는 것이다. 결국 고독이란 상황의 문제가 아니라 감정의 문제이기 때문에, 그만큼 그것의 내용이 미묘하고 모호한 셈이 된다. 그러나 우리의 감정은 외부로부터 오는 것이란 점에서 우리는 우리가 처해 있는 상황에서 고독의 근거를 찾지 않을 수 없는 것이다.

혼자라는 느낌, 격리감이나 소외감이란 유대감의 상실이며, 유대감과 유대의식이 없다는 것은 '유대관계'가 없기 때문이다. 따라서 우리는 고독의 문제를 다루기 위해서는 어차피 인간관계, 사회관계를 분석하지 않을 수 없게 된다.

사회란 '모두살이'라 하듯이, 함께 더불어 사는 집단이다. 협동노동이 사회의 기초이다. 생산이 사회적으로 이루어진다는 것, 그리고 함께 만들어낸 생산물을 여러 사람이 나누어 갖는다는 것이 곧 사회의 '이유'이다. 생산과 분배는 사회관계의 실체이며, 구체적으로는 인간관계의 토대이다.

그러므로 고독의 문제는 바로 생산과 분배에 있어서의 소외문제로 파악될 수 있는 것이다. 만들어내고 나누는 과정의 무엇이 사람들을 소외시키는가? 무엇이 모두살이를 '각(各)살이'로 조각내는가? 조각조각으로 쪼개져서도 그 조각난 개개인으로 하여금 '흩어져' 살 수 있게 해주는 것은 무엇인가?

수많은 사람, 수많은 철학이 이것을 언급해왔음이 사실이다. 누가 그러한 질문을 나한테 던진다면 나는 아마 '사유'(私有)라는 답변을 할 것이라고 생각된다.

개인과 개인의 아득한 거리, 너의 불행이 나의 행복을 위협하지 못하게 하는 벽, 인간관계가 대안(對岸)의 구경꾼들 간의 관계로 싸늘히 식어버린 계절……. 담장과 울타리. 공장의 사유, 지구의 사유, 불행의 사유, 출세의 사유, 순갈의 사유…….

개미나 꿀벌의 모두살이에는 없는 것이다. 신발이 바뀐 줄도 모르고 집으로 돌아온 밤길의 기억을 나는 갖고 있다.

청구회 추억

1966년 이른 봄철 서울대학교 문학회의 초대를 받고 회원 20여 명과 함께 서오릉으로 한나절의 답청(踏靑)놀이에 섞이게 되었다.

불광동 시내버스 종점에서 서오릉까지는 걸어서 약 한 시간 길이다. 우리는 이 길을 삼삼오오 이야기를 나누며 걸었다. 나도 4, 5인으로 한 덩어리가 되어 학생들의 질문에 가볍게 대꾸하며 교외의 조춘(早春)에 전신을 풀어헤치고 민들레처럼 가벼운 마음으로 걷고 있었는데, 우리 일행과 앞서거니 뒤서거니 하며 같은 방향으로 걸어가고 있는 여섯 명의 꼬마 한 덩어리를 뒤늦게서야 깨닫게 되었다.

만일 이 꼬마들이 똑같은 교복이나 제복 같은 것을 입고 있었거나 조금이라도 더 똑똑한 옷차림을 하고 있었더라면 나는 좀더 일찍 이 동행인(?)들을 알아차렸을 것이다. 여남은 살의 이 아이들은 한마디로, 주변의 시골 풍경과 소달구지의 바퀴자욱이 두 줄로 패어 있는 그 황톳길에 흡사하게 어울리는 차림들이었다.

모표도 달리지 않은 중학교 학생모를 쓴 녀석이 하나, 흰 운동모자를 쓴 녀석이 또 한 명 있었던 것으로 기억된다. 운동모자는 여러 번 빨래한 것으로 앞챙 속의 종이가 몇 군데로 밀리어 챙의 모양이 원형과 사뭇 달라졌을 뿐 아니라 이마 위로 힘없이 처져 있었다. 그나마 흙때가 묻어서 새하얗게 눈에 뜨이지도 않는 것이었다.

그중에서 가장 나의 시선을 붙잡은 것은 털실로 짠 스웨터였다. 낡은 털실 옷의 성한 부분을 실로 풀어서 그 실로 다시 짠 것이었

靑丘會 추억

1966년 이른 봄철에 서울大學校의 文學會의 초대를 받고 회원 20여명과 함께 「서오능」으로 한나절의 踏靑(?)놀이에 섞이게 되었다.

불광동 시내뻐스 종점에서 서오능까지는 걸어서 약 한시간 가량 걸리는 길이다. 우리는 이 길을 ㅌㅌ코코 이야기들을 나누며 걸었다. 나도 4,5인이 한 덩어리가 되어 학생들의 질문에 가볍게 대꾸하며 郊外의 早春에 전신을 풀어헤치고 민들레씨만큼이나 가벼운 마음으로 걷고 있었는데, 우리 일행과 앞서거니 뒤서거니하며 같은 방향으로 걸어가고 있는 여섯명의 꼬마 한 덩어리를 뒤늦게야 알게 되었다. 만일 이 꼬마들이 똑같은 교복이나 무슨 制服같은 것을 입고 있었거나, 조금이라도 더 똑똑한 옷차림을 하고 있었더라면 나는 좀더 일찍이 同行人(?)들을 알아차렸을 것이다. 여나문살의 이 아이들은 한마디로 주변의 시골풍경과, 소발구지와 바퀴자국이 두줄로 패여있는 그 시골길에 흡사하게도 어울리는 차림들이었다. 모표도 달리지 않은 중학교학생모를 쓴 녀석이 하나, 흰 운동모자를 쓴 녀석이 또 한녀석이 있었던 것으로 기억하는데 그 운동모자는 여러번 빨래한 것으로 앞챙 속의 종이가 몇군데로 밀리어 모아져 있어서 챙의 모양이 원형과 사뭇 다른 것일뿐 아니라 이마위로 힘없이 처져버린 그런 운동모자인데 그나마 흙때가 묻어서 새하얗게 뜨이지도 않는 것이었다.

다. 색깔도 무질서할 뿐 아니라 몸통의 색깔과 양팔의 색깔이 같지 않고 양팔 부분도 팔꿈치 아래는 다시 달아낸 것 같았다. 털스웨터의 녀석은 그래도 머리에 무슨 모자 비슷한 것을 뒤집어쓰기까지 했다.

나는 이 똑똑치 못한 옷차림의 꼬마들로부터 안쓰런 춘궁(春窮)의 느낌을 받았던 것으로 기억된다. 자주 우리들을 할끔할끔 뒤돌아보는 양이 자기들끼리는 몰두할 만한 이야기도 별로 없는 듯하였다.

처음에는 서오릉 근처의 시골 아이들이 제집으로 돌아가거니 하고 아무렇지도 않게 여겼다. 그러나 시간이 오전 아홉 시. 제가끔 제집들에 있을 시간이라는 생각이 뒤늦게 들었다. 그리고 그중의 한 녀석이 들고 있는 보자기 속에 냄비의 손잡이가 보였다. 이 여섯 명의 꼬마들도 분명히 우리 일행처럼 서오릉으로 봄소풍을 가고 있는 것이다.

나는 이 꼬마들의 무리에 끼어 오늘 하루를 지내고 싶은 생각이 들었다. 나는 내가 속해 있던 문학회원들의 무리에서 이 꼬마들의 곁으로 걸음을 빨리하였다.

나는 어린이들의 세계에 들어가는 방법을 누구보다도 잘 안다. 중요한 것은 '첫 대화'를 무사히 마치는 일이다. 대화를 주고받았다는 사실은 서로의 거리를 때에 따라서는 몇 년씩이나 당겨주는 것이다. 그러므로 내가 꼬마들에게 던지는 첫마디는 반드시 대답을 구하는, 그리고 대답이 가능한 것이어야 한다. 만일 "얘, 너 이름이 뭐냐?"라는 첫마디를 던진다면 그들로서는 우선 대답해줄 필요를 느끼지 않을 뿐만 아니라 오히려 놀림의 대상이 되었다는 불쾌감으로 일정한 간격을 유지하고 뱅글뱅글 돌아가기만 할 뿐 결코 대화가 이루어지지 않는다. 그러므로 나는 반드시 대답을 필요로 하는 질문을, 그리고 어린이들이 가장 예민하게 알아차리는 놀림의 느낌이 전혀 없는 질문을 궁리하여 말을 걸어야 하는 것이다.

이미 그들은 내가 그들 쪽으로 옮겨오고 있음을 알고 제법 긴장들을 하고 있었다. 그것은 그들의 걸음걸이가 조금 빨라지고 자주 나를 돌아다보는 것으로 충분히 알 수 있었다. 그래서 나는 그들의 예상을 뒤엎고 그들을 앞질러버릴 때까지 말을 건네지 않고 걸어갈 수밖에 없었다.

저쪽 산기슭의 양지에는 벌써 진달래가 피어 있었다. 나는 문득 생각난 듯이 꼬마들 쪽으로 돌아서며 "이 길이 서오릉 가는 길이 틀림없지?" 하고 그 첫마디를 던졌다. 이 물음은 그들에게는 전혀 부담이 없는 질문이다. '예' 또는 '아니오'로써 충분한 것이며, 또 그들로 하여금 자선의 기회와 긍지도 아울러 제공해주는 질문이었다.

그들의 대답은 훨씬 친절한 것으로 나타났다. "네, 맞아요!"가 아니라 "네, 일루 곧장 가면 서오릉이에요"였다. 뿐이랴. "우리도 서오릉엘 가는 길이어요!" 반응은 예상보다 훨씬 좋은 것이었다.

허술한 재건복 차림을 한 나에게 그처럼 친절한 반응을 보여준 것은 아마 조금 전까지 나와 같이 함께 이야기 나누며 걷던 문학회 회원들의 말쑥하고 반반한 생김생김의 덕분이었으리라고 느껴졌다.

여하튼 서로 이야기를 주고받았다는 사실, 이 사실은 그다음의 대화를 용이하게 해주게 마련이다. 그러나 우리의 대화가 그다음 대목에서 뜻밖에 경화(硬化)되어버릴 위험은 여전히 도사리고 있었다. 그래서,

"버스 종점에서 반쯤 온 셈인가?"

"아니요, 반두 채 못 왔어요."

"너희들은 서오릉 근처에 살고 있는 모양이구나."

"아니요, 문화동에 살아요."

"그럼 지금 문화동에서 여기까지 오는 길이냐?"

"네."

"집으로 돌아가는 길을 잃어버리믄 어쩔려구."

"호호, 문제없어요."

이렇게 하여 일단 대화의 입구를 열어놓았다.

이제 더 깊숙이 이 꼬마들의 세계 속으로 발을 들여놓아야 한다.

신영균이와 독고성, 장영철과 김일의 프로레슬링, 손기정 선수 등의 이야기. 세종대왕, 을지문덕, 이순신 장군에 관하여 때로는 쉽게, 때로는 제법 어렵게 질문하면서 또 그들의 이야기를 성의 있게 들어주면서 걷는 동안 우리는 상당히 친숙해질 수 있었다.

그들은 문화동 산기슭의 한 동네에서 살고 있다는 것, 오래전부터 자기들끼리 놀러가기로 약속해왔다는 것, 그래서 벼르고 별러서 각자 왕복 버스 회수권 2장과 일금 10원씩을 준비하고 점심밥 해먹을 쌀과 찬(단무지뿐이었음)을 여기 보자기에 싸가지고 간다는 것, 자기들 여섯 명은 무척 친한 사이라는 것 등을 알게 되었다.

너희들 여섯 명의 꼬마단체에다 이름을 지어 붙이는 것이 좋지 않겠는가고 제안하였더니, 이미 자기들도 그러한 이름 같은 것을 구상해두고 있는데 아직 결정을 내리지 못하였다는 것이다. 구상 중인 이름으로는 '독수리'와 '맹호부대'의 둘이 있다는 대답이다. 독수리나 맹호부대보다 훨씬 그럴듯한 이름 하나를 지어주겠는가를 나한테 물어왔다. 나는 쾌히 이를 수락하였다.

나와 이 가칭 독수리 용사들과의 첫번 대화는 대체로 성공적이었다고 할 수 있었다. 우리는 어느덧 서오릉에 닿았고 이제 이 꼬마들과 헤어져서 나는 학생들 틈으로 돌아왔다. 물론 이따가 한 번

더 만나기로 약속해두었다.

문학회원들과 함께 우리 일행은 널찍한 잔디밭에 자리를 잡고 둘러앉아서 점심을 먹으며 놀고 있었다. 학생 중의 한 명이 잔디밭이 씨름판에 안성맞춤이니 누구 한번 씨름 내기를 해보자고 서두를 꺼내자 엉뚱하게도 내가 그 씨름의 상대로 지목되었다. 평소에 나한테 구박을 한 번씩은 받은 녀석들이기 때문에 그들이 일제히 나를 지목하여 골려보려는 저의는 잔디밭의 봄소풍에 썩 잘 어울리는 놀이이기도 하였다. 아마 나를 자꾸 귀찮게 끌어내려는 녀석이 권만식이었다고 기억이 되는데, 나는 그때 저쪽 능 옆에서 우리를, 특히 나를 지켜보고 있는 예의 그 여섯 꼬마들의 얼굴을 발견하였다. 이 꼬마들도 나의 곤경을 주시하고 있는 듯한 얼굴이었다.

나는 드디어 권군과의 씨름을 수락하고 만장의 환호(?)를 받으며 잔디밭 한가운데서 맞붙잡았다. 권군은 몸집만 컸을 뿐 씨름에는 문외한임을 당장 알 수 있었다. 나는 내리 두 번을 아주 보기 좋게 이겼다. 내가 권군을, 그것도 두 번을 거푸, 보기 좋은 들배지기로 이기는 광경은 천만 뜻밖의 일이 아닐 수 없었다. 그것뿐이랴. 뒤이어 상대하겠다는 녀석도 보기 좋게 안다리로 넘겨버렸다.

나의 응원단은, 저쪽 능 옆에서 상당히 걱정하였을지도 모르는, 그 꼬마 응원단은 분명히 쾌재를 불렀을 것이다. 꼬마들은 물론이고 문학회 학생들도 나의 숨은 씨름 솜씨를 알 턱이 없다. 연구실에서 그저 밤낮 책이나 들고 앉아 있는 선배로 알려졌을 뿐이니 놀라운 발견이 아닐 수 없었다.

나는 이제 나의 응원단석(?)으로 개선하고 싶은 생각밖에 없다. 그래서 꼬마들이 보지 않게 과일과 과자 등속을 싸가지고 일어섰다. 흡사 전리품 실은 개선장군처럼 나는 우리 꼬마들의 부끄러운 영접을 받았다. 나를 자기들 편 사람으로 간주해주는 그들의 푸짐한 칭찬, 그것은 무척 어색하고 서투른 표현에도 불구하고 가식 없는 진정이었다.

나는 우선 씨름 가르치는 것에서부터 꼬마들과 어울리기 시작하여 둘씩 둘씩 씨름을 시키고 있는데, 저쪽에서 문학회 학생 한 사람이 카메라를 들고 달려왔다. 기념촬영을 해주겠단다.

우리는 능 앞의 염소같이 생긴 석물(石物) 곁에 섰다. 꼬마 여섯 명을 그 돌염소 잔등에 나란히 올라앉게 하고 나는 염소의 머리 쪽에 장군(?)처럼 서서 사진을 찍었다. 그리고 능 뒤쪽의 잔디밭에서 노래도 부르고 내가 싸가지고 간 과자와 사과를 나누어 먹으며 한참 동안 놀고 난 후에 나는 꼬마들과 헤어졌다.

얼마나 지났을까. 내가 문학회 학생들과 둘러앉아 이야기에 열중하고 있는데 약 30미터쯤 떨어진 저쪽 소나무 옆에 꼬마들이 서 있음을 알려주었다. 벌써 집으로 돌아갈 차림이다. 아마 나와 작별 인사를 나누기 위하여 기회를 노리고 있는 참인가 보았다. 내가 그들에게 뛰어가자 그들은 이제 돌아가는 길이라고, 그래서 사진이 나오면 한 장 보내달라고 부탁하였다.

나는 그들 중의 중학생 모자를 쓴 조대식 군의 주소를 나의 수첩에 적고, 나의 주소(숙명여대 교수실)를 적어주었다. 그리고 그때 그들로부터 한 묶음의 진달래꽃을 선물(?)받았다. 지금도 나의 기억 속에서 가장 밝은 진달래 꽃빛은 항상 이때에 받았던 진달래 꽃빛이라고 생각하고 있다. 그들은 국민학생답게 일제히 머리를 숙여 인사를 하고(물론 모자도 벗고) 헤어졌다.

가칭 '독수리 부대'이며, 옷차림이 똑똑치 못한 이 가난한 꼬마들과의 가느다란 인연은 이렇게 봄철의 잔디밭에서 진달래 맑은 향기 속에 이루어졌다. 이 짧은 한나절의 사귐을 나는 나대로의 자그마한 성실을 가지고 이룩한 것이었다. 나와 동행하였던 문학회

학생들은 아마 그날의 내 행위를 한낱 '장난'으로 가볍게 보았을 것이 사실이며 또 나의 그러한 일련의 행위 속에 어느 정도의 장난기가 섞여 있었던 것이, 싫기는 하지만 사실일지도 모른다.

그러나 마지막으로 나와 헤어질 때의 일……. 진달래 한 묶음을 수줍은 듯 머뭇거리면서 건네주던 그 작은 손, 그리고 일제히 머리 숙여 인사를 하는 그 작은 어깨와 머리 앞에서 나는 어쩔 수 없이 '선생님'이 아닐 수 없었으며, 선생으로서의 '진실'을 외면할 수는 도저히 없었던 것이다.

이처럼 그날의 내 행위가 결코 '장난'이 아니었음에도 불구하고, 또 상당히 무구(無垢)한 감명을 받고 헤어졌음에도 불구하고, 나는 곧 그들을 잊고 말았다. 그들을 까맣게 잊고 말았다는 사실, 그것이 그날의 나의 모든 행위가 실상은 한갓 '장난'에 불과했었다는 것을 반증하는 것일 수도 있는 것이다.

서오릉 봄소풍날로부터 약 15일이 지난 어느 날, 숙명여대 교수실에서 강의 시작 시간을 기다리고 앉아 있는 나에게 정외과의 조교가 세 통의 편지를 가지고 왔다. 편지를 건네주면서 "참 재미있는 편지 같아요"라는 웃음 섞인 말을 던지더니 내가 편지를 개봉하면 어깨너머로라도 좀 보고자 하는 양으로 떠나지 않는다. 그 조교가 "참 재미있는 편지" 같다고 한 이유는 겉봉에 쓴 글씨가 무척 서툴러서 시골 국민학교의 어느 어린이로부터 온 듯할 뿐 아니라, 또 잉크로 점잖게 쓰려고 노력한 흔적이 역력하다는 점에 있었을 것이다.

조대식, 이덕원, 손용대 세 녀석이 보낸 편지였다. 이 녀석들이 바로 '독수리 부대' 용사들이라는 것은 겉봉에 적힌 '문화동 산 17번지'를 읽고 난 뒤에야 알 수 있었다.

"꼬마 친구들에게서 온 편지"라는 짤막한 말로써 그 편지를 전해준 조교의 질문과 호기심에 못을 박아버린 까닭은 내가 그 편지로 말미암아 무척 당황하였기 때문이었다.

이 편지는 분명히 일침(一針)의 충격이며 신랄한 질책이 아닐 수 없었다. 나보다도 훨씬 더 성실하게 그날의 일들을 기억하고, 또 간직하고 있었구나 하는 나의 뉘우침, 그 뉘우침은 상당히 부끄러운 것이었다.

편지는 세 통이 모두 똑같은 내용을, 똑같은 잉크와 펜으로 쓴 것이었는데 아마 한자리에서 서로 의논하여 손용대는 이덕원의 것을, 이덕원은 조대식의 것을, 조대식은 또 손용대의 것을 서로 넘겨다보며 쓴 것이 틀림없었다. 선생님을 사귀게 된 것을 기쁘게 생각한다는 것, 자기들 단체의 이름을 지었으면 알려달라는 것, 그때 찍은 사진이 나왔느냐는 것, 그리고 건강하시기를 두 손 모아 빈다는 것 등이 적혀 있었다.

그 소풍 이후 약 보름가량을 나는 그들을 결과적으로 농락해오고 있었으며, 그날의 내 행위 그것마저도 결국 어린이들에 대한 무심한 '장난질'이 되어버린 듯한 느낌이 왈칵 나의 가슴 한 모서리에 엉키어왔다.

나는 강의가 끝나는 대로 즉시 서울대학교로 달려갔다. 그때 카메라로 사진을 찍었던 학생(송승호 아니면 이해익으로 기억된다)을 찾았다. 필름이 광선에 노출되어 못쓰게 되어버렸단다. 사진이라도 가지면 나는 나의 무성의한 소행을 조금이나마 만회할 수 있으리라고 생각한 것이 사실이다. 이제는 솔직히 그들에게 사과하는 길밖에 없다.

엽서를 띄웠다.

"이번 토요일 오후 다섯 시, 장충체육관 앞에서 만나자."

토요일 오후 다섯 시, 장충체육관 앞의 넓은 광장에서 우리 일곱 명은 옛 친구처럼 반가이 만났다. 그러나 이미 한 시간 전부터 나와서 기다리고 있었다는 이 녀석들의 '정성' 앞에서 나는 또 한 번 민망스럽고 초라할 수밖에 없었다. 한 시간이나 먼저 와 있었다는 사실이 무모한 시간의 낭비라고 생각되기는커녕 그들의 진솔함이 동상처럼 높이 올려다보이는 것이었다.

이때부터 우리는 매월 마지막 토요일 오후 6시에 장충체육관 앞에서 만나기로 약속하였다. 이 약속은 1968년 7월 내가 구속되기까지 매우 충실하게 이행된 셈이다.

다만 만나는 시간이 조금씩 일러지는 기현상(?)을 연출한 일이 한두 번이 아니었다. 약속시간이 오후 6시임에도 불구하고 이 녀석들은 꼭꼭 5시부터 나와서 기다리는 것이다. 그래서 나도 약 30분가량 일찍 나타나서 5시 30분에 만나게 되면 이제는 4시 30분부터 나와 있는 것이다. 그러면 다시 내 쪽에서 30분쯤 더 일찍 나오지 않을 수 없게 되어 결국 6시에 만나자는 약속은 에스컬레이션을 거쳐 어느덧 5시로 변해버리고 마는 것이다. 그제야 우리는 군축회담이나 하듯 다시 6시로 되돌아갈 것을 결의하고 6시로 되돌아가면 다시 동일한 에스컬레이션을 거쳐서 다시 5시에 만나게 되곤 하는 것이었다.

우리들이 만나서 하는 일이란, 무슨 할 일을 만드는 일 외에 아무것도 없었다. 그저 만나서 서로 그동안 있었던 일들을 이야기 나누는 그런 사소한 일에 불과하지만 그저 만난다는 사실 그것이 그냥 좋을 뿐이었다. 괜히 자기들끼리 시키지도 않은 달음박질 내기를 해보이기도 하고, 광장 가장자리의 난간에서 서로 떨어뜨릴 내기를 하거나, 모자를 뺏어서 달아나기를 하는 것들이 고작이었다.

10원에 5개씩 주는 아이스케이크를 나누어 먹으며 우리는 난간 부근에서 약 한 시간가량을 보내고 약수동 고개를 넘어 문화동으로 올라가는 입구까지 걸어가서 내가 버스를 탐으로써 헤어지곤 하였다.

두 번째인가 세 번째 모임에서 우리는 상당히 건설적인 합의를 보았다. 문화동 입구의 작은 호떡집에서 '문화빵'(10원에 3개)을 앞에 놓고 매달 10원씩의 저금을 하자는 약속을 한 것이었다. 6명이 10원씩을 모으면 60원, 거기다 내가 40원을 더하여 매달 100원씩의 우편저금을 하기로 하였다. 수금과 예금 및 통장의 보관은 이규한 군이 책임지기로 하였다.

한 달에 100원씩이라 하더라도 1년이면 1,200원, 10년이면 12,000원이다. 우리는 그때 10년까지 계산해보았다고 기억된다. 그날은 공책을 한 권 사서 그것을 우리의 회의록 겸 장부로 사용하기로 하였다. 특기해야 할 사실은 매월 저금하는 10원은 반드시 자기 손으로 번 것이어야 한다는 것을 결의하였다는 점이다.

한 달에 10원 벌이는 자신만만하단다. 물지게를 져다 주기, 연탄을 날라다 주기 등 산비탈 동네에 사는 어린이들이 끼어들 수 있는 노력봉사의 사례금이 우리의 수입원인 셈인데, 더러는 아버지나 어머니 또는 집안 식구들의 심부름값이 섞여 있는 것도 어쩔 수 없는 우리들의 고충이었다.

이렇게 하여 쌓인 우리의 저금은 내가 구속되던 1968년 7월까지 2,300원이 되리라고 기억된다. 내가 육사에서 군사훈련을 받던 1966년 6월과 7월 두 달, 그리고 67년 2월 수도육군병원에 입원해 있던 한 달, 그리고 그 외에 한두 번가량 적금되지 않았으며, 그 대신 언젠가 내가 받은 원고료 수입에서 그동안의 부족액 약 300원 정도를 불입한 적이 있었다. 그리고 조대식인가 이규승인가 자기의 무슨 수입 중에서 20원가량 초과 불입한 일도 있었다.

1966년 9월 우리 '청구회'(靑丘會) 회원 중 2명이 교체되지 않을 수 없었다. 집이 이사를 간 것이다. 한 사람은 청량리로, 또 한 사람은 용산 어디인가로 이사를 갔다. 비록 이사는 하였지만 모임이 있는 날에는 장충체육관 앞에 나오겠다고 다짐을 두고 떠나갔는데 두 번 거푸 결석(?)을 하였다.

언젠가는 청량리로 이사 간 이대형이 문화동으로 놀러와서 자기도 청량리에서 친구들을 모아 회를 만들어서 선생님의 참석을 부탁할 작정이라는 각오를 피력한 사실이 있다는 것을 듣기는 하였으나 그후 영영 이대형 군의 소식은 끊어지고 말았다.

우리는 2명의 결원을 충원하기로 합의하였다. 그런데도 10월의 모임 때 여전히 충원되지 않고 4명만 모였다. "요사이는 좋은 아이가 참 드물다"는 것이 그들의 이유였다. 다음 달까지는 꼭 '좋은 아이'를 구하여 충원하기로 하였다. 그러나 그다음 달에도 역시 4명밖에 모이지 않았다. 좋은 아이 둘을 구하기는 구하였다는 것이다. 그러면 왜 오늘 참석하게끔 하지 않았느냐는 나의 물음에 비실비실 머리를 긁적이더니 오늘 나오기는 나왔다는 것이다. 어디 있느냐고 물었다. 저기 저쪽 길 옆의 전봇대 뒤에 서 있는 아이가 바로 그 아이들이라는 것이다.

과연 길 저편의 전봇대 뒤에 꼬마 둘이 서 있었다. 우리들의 시선이 그들에게로 쏠리자 그 두 명의 꼬마는 무슨 잘못이라도 저지른 사람같이 전봇대 뒤로 몸을 숨기고 있는 것이 아닌가. 나는 그 두 명의 아이가 틀림없이 '좋은 아이'라고 생각했다. 전봇대 뒤에 숨어서 기다리고 있는 그들의 마음씨야말로 딱할 정도로 착한 것이 아닐 수 없다.

전봇대 뒤에 있는 두 명의 신입회원을 이리로 데려오기 위하여 4명의 꼬마가 모두 달려갔다. 내가 이 두 명의 꼬마와 악수를 하고 나자 그제야 이 두 명에 대한 칭찬과 자랑을 늘어놓기 시작하는 것이다.

나는 처음부터 신입회원의 자격을 심사하거나 가입을 거부할 수 있는 권한이 없는 입장에 놓여 있기 때문에 다만 새로 온 두 명의 꼬마친구와 인사를 하는 것이 고작임에도 불구하고 이들의 표정은 그것이 무슨 커다란 관문의 통과나 되는 것으로 여기는 모양이었다.

그날 우리는 신입회원의 환영회를 벌이기 위하여 예의 그 호떡집으로 갔다. 나는 100원어치의 문화빵을 샀다. 신입회원 중의 한 명은 이규한의 동생 이규승이었고 또 한 명은 반장집 아들 김정호였다.

우리는 열심히 모였다. 비가 오는 날이면 장충체육관의 처마 밑과 층층대 밑에서 만났으며 겨울철에도 거르는 일 없이 만났다. 회의 명칭도 꼬마들의 학교 이름을 따서 '청구회'(靑丘會)라고 정식으로 명명하였다.

청구회가 가장 힘을 기울인 것은 역시 독서였다. 나는 매월 책 한 권씩을 회의 도서로 기증하였으며 회원 각자도 책을 한 권씩 모았다. 그리하여 '청구문고'를 만들 작정이었다.

'아아 무정', '집 없는 천사', '로빈 후드의 모험', '거지왕자', '플루타크 영웅전', '소영웅'…… 등의 책을 읽었다. 청구회의 모임은 한 달에 네 번인 셈이다. 매주 토요일에는 자기들끼리 모여서 내가 추천한 책을 번갈아가며 낭독하였기 때문이다. 그리고 매월 마지막 토요일에는 그들의 독후감을 이야기하게 하고 거기에 곁들여 비슷한 이야기를 내가 들려주기도 하였던 것이다. 그리고 가끔 호떡집에 자리를 옮겨서 한 사람 한 사람의 걱정과 어려운 일을 서로 상의하기도 하였다.

당면한 걱정 역시 중학교 진학 문제였다. 그러나 그것은 중학교에 진학할 경제적 여유가 없기 때문에 생기는 걱정이라는 점에서 실은 진학 문제라기보다는 사회진출 문제라고 해야 하는 것인지도 모른다. 우리들의 결론은 대체로 1, 2년 뒤에 야간중학에 입학하거나 또는 자격검정고시를 치르고 바로 고등학교(야간)에 진학하는 것이었다.

1968년 7월까지 중학교에 진학한 회원은 조대식 1명밖에 없었으며 또 이덕원 군이 자전거포에 취직이 되었을 뿐이었다. 이덕원 군이 자전거포에 취직함에 따라 우리의 모임도 마지막 토요일에서 첫 번째 일요일로 변경하지 않을 수 없었다. 첫째와 셋째 일요일이 이덕원 군의 휴일이기 때문이었다.

독서 이외에 청구회 회원들이 한 일들도 제법 다채로운 것이었다. 이를테면 우선 동네의 골목을 청소하는 일을 들 수 있다. 나는 그들이 한 달에 몇 번씩 자기 동네의 골목을 쓸었는지 정확히 알고 있지는 않다. 그러나 여름철과 겨울 방학 때는 매주 2, 3회씩이나 골목을 청소한 것으로 기억하고 있다.

그다음으로는, 겨울철에 얼음이 얼어서 미끄러운 비탈길을 고쳐놓는 일이다. 땅에 박힌 얼음을 파내고 그곳을 층층대 모양으로 만드는 일을 하였다. 그리고 봄철이 가까워 땅이 녹아 질펀하게 미끄러워진 때에는 그런 곳에다 연탄재를 덮어서 미끄럽지 않도록 만드는 일도 하였다.

나는 물론 이러한 일들에 참여하였거나 그들의 업적을 직접 확인한 일은 한 번도 없다. 당시 나는 종암동 산 49번지에 살고 있었기 때문이었다.

그다음으로는, 내가 추천하지도 않은 일인데 그들은 여름철이면 새벽같이 일어나서는 남산 약수터까지 마라톤을 하였다. 66년 여름과 67년 여름 새벽을 줄곧 뛰었던 것이다.

내가 이 청구용사들을 잊을 수 없는 일이 하나 있는데 그것은 1967년 2월 내가 수도육군병원에서 담낭절제수술을 받고 입원하고 있을 때의 일이다. 그달의 모임에 참석할 수 없노라는 사연을 간단히 엽서로 띄우면서 혹시라도 병원으로 문병 오지 않도록, 곧 퇴원하게 될 테니까 절대로 찾아오지 말 것을 부탁하였다. 그래서 그 꼬마들은 내가 퇴원할 때까지 다행히 병원에 오지 않았었다.

그러나 다음 달에 우리가 만났을 때 그들이 두 번이나 찾아왔다가 두 번 모두 위병소에서 거절당하였음을 알았다. 그것도 삶은 계란을 싸가지고 왔었단다. 더욱이 나이가 제일 어린 이규승이는 평소에 같이 걸어갈 때에도 내 팔에 매달리며 걸었는데 한 번은 저 혼자서 병원까지 왔다가 돌아갔다는 것이었다.

물론 삶은 계란은 자기들끼리 나누어 먹었겠지만 그들이 그렇게 벼르고 별렀던 서오릉 소풍 때에도 계란을 싸가지고 갈 수 없었던 가난한 형편을 생각하면 결코 잊을 수 없는 일이 아닐 수 없다. 그들은 문화동에서 멀리 병원까지 걸어서 왔다가 걸어서 돌아간 것이었다.

내가 이들로부터 꼭 한 번 선물을 받은 적이 있다. 66년 크리스마스 때였다. 카드 한 장과 금관담배 한 갑이 그것이다. 아마 이 선물을 위하여 일인당 10원씩을 거두었던 모양이었다. 왜 내가 그것을 짐작할 수 있었는가 하면 손용대와 이덕원의 표정에는 자기 몫을 내지 못한 침울한 심정이 너무나 역력하였기 때문이다. 나는 크리스마스 때 선물이나 카드를 주고받지 않기로 하였던 지난달의 결정을 상기시키고 다시는 이런 낭비(?)를 하지 않기로 의견을 모았다. 이러한 우리의 결심이 크리스마스를 기다리던 어린이들에게 어느 정도로나 수긍이 갔었는지, 그리고 몫을 내지 못한 두 어린이의 침울한 심정이 과연 얼마나 위로되었는지 매우 쓸쓸한 기억밖에는 없다.

나는 카드 대신 1월 1일경에 이들에게 배달되도록 날짜의 여유를 두어서 사관학교의 그림엽서 한 장씩을 우송하였다.

1967년 6월 나는 수술 후 완전히 회복되었기 때문에 4월부터 미루어온 봄소풍을 가기로 약속하였다. 이미 6월이 되어 여름 소풍이 되어버린 셈이지만 우리는 이 소풍을 위하여 여러 차례 의논을 하였으며 오래전부터 마음을 설레어온 터였다. 우리는 이번 소풍이 전번보다 더 풍성하고 유쾌한 것이 되도록 청구회 외에 다른 그룹도 참가시키기로 결정하였다. 목적지를 이번에는 '백운대' 계곡으로 정하고 다른 그룹에 대한 교섭은 물론 내가 책임을 맡았다.

처음에 나는 다른 꼬마들을 참가시킬까 생각하다가 곧 그런 생각을 취소하였다. 청구회 회원들이 주인이 된 소풍에 또 다른 꼬마들이 곁든다는 것은 그 손님이 된 꼬마들이 비록 세심한 배려를 받는다고 하더라도 어색하고 섭섭하지 않을 수 없기 때문이었다.

그래서 우선 내가 지도하고 있던 이화여자대학교의 세미나 서클 '청맥회'에서 청구회의 내력과 봄소풍 계획을 피력하여 열렬한(?) 동의를 얻는 데 성공하였다. 그러고 나서 나는 육군사관생도들을 참가시키기로 작정하였다. 육사 생도들의 화려한 제복과 반듯한 직각의 동작은 평소 우리 꼬마들의 선망의 대상이 되어왔기 때문이었다. 나는 당시 10주의 훈련을 거쳐 육군중위로 임관하여 육군사관학교 교수부에서 경제학을 강의하고 있었다.

66년 임관 직후 내가 예의 그 허술한 국민복 상의를 벗어버리고 정복 정모에 계급장을 번쩍이면서 장충체육관 앞에 나타났을 때 청구회 꼬마들이 큰 눈으로 신기해하고 자랑스러워하는 품이란 그대로 흐뭇한 한바탕 축하회였다.

그날 나와 꼬마들이 옆으로 늘어서서 이야기를 주거니 받거니 걸어가는데 저만큼에서 육군병사 한 명이 차렷 자세로 내게 경례하였다. 그 병사가 구태여 걸음을 멈추고 차렷 자세로 정식 경례를 한 마음씨가 짐작할 만하였다. 그 광경을 목격한 이 꼬마들의 뛸 듯이 기뻐하는 모습이라니. 나도 으쓱해지려는 치기를 어쩔 수 없었던 터였다. 이번 봄소풍에 육사 생도들을 참가시키자는 것은 오히려 꼬마들 쪽에서 먼저 얘기를 꺼낸 것이기도 하였다.

나는 3학년 경제학원론 강의를 빨리 진행하여 일찍 마친 다음 생도들에게 청구회의 봄소풍 작전을 공개하여 그 참가를 희망하는 생도는 강의가 끝난 후 경제학과 교수실로 와서 신청하도록 광고(?)하였다. 상당히 광범한 반응이 일었다. 이처럼 많은 희망자가 쏟아져 나왔다는 사실을 나는 결코 이화여대의 '청맥회'가 동행하기 때문이라고 생각하지는 않았다. 청구회에 얽힌 몇 가지 에피소드만으로도 충분히 호감이 가는 소풍이 아닐 수 없었다. 다른 생도들보다 비교적 일찍이, 그것도 6명이 단체로 신청한 생도들과 약속하였다. 그후 많은 생도들의 신청을 무마하여 다음 기회로 미루어 돌려보내느라 상당히 오랫동안 고역을 치렀다.

이렇게 하여 우리의 봄소풍 일행은 최종적으로 그 인원이 확정되었다. 청구회 6명, 청맥회 여학생 8명, 육사 생도 6명 그리고 나 이렇게 21명이었다. 그리고 각 참가 그룹별 책임을 분담하였다. 책임이란 소풍에 필요한 점심과 간식에 소요되는 최소한의 준비였는데 이 분담도 참가신청 이전에 이미 참가의 조건으로 제시된 바 있었기 때문에 그것을 다시 상기시켜 잊지 말도록 하는 것일 뿐이었다. 여학생들은 점심식사에 필요한 주식과 부식의 준비, 육사 생도들은 과자와 간식의 준비, 그리고 청구회 꼬마들은 주빈답게 아이스케이크 30개 값을 지참하는 정도로 그저 체면 유지(?)에 그친 것이었다.

이 아이스케이크 값도 그날 목적지에 도착하기도 전에 동이 나고 말았지만, 마침 다들 목이 마를 때 다른 그룹들보다 먼저 선수를 쳤기 때문에 상당한 갈채를 받았다는 점에서 그 비용에 비하여 효과는 지극히 훌륭한 것이었다.

1967년 6월 ○일 일요일 오전 10시 30분. 우리 일행은 수유리 버스종점에서 모이기로 하였다. 나는 9시 30분에 문화동 입구 청구국민학교 앞에서 꼬마들과 만나서 시내버스를 두 번 갈아타고 수유리 종점에 도착하였다.

먼저 와서 기다리고 있던 여학생들과 사관생도들은 우리의 도착으로 비로소 그들이 오늘의 동행인들이라는 사실을 알게 되었다. 나는 먼저 그들의 책임 준비물을 점검하였다. 초과달성이었다. 주·부식을 분담하였던 여학생들에게서 딸기, 과자 등속이 지참되고 있었는가 하면 생도들의 짐 속에는 '쌀'까지 들어 있었다. 일요일에 등산 또는 소풍 가는 생도는 학교로부터 쌀의 정량을 지급받을 수 있기 때문에 악착같이(?) 타왔단다.

이날 청구회 회원들은 여학생들과 사관생도들로부터 대단한 우대를 받았다. 가난한 옷차림을 낮추어보는 시선도 없었고, 가난한 옷차림을 부끄러워하는 마음의 구김새도 없이 '신나게' 놀았던 하루였다. 육사 생도들은 육군사관학교로 꼬마들을 초대하겠다는 약속을 하였고, 여학생들은 '청구문고'에 도서를 기증하겠다는 약속을 했다. 오후 5시경 수유리 종점에서 헤어질 때까지 우리는 줄곧 의젓하게(?) 처신하면서 청구회의 위신을 손상시킴이 없도록 자제하기도 하였다. 그래서였던지 그후 동행인들로부터 각종의 찬사와 격려를 받았다.

우리는 계속 부지런히 장충체육관 앞에서 만났고 엽서와 편지를 주고받아가며 우리의 역사를, 우리의 애정을 키워왔던 것이다.

지금 옥방에 구속된 몸으로 이 글을 적으면서도 애석하고 마음 아픈, 이른바 실패의 기억처럼 회상되는 일이 하나 있다.

1968년 1월 3일에 청구회 꼬마들을 우리 집으로 초대하여 간소한 회식을 갖자고 제의하여 이들의 승낙을 받았다. 그러나 약속날인 1월 3일 12시 동대문 체육관 앞에는 한 사람도 나타나지 않았다. 나는 이들의 초대를 위하여 어머니에게 이들의 면면을 말씀드려 '회식'의 준비에 각별한 애정을 느끼게끔 미리 터를 닦아놓기까지 하였던 터였다.

12시부터 약 1시간 40분 동안 추운 버스정류장에서 이들을 기다렸다. 처음 한 시간은 12시 약속을 1시 약속으로 착오하고 있을지도 모른다는 생각으로, 그리고 그후 40분은 도중에 무슨 일로 좀 늦어질지도 모른다는 마음으로 기다렸다. 1시간 40분을 행길가에 서서 기다렸다. 흔히 약속시간보다 1시간씩이나 일찍 나타나곤 하던 이 녀석들의 특유의 버릇을 생각하여 근처의 담배 가게에 소상히 문의해보는 일도 잊지 않았다.

나는 어깨를 떨어뜨리고 집으로 돌아와서 어머님의 실망을 위로하여야 하였다.

나는 지금도 그때 그들이 약속을 지키지 않았던 까닭을 정확히 모르고 있다. 사실은 그들이 나오지 않은 이유 자체가 심히 모호한 것이기도 하였다. 어쩌면 나에게 폐를 끼치는 일이라고 생각해서였는지 아니면 부모들로부터 역시 같은 이유로 금지당하였는지 그들의 대답과 표정은 끝내 모호하였을 뿐이었다. 결국 분명한 해명이 없는 채 그대로 지나치고 말았다.

바로 이 점에 나의 고충이, 그리고 그들 쪽에도 하나의 고충이 있었는지도 모른다. 이러한 종류의 미묘한 심리적 갈등이 한두 번, 그나마 가볍게 노출되었던 것 외에 무슨 다른 어려움이 있었던 것은 아니었다.

다만 중학교를 진학하지 못하고 고작 검정고시로 가난한 마음을 달래고 있는 이들에게 중학교의 입학금과 학비를 내가 조달해야 하는가 하는 문제가 나를 상당히 우울하게 하였다. 이 문제에 관하여 나는 감상적으로 되는 나를 애써 경계하면서 이러저러한 논리를 갖추어 이성적으로 판단해야 한다고 다짐하면서도, 문득문득 눈앞에 서는 이 국민학교 '7학년', '8학년'의 위축된 모습에서 여러 차례에 걸쳐 번민하지 않을 수 없었다.

매달 100원씩 붓는 우리들의 우편저금이 먼 훗날 어떠한 형식으로 이 잃어버린 중학 시절의 공허와 설움을 보상해줄 수 있겠는가.

1966년 이른 봄철 민들레 씨앗처럼 가벼운 마음으로 해후하였던 나와 이 꼬마들의 가난한 이야기는 나의 급작스런 구속으로 말미암아 더욱 쓸쓸한 이야기로 잊혀지고 말 것인지…….

중앙정보부에서 심문을 받고 있을 때의 일이다.

'청구회'의 정체와 회원의 명단을 대라는 추상 같은 호령 앞에서 나는 말없이 눈을 감고 있었다. 어떠한 과정으로 누구의 입을 통하여 여기 이처럼 준열하게 그것이 추궁되고 있는가. 나는 이런 것들을 아랑곳하지 않았다.

나는 8월의 뜨거운 폭양 속에서 아우성치는 매미들의 울음소리만 듣고 있었다. 나는 내 어릴 적 기억 속의 아득한 그리움처럼 손때 묻은 팽이 한 개를 회상하고 있었다. 그리고 조용히 답변해주었다. '국민학교 7학년, 8학년 학생'이라는 사실을.

그후 나는 서울지방법원 8호 검사실에서 또 한 번 곤혹을 느끼지 않을 수 없었다.

"이것이 '청구회 노래'인가?"

검사의 반지 낀 손에 한 장의 종이가 들려져 있었다. 거기 내가 지은 우리 꼬마들의 노래가 적혀 있었다.

겨울에도 푸르른 소나무처럼
우리는 주먹 쥐고 힘차게 자란다.
어깨동무 동무야 젊은 용사들아
동트는 새아침 태양보다 빛나게
나가자 힘차게 청구용사들.

밟아도 솟아나는 보리싹처럼
우리는 주먹 쥐고 힘차게 자란다.
배우며 일하는 젊은 용사들아
동트는 새아침 태양보다 빛나게
나가자 힘차게 청구용사들.

여기서 '주먹 쥐고'라는 것은 국가 변란을 노리는 폭력과 파괴를 의미하는 것이 아닌가 하는 심각한(?) 추궁을 받았다. 사회주의 혁명을 위한 폭력의 준비를 암시하는 것이 아닌가 하는 끈질긴 심문이었다.

내가 겪은 최대의 곤혹은 이번의 전 수사과정과 판결에 일관되고 있는 이러한 억지와 견강부회였다. 이러한 사례를 나는 법리해석의 문제로 이해하는 것이 아니라 정치권력 그 자체의 가공할 일면으로 이해하고 있는 것이지만 이는 특정한 개인의 불행과 곤혹에 그칠 수 있는 사소한 문제가 아니라는 점에서 심각한 사회성이 복재(伏在)하고 있는 것이다.

그리고 마지막으로 나는 군법회의에서 이 '청구회 노래'의 가사를 읽도록 지시받고 '청구회'가 잡지사 '청맥사'를 의식적으로 상정하고 명명한 이름이 아니냐는 '희극적' 질문을 '엄숙히' 추궁받았다.

언젠가 먼 훗날 나는 서오릉으로 봄철의 외로운 산책을 하고 싶다. 맑은 진달래 한 송이 가슴에 붙이고 천천히 걸어갔다가 천천히 걸어오고 싶다.

니토(泥土) 위에 쓰는 글

다시 출발점에서 첫발을 딛고 일어선다.

시야에는 잎이 진 나목(裸木) 위로 겨울 하늘이 차다.

머지않아 초설(初雪)에 묻힐 낙엽이 흩어지고 있는 동토(冬土)에, 나는 고달픈 그러나 새로운 또 하나의 나를 세운다. 진펄에 머리 박은 니어(泥魚)의 삶이라도 그것이 종장(終章)이 아닌 한 아직은 인동한매(忍冬寒梅)의 생리로 살아가야 할 여러 가지의 이유가 있다.

지금부터 걸어서 건너야 할 형극의 벌판 저쪽에는 애타게 기다리는 사람들의 얼굴이 등댓불처럼 명멸한다. 그렇다. 일어서서 걸어야 한다. 고달픈 다리를 끌고 석산빙하(石山氷河)라도 건너서 '눈물겨운 재회'로 향하는 이 출발점에서 강한 첫발을 디뎌야 한다.

칠푼 판자의 마룻바닥에 싸늘하게 겨울이 깔리는데 나는 두 개의 복숭아뼈로 나의 체중을 지탱하면서 부처처럼 무념(無念)의 자세로 앉았다.

"아무리 추워봐라. 내가 내복을 사 입나!"

이것은 역전 앞 지게꾼들만의 오기가 아니다. 겨울은 아직도 빈자(貧者)의 계절은 아니다.

황금의 유역에서 한 줌의 흙을 만나는 기쁨이 유별난 것이듯, 수인의 군집 속에서 흙처럼 변함없는 인정(人情)을 만난다. 이러한 인정의 전답에 나는 나무를 키우고 싶다. 장교 동(棟)에 수감되지 않고 훨씬 더 풍부한 사병들 속에 수감된 것이 다행이다. 더 많은 사람, 더 고된 생활은 마치 더 넓은 토지에 더 깊은 뿌리로 서

泥土 위에 쓰는 글

다시 출발점에서 첫발을 딛고 일어선다.
視界에는 잎이 진 裸木 위로 겨울하늘이 차다.
먼저 밟아 初雪에 묻힌 낙엽이 흩어지고 있는 冬土에
나는 고달픈 그러나, 새로운 또 하나의 나를 세운다.
진펄에 머리박은 泥魚의 삶이라도 그것이 終章이
아닌 한 아직은 忍冬寒梅의 생리로 살아가야 할
여러가지의 이유가 있다.
지금부터 걸어서 건너야 할 형극의 벌판 저쪽에는
애타게 기다리는 사람들의 얼굴이 등댓불처럼 명멸한다.
그렇다. 일어서서 걸어야 한다. 고달픈 다리를 끌고
石山 氷河라도 건너서 「눈물겨운 再會」로 향하는
이 출발점에서 강한 첫발을 딛어야 한다.

x x

칠푼 판자의 마루바닥에 싸늘하게 겨울이 깔리는데
나는 두개의 복숭아뼈로 나의 체중을 지탱하면서
부처처럼 無念의 자세로 앉았다.

"아무리 추워봐라 내가 내복을 사입나!"
이것은 엽전 없는 지겟꾼들만의 오기가 아니다.
겨울은 아직도 貧者의 季節은 아니다.

黃金의 流域에서 한줌의 흙을 만나는 기쁨이
유별난 것이듯, 囚人의 群集속에서 흙처럼
변함없는 人情을 만난다. 이러한 人情의

있는 나무와 같다고 할 것이다. 그 자리에 땅을 파고 묻혀 죽고 싶을 정도의 침통한 슬픔에 함몰되어 있더라도, 참으로 신비로운 것은 그처럼 침통한 슬픔이 지극히 사소한 기쁨에 의하여 위로된다는 사실이다. 큰 슬픔이 인내되고 극복되기 위해서 반드시 동일한 크기의 커다란 기쁨이 필요한 것은 아니다. 작은 기쁨이 이룩해내는 엄청난 역할이 놀랍다.

반대의 경우는 어떨까. 커다란 기쁨이 작은 슬픔으로 말미암아 그 전체가 무너져 내리는 일은 아무래도 드물 것이라 생각된다. 슬픔보다는 기쁨이 그 밀도가 높기 때문일까. 아니면 슬픔이든 기쁨이든 우리의 모든 정서는 우리의 생명에 봉사하도록 이미 소임이 주어져 있기 때문인지도 모른다.

세상의 벼랑 끝에 서서 이처럼 허황된 낙관을 갖는다는 것이 무슨 사고(思考)의 장난 같은 것이지만 생명을 지키는 일은 그만큼 강렬한 힘에 의하여 뒷받침되는 것이다. 개인의 생명이든 집단의 생명이든 스스로를 지키고 지탱하는 힘은 자신의 내부에, 여러 가지의 형태로, 곳곳에 있으며 때때로 나타나는 것이라고 믿는다.

나는 내가 지금부터 짊어지고 갈 슬픔의 무게가 얼마만 한 것인지는 모르지만 그것을 감당해낼 힘이 나의 내부에, 그리고 나와 함께 있는 수많은 사람들 속에 풍부하게, 충분하게 묻혀 있다고 믿는다.

슬픔이나 비극을 인내하고 위로해주는 기쁨, 작은 기쁨에 대한 확신을 갖는 까닭도, 진정한 기쁨은 대부분이 사람들과의 관계로부터 오는 것이라 믿기 때문이다. 그것이 만약 물(物)에서 오는 것이라면 작은 기쁨에 대한 믿음을 갖기가 어렵겠지만 사람과 사람과의 관계로부터 오는 것이라면 믿어도 좋다. 수많은 사람을 만날 것이기 때문이다.

— 1969. 11. 12.

70년대의 벽두

바깥에서는 70년대의 대망(大望)에 모두들 가슴이 부풀고 희망찬 설계가 한창인 모양이지만 감옥에 갇혀 앉아 있는 내게는 고속도로도, 백화점도, 휴일도, 연말도, 보너스도, 친구도 없이 쇠창살이 질러 있는 창문 하나만 저만치 벽을 열어주고 있을 뿐이다.

전망이 없는 이 창문을 향하여 나는 나의 가족과 나의 사랑과 나의 청년을 읽으려 하고 있는 것이다. 나의 70년대는 이 창문에서부터 밝아왔다.

아침 6시 기상나팔이 불면 잠에서 깬다. 혹 꿈에서 깰 적도 있다. 한 달 전까지만 하더라도 기상 30분 전쯤에 깨어서 천장을 보거나 벽에 걸린 옷이나 방구석의 책, 신발들을 둘러보면서 여기가 감옥이라는 사실을 확인하기도 했는데 요즈음은 나팔이 불어야 깬다. 아마 일광욕 시간에 축구를 하기 때문인지도 모르겠다.

기상나팔 소리보다 조금 일찍 깨어나는 편이 덜 고달프지만 그게 요즈음은 상당히 어려운 일이 아닐 수 없다.

아침 6시 나팔소리에 잠에서 깬다. 나른한 몸을 따뜻한 모포 속으로부터 선뜻 빼내고 싶지 않아 눈을 감은 채 누워 있으면 관무와 형모가 먼저 일어난다. 이들이 옷을 거의 입을 때쯤 그제야 나는 머리맡의 마스크를 집어서 쓰고 일어나 앉아 양말, 덧버선, 바지의 순서로 챙겨 입는다. 내가 옷을 입는 동안 관무, 형모, 그리고 현우 셋이서 침구를 갠다.

방을 한 번 쓸고 매트리스를 깔고 그 위에 모포를 펴서 자리를 만들어놓으면 나는 방 안쪽 구석에서 맨손체조를 하거나 식구통에 매달려 팔다리 굽히기 운동을 하고 나서 제일 구석 자리인 내 자리에 앉는다. 그리고 대개 앉은 채로 조끼(수길이가 출감기념으로 주고 간 것으로 야전잠바의 내피에 지퍼를 달아서 만든 것)와 잠바를 입는다. 이때쯤 복도에는 후앙(환기장치) 돌아가는 소리가 윙윙거리는 가운데 동청소반장의 욕지거리가 들린다. "이 새끼들, 변소 나오지 마!" "씨발놈들아, 웅성거리지 마라!" "난롯가에 섰는 놈들은 통뼈야?" 하루의 일과가 어김없이 이런 욕설에서부터 시작된다. 후앙소리가 그치고 이내 "점호 5분 전!"을 알리는 동필기의 고함소리가 들리고 '중앙'에서부터 점호보고가 들려오고 각 호실의 번호소리가 들리면서 점점 8호 감방 쪽으로 옮겨온다. 드디어 "8호 13명 번홋!" 구령이 떨어지면 1호실에서부터 번호를 부른다. "한, 둘, 세, 네, 다, 여, 곱, 들, 홉, 열……." 나는 대개 '넷'을 부른다.

점호를 취하러 오는 근무 헌병이나 동대기 선임하사는 감방 안을 들여다보는 일이 없이 그저 '대가리 숫자'만 맞으면 그만이다. 점호가 지나가면 또 모포를 쓰고 드러눕는다. 매트리스를 깔고 앉거나 모포를 뒤집어쓰는 것은 금지되어 있다. 1동 8호를 제외한 다른 감방에서는 감히 엄두도 낼 수 없는 일이다. 8호는 사형수, 무기수들이 웅치고 있어서 근무자들이 감히 간섭하지 못하는 편이다. 이 영광스러운(?) 전통이 수립되기까지 겪은 투쟁사는 실로 굉장한 것이 아닐 수 없다.

8호 총원들은 대개 세면시간까지 다시 취침을 하시는 것이 보통이다. 나는 이 시간에 책을 읽는다. 요즈음은 충무공의 『난중일기』를 읽는다. 읽을 만한 책이 귀하여 읽는다기보다 거의 외우다시피 읽고 또 읽는다.

그런데 약 일주일 전부터 나로서는 반갑지 않은 손님이 이 시간에 찾아온다. "안녕하십니까? 예배시간입니다." 어제 공부한 것을 복습하고 성경구절을 봉독하고 설교, 그리고 주기도문으로 약 5분에 끝난다. 매주 수요일 저녁마다 예배를 드리고 있는데도 또 아침마다 '전도'를 보내서 예배를 보게 하는 까닭은 아마 사형 집행이 확실시되는 '김○수'를 안정시키기 위해서라고 생각된다. 몇 사람을 제외하고는 이 예배를 귀찮아하지만 그래도 이 '전도'의 말씨가 지극히 공손하고(이 '전도'도 수감자의 한 사람이다) "얼마나 추우십니까", "안녕히 주무셨습니까" 등의 살뜰한 말씨는 다른 사람한테서는 결코 들을 수 없다는 점에서 지극히 '마음에 든다'는 것이다.

예배가 끝날 무렵이면 다른 호의 세면 및 용변이 끝나고 8호 차례가 된다. 8호 총원이 세면장이나 변소에 나올 때 다른 호의 인원이 얼렁거리다간 '쥐어터진다'. 그래서 8호 문 따면 다른 호의 인원은 자취를 감춘다. 갇혔던 짐승들이 우리에서 풀려나오듯 우글우글 세면장으로 나가면 우리들을 보는 시선도 그렇고 우리 스스로도 짐승같이 여겨진다. 걸음걸이도 일부러 어슬렁어슬렁거린다. 내가 복도에 나오는 때는 인사하는 친구들이 상당히 많다. 근무 헌병으로부터 교도, 동청소반장, 수품계, 동필기, 배식반장 등 소위 열외급(列外級) 통뼈들이 더러는 진심에서, 더러는 '8호 실장님'에 대한 정치(?)로 '사이사이'(아첨)를 놓는다.

나는 세면과 용변이 끝나면 난롯가에 앉는 법이 없이 곧장 감방에 들어앉는다. 그리고 8호의 다른 방에 있는 김태일랑과 박상은의 영어공부를 도와준다. 문을 따놓은 동안이라야 지척이라도 내왕이 가능하기 때문이다. 밥이 들어오면 각 방으로 다시 어슬렁거리며 들어가서 아침식사를 한다. 김치찌개가 겨울 추위를 달래주는 유일한 메뉴이다. 8호에서나 먹을 수 있는 것이다. 김치에 고추장, 버터, 간장, 때로는 콩나물까지 국에서 건져 넣어 난로에 끓인 것이다. '국도 아닌 것이, 찌개도 아닌 것이'다.

식사 마치고 숭늉(누룽지를 넣고 주전자에 끓인 것)까지 마신 날이면 배고프지 않는 도야지들의 행복(?)이 복부에 묵직하다. 식사 중이나 식사 후에도 나는 많은 사람의 인사를 받는 셈이다. 1동 입구의 1호에 있는 장기수, 때로는 7동의 45호 장기수, 사형수들까지 놀러(?)와서 잠깐 보고 간다. 불행은 불행끼리 위로가 된다.

식사 후 얼마 지나지 않아 다시 문을 채운다. 아침 세면 때부터 식사 후 문을 잠글 때까지의 시간은 약 1시간, 길어야 1시간 30분이며, 이것은 아침, 점심 그리고 저녁, 세 번 거의 같은 풍경이 반복된다.

오전에 내가 하는 일은 주로 책을 읽는 일이다. 오후에는 점심식사가 끝나기 무섭게 곧 일광욕 나갈 준비를 한다. 진눈깨비가 슬슬 뿌리는, 일광이 없는 날에도 악착같이 일광욕을 하겠다고 우겨댄다. 모포를 짊어지고 일렬로 야외동 운동장으로 나간다. 요즈음은 거의 축구로 시간을 다 채운다.

운동장이래야 보통 운동장의 1/3 정도 크기밖에 안 되지만 1시 30분에서 2시까지 제한된 일광욕 시간을 대개 20~30분 초과해서 '더 찾아먹는다'. 8호의 장기수들끼리 편을 갈라 1·2호실(6명) 대 3·4호실(7명)의 시합이다. 과자 한 봉, 또는 미원 한 봉 내기를 한다. 대개 우리 편(1·2호)이 이긴다. 가끔 다른 호 인원과 시합하는 경우도 있다.

일광욕이 끝나면 세면장에서 세면, 냉수마찰을 하고, 다시 문을 걸어잠그고 들어앉는다. 축구시합의 품평회를 벌이듯 식구통에 달라붙어서 2, 30분 떠들썩하다. 책을 손에 들거나, 형모와 관무가 다리 주물러주며 꼬시는 데 넘어가 이야기를 하거나, 세 사람에게 영어·수학을 가르치기도 한다. 과자가 있으면 빼먹기 놀이(올 마이티)도 하며, 오전보다는 각 방마다 다소 활기를 띤다. 일광욕, 이것은 갇혀 있는 사람에게는 유일한 낙이다. 오후 시간은 이 일광욕으로 시작해서 그 뒤풀이로 떠들다가 저녁밥을 맞는 셈이다.

저녁식사가 오면 또 찌개를 만드느라, 변기통을 비우느라, 세탁을 하느라, 변소엘 가느라, 문 따놓은 동안에 할 일도 많고, 일 없이도 우글우글 모여 다닌다. 저녁식사가 끝나면 다시 문 잠그고 들어앉는다.

최근에 내가 보고 있는 책은 『Analytic Geometry and Calculus』, 『난중일기』, 『네루의 옥중서간집』 등이다. 감옥에 들어오기 전에도 한 번씩 읽은 책이지만 책이란 자기가(독자가) 변하면 내용도 변하는지 다른 느낌을 받는다. 8호 감방은 낮이나 밤이나 같은 조명이지만 저녁시간이 더 아늑하다. 이것은 이제 밤을 기다린다는 가라앉은 마음 때문일 것이다.

저녁식사 후부터 취침 때까지 수감자들이 치러야 하는 공식적인 행사(?)는 동인원 파악과 취침점호 두 가지인데 이것은 아침 기상 후의 점호와 마찬가지로 그저 '대가리 수'를 세어보는 것이다. 다른 호에서는 하루에도 여러 수십 번 인원파악을 하는데도, 8호는 항상 열쇠를 채워두고, 또 작업출동(作業出棟)이 없기 때문에 하루에 세 번밖에 점호를 하지 않는다. 아침점호, 취침점호, 그리고 취침점호 20~30분 전에 실시하는 동인원 파악의 세 번뿐이다. 저녁 취침점호가 끝나면 잠자리를 편다. 출입문을 옆으로 두고 문 쪽으로부터 헌우, 나, 관무, 형모의 순서로 나란히 눕는다. 1호실의 식구도 그동안 참 많이 바뀌었다. 많을 때는 8, 9명까지 북적대기도 하다가 한동안은 나 혼자 이 어두운 공간을 다 짊어지고 앉아 있기도 하였다.

대부분은 형이 확정되어 민간교도소로 이송 가기도 하였고 또 개중에는 원심이 파기되어 사단군법회의로 환송되어 사단 영창으로 가는 사람도 있었고, 예비사단으로 가서 사형 집행되기도 하였다.

지금은 단촐한 네 식구다. 우리가 덮는 이불은 모포임은 물론이다. 솜이불이 그립지만 군대에 이불이 있을 리 없다. 군용담요를 두 장 연결하였기 때문에 네 명이 한 이불을 덮는다. 이것은 담요 다섯 겹이기 때문에 거의 추운 줄을 모른다. 밑에는 매트리스 위에 또 담요 두 장을 깐다. 우리는 대개 잠자리에 들면 30분 정도 실없는 이야기를 나누는 버릇이 있는데 나는 금세 곯아떨어지는 잠꾸러기이다. 다른 녀석들처럼 낮잠을 자는 일이 없기 때문이다.

취침나팔이 밤하늘을 울리면 수감자들은 습관처럼 고향을, 부모를, 바깥을 상상해본다. 꿈에나마 그리운 곳, 그리운 사람을 만나보기를 바라는 마음이 된다.

이 시간이 하루의 가장 행복한 시간으로 생각되고 있다. 무엇보다 이불 속에 발 뻗고 편안히 누웠기 때문이며 고달픈 하루가 지나갔다는 이른바 '세월'을 보낸 느낌 때문이라 생각된다. 이리하여 이튿날 아침 기상나팔이 불면 어제와 똑같은 오늘이 시작되며 또 똑같은 내일이 반복되는 것이다. 이 무의미하고 단조로운 나날의 반복 속에서 수감자들은 모든 동작과 사고가 기계처럼 습관화되어버린다. 더구나 이 남한산성 육군교도소는 6각(六角)이라는 별명에서 알 수 있듯이 중앙을 중심으로 6개의 긴 사동(舍棟)이 6개의 방향으로 뻗어 있는데, 6개 사동 중의 어느 사동도 동·서·남·북의 정방향이 아니라는 사실이 매우 중요하다.

한마디로 이 6각 속에서는 어느새 방향감각이 흐려진다. 이 점을 노려 계획된 설계인지 우연인지는 알 수 없지만 동서남북 중의 어느 하나도 확실하게 방향을 가늠할 수가 없게 되고 만다. 이러한 방향감각의 상실에다 기계처럼 단조롭고 습관화된 나날들, 실로 힘든 하루하루가 아닐 수 없다. 무엇인가 새로운 의욕과 창의, 이런 것들이 무척 아쉬워지며, 점점 더 어려워지는 것이다.

그러나 이는 수형생활의 내면이고, 다른 한편 수형생활이 단조롭고 무료한 것은 결코 아니다. 모든 것이 좌절된 위치에서 최소한의 필요를 충족하려는 아귀다툼과 투쟁, 응어리진 불만과 불신과 분노가 빽빽이 점철되어 있는 것이다. "밥이 왔는데 왜 개새끼 근무자는 문을 안 따나!"에서부터 시작하여 국에 왕건이(건더기)가 없다, "국 당번 나와!" 배식반장을 끌고 와서 "이 새끼, 김치가 왜 이렇게 적어!" 주먹으로 조지고 발로 까는가 하면 "수품계 새끼! 비누가 100% 안 나왔다", "다른 호에 50% 나왔다고 이 새끼야, 8호에도 50%를 줘?" "세수도 않고 총 맞으란 말이야?" "당장 100% 안 가져왔다간 깨지는 줄로 알아!", "난로 당번 한탕 시키자, 이 새끼 요즘 좀 삐딱해. 식사시간인 줄 뻔히 알면서 탄을 갈아 넣어?" "찌개도 물도 못 끓이게 곤조부리는 거야?"…… "×나게 까!" …… 하루에도 수십 번 "8호 당번 나와라!" 문을 쾅쾅 차며 물 가져오라, 수건 좀 적셔오라, 양말 말려오라, 동내의 세탁 좀 하자, 백지 구해오너라, 버터에 건빵 좀 볶아오너라, 장기판 만들게 마분지 어디서 좀 뺏어오너라, 어디 있는지 말만 해! 내가 가서 뺏어올 테니까, 설사 환자 있으니 문 좀 따! 근무자가 없어? 근무자 나오시오! ……, …….

어쩌면 사형수는 물론이고 장기수들은 모두 인생을 포기하고 있는지도 모른다. 그러나 실은 누구보다도 약하고 서러운 자이기 때문에 그 표현이 치열하고 극성인지도 모른다.

괴롭고 서글픈 하루의 마지막을 알리는 취침나팔 소리마저 자지러지고 나면 이 8호 감방에도 이윽고 무덤 속 같은 정적이 찾아든다. 가끔 악몽에 시달리는 잠꼬대가 이 정적을 깨뜨리기도 하지만 내일 아침 기상나팔 소리가 칼끝같이 이 정적을 쪼갤 때까지 여기 이 감방은 그대로 하나의 무덤이 된다.

뱁새가 어찌 황새의 뜻을
알랴 봉황은 오동나무가 아니면
깃들이지 않나니,

배개를 높히고 아직도
잠이 부족한 자는 누구요?

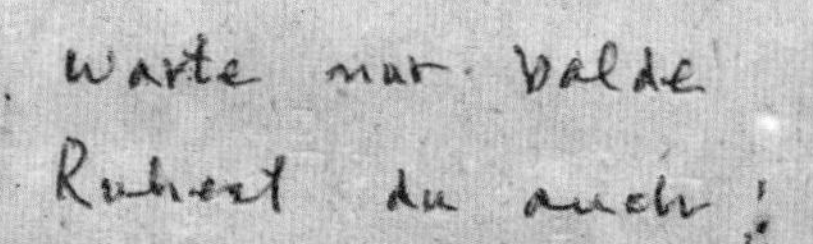
Warte nur balde
Ruhest du auch!

Ich habe in dein Leben eingegriffen
ohne zu denken wie auch leiser
Hauch oft eine Blume entblättert.

Ich glaubte nicht, daß ein armes
leidendes Wesen, wie ich, dir
mehr als Mitleiden einflößen
könne.

고성 밑에서 띄우는 글

오늘은 비가 내리고 있습니다. 비는 이 유형지의 어두운 분위기를 더욱더 축축한 것으로 만듭니다. 저마다 권태로움에 젖어드는 자신의 마음을 구하려 하지만 이미 수렁에 던져진 바위처럼 마냥 밑으로 밑으로 침하하기만 합니다. 세상의 가장 낮은 바닥에 쭈그리고 앉아 있는 처지에 다시 더 밑으로 떨어진다는 것은 결국 가상이고 '아이러니'가 아닐 수 없습니다.

그러나 이 허무한 가상 속에서 상당한 분량의 위로를 얻고 있는 것도 사실입니다. 가상에 의탁한 위안이 허무한 것임은 말할 필요가 없습니다. 하나의 가상이 무너질 때, 허황한 착각에서 깨어날 때, 퍼뜩 제정신이 들 때, 우리는 다시 침통한 마음이 됩니다. 이를테면 자물쇠 채우는 금속성의 마찰음이 귓전을 칠 때, 또는 취침나팔의 긴 여운이 울먹일 때, 또는 잠에서 막 깨어 그것이 꿈이었다는 것을 알았을 때……, 이런 때에는 어김없이 현실의 땅바닥에 떨어져버린 한 마리씩의 깃이 젖은 새처럼 풀죽은 꼴이 됩니다. 이렇게 하루에도 몇 번씩 하늘과 땅 사이를 배회하는 가상 속에서 오히려 옥살이라는 고통과 위로를 혼동하며, 고통이든 위로든 그것을 애매하게 만들어놓습니다.

그러나 오늘같이 비가 내리는 날이면 자꾸만 밑이 꺼지는 공허를 어쩔 수 없습니다. 진흙바닥에 발이 박혀서 신발마저 뽑아내지 못한 채 끝내 울음을 터뜨리고 말았던 국민학교 시절의 기억…….

이제 한 달 안으로 이 고성을 떠나게 될 것 같습니다. 작년 1월

22일 하얗게 눈에 덮인 이 산성으로 실려온 지 벌써 1년 5개월, 그 동안 나는 많은 것들을 여기 이 땅속에 묻어두었습니다. 어쩌면 이 편지가 남한산성에서 쓰는 마지막 편지가 될지도 모릅니다. 이 편지 역시 이 땅속에 묻는 편지이기도 합니다. 이곳은 나 한 사람만의 사연이 묻혀 있는 곳이 아니라 민족의 수난과 치욕이 멍든 비극의 땅이기도 합니다. 이조 16대 임금 인조가 청나라 태종의 말 아래 무릎을 꿇고 항복한 곳도 바로 이곳입니다. 그것이 약 300년 전의 일이고 보면 아직도 이곳 어디엔가 묻혀 있을 혈흔을 파낼 수 있을지도 모를 일입니다.

창문에서 보이는 산의 가장 높은 봉우리에는 큰 소나무가 다섯 그루 서 있습니다. 나는 노대위와 함께 저 소나무 밑에 앉아서 이쪽을 굽어보며 술 한잔 기울일 것을 약속해두었습니다.

지금 막 취침나팔이 울리고 있습니다. 요즈음은 취침나팔을 스피커를 통하여 녹음방송하기 때문에 이 소리마저도 나무토막처럼 감흥이 없습니다. 하나 잃었습니다. 좀전까지만 하더라도 수감자 나팔수가 옥상에 올라가서 설레는 가슴으로 불었었는데 지금은 그도 출감해버리고 불 만한 사람이 없나 봅니다. 며칠 전 중앙에 들렀더니 거기 벽 구석에 그 나팔이 걸려 있었습니다. 나는 조심스럽게 잠시 쓰다듬어보았습니다. 오랫동안 쓰지 않아서인지 윤기도 없고 군데군데 얇은 녹이 앉아 있었습니다. 사형수의 신발처럼 쓸쓸한 행색이었습니다.

이제는 모두들 곤한 몸들을 누이고 잠들어버린 듯 주위는 무덤 속 정적입니다. 송형모, 하종연, 김태일랑 세 명도 내 옆에서 고이 잠들고 말았습니다. 오늘 저녁에는 꼭 이야기 하나 들려달라고 그리도 졸라대더니…….

비가 많이 내렸습니다. '와우아파트'가 무너지고, 축대가 깨져 판잣집이 내려앉고, 태풍 '올가'호가 휩쓸어 산이 무너지는 등 숱한 재산, 인명이 또 한 번 액운을 당하고 있는데도, 이곳에서 비닐 우산 한 자루 없이도 태무심으로 걱정 하나 없이 앉아 있습니다. 감옥의 벽은 태풍에도 꿈적 않을 만큼 견고하고, 높고 작은 반달창은 해가 떴는지 별이 떴는지도 가르쳐주지 않습니다. 이런 상황 속에서 얻은 평정함이란 도대체 무엇인가. 이러한 평정함이 도대체 나를 무엇으로 만들어갈 것인가. 주룩주룩 그치지 않는 빗소리는 이런 나의 심경을 축축하고 무거운 곳으로 끌어내리고 마침내 질퍽한 진흙바닥에 나앉게 합니다. 어깨가 젖고 가슴이 젖는 듯한 무거운 상념에 젖어듭니다. 이처럼 빗소리에 새삼스레 무거운 마음이 되는 까닭은 아직도 내게 숱한 미련이 남아 있기 때문이라 생각됩니다.

과거를 회상하는 것은 미래를 창백하게 만드는 일입니다. 사실 요사이 나는 지난 일들을 자주 떠올리고, 또 그것들을 미화하는 짓을 자주 하는 편입니다. 과거가 가장 찬란하게 미화되는 곳이 아마 감옥일 것입니다. 감옥에는 과거가 각박한 사람이 드뭅니다. 감옥을 견디기 위한 자위인 경우가 대부분입니다만 이 자위는 참혹한 환경에 놓인 생명이 자신을 보호하기 위한 생명운동 그 자체라고 생각됩니다. 자위는 물론 엄한 자기 성찰, 자기비판에 비하면 즉자적(卽自的)이고 감성적인 생명운동임에는 틀림없습니다만 그것이 갖는 의미와 필요에 대하여 너무 심하게 폄하할 생각이 없습니다.

불모의 영토마다 자리 잡고 있는 과거라는 이름의 숲은 실상 한없이 목마른 것입니다. 그늘도, 샘물도, 기대앉을 따뜻한 바위도 없습니다. 머물 수 있는 곳이 못 됩니다. 나는 벽 앞에 정좌하여 동공을 나의 내부로 열기로 하였습니다. 내부란 과거와 미래의 중간입니다. 과거를 미화하기도 하고, 현재를 자위하기도 하고, 미래를 전망하기도 합니다. 그러나 이 모든 사색이 머릿속의 관념으로서만 시종(始終)하는 것이고 보면, 앞뒤도 없고 선후도 없어 전체적으로는 공허한 것이 되고 맙니다. 그렇지만 나는 나의 내부에 한 그루 나무를 키우려 합니다. 숲이 아님은 물론이고, 정정한 상록수가 못 됨도 사실입니다. 비옥한 토양도 못 되고 거두어줄 손길도 창백합니다. 염천과 폭우, 엄동한설을 어떻게 견뎌나갈지 아직은 걱정입니다. 그러나 단 하나, 이 나무는 나의 내부에 심은 나무이지만 언젠가는 나의 가슴을 헤치고 외부를 향하여 가지 뻗어야 할 나무입니다.

이 나무는 과거에다 심은 나무이지만 미래를 향하여 뻗어가야 할 나무입니다. 더구나 나는 이 나무에 많은 약속을 해두고 있으며 그 약속을 지킬 열매를 키워야 하기 때문에 당장은 마음 아프더라도 자위보다는 엄한 자기 성찰로 스스로를 다그치지 않으면 안 됩니다.

오늘은 유난히 햇빛이 밝은 날입니다. 어제 내린 비가 온갖 먼지를 씻어낸 자리에 오늘은 일제히 햇빛이 내리쪼이고 있습니다. 멀리 산림과 눈앞의 벽돌담이 다 함께 본래의 색깔로 빛나고 있습니다. 나는 이 넓은 햇빛 속에서 가끔 우렁찬 아우성소리를 듣는 때가 있습니다. 낮은 소리에서부터 서서히 음계를 높여가서는 가장 높은 꼭대기에서 폭발하여 합창으로 되는, 아니 소리가 빛이 되는 그런 순간이 있습니다. 오늘도 씻은 듯 맑은 산림과 벽돌담에 은총처럼 쏟아지는 햇빛이 방금이라도 우렁찬 아우성으로 비약할 듯합니다. 자연의 위대함에 경탄하다가 창가에 목을 뽑고 있는 나

자신에게로 돌아오면, 광막한 자연으로부터 지극히 사소한 나의 애환으로 돌아오면 순간 고적감이 송곳같이 파고듭니다.

고독한 상태는 일종의 버려진 상태입니다. 스스로 나아간 상태와는 동일한 조건이라고 하더라도 그 의미는 전혀 다릅니다. '창조의 산실'로서 고독을 선택하는 사람도 있겠지만 고독은 무엇을 창조할 수 있는 상태가 되지 않을 것 같습니다. 지금 내가 처하고 있는 이 어두운 옥방의 고독이 창조의 산실이 될 수는 없는 것입니다. 찬란한 햇빛 아래 산과 들과 숲과, 건물과…… 모든 것이 저마다 생동하는 우람한 합창 속에서 내가 지키고 있는 이 고독한 자리가 대체 어떤 의미가 있으며, 도대체 무슨 이름으로 불러야 할 것인가.

고독은 고독 그것만으로도 가까스로 한 짐일 뿐 무엇을 창조할 수는 없는 것입니다. 어떤 형태로든지 이 고독을 깨뜨리지 않고는 이룰 수 있는 것은 없으리라, 우렁찬 저 햇빛 찬란한 합창을 향하여 문 열고 나아가지 않으면 안 되리라 믿고 있습니다.

있읍니다. 멀리 산림과 눈앞의 벽돌담이 다 함께 본래의
색깔로 빛나고 있읍니다. 나는 이 넓은 햇빛속에서
가끔 우렁찬 아우성소리를 듣는 때가 있읍니다.
낮은 소리에서부터 서서히 음계를 높여가서는 가장 높은
꼭대기에서 폭발하여 합창으로되는, 아니 소리가
빛이되는 그런 순간이 있읍니다. 오늘도 씻은듯 맑은
산림과 벽돌담에 은총처럼 쏟아지는 햇빛이 방금이라도
우렁찬 아우성으로 비약할듯 합니다. 自然의 위대함에
경탄하다가 창가에 목을 뽑고 있는 나 자신에게로 돌아오면,
광막한 자연으로부터 지극히 사소한 나의 哀歡으로 돌아오면
순간 고적감이 송곳같이 파고 듭니다.
고독한 상태는 일종의 버려진 상태입니다. 스스로 나아간
상태와는 동일한 조건이라고 하더라도 그 의미는 전혀
다릅니다. 「創造의 產室」로서 고독을 선택하는 사람도
있겠지만 고독은 무엇을 창조할수 있는 상태가 되지
않을것 같습니다. 지금 내가 처하고 있는 이 어두운
옥방의 고독이 창조의 산실이 될수는 없는 것입니다.
찬란한 햇빛 아래 산과 들과 숲과, 건물과……
모든 것이 저마다 생동하는 우람한 합창속에서
내가 지키고 있는 이 고독한 자리가 대체 어떤 의미가
있으며, 도대체 무슨 이름으로 불러야 할것인가.
고독은 고독 그것만으로도 가까스로 한점일뿐 무엇을 창조
할수는 없는 것이다. 어떤 형태로든지 이 고독을 깨뜨리지 않고는
이룰수 있는 것은 없으리라 믿는다. 우렁찬 저 햇빛 찬란한
합창을 향하여 문열고 나아가지 않으면 안되리라 믿고 있읍
니다.

독방의 영토

안양교도소 1970년 9월~1971년 2월

兄嫂님 전상서

얼마전에 매우 크고 건강한 황소 한마리가 수레에 잔뜩 짐을 싣고 이곳에 들어왔읍니다. 이 「끝동네」의 사람들은 「조용필과 위대한 탄생」이 왔을 때와는 사뭇 다른 관심으로 공장 앞이나 창문에 붙어서 열심히 바라보았읍니다.

더운 코를 불면서 부지런히 걸어오는 황소가 우리에게 맨먼저 안겨준 감동은 한마디로 우람한 「力動」이었읍니다.
꿈틀거리는 힘살과 黙重한 발걸음이 만드는 원시적 생명력은 분명 타이탄이나 8톤 덤프나 「위대한 탄생」에는 없는 「위대함」이었읍니다.
야윈 마음에는 황소한마리의 活氣도 보듬기에 버거워 가슴벅찹니다.

그러나 황소가 일단 걸음을 멈추고 우뚝서자 이제는 아까와는 전혀 다른 얼굴을 우리에게 보여줍니다. 그 우람한 力動 뒤의 어디메에 그런 엄청난 恨이 숨어 있었던가.
물기어린 눈빛, 굵어서 더욱 凄然한 두개의 뿔은, 먼저의 우렁차고 건강한 감동을 밀어내고 순식간에 가슴밑바닥에서부터 잔잔한 슬픔의 앙금을 채워 놓습니다.

황소가 싣고 온것이 作業材料가 아니라 고향의 山川이었던가 저마다의 표정에는 "고향 떠난지도 참 오래지?" 하는 그리움의 표정이 역력하였읍니다. 이 「끝동네」의 사람들은 대부분이 고향을 떠나 각박한 도시를 헤매던 방황의 역사를 간직한 사람들이기 때문에 황소를 보는 마음은 고향을 보는 마음이며, 동시에 자신의 스산한 과거를 돌이켜 보는 마음이어서 황소가 떠나고난 빈자리를 그저는 뜨지 못해 하였읍니다.

황소는 제가 싣고온 짐보다 더 큰 것을 우리들의 가슴에 부려놓고 갔음에 틀림 없읍니다.

편지 못 읽을 우용이 주용이에게는 황소그림을 보냅니다.
서울의 어린이들에게 황소란 달나라의 동물 만큼이나 아득한 것이리라 생각됩니다.
보내주신 돈 잘 받았읍니다. 어려운 여건속에서 더욱 바쁘실 형님. 형수님 건강을 빕니다. 깊은 밤에는 별이, 더운 여름에는 바람을 거느린 소나기가 있다는 사실은 모든 사람들의 위안 입니다.

. 6. 11.

삼춘 드림.

객관적 달성보다 주관적 지향을

동생에게

오랜만에 띄운다. 그동안 편지를 보내고 싶었지만 무어라 할 말이 없다. 입을 열고 싶지 않은 마음이야 지금도 마찬가지다. 별로 즐거운 이야기가 없기도 하려니와 설령 즐거운 것이라 하더라도 네가 그렇게 받아들이지 않을 것이기 때문이다. 지금으로서 내가 네게 해두고 싶은 말은 나를 '불행한 형'으로 간주하지 말라는 것뿐이다.

독방은 강한 개인이 창조되는 영토이다. 방 하나 가득한 중압, 그 한복판에 정좌하여 호흡을 조섭(調攝)하면 둥실 몸이 뜨는 무중력의 순간이 있다. 무중력 상태……, 이것은 10원짜리 만원버스에서도 쉽게 얻던 체험이지만 불시에 달려드는 비감도 부력을 받으면 흡사 월면보행(月面步行)처럼 희극적이다.

연말이, 새해가 다가왔다. 유장한 시간의 대하(大河) 위에 팻말을 박아 연월을 정분(定分)하는 것은 아마 그 표적 앞에서 스스로의 옷깃을 여미어 바로 하자는 하나의 작은 '약속'인지도 모른다. 그 약속의 유역을 향하여 너도 나도 걸음을 옮기고 있는 것이다. 새해에는 네게 새로운 진경(進境)이 열리리라 믿는다.

형님의 결혼에 대하여 네가 몇 가지 객관적 조건에 있어서 불만을 가지고 있는 듯한 인상을 받았다. 그러나 나는 인간을 어떤 기성(既成)의 형태로 이해하는 것은 옳지 않다고 생각한다. 그 개인이 이룩해놓은 객관적 '달성'보다는 주관적으로 노력하고 있는 '지향'을 더 높이 사야 할 것이라고 믿는다. 왜냐하면 너도 알고 있듯이 인간이란 부단히 성장하는 책임귀속적 존재이기 때문이다. 더구나 인간관계는 상대적 성격이 강하게 나타나는 일종의 동태관계(動態關係)인 만큼 이제부터는 그것의 순화를 위하여 네 쪽에서 긍정적인 노력을 경주해야 될 것이다. —1970. 10.

한 포기 키 작은 풀로 서서

대전교도소 1971년 2월~1986년 2월

김유신의 말은
어제의 골목을
오늘도 답습하다가
천관녀집 문앞에서
목베이고
말았다.

형님의 결혼

형님께

형님의 결혼은 저에게도 무척 기쁜 일입니다. 그러나 지금의 제가 할 수 있는 유일한 일은 다만 한 장의 엽서를 드리는 것입니다. 저는 이 한 장의 엽서를 앞에 놓고 허용된 여백에 비해서 너무나 많은 생각에 잠시 아픈 마음이 됩니다. 이 아픔은 제가 처하고 있는 상황의 표출인 동시에 또 제가 부상(浮上)해볼 수 있는 기쁨의 상한(上限)이기도 합니다.

이는 형님의 결혼식에 결석한 동생이 뒤늦게 엽서를 적음으로써 처음으로 느끼는 그런 아픔이 아닙니다. 이것은, 서울의 외곽, 비탈진 세가(貰家)를 살아오면서도 내내 격려하고 격찬해주시던 일체의 배려에 생각이 뻗칠 때마다 '형'이라는 일상의 '이미지'를 넘어서 농밀한 감정을 비집고 올라오던 뜨거운 회한인 것입니다.

제가 수형생활을 통하여 새로이 지니게 된 습관이 있다면 그것은 흡사 '싯다르타'의 그것처럼 동일한 문제를 여러 차례에 걸쳐서 거듭 생각하는 버릇입니다. 어머니, 아버지를 비롯하여 형님과 동생 그리고 제가 겪었던 많은 사람들을 곰곰이 생각해보는 것입니다. 대개의 경우 그것은 면벽(面壁)이나 불면의 무료함을 달래기 위한 회상의 형식으로써 그저 돌이켜보는 것에 불과하지만 저는 이러한 것에 의하여 일련의 새로운 판단을 가지게 된 것을 매우 다행스럽게 생각합니다.

형님에 관한 기억 중에서 우선 여기서 말씀드리고 싶은 것은, 이를테면 저와 형님과의 관계도, 다른 대부분의 형제들의 경우에서 볼 수 있듯이 거의 기계적이고 습관화된 대화에 의해서 형성되어왔었다는 사실입니다. 이러한 경향은 비록 애정과 이해의 기초 위에서 비로소 가능한 하나의 미덕이라고 하더라도 그것은 창의와 노력이 결여되어 있다는 점에서 별로 바람직한 것은 아니리라 믿습니다. 기계적이고 습관화된 대화는 인간관계의 정체를 가져오며 인간관계의 정체는 관계 그 자체의 퇴화를 가져오며 필경은 양 당사자에게 오히려 부담과 질곡만을 안겨주게 되는 것입니다. 저와 형님과의 관계가 지금 말씀드린 것과 같은 정도로 심각한 것이었다고 하는 것은 결코 아닙니다. 여기서는 단지 기계적이고 습관화된 대화 그리고 그것의 발전된 형태로서의 정체는 특히 경계되어야 한다는 점을 말씀드리고자 할 뿐입니다.

더욱이 부부라는 가장 기본적인 관계에 있어서는 항상 의식적인 노력에 의해서 이것이 배제되어야 하리라 믿습니다. 만일 중용과 관용을 비교적 중시하는 편인 형님의 그 장자(長子)적 성격 속에 그럴 가능성이 없지 않다고 말씀드린다면……? 그러나 형님에게는 원만하고 밝은 가정을 영위해나감에 충분한 이해가 있다고 확신하고 있습니다. 뿐만 아니라 이번 형님의 결혼은 비단 형님에게만이 아니라 가정 전반에 있어서도 현저한 발전을 가져오는 계기가 되리라 믿습니다. 물론, 이 발전(근대화라면 좀 서투른 표현입니까?)의 질과 양 그리고 속도는 형수님의 역량에 크게 의존되리라 생각합니다. 이 편지는 형수님께서도 열람하시리라 짐작됩니다만 다음에 형수님 앞으로도 서신을 드리겠습니다. 형수님께 드리는 뜨거운 인사를 여기에 적는 바입니다. 형수님의 건강과 노력을 기원합니다.

저 역시 건강합니다. 그리고 부지런히 살아가고 있습니다. 창밖에는 그런대로 5월의 녹향이 심심치 않습니다. 어머님께서 편찮으시지나 않은지 꿈에 보이시기도 합니다.

이만 펜을 놓겠습니다.

—1971.5.25.

공장 출역

동생에게

처연한 밤빗소리 속에서 잠자다가, 가끔 청초한 7월의 하늘이 말끔히 개인 새벽에 깨어날 때, 나는 문득 7월이면 청포도가 익는다던 '육사'(陸史)의 고향을 그리워해본다. 그러나 그리움이란 것도 퇴색이 되는 것인지 아니면 마음에 이미 더 높은 돌담을 쌓았기 때문인지 그저 그럴 뿐 오히려 물밑같이 조용해지기만 한다.

사진 두 장을 동봉한다. 벌써 3년. 박경호 군의 출소를 앞두고 비록 홍소(哄笑)는 아니라 하더라도 은근히 웃어본 것이다. 또 한 장은 같은 공장 사람들이다. 경호 군의 옆이 송영치 군의 부친이시고 좌측 제일 뒤가 너도 잘 알겠지만 김희순 씨이다. 그리고 구태여 내가 지적하지 않더라도 네가 결코 간과하지 않으리라 믿지만, 내가 입은 옷은 제법 풀까지 먹여서 빳빳하게 줄이 섰다는 사실을 특히 강조해두고 싶다. 깨끗한 옷으로 은근히 웃고 있는 사진은 그만큼 나의 심신이 건강하다는 것이 된다.

지난 9일부터 제5공장(염색공장)에 출역(出役)하고 있다. 근 3년 만의 출역이라 좀 어색하기도 했지만 전 공정이 완전히 기계화되어 있기 때문에 특별히 힘들여 할 일이 없는 셈이다. 다만 염색에 전혀 문외한인 내가 작업부서에 좀 서투른 게 흠이지만 이것도 곧 숙련되리라고 생각된다. 또 잘 아는 사람들이 같이 일하고 있기 때문에 신참인 내가 자연히 여러 가지로 편의를 받고 있다. 공장 앞에는 팔이 긴 버들이 서 있고 널찍한 화단에는 잎 넓은 칸나 그리고 잘 익은 꽈리도 줄지어 있기도 하다.

나는 내가 너의 일에 대해서 걱정한다든가 또는 아버님, 어머님,

형님, 형수님 등 집안 식구들의 일을 걱정한다는 것이 격에 맞지 않음을 잘 알고 있다. 그렇기 때문에 나는 나 자신의 생활을 보다 알찬 것으로 이끌어감으로써 어머님, 아버님의 나에 대한 걱정을 먼저 내 쪽에서 덜어드리고자 할 따름이다. 너는 이러한 나를 잘 이해하리라 믿는다. 그리고 너는 어머님과는 좀 다른 방향에서 나를 걱정해주리라고 믿는다. 바로 이 점에 관한 한, 너와 형님께서는 나를 걱정하지 않아도 좋을 정도로 나를 신뢰하리라 생각한다.

— 1971. 7. 27.

잎새보다 가지를

아버님께

벌써 중추(中秋). 저희 공장 앞에는 밤새 낙엽이 적잖게 쌓입니다. 낙엽을 쓸면 흔히 그 조락(凋落)의 애상에 젖는다고 합니다만, 저는 낙엽이 지고 난 가지마다에 드높은 가지들이 뻗었음을 잊지 않습니다. 아우성처럼 뻗어나간 그 수많은 가지들의 합창 속에서 저는 낙엽이 결코 애상의 대상이 될 수 없음을 알겠습니다.

잎새보다는 가지를, 조락보다는 성장을 보는 눈, 그러한 눈의 명징(明澄)이 귀한 것이라 믿고 있습니다.

가을에 읽을 책은 형님께 몇 권 부탁하였습니다. 가을이 독서의 계절이고 독서가 사색의 반려라면 가을과 독서와 사색은 하나로 통일되어 한 묶음의 볏단 같은 수확을 안겨줄 듯도 합니다.

오늘은 이만 각필하겠습니다.

— 1971. 10. 7.

염려보다 이해를

아버님께

아버님께서 그처럼 걱정해주시던 겨울도 다하고 우수·경칩을 지나 이제는 '엽서 한 장에 넘칠 만큼' 춘색(春色)이 짙어졌습니다. 오늘은 이 글을 쓰기도 하려니와 그간 모아두었던 아버님의 편지를 한 장 한 장 되읽어보았습니다. 오늘은 아버님의 편지에 관하여 말씀드리고 싶습니다.

제가 아버님의 편지를 받아들 때, 대개의 경우 편지의 사연을 읽기 전에 잠시나마 생각하는 마음이 됩니다. 이 짤막한 생각 속에서 저는 "자식은 오복(五福)에 들지 않는다"시던 어머님의 말씀을 상기하게 됩니다. 저의 이러한 감정은 부모님의 흰 빈발(鬢髮)을 더하게 한 제가 제 자신의 불효를 자각함으로써 갖게 되는 하나의 고통이기도 합니다.

이상과 같은 기본적인 감정과는 별도로, 제가 편지의 내용에서 받는 느낌은 다음의 두 가지로 요약할 수 있습니다.

첫째는, 저는 아버님으로부터 별로 이해되고 있지 않다는 일종의 소외감 같은 것입니다. 저에게는 아버님으로부터 아버님의 '아들'로서가 아니라, 하나의 독립된 사상과 개성을 가진 한 사람의 '청년'으로서 이해되고 싶은 욕심이 있습니다. 둘째는, 아버님이 보내주신 편지의 대부분은 "집안 걱정 말고 몸조심하여라"라는 말씀입니다. 물론 지금의 저에게 건강이 가장 중한 일이며 또 아버님께서도 가장 걱정되는 것이 아닐 수 없습니다. 그렇더라도 저는 아버님으로부터 좀 다른 내용의 편지를 받고 싶습니다. 예(例)하면 근간에 읽으신 서(書)·문(文)에 관한 소견이라든가 최근에 겪으신 생활 주변의 이야기라든가 하는 그런 구체적인 말씀을 듣고 싶은 것입니다. '염려의 편지'가 '대화의 편지'로 바뀌어진다면 저는 훨씬 가벼운 마음으로 아버님의 편지를 받을 수 있을 것 같습니다.

— 1972. 3. 16.

고시(古詩)와 처칠

아버님께

5월은 입하소만(立夏小滿) 절기인가 하면, '신록의 달', '계절의 여왕'이라 명명하기도 합니다. 계절의 표정을 거의 읽을 수 없는 우리들의 이 성(城)에 있어서도 5월은 춥지도 덥지도 않아 참 좋은 달이라 생각됩니다. 그러나 지난 '어머니날'에는 적적해하실 어머님 생각에 잠시 송구스런 마음이었습니다.

『한국 명인 시집』을 보면서 느끼는 것은 우선 그 시의 세계가 너무 단조롭고 무기력하다는 사실입니다. 산수, 강촌, 추월(秋月), 백운(白雲), 송(松), 안(雁)…… 등등이 시역(詩域)의 전부를 점하고 있습니다. 이것은 대부분의 동양화가 산수화인 것과 궤를 같이하고 있는 경향으로서, 이는 이를테면 자연과 전원생활을 상찬(賞讚)함으로써 농촌 사람들의 가난과 고통을 잠시 잊도록 하는 진정제의 역할을 해온 것이라 할 수 있을 것입니다. 그러나 이러한 가난과 고생이 진정의 대상이 아니라 해결의 대상이 되어야 하는 것이라면, 그런 의미에서 한국 고전시도 단지 음풍영월(吟風咏月)에만 멎지 않고 나아가 자연과 인간의 관계, 자연에 대한 인간의 협동, 즉 인간관계(사회)를 올바르게 세워나가는 역사적 노력에 의당 한 팔 거들어야 함에도 불구하고 오히려 이를 외면해온 것이라 할 수 있을 것입니다.

물론 개중에는 그렇지 않은 것도 없지 않으며 한시(漢詩)를 잘 새기지 못하는 제게도 구절 곳곳에 번뜩이는 시재(詩才)가 놀랍기도 합니다.

유명인의 저술을 대할 때 대개 그러하듯이 처칠의 『2차대전사』

에서도 저는 몇 가지의 불편을 겪고 있습니다. 그중의 한둘을 들어 보면, 화려한 단어 또는 기교를 부리는 표현방법 때문에 문맥과 논리가 적잖이 왜곡되고 있으며, 또 자기의 입장이 지나치게 변호되고 있으며, 또 자기가 관여한 사건이 불필요한 장소에서 자주 언급되는 등등 전체적으로 무척 소란스럽다는 느낌을 받게 되는데 이러한 느낌은 비단 위에서 지적한 이유 때문이 아니라 도리어 사관의 불비(不備)에 더 깊은 까닭이 잠재하고 있는 듯합니다.

여하튼 저는 이 책에서 많은 새로운 사실에 접할 수 있게 된 것을 매우 다행스럽게 생각합니다.

— 1972. 5. 25.

부모님의 일생

어머님께

영석이가 이제 집에 있어서 좀 덜 적적하시리라 생각됩니다. 연로하신 부모님만을 세가(貰家)에 둔 채, 큰아들은 '딴집살이'를 가고, 둘째 아들은 '감옥살이'를 하고, 셋째 녀석은 '직장살이'로 또 어머님 곁을 떠났으니 세 아들이 모두 떠나버린 형국이 되었습니다. 그 위에 출가하여 이미 외인이 된 누님들의 일까지 아울러 생각해보면 '부모의 일생'이란 결국 아들딸을 길러서 어디에다 빼앗기는 과정에 불과한 것이 아닌가 생각됩니다. 지척에서 조석으로 부모님을 모시고 있는 경우라 할지라도 치마 끝에 매달리는 어린 시절과는 달리, 점차 장성해서 성인이 되어감에 따라 부모의 영향권을 벗어나버린다는 점에서 이 경우 역시 아들을 빼앗긴 것과 별로 다를 바 없을 것입니다.

제가 이러한 말씀을 드리는 것은 다른 사람의 예를 들어 저를 변호하려 함이 아닙니다. 다만 자기 스스로를 옳게 세워가는 길이 곧 '효의 도(道)'(孝之終立身揚名也)라고 말씀드리던 제가 어머님의 이해를 받지 못한 채 지금의 처지에 이른 데에 우뚝 생각이 멈추었기 때문입니다.

입추에 이은 어제 오늘의 비 뒤끝은 흡사 가을 기색입니다. 그동안 더위를 피하느라고 책을 피해왔습니다. 이를테면 피서(避書)로 피서(避暑)해온 셈입니다. 하기는 평소에도 독서보다는 사색에 더 맘을 두고 지식을 넓히는 공부보다는 생각을 높이는 노력에 더 힘쓰고 있습니다. 은하의 물결 속 드높은 별떨기처럼…….

보내주신 『대학』·『중용』은 정독하고 있습니다. 처칠의 『2차대전사』는 당분간 더 읽지 않을 생각입니다. 2, 3권은 제가 필요하면 말씀드리겠습니다.

좀처럼 상심하시지 않는 어머님, 더 강한 어머님이 되어주시길 바라면서 오늘은 이만 그치겠습니다.

— 1972.8.10.

아버님의 건필을 기원하며

아버님께

사명당 관계 자료를 정리·집필하고 계신다는 아버님의 편지는 저에게 여간 자랑스럽고 흐뭇한 소식이 아닐 수 없습니다. 저는 아버님의 그 원고가 한 권의 훌륭한 책으로 출판되기 원할 뿐 아니라 저도 그 작업과정에 어떤 형식으로든 참여하고 싶은 생각이 간절해집니다. 더욱이 지금처럼 불효한 처지에 있는 제가 조금이나마 아버님을 도울 수 있게 된다면 그것은(참가의 의의를 넘어서) 제게 참으로 근사한 일이 아닐 수 없습니다.

그래서 며칠 곰곰이 생각에 젖어보고 다음과 같은 참여방법을 생각해내었습니다. 첫째, 그 책의 제호(題號)를 제가 써드렸으면 하는 것입니다. 제호에 관한 이야기라면 저는 우선 아버님의 전번 저서인 『발음사전』의 제호를 제가 썼다는 사실을 상기시켜드리고 싶습니다. 물론 이것은 『발음사전』의 제호가 썩 훌륭하다든가 또는 무슨 연고권이나 그때의 공로(?)에 은근히 기대어보자는 심사가 전혀 없다고 한다면 이것은 오히려 덜 솔직한 태도인지 모르겠습니다만, 저로서는 이러한 과거의 일보다, 그때보다 조금은 더 필체가 유려해졌고, 조금은 더 안목이 높아졌다는 현재의 사실을 고려해주실 수 있지 않을까 하는 그런 심정입니다.

둘째, 아버님의 원고를 제가 일독하였으면 하는 것입니다. 이것은 아버님의 글 속에 혹시 사회과학적 논리가 일실(逸失)된 곳이 있지 않는가, 그래서 논리의 비약이나, 근거가 충분치 못한 결론이나, 꼭 필요한 분석이 행하여지지 않고 있는 곳이나, 반대로 논지에서 벗어난 논의가 한동안 계속되는 곳이 있지 않는가 등등을 살펴봄으로써 논리의 골격이 좀더 반듯하도록 보완할 수 있으리라고 생각하기 때문입니다. 그리고 다소 지엽적인 문제이긴 합니다만 제 생각에 아버님의 문장은 대체로 너무 길고, 표현이 늘 직설적이고, 속도가 지나치게 완만한 경향이 있다고 믿고 있는데 이런 점들도 아울러 퇴고될 수 있으리라고 생각합니다.

그러나 제가 가장 마음이 쓰이는 곳은 지금까지 말씀드린 제호의 서체나, 논리의 곡직(曲直)이나 표현상의 기교에 앞서 아버님의 소위 역사적 사실에 대한 인식방법의 문제입니다. 이곳의 좁은 지면으로서는 아예 논의하지 않음만 못할지 모르겠습니다만 아버님의 탈고 이전에 꼭 드리고 싶은 말씀은, 하나의 역사적 사실(인물의 경우도 포함하여)은 그것만을 따로 떼어 고립적으로 인식할 때 왜곡되지 않을 수 없다는 것입니다. 사실은 여하한 경우라 할지라도 반드시 ①어떠한 계기에서 발생하였으며 ②어떠한 양상으로 존재하다가 ③어떠한 방향으로 발전해갔는가 하는 역사적 관계 내에서 파악되어야 하는 동시에 또 그것을 당시의 사회구조, 당시의 가치 규준에 조응시켜 당시의 사회구조가 갖는 필연적 한계를 늘 그것의 인식기초로 삼아야 한다는 사실입니다. 물론 사명당에 대하여 거의 상식적인 견해마저 허술한 제가 무어라고 말씀드릴 수 있겠습니까만, 적어도 사명당의 우국적 면모나 종교적 근엄성 때문에 그의 사적 및 사회적 한계나 그 단소(短所)가 간과되는 일이 있어서는 안 되리라고 믿습니다.

아무튼 지금으로서는(저의 간절한 생각과는 관계없이) 과연 제가 어떤 형식으로 또 어느 정도로 아버님을 도와드릴 수 있을는지 거의 알 수 없습니다. 아무쪼록 아버님의 건필을 기원하여 마지않는 바입니다.

— 1972.9.24.

겨울 꼭대기에 핀 꽃

아버님께

작년 이맘때도 개구리가 뛰어나오고 개나리가 피었다더니 금년에도 남도 어디메는 유채꽃이 피었다는 소식입니다. 추위가 한창 기승을 부릴 이 겨울의 꼭대기에서 철답지 않은 꽃이야기를 두고 저희는 잠시 어리둥절한 마음이 되기도 합니다. 동장군과의 일전에 대비하여 두꺼운 솜옷으로 무장한 이곳의 솜장군(?)들에게 이 봄처럼 다정한 겨울은 도리어 서운한 느낌마저 없지 않습니다. 그러나 저는 불시에 덤빌지도 모를 동장군의 반격을 염두에 두어 항상 건강에 유의하고 있습니다.

어머님께서도 편찮으신 데 없이 안녕하시리라 믿습니다. 새해라지만 편지 한 장 때맞춰 드리지 못했습니다. 이따금 찬물로 빨래를 헹굴 때 미처 알지 못했던 어머님의 수고가 손끝에 저미듯 느껴집니다. 광목 한 통과 어머님을 바꾸자고 했던 저의 철없는 기억이 파릇이 되살아나기도 합니다.

아버님께서 보내주신 편지, 정자가 부친 소포(약, 양말), 책 그리고 편지 둘, 모두 잘 받았습니다. 이번 접견 때는 다 읽은 책을 꼭 찾아가도록 말씀해주시기 바랍니다. 형확정서 사본 1통과 저의 인장을 우송해주시기 바랍니다. 군인보험금 청구에 필요합니다. 형확정서 사본은 관할 재판소인 육본고등군법회의에서 발급할 줄 압니다. 그리고 저의 인장은 군번(242132번)이 들어 있는 것이라야 합니다. 그 인장이 집에 없으면 육군 규격에 맞도록 만들어서 보내주시기 바랍니다. 영석이가 장교였으니까 잘 알 줄 믿습니다만 구(舊) 군번(66-11040?)으로 된 것은 사용할 수 없는 것입니다. 그리고 저의 형확정일자는 70년 5월 5일입니다. —1973.1.23.

이방지대에도 봄이

아버님께

이번 겨울은 매우 따뜻한 겨울이었습니다. 우수, 경칩, 춘분……. 어느새 춘색이 완연한 봄입니다. 봄은 그 긴 인고의 동면에서 깨어나 울창한 여름의 성장을 거쳐 가을의 결실로 향하는 '출범'의 계절입니다. 그리고 아버님, 어머님께서는 징역살이의 추위를 걱정하시지 않아도 되는 계절입니다.

그동안 아버님께서 보내주신 『중용』을 여러 번 읽어보았습니다. 물론 제가 그 깊이를 깨닫지 못하는 대목도 많이 있었습니다만, 역시 그 중후한 고전적 가치에 새삼 경탄하였습니다. 앞으로도 동양고전과 한국의 근대사상에 관한 독서를 하고 싶습니다. 『맹자』, 『춘추』 그리고 율곡의 「공론」, 허균의 「호민론」, 「실학」 등 시간이 나는 대로 정독해보려고 합니다. 그래서 우선 동양철학과 한국의 근대사상에 관한 개설서를 먼저 읽고 독서계획을 세워서 체계 있게 섭렵하였으면 합니다. 앞으로 제가 필요한 책은 아버님께 말씀드리겠습니다만 우선 개설서로 사용할 만한 것을 문의해주셨으면 합니다.

엊그제 장수가 다녀갔습니다. 장수 편에 소식 들으셨을 줄 알고 있습니다만 아버님께서 우송해주신 인감과 인감증명으로 미불봉급을 수령하였습니다. 지난번 정자한테 보낸 편지에 자세히 적었습니다만 편지가 반송되어 왔습니다. 그간 궁금하셨을 줄 압니다. 그리고 이번에 수령한 돈으로 입치(入齒)하였습니다.

이곳 벽돌담 속의 이방지대(異邦地帶)에도 봄은 어김없이 찾아옵니다. 유록빛의 산능선, 움이 돋은 수양버들, 그리고 무엇보다도 고마운 것은 훈풍(薰風)과 양광(陽光)입니다.

적당히 독서하고 적당히 운동하고 늘 건강합니다. — 1973.3.22.

아버님의 사명당 연구

아버님께

어제 아버님의 서신 받았습니다. 그리고 우송해주신 신문은 다행히 열독이 허가되면 아버님의 글을 읽어보겠습니다. 무엇보다 아버님께서 몹시 바쁘시다니 참 다행스럽게 생각됩니다.

사명당 관계 자료는 계속 모으고 계시리라 믿습니다만 특히 김응서(金應瑞) 장군에 관한 것을 자세히 수집할 필요가 있으리라 믿습니다. 김응서는 일병(日兵)의 한국 고승(高僧)에 대한 외경(畏敬)을 이용하여 승병의 궐기가 크게 효과 있으리라는 것을 먼저 주장하였을 뿐 아니라 행주대첩, 평양탈환 등의 군사적인 역할을 비롯하여, 고니시 유키나가(小西行長)와 가토 기요마사(加藤淸正) 간의 알력을 이용하여 적의 내부를 전략적으로 약화시키는가 하면, 임란 후에는 만포진(滿浦鎭)의 만호(萬戶)로 있으면서 중국의 정세, 특히 명·청에 대한 정확한 정세를 보고하여 광해군의 외교정책을 성공적으로 이끌었던 점 등 그의 역량과 역할은 다대(多大)하였던 것으로 연구되고 있습니다. 특히 사명당에게 대하여는 항상 그 전략적 지침을 제시한 것으로도 알려지고 있습니다.

아직 원문 해독에는 부족을 느끼고 있습니다만, 중국철학사는 꾸준히 읽고 있습니다. 비록 그 표현이 단조(單調)하기는 하지만 근대사상의 맹아와 그 뿌리가 역력히 보이는 듯합니다.

아버님께 부탁드린 소사전(小事典)은 천천히 구하시는 대로 보내주시기 바랍니다. 전에도 말씀드린 바와 같이 저는 많은 것을 읽으려고 하지는 않습니다. 오히려 많은 것을 버리려고 하고 있습니다.

어머님께서도 평안하시길 빕니다. 형님, 영석이 모두 건강하리라 믿습니다. 오늘은 이만 그치겠습니다.

— 1973.5.25.

한 권으로 묶어서

부모님께

그동안 아버님의 서신과 책을 여러 차례 받고도 즉시 회신을 드리지 못하여 무척 궁금하셨으리라 생각됩니다. 「문화사」와 「조사월보」는 읽고 있습니다만 「다이제스트」는 열독이 허가되지 않고 있습니다. 차후로는 송부하시지 않도록 미리 말씀드립니다. 그리고 월보나 논집류와 같이, 같은 책을 여러 권 보내실 때는 묶어서 한 권으로 철해주시기 바랍니다. 왜냐하면 저희들은 5권 이상 책을 소지할 수 없기 때문에 권수를 줄여야 할 필요가 있습니다.

치아는 보내주신 약과 마사지 등으로 일단 나았습니다만 아마 근치(根治)는 어려운 듯합니다. 한동안 나았다가도 일정한 잠복기(?)가 경과하면 주기적으로 재발하곤 합니다. 그러나 증세가 그리 심한 편은 아닙니다. 너무 심려하시지 않기 바랍니다.

지난달에는 약 한 주일간 지방을 다녀오셨다니 비록 한유(閑遊)는 아니라 하더라도 다소 심기가 전환되셨으리라 믿습니다. 일상의 궤도에서 잠시 몸을 뽑는다는 것은 우선 그것만으로서도 흡사 도원(桃園)에 들르는 마음이 되기도 할 것입니다. 「불교사상」에 아버님의 글이 게재되었다고 들었습니다. 빌려서 읽어볼 생각입니다.

이제 더위도 지나가고 결실과 수확의 가을입니다. 저는 물론 씨를 뿌리지 않았기 때문에 또한 거두어들일 것도 없습니다. 그러나 높아져가는 하늘 밑에서 묵묵히 사색의 결실은 가능하리라 생각해봅니다.

— 1973. 9. 4.

하정일엽(賀正一葉)

아버님께

선달그믐 이튿날이 바로 정월 초하루이고 보면 1월 1일이란 실상 12월 32일이나 다름없을 것입니다. 그럼에도 불구하고 해마다 세모나 정초가 되면 저마다 자기 자신을 정돈하고 성찰하게 됨은 오히려 다행한 일이라 하겠습니다. 저는 지난 한 해 동안에 받은 아버님의 편지를 한 장 한 장 다시 읽어보았습니다. 역시 '염려와 걱정의 편지'가 가장 많았습니다만 그중에 '대화의 편지'도 적잖이 있어서 무척 흐뭇하였습니다. 금년에는 '대화의 편지', '이해의 편지'가 더 많았으면 싶습니다. 지자(知子)는 막여부(莫如父)란 말이 있듯이 이미 아버님께서는 염려와 걱정 속에서 대화하시고 이해해오신 줄로 생각되기도 합니다.

어머님께

세배 대신 드리는 이 몇 줄의 글월이 도리어 어머님을 마음 아프게 하지나 않을까 붓끝이 머뭇머뭇합니다. 그러나 어머님께서는 이미 오래전에 '울지 않는 어머니', '강한 어머니', '웃는 어머니'가 되신 줄을 저는 알고 있습니다. 아버님께서 보내주신 책, 영치금, 편지 모두 받았습니다. 요즈음의 소한, 대한은 그리 대단치 않습니다. 걱정하시지 않기 바랍니다.

형님께

아무려면 형만 한 동생이 있겠습니까.

모든 것을 형님께 짐지운 채 한 해 두 해 그저 헛나이만 먹고 있는 것이 아닌지 되새겨봅니다. 그러나 비록 응달진 동토이긴 하지만 제 나름의 정진을 위한 참담한 노력을 기울이고 있는 것입니다.

형수님께

온장 편지를 받고도 뒤늦게야 엽서의 작은 구석을 빌려 답신을 드리면 말로 받고 되로 갚는 격이 됩니다.

시부모님을 비롯한 시갓집의 곳곳에 걸친 아주머님의 노력을 계속 기대하고 있습니다. 우용이가 삼촌을 닮은 데가 있다니 어차피 한번 인사를 해야겠습니다.

영석에게

내가 있는 감방의 벽에, 누군가가 "청년은 다시 오지 않고 하루는 두 번 새벽이 없다"고 적어놓았다. 나는 이 때에 찌들은 '낙서'를 네게 전하고 싶다. 흥미 있는 일과 가치 있는 일의 차이는, 곧 향락과 창조의 차이이며, 결국 소(消)·장(長)의 차이가 되리라 생각한다.

누님들, 누님 댁 꼬마들께도 기쁜 새해를 기원하며 이만 그치겠습니다.

— 1974. 1. 12.

눈은 녹아 못에 고이고

부모님께

꽃을 시새움하는 풍설에도 아랑곳없이 봄은 어김없이 찾아옵니다.

춘수만사택(春水滿四澤), 봄 풍물(風物)의 특징을 화(花)에 구하지 않고 수(水)에서 찾은 도연명의 그 탁절한 시정이 이해될 듯합니다. 눈 녹은 자리에 물 고이고, 물 위에 내리는 조춘(早春)의 양광(陽光)은 동면(冬眠)한 마음마다 그냥 꽃이라 하겠습니다.

내내 몸 건강하게 잘 있습니다. 어머님께서 자주 꾸중하셨듯이 전에는 몸 간수에 무던히도 게을렀습니다만 징역 사는 동안 몸 단속만은 놀랄 만치 부지런해졌습니다. 그래서인지 이번 겨울은 감기 앓지 않고 넘겼습니다. 오히려 어머님, 아버님의 건강이 가끔 걱정되기도 하고 적적하시겠다 마음 쓰이기도 합니다.

한문 해독은 역시 아버님의 말씀같이 문장을 다독(多讀)하여 문리(文理)를 터득하는 방법이 정도이자 첩경임을 알겠습니다. 요즈음은 천자문 주해를 읽고 있습니다. 전거(典據)를 일일이 밝힌 자상한 해설이 매우 도움됩니다. 동양사와 한문책은 보내시지 않기 바랍니다. 비염증에 쓸 연고와 운동화(흑색 10문 7)를 보내주시기 바랍니다. 이만 각필하겠습니다. —1974. 3. 13.

생각을 높이고자

아버님께

지난번에 보내주신 편지와 약, 운동화 모두 받았습니다. 액티피트를 복용하고 프레마이신 연고를 발랐더니 거의 완치된 것 같습니다. 그러더라도 계속 치료하고 있습니다. 코 안이 충혈되면서 조금씩 허는 정도의 극히 가벼운 병세입니다. 염려하시지 않기 바랍니다.

몸 건강히 잘 지내고 있습니다.

춘래불사춘(春來不似春), 아마 윤사월 때문에 이렇듯 봄이 느린지도 모르겠습니다. 그러나 저희들은 벌써 겨울철의 두꺼운 털내의들을 벗어서 세탁해두고 한결 가벼운 마음으로 책을 마주하고 있습니다. 기경역이종 시환독아서(旣耕亦已種 時還讀我書). 문득 고인(古人)의 시구가 생각납니다.

저는 전에도 말씀드렸듯이 결코 많은 책을 읽으려 하지 않습니다. 일체의 실천이 배제된 조건하에서는 책을 읽는 시간보다 차라리 책을 덮고 읽은 바를 되새기듯 생각하는 시간을 더 많이 가질 필요가 있다 싶습니다. 지식을 넓히기보다 생각을 높이려 함은 사침(思沈)하여야 사무사(思無邪)할 수 있다고 생각되기 때문입니다.

— 1974.4.3.

아름다운 여자

동생에게

'미'(美) 자는 '양'(羊) '대'(大)의 회의(會意)로서 양이 크다는 뜻이다. 우리의 선조들은 큼직한 양을 보고 느낀 감정을 그렇게 나타낸 것이다. 그 고기를 먹고 그 털을 입는 양은 당시의 물질적 생활의 기본이었으며, 양이 커서 생활이 풍족해질 때의 그 푼푼한 마음이 곧 미였고 아름다움이었다. 이처럼 모든 미는 생활의 표현이며 구체적 현실의 정서적 정돈이다. 그러므로 우리의 생활 바깥에서 미를 찾을 수는 없다. 더욱이 생활의 임자인 인간의 미에 있어서는 더욱 그렇다. 용모나 각선 등 조형상의 구도만으로 인간의 아름다움을 판단할 수 없음은 마치 공간을 피해서 달아나거나 시간을 떠나 존재하거나, 쉽게 말해서 밑바닥이 없는 구두를 생각할 수 없음과 마찬가지이다. 그러므로 너는 먼저 그녀의 생활목표의 소재를 확인하고 그 생활의 자세를 관찰하며 나아가 너의 그것들과 비교해보아야 할 것이다. 사랑이란 서로 같은 곳을 바라보는 것이다.

'아름답다'는 것은 '알 만하다'는 숙지(熟知), 가지(可知)의 뜻이다. 이것은 우리에게 미의식의 형성과 미적 가치판단의 훌륭한 열쇠를 주고 있다. 이를테면 너의 머릿속에 들어앉은 이러저러한 여인상이 바로 너의 미녀 판단기준이 되고 있다. 기실 너는 사제(私製)의 도량형기(度量衡器)로써 측정하고 있을 뿐이다. 그래서 네게 아름다운〔可知〕 여자가 어머니께는 모름다운〔不知〕 여자가 되는 차이를 빚는다.

여기서 말해두고 싶은 것은 너의 여성미 기준이 혹시 매스컴이나 부침(浮沈)하는 유행의 침윤(浸潤)을 당하고 있지나 않는가 하는 의문이다. 스스로의 착소(窄小)한 시야에 대한 반성이 있다면 인생의 어려움을 몸소 체험한 노인들의 달관과 그 관조의 안목을 낡았다고 비양하지는 못할 것이다.

미는 또한, 신선미 즉 미의 지속성을 그 본질로 한다. 화무십일홍(花無十日紅)이란 말이 있거니와 부단히 자기를 갱신하지 않는 한 미는 지속되지 않는다. 정체성은 미의 반어(反語)이며 권태의 동의어이다. 그러므로 너는 그녀가 어떠한 여자로 변화·발전할 것인가를 반드시 요량(料量)해봐야 한다.

착한 아내, 고운 며느리, 친절한 엄마, 인자한 시어머니, 자비로운 할머니 등 긍정적 미래로 열려 있는 여자인가 현재 속에 닫혀 있는 여자인가를 살펴야 한다. 이것은 현재를 고정불변한 것으로 완결하지 않고 과거와 미래의 연관 속에서 변화발전의 부단한 과정으로 인식하는 철학적 태도이며, 현실성보다는 그 가능성에 눈을 모으는 열려 있는 시각이다.

나는 이 편지로 네게 여자를 고르지 말라거나 미녀를 피하라는 것이 아니라 결혼에 임하여 미의 의미를 새로이 하는 기회를 갖도록 하잘 뿐이다. 사실이지 사람이란 사과와 같은 선택의 대상이 아니라 인생의 반려이며 생활을 통하여 동화·형성되어간다는 점에서 우리는 면밀한 선택으로부터 좀 대범해져도 좋을 것이다. '부모나 형제를 선택하여 출생하는가'라는 현문(賢問) 앞에서는 답변이 없어진다.

너는 아직도 '같은 값이면 다홍치마'라 하겠지만 요즘 세상에는 같은 가격이면 그 염색료만큼 천이 나쁜 치마이기 십상이다. 어쨌든 금년에는 네가 결혼하기 바란다.

— 1975. 1. 13.

엄지의 굳은살

부모님께

더위가 시작입니다.

더위를 먹어 밥을 남기며, 곬을 타고 내리는 땀지렁이를 문지르며, 빈대를, 모기를 죽이며, 장마나 기다리며, 차라리 그 지겹던 겨울을 그리워하며…….

이번 여름은 구두 일이 많아 사실 더위를 상세히 느낄 여가도 없을 정도입니다. 제가 맡은 일이란 하루 10여 족(足)의 갑피(甲皮)를 만들어내는 것으로 별 뺏심드는 일은 아니지만, 그동안 바른손 중지(中指)의 펜에 눌려 생긴 굳은살이 사라지고 이제는 구두칼을 쓰느라 엄지 끝에 제법 단단한 못자리가 잡혀가고 있습니다. 이것은 일견 손가락 끝의 작은 변화에 불과하지만 이것이 갖는 의미는 매우 크고 흐뭇한 것이 아닐 수 없습니다.

어머님께서도 평안하시길 빌며 이만 그치겠습니다. —1975.6.28.

어머님의 염려를 염려하며

어머님께

어머님께서 염려하시는 겨울이 또 시작됩니다. 겨울 추위가 그리 달가운 것이 못 됨은 물론입니다만, 저희들은 추위를 견디는 방법에 관하여 풍부한 경험들을 가지고 있습니다.

심동(深冬)보다는 입동(立冬) 부근의 추위를 더 조심해야 한다든가, 감기는 어깨에서 오는 것이며 건포 마찰이 혈액 순환에 좋고 동상을 예방한다는 등, 오랜 징역살이를 통하여 얻은 층층의 경험들이 이론으로 종합·정리되고, 이렇게 정리된 이론들은 다시 각양(各樣)의 습관의 형식을 통하여 생활화되고 있는 것입니다. 징역살이만큼 각별히 건강에 유의하는 곳도 아마 드물 것이라 생각됩니다.

— 1975. 12. 4.

좋은 시어머님

어머님께

그간 아버님께서도 안녕하시며 가내 두루 평안하시리라 믿습니다.

내일이 대한이니 추위도 지금이 한창입니다. 지난해에는 이사에다 영석이 결혼에다 거푸 대사를 치르시느라고 무척 바쁘셨을 줄 알고 있습니다.

지난 정초에는 교도소의 접견실 유리창을 격하고서 계수님을 처음 인사하였습니다. 그 딱한 장소에서 더구나 깜짝하는 짧은 틈에 무슨 인사가 되기나 하겠습니까만, 저로서는 이제 우리 집 사람이 한 사람 더 늘었구나 하는 다소 봉건적인(?) 생각으로 마음이 흐뭇하였습니다. 결혼하고 곧 집에 와서 어머님을 모시고 있다니 어머님께서도 매우 흡족하시리라 생각됩니다.

저는 이따금 시어머님이 되신 어머님을 상상해봅니다. 그리고 어머님께서는 그 다감하신 성정이, 비록 젊은 시절에는 더러 잔소리로 나타나기도 했지만, 지금은 무척 인자한 시어머니가 되게 하리라 믿습니다. 종일 시부모님을 곁에서 모시지는 못하지만 직장을 가진 며느님을 더욱 대견해하시며 며느리 뒤치다꺼리를 조금도 귀찮아하시지 않으며 자식이 상전이라며 더욱 아껴주시는 좋은 시어머님이 되시리라 믿고 있습니다. 그리고 아버님께서는 아마 어머님보다 더 자상한 시아버님이 되시리라고 생각합니다. 형수님께 한문과 붓글씨를 가르치시려던 그 자부에 대한 사랑은, 생각하면 지금도 큼직한 감동이 되어 안겨옵니다.

제가 어머님께 바라고 싶은 것은 젊은 사람한테 자꾸 배우시라는 것입니다. 옛날 같지 않아 이제는 점점 젊어가는 노인이 되셔야 합니다. 진정 젊어지는 비결은 젊은이들로부터 새로운 것을 배우는 길밖에 없는 것입니다. 어머님의 건강을 빕니다. —1976.1.19.

이웃의 체온

계수님께

수인들은 늘 벽을 만납니다.

통근길의 시민이 'stop'을 만나듯, 사슴이 엽사를 만나듯, 수인들은 징역의 도처에서 늘 벽을 만나고 있습니다. 가련한 자유의 시간인 꿈속에서마저 벽을 만나고 마는 것입니다. 무수한 벽과 벽 사이, 운신도 어려운 각진 공간에서 우리는 부단히 사고의 벽을 헐고자 합니다. 생각의 지붕을 벗고자 합니다. 흉회쇄락(胸懷灑落), 광풍제월(光風霽月). 그리하여 이윽고 '광야의 목소리'를, 달처럼 둥근 마음을 기르고 싶은 것입니다.

아버님 서한에 육년래(六年來)의 혹한(酷寒)이라고 하였습니다만 그런 추위를 실감치 않았음은 웬일일까. 심동(深冬)의 빙한(氷寒), 온기 한 점 없는 냉방에서 우리를 덮어준 것은 동료들의 체온이었습니다. 추운 사람들끼리 서로의 체온을 모으는 동안 우리는 냉방이 가르치는 '벗'의 의미를, 겨울이 가르치는 '이웃의 체온'을 조금씩 조금씩 이해해가는 것입니다.

이제 입춘도 지나고 머지않아 강물이 풀리고 다사로운 춘풍에 이른 꽃들이 필 무렵, 겨우내 우리의 몸 속에 심어둔 이웃들의 체온이 송이송이 빛나는 꽃들로 피어날는지……. 인정은 꽃들의 웃음소리.

구정 때 보낸 편지와 영치금 잘 받았습니다. 염려하는 사람이 한 사람 더 늘었다는 기쁨은 흡사 소년들의 그것처럼 친구들에게 자랑하고 싶고 보이고 싶고…….

제수와 시숙의 사이가 '어려운 관계'라고들 하지만, 그것은 우리 시대의 것은 아니라고 믿습니다. 현재로서는 물론, 동생을 가운데 둔 관계이며 '생활의 공유'를 기초로 하지 않은, 또 그만큼 인간적 이해가 부족한 관계라는 사실을 없는 듯 덮어두자는 것은 아닙니다. 그러나 앞으로는 어차피 가족의 일원으로서 생활을 공유하지 않을 수 없다는 장래의 유대를 미리 가불하기도 하고, 또 편지를 쓰면 '소식의 공유'쯤 당장부터도 가능하다는 점에서 '어려운 관계'의 그 어려움이 차차 가시리라 생각합니다. 서로의 건투를 빕니다.

— 1976.2.11.

봄철에 뛰어든 겨울

아버님께

가는 척하던 겨울이 과연 역습해왔습니다.

겨울의 심사를 잘 알고 있는 우리는 기다리던 사람을 맞이하듯 조금도 당황하지 않습니다.

어디서 철모르는 와공(蛙公)이, 성급히 고름을 풀던 꽃잎이, 이 눈발에 얼지나 않는지. 해마다 봄은 피다가 얼은 꽃을 들고 동령(冬嶺) 넘어 아픈 걸음으로, 늦어서 수줍은 걸음으로, 그렇지만 배달부보다 먼저 오는 것입니다.

이달 초순께든가 영석이 전주로부터 다녀갔습니다.

아버님의 편지 잘 받았습니다. 어머님께서 다소 적적하시겠습니다만 가내 두루 평안하시리라 믿습니다. 저도 건강하게 잘 있습니다.

봄철, 가을철은 징역 살기로도 좋은 계절입니다만 이곳에서는 봄·가을이 바깥보다 유난히 짧아서 '춥다'에서 바로 '덥다'로, '덥다'에서 바로 '춥다'로 직행해버립니다. 징역 속에는 '춥다'와 '덥다'의 두 계절만 존재합니다. 직절(直截)한 사고, OX식 문제처럼 모든 중간은 함몰하고 없습니다.

— 1976. 3. 25.

수신제가치국평천하

부모님께

접견 때마다 애써 아픈 마음을 누르시고 될수록 담담하게 이야기하시는 아버님, 어머님의 그 각별하신 배려 앞에서 저는 훨씬 밝은 마음이 됩니다. 역사의 골목골목에는 '눈물을 보이지 않는 어머니'가 흔히 강한 아들을 만들어주는, 별처럼 반짝이는 이야기가 군데군데 살아 있습니다. 애써 지으시던 담담하신 모습, 그 속에 담긴 엄한 가르침을 저는 모르지 않습니다.

'수신제가치국평천하'(修身齊家治國平天下).

이 『대학』(大學) 장구(章句)의 진의는 그 시간적 순차성에 있지 않고, 오히려 그 각각의 상호연관성, 그 전체적 통일성에 깊은 뜻이 있으리라고 생각됩니다.

제가(齊家) 바깥의 수신을 생각할 수 있겠습니까. 있다면 그것은 수신이 아니라 기실 소승(小乘)의 목탁이거나 아니면 한낱 이기(利己)의 소라껍데기에 불과한 것이 아니겠습니까. 치국 앞선 제가란 결국 부옥(富屋)의 맹견(猛犬)과 그 높은 담장을 연상케 합니다. 평천하를 도외시한 치국, 이것은 일제의 침략과 횡포를 그 본보기의 하나로 하고 있는 것입니다.

제비가 날아오니 봄이 되는 것이 아니라 봄이기 때문에 제비가 날아오는 것일 터입니다. 병중지빙(甁中之氷)이 세모를 이끄는 것이 아니라 세모의 한기가 빙(氷)을 만든다는 그 명백한 이치를 상기하며 저는 이따금 『대학』 장구와 함께 『효경』(孝經)의 효지시종(孝之始終) 구절을 묵송해봅니다.

— 1976.5.3.

간고한 경험

아버님께

5월의 금요일, 오랜만의 자리였습니다.

아버님, 어머님 곁의 그 자상하신 배려 속에 앉았던 기억이 지금도 신선하게 남아 있습니다. 이 기억은, 아버님의 서한을 받고 매번 겉봉에 쓰신 붓글씨의 제 이름을 읽을 때의 느낌과 함께, 제 자신의 성장을 위하여 자칫 결여되기 쉬운 인간적 진실을 그 바닥에 깔아주고 있습니다. 잡초를 뜯어서 젖을 만드는 소처럼 저는 간고한 경험일수록 그것을 성장의 자양으로 삼으려 합니다.

생일연(生日宴)을 다녀가신 뒤 우송해주신 필묵과 셔츠, 그리고 서신 받았습니다. 그날 말씀드린 이와나미신서(岩波新書), 『영화의 이론』(映畵の理論, 岩崎昶), 『민중과 연예』(民衆と演藝, 福田定良), 두 권을 한번 찾아주시기 바랍니다.

여름 더위 속에서는 책도 힘들어집니다.

여름은 역시 '피서'(避書)의 계절입니다. —1976.5.31.

비행기와 속력

계수님께

하늘의 비행기가 속력에 의하여 떠 있음에서 알 수 있듯이, 생활에 지향과 속력이 없으면 생활의 제 측면이 일관되게 정돈될 수가 없음은 물론, 자신의 역량마저 금방 풍화되어 무력해지는 법입니다.

나는 계수님의 편지를 읽고 문득 계수님께서는 '일'을 갖는 편이 좋겠다고 생각하였습니다. 가정에도 물론 가사(家事)라는 이름의 상당한 일거리가 없지 않습니다. 그러나 그것은 대부분이 미화된 소비행위일 뿐, 능력과 가치를 창조하는 생산 그 자체와는 구별되는 것이라 믿습니다.

얼마 전에 읽어본 『여성해방의 이론과 현실』을 추천합니다. 이 책은 이 시대의 여성들이 무엇을 추구하고 있는가에 대하여 매우 신선한 시점을 제공해주리라는 것을 의심치 않습니다. —1976.6.2.

인도(人道)와 예도(藝道)

아버님께

비가 내려 며칠째 시원하게 지내고 있습니다. 6월 중에는 여러 번 접견이 있어서 소식을 잘 듣고 있습니다. 아버님께서 보내주신 화선지와 편지 받았습니다. 그리고 지난주에는 동생이 접견 와서 유화구(油畵具) 일체를 넣어주었습니다. 계수님 편에 말씀 들으셔서 아시리라고 믿습니다만 저는 그동안 새로 구성된 서화반에 옮겨와서 월여(月餘)째 그림과 글씨를 공부하고 있습니다.

글씨를 쓰고 그림을 그리고 있다고는 하지만 저로서는 옛 선비들이 누리던 그 유유한 풍류를 느낄 수 있는 입장도 못 되며, 그렇다고 자기의 모든 것을 들린 듯 바칠 만큼 예술에 대한 집념이나 소질이 있는 것도 아닐 것입니다. 이것은 제 자신의 자세가 확립되지 못하고, 아직은 어떤 애매한 가능성에 기댄 채 머뭇거리고 있음을 나타내는 것이기도 합니다. 그러나 저는 훌륭한 작품을 만들려 하기에 앞서, 붓을 잡는 자세를 성실히 함으로써 먼저 뜻과 품성을 닦는, 오히려 '먼 길'을 걸으려 합니다. 그리고 이러한 뜻과 품성이 비로소 훌륭한 글씨와 그림을 가능하게 하리라고 믿고 있습니다. 인도(人道)는 예도(藝道)의 장엽(長葉)을 뻗는 심근(深根)인 것을, 예도는 인도의 대하로 향하는 시내인 것을, 그리하여 최고의 예술작품은 결국 '훌륭한 인간', '훌륭한 역사'라는 사실을 잊지 않으려 합니다.

금년도 벌써 반 넘어 7월입니다. 이 각박한 토양에도 잡초들은 여기저기, 심지어 벽돌담 꼭대기에도 그 질긴 생명의 뿌리를 박아 놓고 있습니다. 역시 여름인 줄을 알겠습니다. —1976.7.5.

신행 기념여행을 기뻐하며

아버님께

그간 가내 두루 평안하시리라 믿습니다.

지난번 편지에서 자세히 말씀해주신 '53회 신행(新行) 기념여행'(?)은 흐뭇한 마음으로 읽었습니다. 반려와 행선지가 있는 여행을 흔히 인생에 비유하기도 합니다만 칠십 평생을 돌이켜보시는 아버님의 여행을 읽고 저는 그것이 단지 사적(史蹟)이나 승지(勝地)의 완상(玩賞)이기에 앞서 인생에 대한 어떤 숙연한 관조가 아니었을까 하는 느낌입니다.

겨울이 또 다가오고 있지만 이곳의 저희들은 여전히 건강합니다. 다만 '여전한' 생활 속에 '여전한' 내용이 담기면 담긴 채 굳을까 걱정입니다.

고인 물, 정돈된 물, 그러나 썩기 쉬운 물. 명경같이 맑은 물, 얼굴이 보이는 물, 그러나 작은 돌에도 깨어지는 물입니다.

— 1976. 9. 13.

사삼(史森)의 미아(迷兒)

아버님께

그간 가내 두루 무고하시리라 믿습니다. 일전에는 계수님이 내의, 양말, 수건 등을 소포로 보내와서 마침 요긴하게 쓰고 있습니다.

겨울이 유난히 이른 이곳의 저희들도 벌써 겨울옷들을 찾아놓고 다가올 추위에 대비하고 있습니다.

서화반은 공장보다 독서할 시간이 많아서 이번 가을, 겨울은 예년보다 많은 책을 읽을 수 있을 것 같습니다. 요즈음은 역사책을 자주 읽게 됩니다. 역사책에서는 심지어 같은 책인 경우에도 매번 새로운 시각을 얻게 됩니다. 서 말 구슬처럼 많은 사실을 실에 꿰어 하나의 염주로 정돈할 수 있다면 좀처럼 사삼(史森)의 미아가 되지는 않을 것입니다.

글씨와 그림도 꾸준히 하고 있습니다.

일휴화폭리 시좌묵향중

日休畵幅裏　時坐墨香中

그림 속에서 이따금 피곤한 마음을 쉬기도 하고, 묵서 앞에서는 산만한 생각을 여미어 바로잡기도 합니다. —1976.9.28.

봄볕 한 장 등에 지고

부모님께

창살 무늬진, 신문지 크기의 각진 봄볕 한 장 등에 지고 이윽고 앉아 있으면 봄은 흡사 정다운 어깨동무처럼 포근히 목을 두릅니다. 문득, 난장촌초심 보득삼춘휘(難將寸草心 報得三春輝), "지극히 작은 자식의 마음으로 봄볕 같은 부모의 은혜를 갚기 어렵다"는 불우(不遇)했던 맹교(孟郊)의 시 한 구절이 생각납니다.

봄 볕뉘는 아무래도 어머님의 자애입니다.

『한국 현대사론』은 한 외국인의 소박하나 피상적인 개략(槪略)이었습니다. 근대사를 외국인의 시각에 의해서 일응 객관화해 본다는 의의는 있겠습니다. 한우근(韓祐劤)의 『개항기의 상업연구』 한번 읽고 싶습니다. 김용섭(金容燮)의 『이조 후기 농업사 연구』의 목차를 대강 소개해주시기 바랍니다.

겨우내 별로 글씨 쓰지 못하여 화선지도 그대로 남아 있습니다. 이제 이달부터 버들강아지 봄눈 뜨듯 부지런히 쓰려 합니다.

3월이라지만, 겨울은 아직도 어느 응달 녘에 숨어 있다가 되돌아와 한 차례 해코지를 한 다음 못내 내키지 않는 걸음으로 물러갈 것입니다. 작년이던가, 개나리가 피다가 얼어버린 측은한 기억이 있습니다. 꽃이 얼다니. 저희는 예년과 같이 아직도 겨울 내의를 벗지 않고 있습니다.

— 1977.3.2.

봄은 창문 가득히

아버님께

어머님을 비롯하여 가내 두루 춘안(春安)하시리라 믿습니다.

얼마 전 개항기 이후를 다룬 이선근(李瑄根) 씨의 저서를 읽었습니다. 물론 연구논문이 아니고 사실(史實)의 선택에 사관(史觀)이, 나열에 체계가, 그리고 저술에 심도가 불비(不備)된 채 사담(史談) 같은 것이었습니다. 그러나 그 속에 풍부한 소재를 담고 있어서 당시의 상황을 박진(迫眞)하게 알도록 해줍니다. 역사에 있어서 소재는 평가에 앞서 충분히 섭렵되어야 한다는 점에서 매우 유익하였습니다. 『개항기의 상업연구』는 그 상업적 성격, 외생적(外生的) 동인(動因) 및 식민지적 특질이 한국자본주의 발달과정에 어떠한 왜곡을 주는가를 이해하는 데 하나의 효과적인 접근이 되리라 생각합니다.

어제 오늘 흩뿌리는 우각(雨脚)에는 아직도 춘한(春寒)이 스산하게 느껴집니다만 이내 줄기를 타고 올라 유록빛 잎새로 빛날 생명 같은 것이 번뜩입니다. 아무튼 봄은 창문 가득히 다가왔습니다.

— 1977. 3. 24.

서도의 관계론(關係論)

아버님께

제가 서도(書道)를 운위하다니 당구(堂狗)의 폐풍월(吠風月) 짝입니다만 엽서 위의 편언(片言)이고 보면 조리(條理)가 빈다고 허물이겠습니까.

일껏 붓을 가누어 조신해 그은 획이 그만 비뚤어버린 때 저는 우선 그 부근의 다른 획의 위치나 모양을 바꾸어서 그 실패를 구하려 합니다.

이것은 물론 지우거나 개칠(改漆)하지 못하기 때문이기도 하지만 실상 획의 성패란 획 그 자체에 있지 않고 획과 획의 '관계' 속에 있다고 이해하기 때문입니다. 하나의 획이 다른 획을 만나지 않고 어찌 제 혼자서 '자'(字)가 될 수 있겠습니까. 획도 흡사 사람과 같아서 독존(獨存)하지 못하는 '반쪽'인 듯합니다. 마찬가지로 한 '자'가 잘못된 때는 그다음 자 또는 그다음다음 자로써 그 결함을 보상하려고 합니다. 또 한 '행'(行)의 잘못은 다른 행의 배려로써, 한 '연'(聯)의 실수는 다른 연의 구성으로써 감싸려 합니다. 그리하여 어쩌면 잘못과 실수의 누적으로 이루어진, 실패와 보상과 결함과 사과와 노력들이 점철된, 그러기에 더 애착이 가는, 한 폭의 글을 얻게 됩니다.

이렇게 얻은 한 폭의 글은, 획, 자, 행, 연 들이 대소, 강약, 태세(太細), 지속(遲速), 농담(濃淡) 등의 여러 가지 형태로 서로가 서로를 의지하고 양보하며 실수와 결함을 감싸주며 간신히 이룩한 성취입니다. 그중 한 자, 한 획이라도 그 생김생김이 그렇지 않았더라면 와르르 얼개가 전부 무너질 뻔한, 심지어 낙관(落款)까지도 전체 속에 융화되어 균형에 한몫 참여하고 있을 정도의, 그 피가 통할 듯 농밀한 '상호연계'와 '통일' 속에는 이윽고 묵과 여백, 흑과 백이 이루는 대립과 조화, 그 '대립과 조화' 그것의 통일이 창출해내는 드높은 '질'(質)이 가능할 것입니다. 이에 비하여 규격화된 자, 자, 자의 단순한 양적 집합이 우리에게 주는 느낌은 줄 것도 받을 것도 없는 남남끼리의 그저 냉랭한 군서(群棲)일 뿐 거기 어디 악수하고 싶은 얼굴 하나 있겠습니까.

유리창을 깨뜨린 잘못이 유리 한 장으로 보상될 수 있다는 생각은, 사람의 수고가, 인정이 배제된 일정액의 화폐로 대상(代償)될 수 있다는 생각만큼이나 쓸쓸한 것이 아니겠습니까. 획과 획 간에, 자와 자 간에 붓을 세우듯이, 저는 묵을 갈 적마다 인(人)과 인 간(間)의 그 뜨거운 '연계' 위에 서고자 합니다.

춥다가 아직 덥기 전의, 4월도 한창때, 좋은 시절입니다.

—1977.4.15.

첩경을 찾는 낭비

아버님께

어머님을 비롯하여 가내 두루 평안하실 줄 믿습니다.

저는 이달부터 행장급수(行狀級數)가 2급으로 진급되어 서신과 친견이 매월 4회씩 허용됩니다. 자주 편지 드리겠습니다.

의병 관계 문헌의 번역을 도운다면서 겨우 저의 한문공부나 하고 있는 정도입니다만 의병일기 속에는 많은 사람들과 그들의 생활이 서술되고 있어서 여태껏 추상적으로 이해해온 '의병'에 대한 그 관념성이 제거되고, 마치 당시를 방문하여 그들을 만나고 온 듯한 '현장성'을 얻게 됩니다. 만약 역사현상이 화석처럼 그 생명력(인간)이 고갈된 몇 조(組)의 '관념'으로서 받아들여진다면, 역사는 박제처럼 '외형'만 남겠다는 생각을 금할 수 없습니다.

『맹자』는 정독해 보려고 합니다. 『논어』보다 장문이라 문리(文理)를 틔우는 데는 더 낫다고 들었습니다. 저는 고전 해독에 우선 한자의 어휘가 달리기도 합니다만 자훈(字訓)의 다기(多岐)함에 더 애를 먹습니다. 물론 독해의 절대량이 많아지면 지금 느끼고 있는 애로들 중의 상당한 부분이 해소될 수 있으리라고 믿습니다. 그저 우직하게 외곬으로 읽어나가는 것만 못한 줄 알고 있으면서도, 무슨 편법이나 첩경이 없나 자주 살피게 됩니다. 이것은 관심의 낭비가 아닐 수 없습니다.

5월, 창밖의 몇 점 신록에 이따금 피곤한 시선을 기대어 쉬곤 합니다.

— 1977.4.27.

꽃과 나비

아버님·어머님께

"꽃과 나비는 부모가 돌보지 않아도 저렇게 아름답게 자라지 않느냐."

어린 아들에게 이 말을 유언으로 남기고 돌아가신 분을 기억하고 있습니다. 어머님, 아버님의 자애로 담뿍 적신 저는, 꽃보다 나비보다 더 아름답게 살아가야 하리라 생각합니다.

누님께

오늘 찾아가신 책 가운데 『네루의 옥중기』를 주희에게 보내주시기 바랍니다. 외삼촌이 준다고. 작은누님 댁에도 인사드립니다.

영석에게

(타인과의 관계에서는 반드시 요구되는) 인간적 신뢰를 받지 못하면서 단지 '형'이라는 혈연만으로서 '형'이고 싶지 않기 때문에 나는 내가 너의 형이 되기를 원하는 한, 나 자신의 도야(陶冶)를 게을리하지 않으리라고 다짐해본다.

계수님께

꽃을 그렸습니다. 꽃들은 바람의 웃음소리. 아직 5월, 훈풍입니다.

— 1977.5.20.

버림과 키움

아버님께

5월 25일부 서한 잘 받았습니다. 귀로에 온양을 들러 현충사 경내를 돌아보셨다는 글월을 읽고 저도 동승한 듯 기뻤습니다.

6월, 여름 더위가 시작되는 달입니다. 제게는 또 피서(避書)의 계절이기도 합니다.

어느 화창한 토요일 오후쯤 마침 밀린 일도 끝나고 지킬 약속도 없는, 담배 한 개피 정도의 여가가 나면, 저는 곧잘 그동안 어지러워진 책상 서랍을 쏟아놓고 웬만한 것이면 죄 마당에 내다 태우곤 하였습니다.

도회지 일우(一隅)에서 종이를 태우는 냄새, 이것은 비록 낙엽에다 견줄 수는 없지만, 가지런히 정돈된 서랍의 개운함과 함께 제게는 간이역 같은 작은 휴식의 기억, 새로운 일이 시작되는 '창의 산실' 같은 기억으로 남는 것이었습니다.

징역살이 속에는 물론 토요일 오후의 그 상쾌한 여유가 있을 리 없습니다. 그러나 무기징역이라는 길고도 어두운 좌절 속에는 괭잇날을 기다리는 무진장한 사색의 광상(鑛床)이 원시로 묻혀 있음을 발견하였습니다. 저는 우선 제 사고(思考)의 서랍을 엎어 전부 쏟아내었습니다. 그리고 버리기 시작하였습니다. 아까울 정도로 과감히 버리기로 하였습니다. 지독한 '지식의 사유욕'에, 어설픈 '관념의 야적(野積)'에 놀랐습니다. 그것은 늦게 깨달은 저의 치부였습니다. 사물이나 인식을 더 복잡하게 하는 지식, 실천의 지침도, 실천과 더불어 발전하지도 않는 이론은 분명 질곡이었습니다. 이 모든 질곡을 버려야 했습니다. 섭갹담등(躡屩擔簦)—짚신 한 켤레와 우산 한 자루—언제 어디로든 가뜬히 떠날 수 있는 최소한의 소지품만 남기기로 하였습니다. 그래서 저는 하나씩 조심해서 하나씩 챙겨넣기 시작하였습니다.

그러나 이 취사(取捨)의 작업은 책상 서랍의 경우와는 판이해서 쉬이 버려지지도 쉬이 챙겨지지도 않았습니다. 진왕(秦王)의 금서(禁書)나 갱유(坑儒)의 도로(徒勞)를 연상케 하는 참담한 실패를 되풀이하지 않을 수 없었던 까닭은 버려야 할 '것', 챙겨야 할 '대상'이 둘 다 서랍 속의 '물건'이 아니라 생활 그 자체인 '소행'이었기 때문이라 생각되었습니다. 그럼에도 그나마 정돈할 수 있었던 것은, 무엇보다 징역살이라고 하는 욕탕 속같이 적나라한 인간관계와, 전 생활의 공개, 그리고 선승(禪僧)의 화두처럼 이것을 은밀히 반추할 수 있었던 면벽십년(面壁十年)의 명상에 최대의 은의(恩宜)를 돌려야 하리라고 생각합니다.

10년. 저는 많은 것을 잃고, 또 많은 것을 버렸습니다. 버린다는 것은 아무래도 조금은 서운한 일입니다. 그러나 한편 생각해보면 버린다는 것은 상추를 솎아내는, 더 큰 것을 키우는 손길이기도 할 것입니다.

—1977.6.8.

할머님이 되신 어머님께

어머님께

그간 가내 평안하시리라 믿습니다.

저의 눈은 오른쪽의 시력이 약하고 자주 충혈이 되고 있습니다. 25° 정도의 안경을 사용하도록 권유를 받고 있습니다만 저는 책을 볼 때만 사용할 안경이 하나 있으면 합니다. 왼쪽 눈은 아무 이상이 없기 때문에 이런 경우에도 안경을 사용하는 것이 좋은지, 또 사용한다면 좌우의 도수가 각각 다른 것이라야 하는지 등을 저는 알지 못합니다. 아버님께서 알아보신 다음에 조처해주시면 좋겠습니다.

지난달에 어머님을 가까이서 뵈오니 어머님께서는 이제 완연한 '할머니'였습니다. 칠십 노인이 아무려면 할머니가 아닐 리 있겠습니까만, 저의 마음에는 항상 젊은 어머님이 계십니다. 아마 제가 늘 그전 마음으로 있기 때문일지 모르겠습니다.

어머님이 할머니가 되셨다는 이 당연하고 새삼스러운 사실이 도리어 제게 참 많은 생각을 안겨줍니다. —1977.6.22.

바깥은 언제나 봄날

아버님께

늘 반복되는 생활 속에서 그나마 변함없이 변하는 것은 계절뿐이라지만 그것도 실상은 춘하추동의 '반복'이거나 기껏 '변함없는 변화'에 불과하다는 생각에 이르면 우리는 다시 닫힌 듯한 마음이 됩니다.

이렇듯 닫힌 마음에 큼직한 문 하나 열어주듯, 지난 24일 하루는 '사회'(저희들은 담 바깥을 그렇게 부르고 있습니다. 이를테면 사회 사람, 사회 김치, 사회제製…… 등)에 다녀왔습니다. 회덕에 있는 산업기지개발공사를 들러 청주댐 공사장을 견학한 우량수 사회참관이 있었습니다.

우리가 가장 놀랐던 것은 엉뚱하게 '바깥'은 봄철이 아니라 뜨거운 여름이었다는 착각의 발견이었습니다. 계절의 한서(寒暑)에 아랑곳없이 우리의 머릿속에 그리는 바깥은 언제나 '따스한 봄날'이었던 것입니다. 수인들의 해바라기같이 키 큰 동경 속에서 '바깥 사회'는 계절을 어겨가면서까지 한껏 미화되었던 셈입니다.

더위에 후줄근한 길가의 쇠비름이며, 공사장의 남포소리와 풀썩이는 먼지, 시골 아낙네들의 걷어붙인 옷자락……, 바깥은 한더위의 한복판이었습니다. 다만 직진의 고속도로 위 그 선명한 백선(白線)과 상점에 진열된 마치 기념사진 속의 아이들같이 단정한 과실들의 대오(隊伍)만이 유독 여름을 거부하는 어떤 '질서'의 표정 같았습니다.

돌아와 소문(所門)을 들어올 때, 우리는 잠시 거기 접견실 부근을 서성이는 가족들의 마음이 되었습니다. —1977.6.29.

우공(愚公)이 산을 옮기듯

아버님께

7월 9일부 하서와 우송해주신 안경 잘 받았습니다. 도수와 크기도 꼭 맞습니다.

약한 돋보기 안경은 40대에 쓰는 것이라 하여 흔히 40경(鏡)이라고 한다는 말을 듣고 저는, 저에게 40경을 보내주시는 아버님의 심정이 어떠하셨을까 생각해봅니다. 안경알을 닦을 때 거기 어른거리는 얼굴을 만나게 됩니다. 40을 불혹(不惑)이라 합니까.

오늘은 『주역』(周易)을 보다가 슬며시 치기가 동하여 국어사전의 페이지를 기초(蓍草) 삼아 '이위화'(離爲火)의 점괘를 얻었습니다. 상전(象傳)에 시이 축빈우길야(是以畜牝牛吉也)라 하여 암소처럼 유화(柔和)해야 길(吉)하다고 했습니다. 『주역』의 괘사(卦辭) 효사(爻辭)가 어느 것 하나 이현령비현령(耳懸鈴鼻懸鈴) 아닌 것이 있겠습니까만 동양사상을 서양의 그것과 구별케 하는 것 중의 하나가 바로 이 유(柔)를 강(剛)보다 선호하는 태도, 이를테면 우공이산(愚公移山)과 같이 우매할 정도의 굉원(宏遠)한 기량(器量)이 그런 것이 아닐지 모르겠습니다.

저희들이 있는 거실(居室) 바로 창 바깥에 백여 분(盆)의 국화장(菊花場)이 있습니다.

개화불병백화총 독립소리의무궁
開花不併百花叢　獨立疏籬意無窮
영위지두포향사 하증취타북풍중
寧爲枝頭抱香死　何曾吹墮北風中

봄여름 내내 눈감고 있다가 더디 상강(霜降)에야 꽃을 피우는 국화는 고인(古人)의 말처럼 은자(隱者)임에 틀림없습니다. 땡볕에서 밀짚모자 하나로 꽃 가꾸기에 정성인 원예부의 일손을 보고 있노라면 수유리로 이사 오던 누님이 생각납니다. 세가(貰家)에 들면서도 먼저 화초부터 심고 가꾸던 누님의 마음씨, 그 화분 같은 마음속에서 꽃처럼 자라던 꼬마들이 생각납니다. — 1977. 7. 18.

두 개의 종소리

아버님께

새벽마다 저는 두 개의 종소리를 듣습니다. 새벽 4시쯤이면 어느 절에선가 범종(梵鐘)소리가 울려오고 다시 한동안이 지나면 교회당의 종소리가 들려옵니다. 그러나 이 두 종소리는 서로 커다란 차이를 담고 있습니다. 교회종이 높고 연속적인 금속성임에 비하여, 범종은 쇠붙이 소리가 아닌 듯, 누구의 나직한 음성 같습니다. 교회종이 새벽의 정적을 휘저어놓는 틈입자(闖入者)라면, 꼭 스물아홉 맥박마다 한 번씩 울리는 범종은 '승고월하문'(僧敲月下門)의 '고'(敲)처럼, 오히려 적막을 심화하는 것입니다. 빌딩의 숲속 철제의 높은 종탑에서 뿌리듯이 흔드는 교회 종소리가 마치 반갑지 않은 사람의 노크 같음에 비하여, 이슬이 맺힌 산사(山寺) 어디쯤에서 땅에 닿을 듯, 지심(地心)에 전하듯 울리는 범종소리는 산이 부르는 목소리라 하겠습니다. 교회 종소리의 여운 속에는 플래시를 들고 손목시계를 보며 종을 치는 수위의 바쁜 동작이 보이는가 하면, 끊일 듯 끊일 듯하는 범종의 여운 속에는 부동의 수도자가 서 있습니다.

범종소리에 이끌려 도달한 사색과 정밀(靜謐)이 교회 종소리로 유리처럼 깨어지고 나면 저는 주섬주섬 생각의 파편을 주운 다음, 제3의 전혀 엉뚱한 소리—기상나팔 소리가 깨울 때까지 내처 자버릴 때가 많습니다. 그러나 고달픈 수정(囚情)들이 잠든 새벽녘, 이 두 개의 종소리 사이에 누워 깊은 생각에 잠길 수 있다는 것은 작지만 기쁨이 아닐 수 없습니다.

저는 불제자(佛弟子)도 기독도(基督徒)도 아닙니다. 이것은 제가 '믿는다'는 사고형식에는 도시 서툴기 때문이라고 생각됩니다. 제게도 사람을 믿는다거나 어떤 법칙을 믿는 등의 소위 '믿는다'는 사고양식이 없는 것은 아니지만 그런 경우의 믿음은 어디까지나 그 사람의 인격이나 객관화된 경험에 대한 이해와 평가의 종합적 표현일 뿐 결코 '이해에 기초하지 않은 믿음'을 일방적으로 수용하는 태도와는 별개의 것이라 생각됩니다. 결국 범종과 교회종에 대한 포폄(褒貶)이 저의 종교적 입장과는 인연이 먼 것이며 그렇다고 일시적인 호오(好惡)나 감정의 경사(傾斜)에도 관계가 없는 것입니다. 이것은 아마 지금까지 저의 내부에 형성된 의식(意識)의 표출이었는지 모르겠습니다. 그렇기 때문에 저는 이 두 개의 종소리 사이에 누워 저의 의식 속에 잠재해 있을 몇 개의 종소리에 귀기울여봅니다. 외래문물의 와중에서 성장해온 저희 세대의 의식 속에는 필시 꺼야 할 이질의 종소리들이 착종(錯綜)하고 있음에 틀림없습니다.

— 1977.7.27.

매직펜과 붓

아버님께

오늘이 입추. 기승을 부리던 더위도 어젯밤에 폭우를 맞더니 정말 오늘부터는 가을로 접어들려는지 아침 햇살이 뜨겁지 않습니다.

우송해주신 먹과 화선지 그리고 아버님의 하서 모두 잘 받았습니다. 어머님께옵서도 안녕하시고 가내 두루 평안하실 줄 믿습니다.

저는 주로 붓으로 글씨를 쓰고 있습니다만 가끔 '매직펜'으로 줄을 긋거나 글씨를 쓸 일이 생깁니다. 이 매직펜은 매직잉크가 든 작은 병을 병째 펜처럼 들고 사용하도록 만든 편리한 문방구(文房具)입니다. 이것은 붓글씨와 달라 특별한 숙련이 요구되지 않으므로, 초보자가 따로 없습니다. 마치 피아노의 건반을 아무나 눌러도 정해진 음이 울리듯, 매직펜은 누가 긋더라도 정해진 너비대로 줄을 칠 수 있습니다. 먹을 갈거나 붓끝을 가누는 수고가 없어도 좋고, 필법(筆法)의 수련 같은 귀찮은 노력은 더구나 필요하지 않습니다. 그뿐만 아니라 휘발성이 높아 건조를 기다릴 것까지 없고 보면 가히 인스턴트 시대의 총아라 할 만합니다. 그러나 저는 이 모든 편의에도 불구하고 이것을 좋아하지 않습니다. 종이 위를 지날 때 내는 날카로운 마찰음—기계와 기계의 틈새에 끼인 문명의 비명 같은 소리가 좋지 않습니다. 달려들 듯 다가오는 그 자극성의 냄새가 좋지 않습니다.

붓은 결코 소리 내지 않습니다. 어머님의 약손같이 부드러운 감촉이, 수줍은 듯 은근한 그 묵향(墨香)이, 묵의 깊이가 좋습니다. 추호(秋毫)처럼 가늘은 획에서 필관(筆管)보다 굵은 글자에 이르기까지 흡사 피리소리처럼 이어지는 그 폭과 유연성이 좋습니다.

붓은 그 사용자에게 상당한 양의 노력과 수련을 요구하지만 그러기에 그만큼의 애착과 사랑을 갖게 해줍니다. 붓은 좀체 호락호락하지 않는 매운 지조의 선비 같습니다.

매직펜이 실용과 편의라는 서양적 사고의 산물이라면 붓은 동양의 정신을 담은 것이라 생각됩니다. 저의 벼룻집 속에는 이 둘이 공존하고 있습니다만, 이것은 제가 소위 '동도서기'(東道西器)라는 절충의 논리를 수긍하는 뜻이 아닙니다.

절충이나 종합은 흔히 은폐와 호도(糊塗)의 다른 이름일 뿐, 역사의 특정한 시점에서는 그 사회, 그 시대가 당면하고 있는 객관적 제 조건에 비추어, 비록 상당한 진리를 내포하고 있는 주장이라 하더라도 그 경중, 선후를 준별하고 하나를 다른 하나에 종속시키는 실천적 파당성(派黨性)이 도리어 '시중'(時中)의 진의이며 중용의 본도(本道)라고 생각됩니다.

저는 역시 붓을 선호하는 쪽입니다. 주로 도시에서 교육을 받아온 저에게 있어서 붓은 단순한 취미나 여기(餘技)라는 공연한 사치로 이해될 수는 없는 것입니다. —1977.8.8.

민중의 얼굴

아버님께

우송해주신 책과 돈 잘 받았습니다. 동봉하셨으리라고 여겨지는 하서는 오늘쯤 서신 검열이 끝나는 대로 받게 될 듯합니다.

그간 어머님을 비롯하여 가내 모두 평안하실 줄 믿습니다. 저도 몸 성히 잘 있습니다. 계수님이 매월 잊지 않고 송금해주고 있어서 약도 사고 책도 몇 권 구입하여, 저는 비교적 넉넉히 생활하고 있습니다.

이번에 보내주신 책 세 권은 전번에 우송해주신 근대경제사 관계의 책과 마찬가지로, 주로 이조 후기 사회에 관한 논문들로서 그간 제가 접해온 의병 관계 자료들에 대하여 일정한 사회경제적 토대를 제공해주리라고 생각합니다.

어느 특정기에 관한 지속적인 관심과 계통적인 독서는(물론 정강이 위에 책 한 권 달랑 얹어놓고 따르르 읽어내리는, 그리고 시루에 물 빠지듯 쉬이 잊어버리는 징역 속의 현실과는 아예 인연이 먼 이야기이지만) 대부분의 독서가 실족(失足)하기 쉬운 그 파편성, 현학성을 제거해준다는 점 하나만으로도 매우 유익한 것이라고 생각됩니다.

최근, 이조 후기 사회에 대한 부쩍 높아진 사학계의 관심은 이조 후기가—이조 초기의 군강(君强)·개창(開創)의 시기나, 중기의 신강(臣强)·당쟁(黨爭)의 시기와는 달리—민중이 무대 복판으로 성큼 걸어 나오는 이른바 민강(民强)·민란(民亂)의 시기로서 종래의 왕조사를 지양하고 민중사를 정립하려는 이들에게 이 시기는 대문(大門) 같은 뜻을 갖기 때문이 아닐지 모르겠습니다.

『토지』의 평사리 농민들, 재인(才人) 마을의 길산(吉山), 『들불』의 여삼 등 이 시대를 살던 민중들의 얼굴을 찾아내려는 일련의 작가적 노력들이 경주되기도 하는 듯합니다.

작가 자신의 역량과 역사인식의 차이가 반영된 각각 다른 표정의 얼굴들이 제시되고 있음은 오히려 당연한 귀결이라 할 수 있겠습니다. 더욱이 이 시대의 연장선상 멀지 않은 곳에 가혹한 식민지 시대를 앞두고 있었던 우리의 역사를 안다면 민중의 표정이 결코 여일(如一)할 수 없음도 무리가 아니라 하겠습니다. — 1977.9.1.

짧은 1년, 긴 하루

아버님께

제가 편지를 올린 바로 그날, 아버님의 하서 두 통을 함께 받았습니다. 아버님의 '태백산 등반기'를 읽고 저희들은 아버님의 등산 실력에 경탄을 금치 못하였습니다. 해발 1,546미터의 망경봉을 4시간의 야간등반으로 오르셨다니 놀라지 않을 수 없습니다. 젊은이들의 번뜩이는 젊음과 더불어 태백의 준령에 올라 동해의 일출을 굽어보시는 아버님의 정정하신 기력과 '젊음'이 일출인 듯 선연합니다.

이곳의 저희들은 호연한 등반과는 대조적으로, 열리지 않는 방형(方形)의 작은 공간 속에서 내밀한 사색과 성찰의 깊은 계곡에 침좌(沈座)하고 있는 투입니다. '1년은 짧고 하루는 긴 생활', 그렇게 힘들게 살아온 나날도 돌이켜보면 몇 년 전이 바로 엊그제같이 허전할 뿐, 무엇 하나 담긴 것이 없는 생활, 손아귀에 쥐면 한 줌도 안 되는 솜사탕 부푼 구름같이, 생각하면 약소하기 짝이 없는 생활입니다.

그러나 비록 한 줌이 안 된다 해도 그 속에 귀한 경험의 정수를 담고 있다는 점에서 끝내 '약소'할 수만은 없는 생활이기도 합니다. 그 속엔 우선 '타인에 대한 이해'가 담겨 있습니다.

우리는 거개가 타인의 실수에 대해서는 냉정한 반면 자신의 실수에 대하여는 무척 관대한 것이 사실입니다. 자기 자신의 실수에 있어서는 그럴 수밖에 없었던 자신의 처지, 우여곡절, 불가피했던 여러 사정을 잘 알고 있음에 반하여, 타인의 그것에 대하여는 그 처지나 실수가 있기까지의 과정 전부에 대해 무지하거나 설령 알더라도 극히 일부밖에 이해하지 못하므로 자연 너그럽지 못하게 되는 것이 아닌지 모르겠습니다. 그러나 징역 속의 동거는 타인을 이해하게 해줍니다.

같은 방에서 아침부터 밤까지, 하루 24시간, 1년 365일을 꼬박 마주 앉아서 심지어 상대방의 잠꼬대까지 들어가며 사는 생활이기 때문에 우리는 오랜 동거인에 관한 한 모르는 것이 거의 없습니다. 성장과정, 관심, 호오(好惡), 기타 사소한 습관에 이르기까지 손바닥 보듯 할 뿐 아니라 하나하나의 측면들을 개별로서가 아니라 인간성이라는 전체 속에서 파악할 수 있게 됩니다. 우리는 도시의 아스팔트 위 손 시린 악수 한두 번으로 사귀는 커피 몇 잔의 시민과는 거리가 멉니다. 우리는 오랜 시간과 노력으로 모든 것을 열어놓은 자기 속으로 타인을 받아들이고 모든 것이 열려 있는 타인의 내부로 들어갈 수 있습니다. 타인을 자신만큼 알기에 이릅니다. 우리는 타인에게서 자기와 많은 공통점에도 불구하고 아직도 남는 차이를 이해하게 됩니다. 이 '차이'에 대한 이해 없이 타인에 대한 이해가 충분한 것이 될 수는 없으며, 그 사람에 대한 충분한 이해가 없이 그의 경험을 자기 것으로 소화할 수는 없다고 생각됩니다.

저희들은 이 실패자들의 군서지(群棲地)에서 수많은 타인을 만나고, 그들의 수많은 '역사'를 이해할 수 있는 귀중한 가능성 속에 몸담고 있음을 깨닫게 됩니다. — 1977. 9. 7.

거두망창월(擧頭望窓月)

아버님께

지난 12일 어머님께서 혼자 빗속을 다녀가셨습니다. 입석 기차표를 끊고 "비가 오기에 생각나서" 찾아왔다고 하셨습니다.

그제는 아버님의 하서 받았습니다.

저는 여태 아버님, 어머님의 생신날을 모르고 있습니다. 설령 안다 한들 또 조석으로 모신다 한들, 어찌 제가 안겨드린 그 아픔에 값하겠습니까.

저는 힘써 훌륭한 품성을 기르며 살아가겠습니다.

형님, 형수님께서 서울로 오셔서 모시게 되었다니 무엇보다 반갑습니다.

가을이라 옥창(獄窓)에 걸리는 달도 밤마다 둥글게 자랍니다. 가을은 '글 읽던 밤에 달이 떠 있는 우물물을 깨뜨리고 정갈하고 시원한 냉수를 뜨며' 잠시 시름을 쉬고 싶은 계절입니다.

— 1977. 9. 19.

옥창(獄窓) 속의 역마(驛馬)

계수님께

가게에 내놓은 사과알의 색깔과 굵기로 가을의 심도(深度)를 측정하던 기억이 있습니다. 풀빛의 어린 사과가 가게의 소반 위에서 가을과 함께 커가면 사과나무가 없는 출근길에 평소 걸음이 바쁘던 도회인들도 그나마 사과 한 알만큼의 가을을 얻게 됩니다.

이곳에는 물론 사과나무도 또 가게도 있을 리 없습니다. 가끔 접견물에서 들어오는 작고 파란 사과를 보다가 며칠 전 홍조 일색의, 풍만한 구적(球積)의 사과 한 개를 받아들고 어느새 이만큼 다가선 가을에 놀라 부랴부랴 무슨 중추의 채비라도 서두르고 싶은 착각에 스스로 고소(苦笑)를 금치 못한 적이 있습니다. 이곳의 우리들에게는 여름과 겨울, 덥다와 춥다의 극지(極地)가 존재할 따름입니다. 가을은 '제5의 계절', 다만 추위를 예고하는 길 바쁜 전령일 뿐 더불어 향유할 시간이 없습니다. 나는 사과를 문진(文鎭) 삼아 화선지 위에 올려놓고 사과와 묵, 적과 흑의 방향(芳香)에 비적비흑(非赤非黑), 청의(靑衣)의 심회(心懷)를 기대어봅니다.

계수님께서 보낸 정육면체의 작은 소포꾸러미는 주사위처럼 궁금했습니다. 양말 세 켤레. 추석이었습니다. 먼저 손에다 신어보았습니다. 설빔 신발을 신고 연신 골목으로 나가고 싶던 예의 그 역마벽(驛馬癖)이 짜릿하게 동하여옵니다. 나더러 역마살이 들었다던 친구들이 생각납니다. 역마살은 떠돌이 광대넋이 들린 거라고도 하고 길신〔道神〕이 씌운 거라고도 하지만, 아직도 꿈을 버리지 않은 사람이 꿈 찾아 나서는 방랑이란 풀이를 나는 좋아합니다. 하늘 높이 바람 찬 연을 띄워놓으면 얼레가 쉴 수 없는 법. 안거(安

居)란 기실 꿈의 상실이기 쉬우며 도리어 방황의 인고 속에 상당한 분량의 꿈이 추구되고 있다고 생각합니다. '보헤미아의 맑은 수정(水晶)'은 멀고 먼 유랑이 키워낸 열매라고 믿고 싶습니다.

요즈음은 민담선집(民譚選集)을 몇 권 구하여 읽고 있습니다. 민담은 어느 천재의 소작(所作)이 아니고 우리 민족이 오랜 역사를 통해 공동으로 만들어내고 공동으로 승낙한 우리의 이야기입니다. 민담은 탕약 같고 숭늉 같고 당나무 그늘 같습니다. TV를 끄고 꼬마들에게 들려주고 싶습니다.

잦은 편지에 드문 답장이 빚 같습니다. 금년 가을에도 월등한 수확을 빕니다.

— 1977. 10. 4.

창랑의 물가에서

아버님께

어머님께서도 안녕하시고 가내 두루 무고하실 줄 믿습니다. 저희들도 별고 없이 지내고 있습니다.

벌써 10월 중순, 첫 매가 아프듯 첫추위가 시리다고 합니다만 그것도 처음 겪는 이들의 걱정일 뿐 저희들은 누년(累年)의 체험이 있겠다, 그리 대수로울 것 없습니다.

저는 낮으로는 줄곧 공장수(工場囚)들이 출역하고 난 빈방에 건너와서 종일 붓글씨를 쓰며 혼자 지내고 있습니다.

방은 저희들이 있는 방과 조금도 다름이 없습니다. 몸때 얼룩진 벽에는 고달픈 보따리들을 올망졸망 매달아두었고 방 한쪽 구석에는 간밤의 체온이 밴 침구가 반듯이 개여 식고 있습니다. 저는 이 방의 주인들이 하루의 일과를 끝내고 들어올 때까지 이 작은 공간의 임자가 되는 것입니다.

공방(空房)의 정밀(靜謐)은 정토(淨土)의 청정(淸淨) 같은 것. 어느 때 창랑(滄浪)의 물처럼 마음이 맑아지면 심혼(心魂)은 다시 갓끈을 씻으려 할 것인가. 생각은 공방을 다 메울 듯합니다.

옥죄이는 징역살이 속에서 이나마 조용한 시공(時空)을 점유한다는 것은 흡사 옥담 위의 풀처럼 '귀한 역설'이 아닐 수 없습니다. 그러나 저는 혼자라는 것이 결코 사람의 처소가 아님을 모르지 않습니다. 숱한 사람들의 은원(恩怨) 속 격려와 지탄과 애정과 증오의 와중에서 비로소 바르게 서는 것임을 모르지 않습니다.

천수고 불감불국(天雖高 不敢不局), 하늘이 비록 높아도 머리를 숙이지 않을 수 없으며, 막견어은 막현어미(莫見於隱 莫顯於微), 아무리 육중한 벽으로 위요(圍繞)된 자리라 하더라도 더 높은 시점에 오르고 더 긴 세월이 흐르면 그도 일식(日食)처럼 만인이 보고 있는 자리인 것을……. 저에게 주어진 이 작은 일우(一隅)가 비록 사면의 벽에 의하여 밀폐됨으로써 얻어진 공간이지만, 저는 부단한 성찰과 자기부정의 노력으로 이 닫힌 공간을 무한히 열리는 공간으로 만들어감으로써 벽을 침묵의 교사로 삼으려 합니다. 필신기독(必愼其獨), 혼자일수록 더 어려운 생각이 듭니다.

— 1977. 10. 15.

10월 점묘(點描)

부모님께

19일(수)

수요일마다 네 사람은 성경 연구 집회에 가고 밤에는 저와 또 한 사람 두 사람만 남게 됩니다. 교도소 내에 가장 많은 책이라면 아마 기독교 성경일 것입니다.

20일(목)

운동 시간에는 세탁공장과 영선공장이 매일이다 싶은 미원 내기 권구(拳球: 야구 흉내의 짬뽕) 시합을 벌이는데, 저는 오늘도 심판이었습니다. 심판은 특히 한쪽이 기울 때 공정하기가 매우 힘듭니다.

21일(금)

오늘은 제3주 금요일. 우리 방의 두 사람이 무기수 생일연에 다녀왔습니다. 한 사람은 30년 만에 고모를 만났습니다. 20일에 부치신 아버님의 송금 받았습니다.

22일(토)

2공장(나전칠기공장)에 출장(?), 글씨를 몇 자 써주었습니다. 공장 출장은 미니여행. 그곳에는 공장수(工場囚)들의 인심 후한 글씨 칭찬이 저를 삥 두릅니다.

23일(일)

「장끼전」, 「섬동지전」(蟾同知傳)을 읽었습니다. 풍자는 그 자체로 이미 고도의 예술적 형상화라 하겠습니다. 풍자와 골계(滑稽) 뒤에 숨은 조상들의 비판정신이 서슬 푸릅니다.

24일(월)

잠시 창가에 서성이며 눈을 쉬다가, 우연히 거미란 놈이 몸피가 배가 되는 벌레를 산 채로 동이고 있는 현장을 목격하였습니다. 우리 방에는 우리와 함께 살아가는 상당수의 벌레 친구들이 있습니다.

25일(화)

아침나절 한 벼루 가득 먹을 갈았더니 묵향이 공방(空房)에 충만합니다. 오랜만에 대자(大字)를 써보았습니다.

호계삼소(虎溪三笑)

석과불식(碩果不食)

변형(變形, Deformation)은 능소(能小)한 숙련과 능대(能大)한 용단이 적절히 배합될 때 뛰어나오는가 봅니다.

26일(수)

오늘 아버님의 하서(20일자) 받았습니다. — 1977. 10. 26.

이사 간 집을 찾으며

부모님께

겉봉에 새 주소를 적었습니다. 저의 엽서도 이제는 수유리의 낯익은 길을 버리고 모르는 아파트의 층계를 오르고 긴 복도를 지나 찾아갈 것입니다. 온 식구들이 치렀을 그 엄청난 수고가 눈에 선합니다.

어른들의 수고와 아무 상관없던 어린 시절에 우리는 이사가 부러웠습니다. 농짝 뒤에서 까맣게 잊었던 구슬이며 연필토막이 굴러나오기도 하고, 신발을 신은 채 대청마루를 걷는 등 아이들은 부산스런 어른들의 사이를 누비며 저마다 작은 노획자(鹵獲者)가 되어 부지런히 재산(?)을 늘렸던 것입니다. 어린이들에게 이사는 낭만과 행운의 신대륙이었습니다.

서울에 올라온 후 10여 년간. 서울이 내두르는 거대한 원심력에 떠밀려나, 묶어서 골목에 내면 더 작고 가난한 생활을 아부시고, 더 먼 외곽, 더 높은 비탈의 세가(貰家)를 찾던 그 잦은 이사는 이를테면 어린 시절에 꿈 키웠던 그 이사의 환멸인 셈이었습니다.

이번의 이사는 물론 그런 것이 아니라 믿습니다. 기해년(己亥年)의 이사처럼 송두리째 고향에서 뿌리를 뽑는, 모든 이웃과 공동체로부터 단절되는 '실향'도 아니며, 더 높은 비탈의 세가로 오르는 '등산'도 아니기 때문입니다. 더욱이 원래 이웃이 존재하지 않는 서울살이이고 보면 사람을 떠나는 아픔 같은 것과는 아예 인연이 없는, 단지 일정한 중량과 부피의 역학적 이동이 수고의 대부분일지도 모르겠습니다.

다만 가까이서 자주 들르던 수유리 누님 두 분이 작은 석별이나

마 감당해야 할는지……. 출가한 누님이 비록 외인이긴 하지만 혈연의 징검다리를 건너 변함없이 찾아올 것입니다. '어머님'은 객지를 사는 누님들의 고향이기 때문입니다.

저의 염려는 오히려 번지가 다른 곳에 있는 것인지도 모릅니다. 기업체 같은 고층 빌딩 속에서 대체 어떤 모양의 가정이 가능한 것인지. 아버님께서는 수유리의 산보로(散步路)를 잃고, 어머님은 장독대를 잃어 갈 데 없이 TV 할머니가 되지 않으시는지.

생활의 편의와 이기(利器)들이 생산해내는 그 여유가 무엇을 위하여 소용되는지. 그 수많은 층계, 싸늘한 돌계단 하나하나의 '높이'가 실상 흙으로부터의 '거리'를 의미하는 것이나 아닌지……. 생각은 사변의 날개를 달고 납니다.

12월 추위도, 다른 모든 고통과 마찬가지로 가을짬에서 바라볼 때보다 정작 몸으로 부딪히고 보면 그리 대단한 것이 아닙니다.

아버님 무사히 상경하셨으리라 믿습니다. —1977.12.8.

세모에 드리는 엽서

부모님께

새해는 언제나 추운 겨울 아침에 문 엽니다. 신년의 새로움은 겨울의 냉기 때문에 더욱 정한(精悍)해지는가 봅니다. 세모. 신년. 그리고 긴 겨울밤……. 겨울은 생각이 비옥(肥沃)해지는 계절입니다. 한 해 동안의 징역살이가 무슨 화석으로 가슴에 응고하는지 생각해보는 때입니다.

아버님, 어머님, 형님, 형수님, 동생, 계수님, 누님…… 그리고 별처럼 꼬마들이 생각납니다. 우용이, 주용이, 화용이, 주은이, 부경이, 애경이, 재경이, 강리…….

무오년(戊午年). 말을 그렸습니다. 2천 년 전 고구려의 말을 그렸습니다.

— 1977년 세모.

새해에 드리는 엽서

아버님께

1월 4일부 서한과 영치금 잘 받았습니다.
늦추위를 할망정 아직은 춥지 않아 편히 지냅니다.
짧은 편지가 반드시 서운한 편지는 아니라고 생각합니다.

— 1978. 1. 12.

자신을 가리키는 손가락

부모님께

어머님을 비롯하여 가내 두루 평안하시리라 믿습니다.

여지인 야반생기자 거취화이시지 급급연 유공기사기야
厲之人　夜半生其子　遽取火而視之　汲汲然　惟恐其似己也
(언청이가 밤중에 그 자식을 낳고서는 급히 불을 들어 비춰보았다. 서두른 까닭인즉 행여 자기를 닮았을까 두려워서였다.)

『장자』(莊子)에서 읽은 글입니다.

비통하리만큼 엄정한 자기 응시, 이것은 그대로 하나의 큼직한 양심이라 생각됩니다. 그래서 어느 시인은 "가르친다는 것은 희망을 말하는 것"이라고 했던가 봅니다.

노장(老莊)은 시종 자연과 무위(無爲)와 그리고 더러는 피안(彼岸)을 가리키지만 동시에 또 하나의 빛나는 손가락은 인간과 역행(力行)과 차안(此岸)을 가리키고 있음을 깨닫고 놀랍니다.

— 1978. 3. 2.

더위는 도시에만 있습니다

아버님께

추기칩복(秋氣蟄伏)의 혹서(酷暑)입니다.

시골의 천변(川邊)이나 산곡(山谷)의 수간(樹間)에는 없는 더위입니다.

더위는 여름의 산물이 아니라 도시와 밀집에 고유한 인위의 산물이라 생각됩니다.

치반(齒盤) 수술은 금주 중으로 있을 예정입니다.

"오늘은 시간이 없어 편지가 길어졌습니다."

이것은 어느 현처(賢妻)가 긴 편지의 말미에 덧붙인 유명한 양해(諒解)의 일절입니다만, 저의 짧은 편지는 정성과 정돈과 정수(精髓)의 짧음이 못 됨은 물론입니다. 그러나 가늘은 필촉으로 쓴 글 대신에 손가락이나 몽둥이로 쓴 듯한 굵고 간략한 글이 부럽기도 합니다.

어머님과 가내 평안하시리라 믿습니다. —1978.7.31.

한가위 달

아버님께

형님 다녀가신 편에 말씀 들으셨으리라 믿습니다. 몸 성히 잘 지내고 있습니다. 그간 어머님께서도 평안하시고 아버님께서도 자료를 정리하시느라 여념이 없으시다니 다행이라 생각됩니다.

오늘은 추석이고 달도 밝아 습작으로 시 한 수 만들어보았습니다.

무애중천월 장운불감병 영휴수무상 지시월상영

無碍中天月　長雲不敢秉　盈虧雖無常　只是月上影

밤하늘에 떠 있는 달은 긴 구름도 붙잡지 못합니다.

차고 이울기를 거듭한다지만 사실은 달 위의 그림자가 그러는 것일 뿐입니다.

운자(韻字)를 찾고 염(簾)을 보기도 어려워 아직 자(字) 모둠이라 해야 합니다.

시를 만들어보는 노력은 어느덧 생각을 정리해주기도 합니다.

아마 깊은 통찰과 간결한 표현이 시의 방법이기 때문인지도 모릅니다.

—1978년 추석에.

옥창의 풀씨 한 알

계수님께

우리 방 창문턱에
개미가 물어다 놓았는지
풀씨 한 알
싹이 나더니
어느새
한 뼘도 넘는
키를 흔들며
우리들을
가르치고 있습니다.

정국추추황 자모년년백
庭菊秋秋黃　慈母年年白
(뜰의 국화는 가을마다 노랗고
어머니의 머리는 해마다 희어지네.)

— 1978.8.29.

계수씨 전

우리房 窓門턱에
개미가 물어다 놓았는지
풀씨 한알
싹이 나더니
어느새
한뼘도 넘는
키를 흔들며
우리들을
가르치고 있읍니다.

× ×

庭菊秋秋黃
慈母年年白

8. 29. 작은형 씀.

동굴의 우상

아버님께

어머님께서 걱정하시는 겨울이 또 다가옵니다. 내일이 소설(小雪). 문풍지도 해 붙이고 통기구(通氣口)도 바르고, 겨울 내의에 타월을 목수건하고 방한 털신까지 신고 나서는 이곳 수인들의 차림을 보면, 비겟살이 얇아 과연 겨울이 추움을 알 수 있습니다.

그래도 저는 겨울이 더 좋습니다. 그러나 그것은 겨울의 추위가 아니라 그 추위가 수행해내는 그 '역할'입니다.

최후의 한 잎마저 떨어버린 겨울의 수목이 그 근간(根幹)만으로 뚜렷이 바람 속에 서고, 모든 형태의 소유와 의상을 벗어버린 징역살이는 마치 물신성(物神性)이 척결된 논리처럼 우리의 사고를 간단명료하게 해줍니다.

그러나 겨울에는 자칫하면 주변에 대한 관심을 거두어 제 한 몸의 문제에 문 닫고 들어앉아 칩거해버릴 위험도 없지 않습니다. 이것은 새로운 소유욕이며 타락입니다. 그러므로 겨울이 돌아오면 스스로 문을 열고 북풍 속에 섬으로써만이 '동굴의 우상'을 극복할 수 있다고 믿습니다.

도시의 겨울을 사시는 어머님께서도 내내 평안하시길 빕니다.

— 1978.11.22.

손님

아버님께

지난달은 행사와 손님을 맞아 소내(所內)의 각종 부착물을 다시 써붙이느라고 잔업까지 하는 소란을 치렀습니다.

저희들은 가끔 손님이 오시니까 청소와 정리정돈을 깨끗이 하라는 지시를 받습니다. 저는 그럴 때마다 그 '손님'이란 말에 담긴—지금은 찾을 길 없는—가슴 설레던 감동을 되살리곤 합니다.

모든 아이들에게 있어서 손님은, 어른들의 자상하지 않은 대꾸로 인하여 더욱 궁금해진 그 미지의 손님은 어린이들이 최초로 갖게 되는 다른 세계에 대한 관심이며, 어린아이들의 소왕국을 온통 휘저어놓는 '걸리버'의 상륙 같은 것입니다.

닫혀 있던 일상의 울타리가 열리며, 부산한 준비와 장만, 어른들의 상의 그리고 술렁이는 소문, 그리하여 답습과 안일의 때묻은 자리에 급속히 충만되는 '새로움'과 '활기'. 이것은 어른이 되어 굳어진 모든 가슴에까지 메아리 긴 감동으로 남는 것입니다.

모든 아이들에게 있어서 손님은 동경과 경이, '새로운 개안(開眼)'의 순간이 되는 것이라 생각됩니다.

창밖에는 그제, 어제 내린 눈이 차갑게 굳어 있습니다. 그러나 오늘 입춘입니다.

—1979.2.4.

인디언의 편지

아버님께

8일부 하서 받았습니다. 그간 어머님을 비롯하여 가내 두루 평안하시리라 믿습니다. 금년은 매우 따뜻한 겨울이었습니다. 연일 봄비가 내려 주위가 축축합니다만, 춘도생 만물영(春道生 萬物榮), 이 축축함이 곧 꽃이 되고 잎이 되는 것이 아니겠습니까.

며칠 전에는 1885년에 아메리카의 한 인디언이 미국 정부에 보낸 편지를 읽었습니다. 그 속에는 이런 구절들이 있습니다.

"당신(백인)들은 어떻게 하늘을, 땅의 체온을 매매할 수 있습니까."

"우리가 땅을 팔지 않겠다면 당신들은 총을 가지고 올 것입니다. ……그러나 신선한 공기와 반짝이는 물은 기실 우리의 소유가 아닙니다."

"갓난아기가 엄마의 심장의 고동소리를 사랑하듯 우리는 땅을 사랑합니다."

어머니를 팔 수 없다고 하는 이 인디언의 생각을, 사유와 매매와 소비의 대상으로 모든 것을 인식하는 백인들의 사고방식과 나란히 놓을 때 거기 '문명'의 치부가 선연히 드러납니다.

또 다음과 같은 구절도 있습니다.

"땅으로부터 자기들이 필요하다면 무엇이나 가져가버리는 백인들은 (땅에 대한) 이방인입니다."

"당신네 도시의 모습은 우리 인디언의 눈을 아프게 합니다."

자연을 적대적인 것으로, 또는 불편한 것, 미개한 것으로 파악하고 인간생활로부터 자연을 차단해온 성과가 문명의 내용이고,

차단된 자연으로부터의 거리가 문명의 척도가 되는 '도시의 물리(物理)', 철근 콘크리트의 벽과 벽 사이에서 없어도 되는 물건을 생산하기에 여념이 없는, 욕망과 갈증의 생산에 여념이 없는, 생산할수록 더욱 궁핍을 느끼게 하는 '문명의 역리(逆理)'에 대하여, 야만과 미개의 대명사처럼 되어온 한 인디언의 편지가 이처럼 통렬한 문명비평이 된다는 사실로부터 우리는 문명과 야만의 의미를 다시 물어야 옳다고 생각됩니다. 편지의 후예들은 지금쯤 그들의 흙내와 바람마저 잃고 도시의 어느 외곽에서 오염된 햇볕 한 조각 입지 못한 채 백인들이 만들어낸 문명(?)의 어떤 것을 분배받고 있을지 모를 일입니다.

저는 이 짤막한 편지를 읽으며 저의 세계관 속에 아직도 청산되지 못한 식민지적 잔재가 부끄러웠습니다. 서구적인 것을 보편적인 원리로 수긍하고 우리의 것은 항상 특수한 것, 우연적인 것으로 규정하는 '사고의 식민성'은 우리들의 가슴에 아직도 자국 깊은 상처로 남아 있습니다.

저는 우리의 조상들이 만들려고 하였던 세계가 어떠한 것이었는지 몹시 궁금해집니다. 우리는 오랫동안 우리의 것을 잃고, 버리고, 외면해왔습니다. 지금은 '노인'마저 급속히 없어져가고 있는 풍토입니다. 그러나 우리의 역사, 우리의 생활 속에는 아직도 조상의 수택(手澤)이 상신(尙新)한 귀중한 정신이 새로운 조명을 기다리고 있다고 믿습니다.

그 편지는 다음과 같은 구절로 끝맺고 있습니다.

"당신의 모든 힘과 능력과 정성을 기울여, 당신의 자녀들을 위하여 땅을 보존하고 또 신이 우리를 사랑하듯 그 땅을 사랑해주십시오. ……백인들일지라도 공동의 운명으로부터 제외될 수는 없습니다."

— 1979. 2. 25.

엽서 한 장에는 못다 담을 봄

어머님께

어머님께서 걱정하시던 추위도 지나가고 남쪽 어디선가는 꽃 피었다는 소식과 함께 이곳의 저희들에게도 '엽서 한 장에는 못다 담을 봄'이 찾아왔습니다.

전답(田畓)이 없는 저희들에게 춘경(春耕)의 수고로움이 있을 리 없습니다만 겨우내 미루어온 자잘한 일들이 구석구석 봄손을 기다리고 있습니다.

— 1979. 3. 16.

쌀을 얻기 위해서는 벼를 심어야

아버님께

현묵자(玄默子)의 「순오지」(旬五志)에 소개된 건강법에는 일견 건강과는 무연한 양생법(養生法)이 대부분입니다. 이를테면 물욕을 탐하지 마라〔淡泊物欲〕, 머물 줄 알고〔知止〕, 남모르게 남을 도우며〔陰助〕, 생물을 살해하지 마라〔絶勿殺生〕는 구절들이 그런 것입니다.

이는 대체로 건강의 개념을 안정, 온화, 평정 등의 정신적 고지(高地)에다 세워, 무병(無病), 정력(精力) 등의 신체적인 건강의 개념을 그 하위에 두거나 그것만으로서의 독립된 의미를 배제하는 것으로 이해됩니다.

따라서 영양상태가 양호하다든가 탄력 있는 근육을 단련하는 대신에 욕심을 줄이는 것이 제일〔節欲爲上〕이라고 가르치며 각종의 냉난방 설비 대신에 춥지 않을 정도로 따뜻이 하고〔以不寒爲溫〕 한서에 순응함으로써 자연의 리듬과 조화를 이루도록〔寒暑順節宜大道抱天全〕 가르칩니다.

이것은 언뜻 보기에 정신과 육체를 상호대립 개념으로 파악한 '건강한 신체 → 건강한 정신'이라는 도식의 도치로 속단되기 쉽습니다만, 적어도 현묵자가 소개한 조상들의 생각은 그 사고의 지반을 달리하는 것이라 믿습니다.

흔히 목적과 수단을 구분하고 다시 이 수단을 몇 개의 단계와 요인으로 나누어 계산, 측정하는 등 효과적으로 목적을 실현하려는 경제주의적 사고에 젖어 있는 사람들로서는 얼른 납득하기 어려운 발상법인지도 모릅니다. 지족(知足), 안정을 얻기 위하여는 지족, 안정을 닦으라는 가르침이 그 형식논리에 있어서는 순환론의 모순과 동형(同形)의 외피를 입고 있지만 이는 쌀을 얻기 위하여는 벼를 심으라는 당연한 이치를 그 내용으로 담고 있다고 믿습니다. 틀린 것은 우리들의 생각, 즉 경제주의적 사고의 타성일 수도 있습니다.

목적과 수단을 서로 분리할 수 없는 하나의 통일체로 파악하고, 목적에 이르는 첩경이나 능률적인 방편을 찾기에 연연하지 않고, 비록 높은 벼랑일지라도 마주 대하고 서는 그 대결의 의지는 그 막힌 듯한 우직함이 벌써 하나의 훌륭한 건강이라 할 수 있을 것입니다.

"땅에 넘어진 사람은 허공을 붙들고 일어날 수는 없고 어차피 땅을 짚고 일어설 수밖에 없듯" 지족과 평정을 얻기 위하여 다름 아닌 지족과 평정을 닦음에서부터 시작하는 굵고 큼직한 사고야말로 그 속에 가장 견고한 건강이 자리 잡고 있음을 알 듯합니다. 보시선행 사무사(布施善行 思無邪)를 가르치는 현묵자의 양생법은 그 자체로서 하나의 엄한 인간교육임을 알겠습니다. —1979.4.9.

방 안으로 날아든 민들레씨

아버님께

교무과에서 통고하리라 생각됩니다만, 이달 18일에 무기수 생일연이 있을 예정입니다. 너무 많은 가족들이 그렇잖아도 바쁜 시간을 내어 먼 걸음을 하지 않으시기 바랍니다. 음식은 지난 접견 때 말씀드린 바와 같이 서화반의 여러분들과 나누어 먹을 수 있도록 따로 꾸러미를 준비해주시면 편리하겠습니다.

작년 이맘때의 생일연이 어제 일같이 가깝게 기억되는데 그것이 벌써 일 년이나 전의 일이고 보면 저희들은 세월의 흐름에 어지간히 무디어진 것 같습니다. 1, 2년쯤 아무 하는 일 없이 지내기를 예사로 여기는 둔감함은 설령 징역살이에 필요한 감각이라 할지라도 좋은 습벽(習癖)이라 할 수는 없습니다. 이런 버릇은, 특별히 절실한 일에 쫓기지 않는 데다 또 생활이 단조로워서 다양한 경험을 가질 수 없음에 연유하는 듯합니다. 절실한 일이 없으면 응달의 풀싹처럼 자라지 못하며, 경험이 편벽(偏僻)되면 한쪽으로만 굴린 눈덩이처럼 기형화할 위험이 따릅니다. 어려운 환경 속에 살면서 성격의 굴절을 막고 구김살 없이 되기란 무척 어려운 것 같습니다.

물론, 개개인이 각자 자기 완결적인 덕성을 도야해가는 개인주의적 결벽성보다는 나는 이것을, 너는 저것을 갖추어 혼자로서는 비록 인격적으로 빈 곳이 많을지라도 서로가 서로의 부족한 점을 채워, 연대성의 든든한 바탕에 인격의 뿌리를 내림으로써 사회적 미덕 속에서 개인적 덕성을 완성해가는 쪽이 더욱 바람직하다고 생각합니다. 그러나 이것이 개인의 성격적 결함을 두호(斗護)하는 근거가 되어서는 안될 것입니다.

오늘은 아침나절 쓰레기장에서 무얼 태우는 매캐한 연기내음이 농촌의 5월을 연상케 하더니, 어디선가 민들레씨 한 송이가 방 안으로 날아들었습니다.

—1979.5.6.

배식

슬픔도 사람을 키웁니다

부모님께

지난 18일 생일연을 마치고 무사히 상경하셨으리라 믿습니다. 저와 같이 계신 분들이 모두 생일을 맞은 거나 같다는 인사들입니다.

특히 어머님을 비롯한 그 자리의 모두가 어느 사랑방에 둘러앉은 듯 담담하게 이야기를 나눌 수 있었음을 저는 마음 뿌듯해합니다. 이것은 슬픔을 체념함에서 오는 안도와는 다른 것이었습니다. 무언가 치러내고 어딘가에 이르른 뒤에야 가질 수 있는 달관 비슷함이었습니다. 10년 세월이 저희들을 그만큼 자라게 한 것이라고 생각합니다.

늦은 5월, 흠씬 비를 맞은 신록이 미리 여름의 웅장함을 선보이려는 듯, 방금도 키가 크는 것 같습니다.

기쁨과 마찬가지로 슬픔도 사람을 키운다는 쉬운 이치를 생활의 골목골목마다에서 확인하면서 여름 나무처럼 언제나 크는 사람을 배우려 합니다.

—1979.5.28.

피서(避書)의 계절

아버님께

일찍 닥친 더위를 보면 올해는 상당히 긴 여름을 치러야 할지도 모르겠습니다. 저는 예년처럼 올해도 피서(避書)함으로써 피서(避暑)하려고 합니다만 눈에 띄는 책이 많아 막상 피서하기도 쉽지 않습니다. 그래서 오늘은 '책'이 무엇인가에 대하여 좀 생각해보려고 합니다.

대개의 책은 실천의 현장에서 멀리 떨어져 있는 너무나 흰 손에 의하여 집필된 경험의 간접 기록이라 할 수 있습니다. 그나마 객관적 관조와 지적 여과를 거쳐 현장인들의 체험에 붙어다니기 쉬운 경험의 일면성, 특수성, 우연성 등의 주관적 측면을 지양하여 고도의 보편성을 갖는 체계적 지식으로 정리되기는커녕, 집필자 개인의 관심이나 이해관계 속으로 도피해버리거나, 전문분야라는 이름 아래 지엽말단(枝葉末端)을 번다하게 과장하여 근본을 흐려놓기 일쑤입니다.

그래서 책에서 얻은 지식이 흔히 실천과 유리된 관념의 그림자이기 쉽습니다. 그것은 실천에 의해 검증되지 않고, 실천과 함께 발전하지도 않는 허약한 가설, 낡은 교조(敎條)에 불과할 뿐 미래의 실천을 위해서도 아무런 도움이 못 되는 것입니다. 진시황의 분서(焚書)를 욕할 수만도 없습니다.

비록 여름이 아니더라도 저는 책에서 무슨 대단한 것을 기대하지 않습니다. 설령 책에서 무슨 지식을 얻었다 하더라도 그것은 사태를 옳게 판단하거나 일머리를 알아 순서 있게 처리하는 능력과는 무관한 경우가 태반이라 할 수 있습니다. 그것은 지식인 특유의 지적 사유욕을 만족시켜 크고 복잡한 머리를 만들어, 사물을 보기 전에 먼저 자기의 머릿속을 뒤져 비슷한 지식을 발견하기라도 하면 그만 그것으로 외계(外界)의 사물에 대치해버리는 습관을 길러 놓거나, 기껏 '촌놈 겁주는' 권위의 전시물로나 사용하면서도 그것이 그런 것인 줄을 모르는 경우마저 없지 않는 것입니다. 우리가 이러한 것을 지식이라 불러온 것이 사실입니다. 출석부의 명단을 죄다 암기하고 교실에 들어간 교사라 하더라도 학생의 얼굴에 대하여 무지한 한, 단 한 명의 학생도 맞출 수 없습니다. '이름'은 나중에 붙는 것, 지식은 실천에서 나와 실천으로 돌아가야 참다운 것이라 믿습니다.

지난번 새마을 연수교육 때 본 일입니다만, 지식이 너무 많아 가방 속에까지 담아와서 들려주던 안경 낀 교수의 강의가 무력하고 공소(空疏)한 것임에 반해 빈손의 작업복으로 그 흔한 졸업장 하나 없는 이가 전해주던 작은 사례담이 뼈 있는 이야기가 되던 기억이 지금도 선연합니다.

그런 교수가 될 뻔했던 제 자신을 아찔한 뉘우침으로 돌이켜봅니다. 아직도 버리지 못하고 있는 것들을 하나하나 찾아봅니다. 지식은 책 속이나 서가 위에 있는 것이 아니라 정리된 경험과 실천 속에, 그것과의 통일 속에 존재하는 것이라 믿습니다.

바르게 살 수 없는 동네가 없듯이, 우리는 어느 곳에 몸을 두고 있든 배움의 재료가 부족하다고 느끼는 일은 없으리라 생각합니다. 저는 이번 여름도 피서(避書)의 계절, 더운 욕탕에 들어가듯 훌훌 벗어서 버리는 계절로 맞이하려고 합니다.

여름 더위에 가내 두루 평안하시길 빕니다. —1979.6.20.

강물에 발 담그고

아버님께

지난 9일 하루는 서화반 일곱 명을 포함한 10여 명이 사회참관을 하고 왔습니다. 그날은 마침 장마철 속의 개인 날이어서 물먹은 성하(盛夏)의 활엽수와 청신한 공기는 우리가 탄 미니버스의 매연에도 아랑곳없이 우리들의 심호흡 속에다 생동하는 활기를 대어주는 듯하였습니다.

우리는 먼저 금산(錦山)의 칠백의총(七百義塚)을 찾았습니다. 조중봉(趙重峯) 선생과 영규대사(靈圭大師) 등 7백 의병이 무기와 병력이 압도적인 왜병과 대적하여 살이 다하고 창이 꺾이고 칼이 부러져 맨주먹이 되도록, 최후의 1인까지 장렬히 선혈을 뿌렸던 격전지—지금은 날 듯한 청와(靑瓦)의 사당과 말끔히 전정(剪定)한 향목(香木)들의 들러리, 그리고 잘 다듬어진 잔디와 잔디 사이의 깨끗한 석계(石階)를 울리는 안내원의 정확한 하이힐 굽소리, 연못 속을 부침하는 붕어들의 한가로운 유영(遊泳)……. 이 한적한 성역(聖域)의 정취는 그다지 멀지 않은 임란 당시가 아득한 고대사의 일부가 된 듯 격세의 감회를 안겨주는 것이었습니다.

오후에는 먼지가 일고 자갈이 튀는 신작로를 한참 달려서 신동엽의 금강 상류까지 나갔습니다. 실로 오랜만에 흐르는 물에 발을 담가보았습니다. 저는 까칠한 차돌멩이로 발때를 밀어 송사리 새끼를 잔뜩 불러 모아 사귀다가, 저만치서 고무신짝에 송사리, 새우, 모래무지 들을 담고 물가를 따라 이쪽으로 내려오는 새까만 시골 아이들—30여 년 전 남천강가의 저를 만났습니다. 저는 저의 전재산인 사탕 14알, 빵 1개, 껌 1개를 털어놓았습니다. "우리도 크면 농부가 되겠지"라던 이오덕 선생의 아이들이기도 하였습니다.

돌아올 때는 매우 빨리 달려온 덕분에 저는 농촌과 도시를 거의 동시에(30여 분의 시차) 바라볼 수 있었습니다.

도회지에는, 원래 농촌에 있던 것이 참 많이 와 있었습니다. 큼직한 열매, 충실한 포기들이 도시의 시장에 씻은 얼굴로 상품이 되어 줄지어 있는가 하면, 볕에 그을고 흙투성이 속에 잃어버린 농촌 아낙들의 '아름다움'이 도시 여인들의 흰 살결이 되고 화사한 차림, 고운 몸매가 되어 포도(鋪道) 위를 거닐고 있었습니다.

15척 벽돌담을 열고 오랜만에 잠깐 나와보는 '참관'은 저로 하여금 평범하고 가까운 곳에서 인생을 느끼게 하는 '터득의 순간'이 되기도 합니다.

— 1979. 7. 16.

참새소리와 국수바람

계수님께

아침이면 기상나팔보다 먼저 참새들이 귀 따갑게 지저귑니다. 발뒤꿈치를 들고 목을 뽑아 모처럼 바깥을 내다보려고 하는데 철창의 모기망에 갈갈이 찢어져 국수가닥이 된 새벽바람이, 잠 덜 깬 내 얼굴에 와 부딪쳐 긴 머리칼이 됩니다.

참새는 참새를 불러 어느새 새 떼가 되고 깊은 새벽하늘을 다 차지한 듯 퍼득이고 소리칩니다. 어른들을 깨우는 아이들의 새벽 보챔입니다.

그간 거름 없이 보내주는 돈 꼬박꼬박 받고 있습니다. 돈은 영치되고 내가 손에 받는 것은 대개 빈 봉투지만 빈 봉투 속에도 참 많은 내용이 담겨 있음을 발견합니다. 오늘은 그 빈 봉투 속에서도 본 적이 있는 시(詩)—이성부(李盛夫)의 「어머니가 된 여자는 알고 있나니」—한 편을 적어 보냅니다.

어머니 그리워지는 나이가 되면
저도 이미 어머니가 되어 있다.
우리들이 항상 무엇을
없음에 절실할 때에야
그 참모습 알게 되듯이.

어머니가 혼자만 아시던 슬픔,
그 무게며 빛깔이며 마음까지
이제 비로소

선연히 가슴에 차오르는 것을
넘쳐서 흐르는 것을.

가장 좋은 기쁨도
자기를 위해서는 쓰지 않으려는
따신 봄볕 한오라기,
자기 몸에는 걸치지 않으려는
어머니 그 옛적 마음을
저도 이미
어머니가 된 여자는 알고 있나니.
저도 또한 속 깊이
그 어머니를 갖추고 있나니.

— 1979. 7. 25.

추성만정 충즉즉(秋聲滿庭 蟲喞喞)

아버님께

사흘 잇달아 찬비 내리더니 오늘 아침은 짙은 안개 자욱합니다. 썰렁한 한기에 절로 어깨가 좁아집니다.

초불지이색변 목조지이엽탈

草拂之而色變　木遭之而葉脫

(추풍秋風에 풀잎은 색이 바래고 나무는 잎사귀를 떨군다.)

마침 읽어본 구양수(歐陽修)의 「추성부」(秋聲賦) 일절이 몸에 스미는 한기와 함께 절실한 감개를 안겨줍니다.

내하비금석지질 욕여초목이쟁영

奈何非金石之質　欲與草木而爭榮

염수위지장적 역하한호추성

念誰爲之戕賊　亦何恨乎秋聲

(금석金石이 아닌 인간으로서 어찌 초목과 그 번영을 다툴 수 있으랴. 생명이 이울어가는 것은 자연의 이치이거늘 어찌 추풍을 원망하리오.)

가을에는 여느 사람도 저마다 철학인이 되어 생활의 내부를 응시합니다. 대답 없이 머리 드리우고 잠든 동자(童子)가 어쩌면 훨씬 건강한 철학을 깨치고 있는 듯합니다.

보내주신 하서와 화선지 잘 받았습니다.

글씨는 갈수록 어려워 고인(古人)들이 도(道) 자에 담은 뜻이 그런 것이었구나 하고 뒤늦게 깨닫게 됩니다. '길'이란 그 '향'하는 바가 먼저 있고 나서 다시 무수한 발걸음이 다지고 다져서 이루어지는 것임을 잊지 말아야 하겠습니다.

붓끝처럼 스스로를 간추리게 하는 송연하리만큼 엄정한 마음가짐이 아니고서 감히 무엇을 이루려 하는 것은 한마디로 '탐욕'이라 해야 할 것입니다. 타협과 유행, 모방과 영합이 흔천해진 시류 속에서 어느덧 적당하게 되어버린 저희들의 사고 속에서 조상들의 대쪽 같던 정신을 발견해내기란 영영 불가능하지나 않을는지…….

잠든 동자를 깨워 더불어 이야기 나누고 싶습니다.

어머님을 비롯하여 가내 평안을 빕니다. — 1979. 10. 30.

눈 오는 날

형수님께

눈이 오는 날은 눈사람처럼 속까지 깨끗하게 되고 싶다던 '무구(無垢)한 가슴'이 생각납니다. 모든 추(醜)함까지도 은신시키는 기만의 백색에 둘리지 말자던 '냉철한 머리'가 아울러 생각납니다.

그러나 눈이 오는 날은 역시 후에 치러야 할 긴 한고(寒苦)에도 불구하고 우선은 상당한 감정의 상승을 느끼지 않을 수 없습니다.

납전삼백(臘前三白)이면 풍년이 든다는데 초설(初雪)이 유난히 풍성한 금년은 벌써 이백(二白)입니다.

새해에는 이웃과 함께 웃을 수 있는 큼직한 기쁨이 있으시길 빌며 연하(年賀)에 대신합니다.

— 1979. 12. 22.

겨울은 역시 겨울

부모님께

설날 보내주신 하서와 책 잘 받았습니다. 어머님 환후가 쾌차하셨다니 무엇보다 기쁜 소식입니다. 조리에 유의하셔서 내내 건강하시길 빕니다.

부모지년 불가부지 일즉희 일즉구
父母之年　不可不知　一則喜　一則懼

부모님의 연세는 한편으로 기쁨이면서 또 한편으로는 두려움입니다.

새해를 맞아 새삼 희구지심(喜懼之心)이 엇갈립니다.

다행히 아직은 난동(暖冬)입니다. 그러나 겨울은 역시 겨울, 어딘가 한 차례의 혹한을 남겨두고 있음을 모르지 않습니다.

— 1980. 1. 10.

서도

아버님께

이번 겨울은 한온(寒溫)이 무상하여 앞날씨를 측량키 어렵습니다. 저희는 제일 추운 날씨를 표준하여 옷들을 입고 있습니다. 호한(冱寒)에는 볼품이 없어도 솜이 든 저희들의 수의(囚衣)가 신사들의 옷보다 훨씬 '아름다워' 보입니다. '아름다움'이란 바깥 형식에 의해서라기보다 속 내용에 의하여 최종적으로 규정되는 법임을 확인하는 심정입니다.

서도의 경우에도 이와 비슷한 경험이 있습니다. 자획(字劃)의 모양보다는 자구(字句)에 담긴 뜻이 좋아야 함은 물론 특히 그 '사람'이 훌륭해야 한다는 점이 그렇습니다. 작품과 인간이 강하게 연대되고 있는 서도가, 단지 작품만으로 평가되는 인간 부재의 다른 분야보다 마음에 듭니다. 좋은 글씨를 남기기 위하여 결국 좋은 사람이 될 수밖에 없다는 평범한 상식이 마음 흐뭇합니다. 인간의 품성을 높이는 데 복무하는 '예술'과 예술적 가치로 전화되는 '인간의 품성'과의 통일, 이 통일이 서도에만 보존되고 있다고 한다면 아무래도 근묵자(近墨者)의 자위이겠습니까.

요즈음은 다시 『논어』를 들었습니다.

외풍이 센 방에는 새벽이 일찍 옵니다. 새벽 창 밑에 앉아 고인의 지성을 읽어봅니다.

이우천하지선사위미족 우상론고지인
以友天下之善士爲未足　又尙論古之人

천하의 선비로서도 부족하여 고인을 읽는다는 『맹자』의 일절이 상기됩니다. 항상 생활 속에서 먼저 깨닫기로 하고 독서가 결코 과욕이 되지 않도록 부단히 절제하고 있습니다.

아직 손 시려 글씨 쓰지 못합니다. 종이 필요하면 말씀드리겠습니다. 어머님 강건하시길 빕니다. —1980.2.2.

우수, 경칩 넘기면

아버님께

그간 어머님, 아버님께서 강녕하시오며 가내 두루 평안하시리라 믿습니다. 열여드레나 내리 비닐창에 상화(霜花)가 만발하더니 어제, 오늘 얼음 한 점 없는 창밖으로 밝고 이른 새벽이 있습니다.

어머님께서 염려하시는 겨울 추위도 이제 큰 고비는 넘긴 듯합니다.

고중장구와족제 양춘부래답곤기
庫中藏具臥足齊　陽春復來踏闔起

창고 속에 가지런히 누워 있는 농기구들도 머지않아 봄이 오면 문 열고 일어서서 들판으로 나갈 것입니다.

자(字) 모둠 해본 절구 한짝 적었습니다.

오늘이 우수. 경칩을 넘기고 나면 헛간에 누운 농구(農具)도 손질하고 봄볕에 겨울 옷가지를 널 때입니다. 그 흔한 엑스란 내의 한 벌 없이 밤중에 찬물 먹으며 겨울을 춥게 사는 사람들 틈새에서 해마다 어머님의 염려로 겨울을 따뜻이 지내는 저는 늘 옆 사람에게 죄송합니다.

봄은 내의와 달라서 옆 사람도 따뜻이 품어줍니다. 저희들이 봄을 기다리는 까닭은 죄송하지 않고 따뜻할 수 있기 때문인지도 모릅니다.

읽고 영치시킨 책이 상당하리라 짐작됩니다. 자동차로 접견 오시는 걸음이 있으시면 차하 신청해주시기 바랍니다. —1980.2.19.

꿈마저 징역살이

계수님께

꿈에 서방 만난 홀어미가 이튿날 내내 머리 빗을 기력도 없이 뒤숭숭한 마음이 되듯이, 교도소의 꿈은 자고 난 아침까지도 피로를 남겨놓는 꿈이 많습니다.

급히 가야겠는데 고무신 한 짝이 없어 애타게 찾다가 깬다든가, 거울을 들여다보면 거울마다 거기 모르는 얼굴이 버티고 섰다든가, 다른 사람들은 닭이나 오리, 염소, 사슴같이 얌전한 짐승들을 앞세우고 가는데 나만 유독 고삐도 없는 사자 한 마리를 끌고 가야 하는 난감한 입장에 놓이기도 하고…….

교도소의 꿈은 대개 피곤한 아침을 남겨놓습니다. 뿐만 아니라 양지바른 시냇가를 두고 입방(入房) 시간에 늦을까봐 부랴부랴 교도소로 돌아오는 꿈이라든가……. 징역살이 10년을 넘으면 꿈에도 교도소의 그 거대한 인력(引力)을 벗지 못하고 꿈마저 징역 사는가 봅니다. 우리는 먼저 꿈에서부터 출소해야 하는 이중의 벽 속에 있는 셈이 됩니다.

겨울밤 단 한 명의 거지가 떨고 있다고 할지라도 우리에겐 행복한 밤잠의 권리는 없다던 친구의 글귀를 생각합니다. 우리들의 불행이란 그 양의 대부분이 가까운 사람들의 아픔으로 이루어져 있는 것이라 믿습니다.

함께 계신 분들의 건강을 빕니다. —1980.2.27.

더 이상 잃을 것 없이

형수님께

미루나무 가지 끝의 까치집에도 봄이 소복 담겼습니다.

우용이, 주용이도 봄나무에 키 재며 쑥쑥 자라겠네요.

요즈음은 춥도 덥도 않아 징역 살기에도 가장 좋을 때입니다.

더 이상 잃을 것 없이 헌 옷 입고 봄볕에 앉아 있는 즐거움이 은자의 아류(亞流)쯤 됩니다.

가내 평안하시길 빕니다.

— 1980. 4. 7.

속눈썹에 무지개 만들며

형수님께

지난 생일에는 어머님, 아버님, 형님을 모시고 형수님께서 장만해 보내주신 점심을 먹으며 그동안 밀린 소식들을 많이 들었습니다. 제법 긴 시간이었습니다만 조개껍질로 바닷물을 퍼내다가 만 듯 무척 짧은 시간이었습니다.

요즈음은 연일 화창한 날씨입니다. 동향(東向)인 우리 방에는 아침에 방석만 한 햇볕 두 개가 들어옵니다. 저는 가끔 햇볕 속에 눈 감고 속눈썹에 무수한 무지개를 만들어봄으로써 화창한 5월의 한 조각을 가집니다.

우용이, 주용이에게도 삼촌의 안부를 전해주시기 바랍니다.

— 1980. 5. 19.

한 송이 팬지꽃

계수님께

물컵보다 조금 작은 비닐화분에 떠온 팬지꽃 한 포기를 얻어 작업장 창턱에 올려놓았습니다.

행복동(洞)의 영희가 최후의 시장에서 사온 줄 끊어진 기타를 치면서 머리에 꽂았던 팬지꽃. 화단의 맨 앞줄에나 앉는 키 작고 별로 화려하지도 않은 꽃이지만, 열두 시의 나비 날개가 조용히 열려 수평이 되듯이, 팬지꽃이 그 작은 꽃봉지를 열어 벌써 여남은 개째의 꽃을 피워내고 있습니다. 한 줌도 채 못 되는 흙 속의 어디에 그처럼 빛나는 꽃의 양식이 들어 있는지…….

흙 한 줌보다 훨씬 많은 것을 소유하고 있는 내가 과연 꽃 한 송이라도 피울 수 있는지, 5월의 창가에서 나는 팬지꽃이 부끄럽습니다.

— 1980.5.19.

햇볕 속에 서고 싶은 여름

부모님께

5월 22일자 하서 진작 받았습니다. 어머님께서도 평안하시리라 믿습니다. 뵈온 지 한 달도 채 못 되었는데 무척 오랜 듯 생각됩니다.

순자(荀子)와 한비자(韓非子)를 읽고 있습니다. 순자와 한비자의 글은 다른 제자(諸子)들의 글이 입고 있는 소위 도덕의 위장(僞裝)을 시원하게 벗어버림에서 오는 직절(直截)함을 느끼게 됩니다. 물론 술(術)이 승(勝)하여 인성(人性)을 홀시(忽視)하는 흠이 없지 않습니다만 그 비유의 적절함이나 우의(寓意)의 깊음에 있어서는 탁절(卓絶)함마저 느끼게 합니다.

이제 6월 중순, 피부가 창백한 사람들이 햇볕 속에 서고 싶은 여름입니다. 어머님, 아버님 그리고 가내 두루 평안하시길 빕니다.

— 1980.6.9.

널찍한 응달에서

형수님께

널찍한 응달에서 꼬마들과 어울려 관운장과 장비가 말을 달리는 『삼국지』 얘기가 재미있을 듯합니다.

어머님께서 다녀가셨습니다. 그리고 형님 소식도 들었습니다.

— 1980.6.16.

메리 골드

형수님께

두어 차례 단비가 내려 해갈하는가 여겼더니 그뿐, 내리 불볕입니다. 벼룻물이 번쩍번쩍 마르고, 풀썩풀썩 이는 먼지가, 땀 차서 척척 감기는 옷이, 더위를 한층 지겨운 것으로 만듭니다.

작업장 창문턱에 '메리 골드'라는 꽃 한 포기를 올려놓았습니다. 메마른 땅에 살고 있는 제 족속들과는 달리 이 엄청난 가뭄의 세월을 알지 못한 채, 주전자의 물을 앉아서 받아마시는 이 작은 꽃나무는 역시 땅을 잃은 연약함을 숨길 수 없습니다.

과연 지난 6, 7일 이틀 연휴를 지내고 출역해보니 물 길을 줄 모르고 길어 올릴 물도 없는 이 꽃나무는 화분 언저리에 목을 걸치고 삶은 나물이 되어 늘어져 있었습니다. 큰 땅에 뿌리박지 못하고 10센티미터짜리 화분에 생명을 담은 한 포기 풀이 어차피 치러야 할 운명의 귀결인지도 모릅니다. 혹시나 하는 기대가 없지도 않았지만 차라리 장송(葬送)의 의례에 가까운 심정으로 흥건히 물을 뿌려 구석에 치워두었습니다.

그러나 오래지 않아 저는 이 작은 일로 하여 실로 귀중한 뜻을 깨달았습니다. 창문턱에서 내려와 쓰레기통 옆의 잊혀진 자리에서 꽃나무는 저 혼자의 힘으로 힘차게 팔을 뻗고 일어서 있었습니다. 단단히 주먹 쥔 봉오리가 그 속에 빛나는 꽃을 준비하고 있었습니다.

형님 그리고 우, 주용이 모두 여름의 건승을 빕니다. — 1980.6.19.

저녁에 등불을 켜는 것은

형수님께

담천(曇天)이라 아직은 더위가 기승을 부리지는 못하고 있습니다.

하는 일 없이 앉아서 땀만 흘리는 이곳의 여름이 몹시 부끄러운 것입니다만, 아무리 작고 하찮은 일이더라도, 새 손수건으로 먼저 창유리를 닦는 사람처럼, 무심한 일상사 하나라도 자못 맑은 정성으로 대한다면 훌륭한 '일'이란 우리의 징심(澄心) 도처에서 발견되는 것임을 깨닫게 됩니다.

형님께서도 어려움이 많으시리라 생각됩니다. 저녁에 등불을 켜는 것은 어려운 때 더욱 지혜로워야 한다는 뜻이라 믿습니다.

— 1980. 7. 7.

바다로 열린 시냇물처럼

부모님께

해마다 7월이 되면 어느덧 지나온 날을 돌아보는 마음이 됩니다. 금년 7월은 제가 징역을 시작한 지 12년이 되는 달입니다. 궁벽한 곳에 오래 살면 관점마저 자연히 좁아지고 치우쳐, 흡사 동굴 속에 사는 사람이 동굴의 아궁이를 동쪽이라 착각하듯이 저도 모르는 사이에 이러저러한 견해가 주관 쪽으로 많이 기운 것이 되어 있지나 않을까 하는 걱정이 있습니다.

서울을 가장 정직하게 바라볼 수 있는 조망대가 어디인가를 놓고도 남산 팔각정이다, 시청이다, 영등포 공단의 어느 작업기 앞이다, 시비가 없지 않습니다. 훨훨 날아다니는 하늘의 선녀가 아닌 다음에야 여러 개의 조망대를 한꺼번에 가질 수는 없고 어디든 땅에 뿌리를 내리고 살 수밖에 없는 우리들로서는 제가 사는 터전을 저의 조망대로 삼지 않을 수 없기 때문에 어차피 자신의 처지에 따른 강한 주관에서부터 생각을 간추리지 않을 수 없다고 믿습니다.

대다수의 사람들은 이 주관의 양을 조금이라도 더 줄이고 객관적인 견해를 더 많이 수입하려고 합니다. 그러나 이러한 노력의 바닥에는, 주관은 궁벽하고 객관은 평정한 것이며, 주관은 객관으로 발전하지 못하고, 객관은 주관을 기초로 하지 않는다는 잘못된 전제가 깔려 있음을 알 수 있습니다.

저는, 각자가 저마다의 삶의 터전에 깊숙이 발목 박고 서서 그 '곳'에 고유한 주관을 더욱 강화해가는 노력이야말로 객관의 지평을 열어주는 것임을 의심치 않습니다. 그러나 이 경우 가장 중요한 것은 그 '곳'이, 바다로 열린 시냇물처럼, 전체와 튼튼히 연대되고 있어야 한다는 사실입니다. 그러므로 사고의 동굴을 벗어나는 길은 그 삶의 터전을 선택하는 문제로 환원될 수 있다고 생각됩니다.

『맹자』의 일절이 상기됩니다.

시인유공불상인 함인유공상인 무장역연 고술불가불신야
矢人惟恐不傷人　函人惟恐傷人　巫匠亦然　故術不可不愼也
(활 만드는 사람은 사람이 상하지 않을까 두려워하고 방패를 만드는 사람은 사람이 상할까 두려워한다.)

스스로 시대의 복판에 서기도 어려운 일이 아닐 수 없습니다만 시대와 역사의 대하로 향하는 어느 가난한 골목에 서기를 주저해서도 안 되리라 믿습니다.

한창 더울 때입니다만 하루 걸러 내리는 비가 큰 부조(扶助)입니다. 지난 접견 때는 우중(雨中)에 돌아가시느라 어머님 발길이 더 무거웠으리라 짐작됩니다. —1980.7.28.

창살 너머 하늘

형수님께

여름다운 더위도 없이 벌써 8월 하순. 며칠 후면 처서(處暑)입니다.

창살 때문에 더 먼 하늘에는 크고 흰 구름이 일요일의 구름답게 바쁠 것 하나 없이 쉬고 있습니다. 오늘은 벽에 머리를 기대고 '신동엽의 시'를 읽어봅니다.

"누가 하늘을 보았다 하는가.
누가 구름 한 송이 없이 맑은
하늘을 보았다 하는가."

"기다림에 지친 사람들은 산으로 갔어요.
그리움은 회올려 하늘에 불붙도록.
뼛섬은 썩어 꽃죽 널리도록.
바람 따신 그 옛날 후고구렷적 장수들이
의형제를 묻던, 거기가 바로,
그 바위라 하더군요."

— 1980. 8. 17.

흙내

계수님께

15척 옥담으로 둘린 교도소의 땅은 흔히들 좌절과 고뇌로 얼룩져서 화분에 담긴 흙처럼 흙내가 없다고 합니다.

이번 여름 패연(沛然)히 쏟아지는 빗소리를 듣다가 문득 창문 가득히 물씬 풍기는 흙내에 깜짝 놀랐습니다. 2층에서 보는 빗줄기는 더욱 세차고 길어서 장대같이 땅에 박혀 있었고 창문 가득한 흙내는 그 장대 빗줄기 타고 오르는—맑은 날 뭉게구름 되려고 솟아오른 흙내였습니다. 지심(地心)의 깊음에 비하면 얼룩진 땅 한 켜야 종이 한 장 두께도 못 되는 것이었습니다.

아이들은 뱀을 죽이면 반드시 나무에 걸어두었습니다. 흙내를 맡으면 다시 살아나서 밤중에 이불 속으로 찾아온다고 믿었기 때문이었습니다. 흙내는 그런 것이었습니다.

서울의 흙에 실망하는 사람이 있습니까? 아스팔트와 콘크리트 밑에서도 서울의 흙은 필시 차가운 지하수를 가슴에 안고 생생히 살아서 숨 쉬고 있음에 틀림없습니다.

귀뚜라미가 방에 들어왔습니다.

—1980.8.27.

창고의 공허 속에서

형수님께

9월 중순, 캘린더에는 단풍의 계절이 흐드러져 있습니다. 이월화(二月花)보다 더 붉은 홍엽(紅葉)들이 높은 가을 하늘 아래 타는 듯합니다.

실생활의 중량이 배제된 '창고의 공허' 속으로 계절은 다만 한난(寒暖)으로 환원되어 찾아왔다 돌아갑니다.

망치가 가벼워 못이 튈까 조심하고, 여름이 시원하여 겨울이 추울까 염려하다가도 계란을 보고 새벽을 묻는 조급함에 스스로 고소를 금치 못합니다. 어쨌든 달력의 가을 풍경을 보고 이내 겨울옷을 꺼내는 것을 지혜라 일컫기에는 아무래도 부끄러운 일입니다.

— 1980. 9. 16.

어머님 앞에서는

어머님께

어제는 무사히 귀경하셨을 줄 믿습니다.

어머님께서 손수 장만하신 점심을 먹어서 그런지 오랫동안 잊고 있었던 옛날 일들이 되살아나는 듯합니다. 어머님 앞에서는 모든 아들들이 항상 어린 마음이 되게 마련인가 봅니다.

어머님을 뵙고 난 어젯밤에는 터무니없는 생각이 들기도 하였습니다. 만약 제가 그때 죽어서 망우리 어느 묘지에 묻혀 있다면, 10년 세월이 흐른 지금쯤에는 어머니의 아픈 마음도 빛이 바래고 모가 닳아서 지금처럼 수시로 마음 아프시지는 않고 긴 한숨 한 번쯤으로 달랠 수 있을 정도가 되었을지 모를 일입니다만, 그러나 어제처럼 어머님의 손을 잡고 이야기를 나누거나 어머님께서 손수 만드신 점심을 먹는 모습을 보실 수는 없었을 것입니다.

비록 추석에 마음 아프시고 겨울에는 추울까 여름에는 더울까 한밤중에 마음 아프시기는 하지만 역시 징역 속이지만 제가 살아 있음이 어머님과 더불어 마음 흐뭇한 일이 아닐 수 없습니다. 언제나 하시는 말씀처럼 부디 오래 사셔서 여러 가지 일들의 끝을 보실 수 있기를 바랄 따름입니다. —1980.10.1.

대전교도소 2사 25방문

신발 한 켤레의 토지에 서서

계수님께

'빠삐용'은 이곳에 사는 사람들에게도 그리 낯선 이름은 아닙니다. 엊그제는 서너 사람의 묽은 기억을 뒤적여 대강 그 영화의 줄거리를 얽어보고는, 선승(禪僧)도 못 되는 터수에 화두 하나 얻은 듯, 가을밤 생각은 길어 이곳 수인들의 후진 인생들을 떠올려 보았습니다. 에스키모인들의 옷을 벗을 수 있는 자유를 '자유'라 부르지 않는다면 내밀한 집념이 각각 다른 외피를 입었을 뿐 이곳 역시 수많은 빠삐용의 현장이라 생각됩니다.

추유황색(秋有黃色). 들국화가 겨울 옷매무새를 채비하느라 금빛 단추를 여민다던 고인(古人)들의 추정(秋情)은 묵향 바랜 시편에나 남았을 뿐, 농약과 화학비료에 얼룩진 벌판에 허수아비는 비닐옷을 입어 풍우를 근심 않는다던가…….

가까이 국화 한 송이 없어도 가을은 다만 높은 하늘 하나만으로도 일상의 비좁은 생각의 궤적을 일탈하여 창공 높은 곳에서 자신의 주소(住所)를 조감하게 되는 계절입니다.

사과장수는 사과나무가 아니면서 사과를 팔고, 정직하지 않은 사람이 정직한 말을 파는 세로(世路)에서, 발파멱월(撥波覓月), 강물을 헤쳐서 달을 찾고, 우산을 먼저 보고 비를 나중 보는 어리석음이 부끄러워지는 계절—남들의 세상에 세 들어 살 듯 낮게 살아온 사람들 틈바구니 신발 한 켤레의 토지에 서서 가을이면 먼저 어리석은 지혜의 껍질들은 낙엽처럼 떨고 싶습니다. 군자여향(君子如響), 종소리처럼 묻는 말에 대답하며 빈 몸으로 서고 싶습니다.

—1980.10.10.

영원한 탯줄의 끈

아버님께

10일부 하서와 모포 잘 받았습니다.

가서(家書)를 받을 때, 소포 꾸러미를 받고 무인(拇印)을 찍을 때, 접견 호명을 받을 때 그리고 오늘처럼 봉함엽서를 앞에 놓고 생각에 잠길 때……, 저는 다시 한 번 영원한 탯줄의 끝에 달린 제 자신을 발견하게 됩니다.

사람들은 누구나 거미줄같이 수많은 관계 속에 서지 않을 수 없고 보면 '관계는 존재'라는 명제의 적실(適實)함에 놀라지 않을 수 없습니다. '혼자'라는 느낌은 관념적으로만 가능한 정신의 일시적 함정에 불과하다고 해야 할 것 같습니다.

10월 중순, 객지를 사는 사람들이 중추의 깊은 하늘에 고향을 떠올리는 시절입니다.

낙양성리견추풍 욕작가서의만중
洛陽城裏見秋風　欲作家書意萬重

복도에 꾸부리고 앉아서 편지 쓰는 사람들의 수의(囚衣)에 싸인 굽은 등이 스산합니다.

어머님께서도 초겨울 감기 조심하시고 내내 강건하시길 빕니다.

— 1980. 10. 14.

낮은 곳

형수님께

그동안 '새시대'의 구호와 표어로 갈아붙이느라 몹시 바쁜 날들의 연속이었습니다.

사다리를 올라가 높은 곳에서 일할 때의 어려움은 무엇보다도 글씨가 바른지 삐뚤어졌는지를 알 수 없다는 것입니다. 코끼리 앞에 선 장님의 막연함 같은 것입니다. 저는 낮은 곳에 있는 사람들에게 부지런히 물어봄으로써 겨우 바른 글씨를 쓸 수 있었습니다.

'푸른 과실이 햇빛을 마시고 제 속의 쓰고 신 물을 달고 향기로운 즙으로 만들 듯이' 저도 이 가을에는 하루하루의 아픈 경험들을 양지바른 생각의 지붕에 널어, 소중한 겨울의 양식으로 갈무리하려고 합니다.

— 1980.10.20.

떠남과 보냄

계수님께

우리가 사는 2사(舍) 26방(房)은 오가는 사람이 많습니다.

오늘도 만기자 한 사람 떠나갔습니다. "건강하시오", "성공하시오", "다시는 이곳에서 만나지 맙시다." 우리는 이런 말로 간단히 헤어집니다. 집도 절도 없이 객지로 타관 살러 가듯 떠나는 사람, 내일 저녁은 '치마 걸린 온돌방'에서 잘 사람……. 한 손엔 식기 3개 또 한 손엔 징역보따리 달랑 한 개 들고 어느 날 저녁 갑자기 전방 가는 사람과 헤어지기도 하고 전방 간 사람과 비슷한 세간을 들고 죄진 사람처럼 머뭇거리며 전방 오는 사람을 맞기도 합니다. 닫힌 방은 떠나고 새로 드는 사람들로 하여 잠시 열리는 공간이 됩니다.

빈약한 동거의 어느 어중간한 중도막에서, 바깥 사람이라면 별리(別離)의 정한(情恨)이 자리했을 빈터에, 나는 그에게 무엇이었던가? 우리는 서로 어떠한 '관계'를 뜨개질해왔던가? 하는 담담한 자성(自省)의 물음을 간추리게 됩니다. 슬픔에 커진 눈으로, 궁핍에 솟은 어깨로, 때로는 욕탕의 적나라함으로, 때로는 멀쩡하게 발톱 숨긴 저의(底意)로, 한 몸 인생이 무거워 짐 추스리며, 몸 부대끼며 살아온 이 팔레트 위의 우연 같은 혼거(混居) 속에서 우리는 서로에게 과연 무엇이 되어서 헤어지는지…….

숱한 사연과 곡절로 점철된 내밀한 인생을 모른 채, 단 하나의 상처에만 렌즈를 고정하여 줄곧 국부(局部)만을 확대하는 춘화적(春畵的) 발상이 어안(魚眼)처럼 우리를 왜곡하지만 수많은 봉별(逢別)을 담담히 겪어오는 동안, 우리는 각자의 인생에서 파낸 한 덩이 묵직한 체험을 함께 나누는 견실함을 신뢰하며, 우리 시대의 아픔을 일찍 깨닫게 해주는 지혜로운 곳에 사는 행복함을 감사하며, '세상의 슬픔에 자기의 슬픔 하나를 더 보태기'보다는 자기의 슬픔을 타인들의 수많은 비참함의 한 조각으로 생각하는 겸허함을 배우려 합니다.

다시 만나지 말자며 묵은 사람이 떠나고 나면 자기의 인생에서 파낸 한 덩이 체험을 등에 지고 새 사람이 문 열고 들어옵니다.

"나의 친구들이 죽어서, 나는 다른 친구를 사귀었노라. 용서를 바란다."

모블랑의 시는 차라리 질긴 슬픔입니다.

벌써 11월 중순. 바람과 함께 창 옆에 서면, 저만치 높은 전신주가 겨울을 부르고 있습니다. — 1980.11.10.

어머니의 붓글씨

부모님께

'춘하동동'(春夏冬冬). 아예 추(秋) 대신 동(冬)을 더 넣어서 금년의 이른 추위를 이렇게 표현하는가 봅니다. 원래 봄가을이 없다시피 한 교도소의 계절이 '하하동동'(夏夏冬冬)이고 보면 금년이라고 크게 다를 것도 없습니다. 추위와 더위, 피로나 졸림, 주림 같은, 자연에서 오거나 몸으로 느끼는 고통은, 정신의 특별한 훼손이 없이 감내해나갈 수 있는 지극히 작은 것, 고통이라기보다 산다는 표시이고 삶의 구체적 조건 같은 것이라 생각합니다.

지난달의 어머님 하서, 그리고 7일부 아버님 하서 모두 잘 받았습니다. 어머님께서는 물론 연로하신 탓이라 믿습니다만 좋은 스승인 아버님을 곁에 두시고도 글씨가 많이 줄었습니다. 그러나 저는 어머님의 서투른 글씨와 옛 받침이 좋습니다. 요즈음의 한글 서도는 대체로 궁중에서 쓰던 소위 '궁체'를 본으로 삼고 있습니다만 저는 궁정인들의 고급한 아취(雅趣)보다는, 천자문의 절반인 '지게 호(戶)' '봉할 봉(封)'까지만 외우시는 어머님께서 목청 가다듬고 두루마리 제문(祭文)을 읽으실 때, 옆에 둘러앉아서 공감하시던 숙모님들, 먼 친척 아주머니들처럼 순박한 농부(農婦)와 누항(陋巷)의 체취가 배인, 그런 글씨를 써보고 싶습니다. 누구든지 친근감을 느낄 수 있고 나도 쓰면 쓰겠다는 자신감을 주는 수수한 글씨를 쓰고 싶습니다.

상주(詳註)된 『시경』(詩經) 한 권 보내주시기 바랍니다. 계수님 편지에서 아버님 생신 이야기 잘 읽었습니다. —1980.11.13.

새벽 참새

형수님께

새벽 참새가, 엽탈(葉脫)한 초동(初冬)의 고목(枯木) 가지를 흔들며 폴폴 고쳐 앉기도 하다가, 어느새 처마 끝 함석 물받이에 놀라 발톱소리 섞어 짹짹거리기도 하다가, 무슨 맘인지 후딱 던져진 공같이 덜 샌 하늘을 가르고 지붕 너머로 사라지기도 하며……, 조용한 아침에 최초의 활기를 줍니다.

"엄마 없는 아이야, 참새하고 놀아라." 참새의 친구는 원래 엄마 없는 아이였던 모양입니다만 교도소의 참새는 새벽마다 그 작은 가슴을 창공으로 열어 우리의 닫힌 마음을 깨우는 수인들의 친구가 되고 있습니다.

"들판의 아이와 도시의 아이 사이에는 산토끼와 집토끼, 강과 운하, 하늘과 창문의 차이가 있다"고 합니다. 도시가 문명의 중심임은 사실이지만 문명 가운데에는 그 필요는 사라지고 전통만 남아 도리어 적응과 굴종을 요구하는, 사람이 그것을 위해 복무하는 그런 문명도 없지 않습니다.

자연을 보러 가서 인공(人工)을 만나고 오는 서울 사람 속에서 우용이와 주용이는 얼마만큼의 자연과 더불어 자라고 있는지 궁금합니다.

— 1980. 11. 20.

동방의 마음

부모님께

19일부 하서와 『시경』 잘 받았습니다. 어머님, 형님, 동생 모두 무사히 묘사(墓祀) 다녀오셨으리라 믿습니다.

요지형제등고처 편삽수유소일인
遙知兄弟登高處　遍揷茱萸少一人
(형제들 묘소에 올라 수유꽃 머리에 꽂을 때
문득 한 사람 없는 것을 알리라.)

지난달 현충사 참관 때 떨어진 수유(茱萸) 한 잎 주워왔습니다.

보내주신 『시경』은 해의(解義)와 역(譯), 주(註)가 자상하여 그 오의(奧義)와 정회(情懷)에 어렵지 않게 임할 수 있을 듯합니다.

'시'는 고인(古人)들의 절절한 사연이 긴 세월, 숱한 인정에 의하여 공감되고 다듬어지고 그리하여 키워진 노래라 생각됩니다. 그러기에 '이야기에는 거짓이 있어도 노래에는 거짓이 없다'고 하였던가 봅니다. 올겨울에는 『시경』에 담긴 무사(無邪)한 동방(東方)의 마음을 읽어보려 합니다.

폭한 날씨로 눈이 못 된 비가 추풍에 실려 비닐 창문을 두드립니다.

어머님, 아버님의 겨울 건강을 빕니다.　— 1980. 11. 25.

산수화 같은 접견

부모님께

벽에 기대어 앉을 때 저는, 결코 벽 기대어 앉으시는 일 없으신 아버님을 생각합니다. 간결한 대화, 절제된 감정으로 그 짧은 접견 시간마저 얼마큼씩 남기시는 아버님의 접견은, 한마디라도 더 실으려고 마지막까지 매달리는 여느 사람들의 접견과는 대조적으로, 흡사 여백이 넉넉한 한 폭 산수화의 분위기입니다.

한국의 근세를 읽으면서 저는, 가혹한 식민지의 시절을 한 사람의 지식인으로 사셨던 아버님의 고뇌와, 지금은 기억조차 불가능한, 다섯 살의 저에게 '항일'(抗日)을 가르치던 아버님의 지우(知友)들의 고뇌까지도 함께 읽게 됩니다.

세모를 맞이하여 아버님의 하서를 다시 챙겨봅니다. 다른 사람들이 먼저 알고 가르쳐주는 붓글씨 피봉의 편지 속에는 한 해 동안 기울여주신 어머님, 아버님의 염려와 옥바라지가 고스란히 담겨 있습니다. 수식(修飾)과 감상 등 일체의 낭비가 배제된 그 담담한 문맥과 행간에서 저는, 저희들의 세대가 잃어가고 있는 것들에 대하여 번쩍 정신이 드는 순간순간을 경험합니다.

한 해가 저물 녘이면 늘 어머님의 건강이 걱정됩니다. 그러나 젊으실 때 자주 편찮으신 어머님의 잔병치레가 하수(遐壽)를 위한 액땜이 되시고, 지금까지도 줄지 않는 타고나신 일복이 건강의 비결이 되신 것이 틀림없다고 믿습니다. 어머님께서는 지금은 참고 계신 말씀이 많으신 줄을 모르지 않습니다만 항상 너른 마음으로 견디시길 바랍니다.

새해에는 가내에 기쁜 소식이 많으시길 빌며 절 대신 글 올립니다. —1980.12.15.

세월의 아픈 채찍

계수님께

기상시간 전에 옆 사람 깨우지 않도록 조용히 몸을 뽑아 벽 기대어 앉으면 써늘한 벽의 냉기가 나를 깨우기 시작합니다. 나에게는 이때가 하루의 가장 맑은 시간입니다.

겪은 일, 읽은 글, 만난 인정, 들은 사정……. 밤의 긴 터널 속에서 여과된 어제의 역사들이 내 생각의 서가(書架)에 가지런히 정돈되는 시간입니다. 금년도 며칠 남지 않은 오늘 새벽은 눈 뒤끝의 매운 바람이, 세월의 아픈 채찍이, 불혹의 나이가 준엄한 음성으로 나의 현재를 묻습니다.

손가락을 베이면 그 상처의 통증으로 하여 다친 손가락이 각성되고 보호된다는 그 아픔의 참뜻을 모르지 않으면서, 성급한 충동보다는, 한 번의 용맹보다는, 결과로서 수용되는 지혜보다는, 면면(綿綿)한 기도(企圖)가, 매일매일의 약속이, 과정에 널린 우직한 아픔이 우리의 깊은 내면을, 우리의 높은 정신을 이룩하는 것임을 모르지 않으면서, 스스로 충동에 능하고, 우연에 승하고, 아픔에 겨워하며 매양 매듭 고운 손 수월한 안거(安居)에 연연한 채 한 마리 미운 오리새끼로 자신을 한정해오지나 않았는지…….

하처추풍지 고객최선문(何處秋風至 孤客最先聞). 겨울바람은 겨울나그네가 가장 먼저 듣는 법. 세모의 이 맑은 시간에 나는 내가 가장 먼저 깨달을 수 있는 생각에 정일(精一)하려고 합니다.

'겨울을 춥게 사는 사람들'의 이야기는 자신을 비극의 복판에 두기를 좋아하는 우리의 오만을 찌르는 글이었습니다.

화용이, 민용이는 시골 아이같이 튼튼해 보입니다.

새해에는 여러 사람과 나누어야 할 만큼 큰 기쁨이 있길 빌면서 하정(賀正)에 대(代)합니다. —1980.12.16.

침묵과 요설(饒舌)

계수님께

교도소의 문화는 우선 침묵의 문화입니다.

마음을 열지 않고, 과거를 열지 않고 그리고 입마저 열지 않는, 침묵과 외부와의 거대한 벽이 사람과 사람의 사이를 쓸쓸히 차단하고 있습니다. 두드려도 응답 없는 침통한 침묵이 15척 높은 울이 되어 그런대로 최소한의 자기를 간수해가고 있습니다.

교도소의 문화는 또한 요설(饒舌)의 문화입니다.

요설은 청중을 미아로 만드는 과장과 허구와 환상의 숲입니다. 그 울창한 요설의 숲속에 누가 살고 있는지 좀체 알 수 없습니다. 숲속에 흔히 짐승들이 사람을 피해 숨어 살 듯이 장광설(長廣舌)은 부끄러운 자신을 숨기는 은신처이기도 합니다.

침묵과 요설은 정반대의 외모를 하고 있으면서도 똑같이 그 속의 우리를 한없이 피곤하게 하는 소외의 문화입니다. 나는 이러한 교도소의 문화 속에서 적지 않은 연월(年月)을 살아오면서, 내가 만나는 사람들의 침묵을 열고 요설을 걷어낼 수 있는 제3의 문화를 고집하고 있는 많지 않은 사람 속에 서고자 해왔습니다.

불신과 허구, 환상과 과장, 돌과 바람, 이 황량한 교도소의 문화는 그 바닥에 짙은 슬픔을 깔고 있기 때문이며, 슬픔은 그것을 땅속에 묻는다 할지라도 '썩지 않는 고무신', '자라는 돌'이 되어 오래오래 엉겨붙는 아픔으로 남기 때문입니다.

제3의 문화는 침묵과 요설의 어중간에 위치하는 것이 아니라 믿습니다. 버리고 싶은 마음, 잊고 싶은 마음을 정갈히 씻어 볕에 너는 자기 완성의 힘든 길 위의 어디쯤에 있는 것이라고 생각됩니다.

한 해가 저물어가고 있습니다. 크리스마스와 새해. 무슨 이름 있는 날이 되면 징역을 처음 살거나 바깥에 가족을 둔 애틋한 마음과, 징역을 오래 살아 메마르고 비정해진 마음이 서로를 이해하지 못해 잠시 의아하게 상대편을 바라보다가 이내 상대의 마음을 배우게 됩니다.

한 해 동안 보내주신 계수님의 수고에 대한 감사를 이 구석에 써둡니다. 건강과 발전의 새해를 기원합니다. ―1980년 세모에.

초승달을 키워서

부모님께

눈 많고 추운 겨울이었습니다.

아직 김칫독 깨뜨릴 추위를 남겨두고 있긴 합니다만, 이제는 어머님께서 한시름 놓으셔도 좋을 만큼 풀린 날씨입니다.

냉수마찰을 하고 나면 영하 20도의 겨울 아침도 훈훈하게 느껴집니다. 이 작은 경험은 겨울이 추울수록 봄이 이른 까닭을 깨닫게 해줍니다.

겨울 동안 『시경』을 일편(一遍)하였습니다. 마침 『열국지』(列國志)를 병독(倂讀)할 수 있어서 그 시대적 배경을 이해하는 데 도움이 컸습니다.

『시경』에 담긴 시들은 그 시대의 여러 고뇌와 그 사회의 여러 입장을 훌륭히 반영함으로써 그 시대를 뛰어넘는 대신에 오히려 그 시대에 충실하였음은 물론 당시의 애환이 오늘의 숱한 사람들의 가슴에까지 면면히 이어져 있다는 점에서 비로소 시가 그 시대를 뛰어넘고 있음을 알겠습니다.

위로는 하늘에 달이 둥글고 아래로는 사람들의 마음이 원만하다는 정월 보름입니다. 명절날인가, 중국집에다 음식을 시켜서 손님을 치르셨다던 어머님의 말씀이 생각납니다.

잠실 아파트의 모진 창에 뜨는 달이 동산의 달과 같지 않은 까닭의 하나는 아들을 멀리 두신 탓임을 모르지 않습니다. 초승달을 키워서 보름달을 만들 듯 어머님과 저와 그리고 마음이 아픈 모든 사람들도 스스로의 마음을 달처럼 조금씩 조금씩 키워가야 하리라 믿습니다.

— 1981년 정월 보름.

불꽃

계수님께

소한, 대한 다 지났는데도 여전히 추운 겨울입니다.

서화반 작업장에 19공탄 난로 하나 피웠습니다.

나한테 묻는다면 겨울의 가장 아름다운 색깔은 불빛이라고 하겠습니다. 새까만 연탄구멍 저쪽의 아득한 곳에서부터 초롱초롱 눈을 뜨고 세차게 살아 오르는 주홍의 불빛은 가히 겨울의 꽃이고 심동(深冬)의 평화입니다.

천 년도 더 묵은, 검은 침묵을 깨뜨리고 서슬 푸른 불꽃을 펄럭이며 뜨겁게 불타오르는 한겨울의 연탄불은, 추위에 곱은 손을 불러 모으고, 주전자의 물을 끓이고, 젖은 양말을 말리고……, 그리고 이따금 겨울 창문을 열게 합니다.

"불은 풍요하고 소진되지 않는다. 새로운 화덕에 불을 피우기 위하여 이웃집들이 불을 빌려갈 때에도 불은 꺼지지 않는 법이다."

'에니우스'의 불의 송사(頌辭)와는 달리 아침에 불씨 얻기가 힘듭니다.

가내 무고하리라 믿습니다. — 1981. 1. 31.

피고지고 1년

형수님께

하필이면 한겨울에 신년을 맞이하기 때문에 해마다 새해의 느낌은 그 신선함이 지나쳐 칼날 같습니다. 더욱이 올해 같은 혹한에는 더욱 그렇습니다.

꽃 피는 어느 춘삼월 따스한 날을 정월 초하루로 잡았더라면 새해가 사뭇 다정한 것이 되었으리라 생각됩니다. 추워서 잔뜩 웅크린 겨울철은 아무래도 무엇을 맞이하고 어쩌고 하기에는 불편한 계절입니다.

춘 하 추 동.

한 해의 필두에 으레 봄을 앞장세워 세월을 이야기함은 물론, 잔형기(殘刑期)를 손꼽는 이곳의 수인들도 한결같이 '피고지고 1년', '피고지고 피고지고 2년' 이렇게 봄꽃으로 셈하고 있습니다.

봄을 한 해의 시작으로 삼으려는 것은 모든 살아 있는 생명들의 마음인가 봅니다.

저도 새해의 이야기는 봄이 올 때까지 미루어두기로 하겠습니다.

— 1981.2.4.

없음〔無〕이 곧 쓰임〔用〕

아버님께

큰 추위는 없었습니다만 그런대로 겨울땜은 한 것 같습니다. 어머님 평안하시고 가내 무고하리라 믿습니다.

'당무유용'(當無有用). 『노자』(老子)의 일절입니다.

연식이위기 당기무 유기지용

挻埴以爲器　當其無　有器之用

흙을 이겨서 그릇을 만드는 경우, 그릇으로서의 쓰임새는 그릇 가운데를 비움으로써 생긴다.

'없음'〔無〕으로써 '쓰임'〔用〕으로 삼는 지혜. 그 여백 있는 생각, 그 유원(幽遠)한 경지가 부럽습니다.

최근의 몇 가지 경험에서 자주 생각키우는 느낌입니다만 선행이든 악행이든 그것이 일회 완료의 대상화된 행위가 아니고 '좋은 사람' 또는 '나쁜 사람'과 같이 그것이 '사람'인 경우에는 완전한 악인도 전형적인 선인도 존재하지 않는다는 지극히 평범한 상식이 확인됩니다. 그러한 사람은 형이상학적으로 존재하는 하나의 추상된 도식이기 때문에 도리어 인간 이해를 방해하는 관념이라 생각됩니다. 전형적 인간을 찾는 것은, 없는 것을 찾는 것이 됩니다.

화선지와 붓(3호와 5호) 보내주시기 바랍니다. 4월 중에 시내에서 전시회를 갖기로 예정되어 있습니다.

— 1981. 2. 14.

봄싹

형수님께

오늘은 춘삼월 양광(陽光)을 가득히 받으며 금산의 칠백의총을 참관하고 왔습니다.

15척 담은 봄도 넘기 어려운지 봄은 밖에 먼저 와 있었습니다. 우리는 한나절의 봄나들이를 맞아 저마다 잠자던 감성의 눈을 크게 뜨고 봄을 들이마시기에 여념이 없었습니다.

"나는 들판을 기웃거리다가 전에는 미처 몰랐던 것을 놀라움으로 깨달았다. 사람에게 봄기운을 먼저 가져오는 것은 거루고 가꾸어준 꽃나무보다 밟고 베어냈던 잡초라는 것을. 들풀은 모진 바람 속에서도 잔설(殘雪)을 이고 자랄 뿐 아니라 그렇게 자라는 풀잎마다 아쉬운 사람들이 나물로 먹어온 것도……."

「지금은 꽃이 아니라도 좋아라」의 이 일절은 스스로 잡초섶에 몸을 둔 우리들로 하여금, 봄이 늦다고 투정하는 대신에 응달에 버티고 선 겨울의 엉어리들 틈 사이에서 이미 와 있을지도 모를 봄싹을 깨닫게 하는 높은 채찍입니다.

어머님, 아버님 다녀가신 편에 소식 잘 듣고 있습니다. 형님, 우용이, 주용이 건강을 빕니다. —1981.3.23.

악수

계수님께

미루나무의 까치도 집 지어 조용히 알을 품었습니다.

"더는 추위가 없겠지요."

봄인사를 뒤로 뒤로 미루어오던 우리도 이제는 무사히 겨울을 지낸 안도를 나눕니다.

우리는 악수하는 대신에, 상대방의 오른손과 나의 왼손을, 또는 반대로 상대방의 왼손과 나의 바른손을 잡는, 좀 독특한 악수를 곧잘 나눕니다. 악수의 흔한 형식을 파괴함으로써 우리들의 마음을 악수와는 다른 그릇에 담고 싶어 하기 때문입니다. 어떤 때는 우리의 할머니나 어머니들이 오래전부터 해왔듯이 아예 상대방의 손이나 팔을 만져보기도 합니다. 몸 성함의, 무사함의 원시적 확인입니다. 내게도 물론 보통의 악수를 나누는 사람과 그런 악수로는 어딘가 미흡한 사람의 다소 어렴풋한 구별이 없지 않습니다.

금년 겨울의 혹한을 실감케 해준 닛타 지로(新田次郎)의 『알래스카 이야기』(アラスカ物語)에도 극지의 에스키모인들이 그 모진 자연과 싸우는 동안에 만들어낸 독특한 문명들—야만이라 비칭(卑稱)되기도 하는—이 소상하게 묘사되고 있습니다.

사람은 누구나 몸에 맞는 옷이 편한 법. 나도 오랜 징역살이에 뜸이 들어 이젠 이곳의 문명들이 마음 편한가 봅니다.

동생 다녀간 편에 소식 잘 들었습니다. 징역 사는 형에게 무언가 더 해주어야 되지 않을까 걱정하지 않도록 부탁드립니다.

— 1981.4.6.

나막신에 우산 한 자루

계수님께

인생살이도 그러하겠지만 더구나 징역살이는 언제든지 떠날 수 있는 단출한 차림으로 살아야겠다고 생각하였습니다. 그러나 막상 이번 전방 때는 버려도 아까울 것 하나 없는 자질구레한 짐들로 하여 상당히 무거운 이삿짐(?)을 날라야 했습니다.

입방 시간에 쫓기며 무거운 짐을 어깨로 메고 걸어가면서 나는 나를 짓누르는 또 한 덩어리의 육중한 생각을 짐지지 않을 수 없었습니다. 내일은 '머―ㄴ길'을 떠날 터이니 옷 한 벌과 지팡이를 채비해두도록 동자더러 이른 어느 노승이 이튿날 새벽 지팡이 하나 사립 앞에 짚고 풀발 선 옷자락으로 꼿꼿이 선 채 숨을 거두었더라는 그 고결한 임종의 자태가 줄곧 나를 책망하였습니다.

섭갹담등(躡屩擔簦), 즐풍목우(櫛風沐雨). 나막신에 우산 한 자루로 바람결에 머리 빗고 빗물로 머리 감던 옛사람들의 미련 없는 속탈(俗脫)은 감히 시늉할 수 없는 것이라 하더라도 10여 년 징역을 살고도 아직 빈 몸을 두려워하고 있었던 것은 아니었을까.

있으면 없는 것보다 편리한 것도 사실이지만 완물상지(玩物喪志), 가지면 가진 것에 뜻을 앗기며, 물건은 방만 차지함에 그치지 않고 우리의 마음속에도 자리를 틀고 앉아 창의(創意)를 잠식하기도 합니다.

이기(利器)를 생산한다기보다 '필요' 그 자체를 무한정 생산해내고 있는 현실을 살면서 오연(傲然)히 자기를 다스려 나가기도 쉽지 않음을 알 수 있습니다. 그러나 그릇은 그 속이 빔〔虛〕으로써 쓰임이 되고 넉넉함은 빈 몸에 고이는 이치를 배워 스스로를 당당히 간수하지 않는 한, 척박한 땅에서 키우는 모든 뜻이 껍데기만 남을 뿐임이 확실합니다.

10일부 편지 잘 받았습니다. 화용이는 울음을 저 혼자서 감당하는 것이 도리어 대견스럽게 생각됩니다. 자전거로 울면서 동네를 도는 것이 무슨 '데모'라고는 할 수 없지만.

가내 평안하리라 믿습니다.

— 1981. 4. 27.

보따리에 고인 세월

형수님께

영치된 책들을 집으로 우송하려고 영치창고로 가서 저의 보따리를 끌러보았습니다. 수많은 보따리들이 번호순으로 어깨를 비비며 비좁은 시렁을 겨우 나누어 앉아 있는가 하면 보따리마다에는 주인을 잘못 만나 엉뚱한 곳에 온 물건들이 기막힌 사연을 담은 채 나프탈렌 냄새 속에 잠들어 있었습니다.

저의 보따리에도 삐뚤어진 신발과 삭은 옷가지에 10여 년 전의 세월이 그대로 고여 있었습니다. 집으로 우송할 책만 따로 골라서 묶어놓고 나머지는 폐기하였습니다.

빈 보따리 달랑 걸어놓고 돌아오면서 새해도 아닌데 찾아드는 무슨 신선함 같은 느낌에 잠시 의아한 마음이 되었습니다. 항상 새로이 시작하는 마음가짐은 필요하고도 유익한 것이라 생각됩니다.

형님 편에 집안 소식 많이 들었습니다. 우용이, 주용이와 함께 형수님께서도 건강하시길 빌며 이만 각필합니다. — 1981. 5. 13.

창문에 벽오동 가지

아버님께

가뭄과 더위가 일찍부터 성화 같은 여름입니다. 그간 어머님, 아버님을 비롯하여 가내 두루 평안하시리라 믿습니다.

9일자 하서, 형수님이 보내주신 책, 그리고 「동아스포츠」 등 모두 잘 받았습니다. 지난번에 보내주신 액자필(額子筆)은 매우 좋은 것입니다. 역시 큰 붓으로 쓴 글씨는, 작은 붓으로 쓴 같은 크기의 글씨에 비하여, 여유와 깊이가 있는 것 같습니다.

전방과 도배 등으로 며칠간 어수선하고 바쁜 날을 보냈습니다. 새로 옮긴 방은 바깥에 세 살 먹은 벽오동 한 그루가 창지(窓枝)를 뻗어주고 있습니다. '오동엽대우성호'(梧桐葉大雨聲豪), 아직은 어린 잎이라 빗소리를 큼직하게 전해주지는 못합니다만 여름날 아침 투명한 녹엽(綠葉)이 던져주는 싱싱함이란, 저희들로 하여금 가히 용슬(容膝)의 이안(易安)을 깨닫게 해줍니다.

— 1981. 5. 27.

한 그릇의 물에 보름달을 담듯이

계수님께

얼마 전에 2급 우량수방으로 전방하였습니다. 무기수답지 않은 자그마한 보따리 하나 메고, 다시 새로운 사람들과 생활을 시작하였습니다. 열한 가족의 받은 징역이 도합 242년, 지금까지 산 햇수가 140년. 한마디로 징역을 오래 산 무기수와 장기수의 방입니다. 응달 쪽과는 내복 한 벌 차(差)라는 양지바른 방이라든가, 창밖에 벽오동 푸른 잎사귀 사이로 산경(山景)이 아름답다는 점도 물론 좋은 점이지만, 나에게는 역경에서 삶을 개간해온 열 사람의 역사를 만난다는 사실이 무엇보다 가슴 뿌듯한 행운입니다.

스스로 신입자가 되어 자기 소개를 하면서, 나는 판에 박은 듯한 소개나 사람의 거죽에 관한 것 대신에, 될 수 있는 한 나의 정신의 변화, 발전 과정을 간추려 이야기하려고 하였습니다. 이러한 노력은 내 딴에는 사람을 보는 새로운 관점을 모색하는 노력의 일단이며, 자위와 변명의 도색(塗色)을 허락지 않는 제3자의 언어로 표현된 자기를 가져보려는 시도의 하나입니다. 짧은 시간에 대어 돌아가며 하는 대수롭지 않은 몇 마디 이야기에 불과한 것이라 하더라도 이러한 나의 노력은 버들잎 한 장으로써도 천하의 봄을 만날 수 있다는 확실함과, 한 그릇의 물에 보름달을 담는 유유한 시정(詩情)을 지니고 싶어 하는 소망의 표현이기도 합니다.

이번의 전방은 나의 생활에 찾아온 오랜만의, 그리고 큼직한 변화입니다. 이 변화가 가져다준 얼마간의 신선함은 우리들이 자칫 빠져들기 쉬운 답보와 정신의 좌착(座着)을 질타해줍니다.

더 좋은 잔디를 찾다가 결국 어디에도 앉지 못하고 마는 역마

(驛馬)의 유랑도 그것을 미덕이라 할 수 없지만 나는 아직은 달팽이의 보수(保守)와 칩거(蟄居)를 선택하는 나이가 되고 싶지는 않습니다. 왜냐하면 역마살에는 꿈을 버리지 않았다는 아름다움이 있기 때문이며 바다로 나와버린 물은 골짜기의 시절을 부끄러워하기 때문입니다. 옷자락을 적셔 유리창을 닦고 마음속에 새로운 것을 위한 자리를 비워두는 준비가 곧 자기를 키워나가는 일이라 생각됩니다.

화용이, 민용이 사진보다 더 자랐으리라 생각됩니다.

—1981. 6. 2.

보리밭 언덕

형수님께

서화반 작업장에서 바깥을 바라보면 우리들의 마음을 너그럽게 해주는 완만한 능선을 가진 보리밭 언덕이 있습니다. 이 언덕은 출소자들이 저마다의 얼룩진 청춘을 묻어둔 교도소를 한번쯤 굽어보는 '만기(滿期) 동산'이기도 하며, 접견을 마친 어느 가족이 차마 발길 떼지 못해 아픈 입술 씹으며 잠시 망부석이 되는 언덕이기도 합니다.

저는 우용이, 주용이 또래의 어린이가 란도셀을 메고 이 '보리밭 사잇길'로 뛰놀며 학교 가는 모습이 가장 좋습니다. 아침저녁으로 자동차와 소음 대신에 보리밭을 질러서 등하교한다는 것은, 도회지를 사는 어린이들에게는 또 한 사람의 어머니를 갖는 것과 맞먹는 행운입니다.

교회와 몇 개의 지붕을 등에 얹고 있는 이 언덕에 요즈음은 가뭄 때문에 자라지 못한 채 지레 익어버린 보리가 애타게 단비를 목말라하고 있습니다. 안타까운 일입니다.

다음 편지에는 우용이와 주용이가 함께 찍은 사진 두어 장 보내주시기 바랍니다. 저희들도 가족사진을 가질 수 있습니다.

— 1981. 6. 5.

풀냄새, 흙냄새

형수님께

언제 가물었더냐 싶게 요즈음은 이틀거리로 비가 쏟아집니다. 등 뒤에 이렇게 많은 비를 감추고도 비 한 줄금 그렇게 어렵던 여름철의 즉흥(卽興)이 무척 우둔해 보입니다.

지금 내리는 비가 농사에 이로운 건지 어떤지 몰라 서로 물어쌓다가 문득 세사(世事)로부터 멀리 나앉은 자신들을 확인합니다.

오늘은 손님이 오신다고 아침 일찍 화단을 가꾸었습니다. 싸아한 풀냄새 흙냄새에 묻혀본, 실로 오랜만의 흐뭇한 시간이었습니다. 맨드라미, 채송화, 창포, 팬지, 하국 등 그리 잘나지도 못한 꽃들이지만, 뚱딴지, 쇠비름, 클로버, 가라지 들과 사이좋게 어울려 이루어내는 자연스러움은, 빼어난 꽃들이 주는 경탄과는 달리, 규칙과 인공의 질서로 인해 각이 진 마음들을 포근히 적셔줍니다.

형님 하시는 일과 우용, 주용의 건강과 형수님의 발전을 빕니다.

— 1981. 7. 13.

고난의 바닥에 한 톨 인정의 씨앗

아버님께

장마 걷힌 하늘에 여름 해가 불볕을 토합니다.

한강을 지척에 두고 계신다지만 물고기들도 살 수 없어 떠나버린 강물이 생기 있는 강바람 한 줄기 피워내지 못하는 것이고 보면, 잠실의 여름은 결국 모래와 자갈로 남을 수밖에 없지 않겠습니까.

겨울 동안은 서로의 체온이 옆 사람을 도와 혹한을 견디던 저희들이 이제 여름에는 자기의 체온으로 옆 사람을 불 때는 형국이 되어 물것들의 등쌀에 더하여 당찮은 미움까지 만들어내지나 않을까 걱정입니다.

그러나 그저께 밤중의 일이었습니다. 여태 없던 서늘한 바람기에 눈을 떴더니, 더위에 지친 동료를 위하여 방 가운데서 부채질하고 서 있는 사람이 있었습니다. 엄상(嚴霜)은 정목(貞木)을 가려내고 설중(雪中)에 매화 있듯이 고난도 그 바닥에 한 톨 인정의 씨앗을 묻고 있는가 봅니다. 이러한 인정을 보지 못하고 지레 '미움'을 걱정함은 인간의 선성(善性)의 깊음에 대한 스스로의 단견(短見) 외에 아무것도 아니라 생각합니다.

오늘부터 한 달간은 혹서기를 피하여 순화교육도 방학입니다. 구호와 군가소리로 무덥던 운동장에 대신 공 치고 뛰노는 웃음소리로 생기 가득합니다.

그간 형님, 영석이 다녀간 편에 대강 소식 듣고 있었습니다만 어머님 문안이 매우 적조하였습니다. 내내 강녕하시길 빕니다.

— 1981. 7. 21.

땅에 누운 새의 슬픔

형수님께

교도소의 아침 까치소리는 접견을 예고합니다.

기상나팔 소리와는 달리, 까치소리는 우리들의 곤한 심신에 상쾌한 탄력을 부여하여 우리를 스스로 눈뜨게 합니다. 까치를 일컬어 희조(喜鳥)라 한 옛사람들의 마음을 알겠습니다.

도시의 빌딩들에 쫓겨 머물 곳을 잃은 까치들은 이곳의 몇 그루 키 큰 갯버들에 둥지를 만들어, 마찬가지로 고향을 잃은 수인들과 벗하여 살아오고 있었습니다.

그러나 얼마 전에는 많은 수인들을 마음 아프게 한 일이 있었습니다. 한꺼번에 두 마리의 까치를 잃은 일이 그것입니다. 어미 까치가 새끼를 데리고 취사장 뒤 고압선에 나누어 앉아 부리로 먹이를 건네는 순간 그만 합선을 일으켜 요란한 굉음과 함께 땅에 떨어져 숨지고 말았습니다.

이날 아침, 우리는 정전으로 말미암아 마른 건빵으로 아침밥을 대신하면서 창공을 잃고 땅에 누운 새의 슬픔을 되씹고 있는데 스피커에서는 종종 합선사고를 내는 교도소의 까치를 없애달라는 한전 측의 무심한(?) 요구가 소내(所內) 방송으로 흘러나오고 있었습니다.

그러나 지금은 그때의 아프던 기억도 엷어지고 남은 까치, 새로운 까치들이 그전과 다름없이 새벽하늘을 가르며 잠든 우리를 흔들어 깨우고 있습니다.

이 가을에 형수님께도 큼직한 수확이 있기를 빕니다.

— 1981. 8. 14.

할아버님의 추억

아버님께

아버님께서 골라주신 서제(書題)들은 가까운 이웃처럼 친숙한 글들과 일견 평범한 듯하면서도 물처럼 소중한 글들이 많아 평소 아버님의 가르침인 듯합니다.

할아버님 묘표(墓表)는 아침 녘 조용한 때를 택하여 습자(習字)하고 있습니다. 이번 가을 동안에 쓰도록 하겠습니다.

학교도 들기 전의 어린 시절, 할아버님 앞에서 유지(油紙)를 펴고 붓글씨를 배우던 제가 이제 막상 할아버님의 비문을 쓰려고, 그것도 옥중에서 붓을 잡으니 할아버님의 추억과 함께 세월이 안겨주는 한아름의 감개가 가슴 뻐근히 사무칩니다.

말씀하신 『서도대전』(書道大典)은 그 내용을 보지 못해 무어라 말씀드릴 수 없습니다만 제가 가진 오체자휘(五體字彙)와 여러 서첩(書帖) 등으로 그리 불편을 느끼지 않고 있습니다.

바쁜 중에 형님 다녀갔습니다. 제 일로 인하여 너무 노심하는 일이 없으시길 바랍니다. 담담하고 유연한 자세는 어려움을 건너는 높은 지혜라 생각됩니다.

처서(處暑) 지낸 추량(秋凉)이 우리의 정신을 한층 명징케 해주는 계절입니다. 가을 동안에는 어머님께서도 기력이 더욱 실하여지시고 아버님께서도 연학(硏學)에 진경(進境)이 있으시길 빕니다.

— 1981.8.27.

청의삭발승(靑衣削髮僧)

형수님께

이곳은 태풍의 먼 자락이 가벼이 스쳤을 뿐인데도 사나흘 좋이 낙수가 끊이질 않고, 갯버들 큰 가지가 바람에 찢겨 밤새 머리칼로 비질을 하는 등 여간이 아니었습니다.

오늘 아침은 자욱한 안개가 빛바랜 옥사(獄舍)의 삭막한 풍경을 포근히 감싸서 부드럽기가 흡사 산수화의 원경(遠景) 같습니다.

옛날에 수염이 길고 지혜 또한 깊은 어느 노승이 이곳을 지나다가 짙게 서린 무기(霧氣)를 보고 이곳에는 훗날 큰 절이 서리라는 예언을 남기고 표연히 사라졌다고 합니다. 예언이란 엇비슷이 적중하는 데에 묘(妙)가 있는가 봅니다. 수천의 청의삭발승(靑衣削髮僧)(?)들이 고행 수도하는 교도소는 가히 큰 절이라 하겠습니다.

'잠 에너지'로 어제의 피곤을 가신 이곳의 우리들은 새벽의 청신한 공기를 양껏 들이마시며 기차처럼 어느새 지나가버릴 쾌청한 가을 날씨를 차마 아까워 어쩌지 못하고 있습니다.

가을에 저마다 자신을 간추려두는 까닭은 머지않아 겨울이 오기 때문이라 생각됩니다.

내일모레가 추석, 사과라도 나누며 친구들과 더불어 우리들의 가을을 이야기하겠습니다.

— 1981.9.10.

글씨 속에 들어 있는 인생

부모님께

9월 7일자 하서와 서체(書體) 자료, 시조초(時調抄) 모두 잘 받았습니다. 추석 지난 후에 한번 오시겠다고 하셔서 그간 답상서를 미루어왔었습니다.

보내주신 서체는 역시 명필다운 호연함이 있어 일견 진적(眞蹟)을 대한 듯 조심스러워집니다.

할아버님 비문 써놓았습니다. 다음 접견 때 가져가실 수 있으리라 믿습니다. 써놓은 비문을 며칠 후에 다시 펴보았더니 자획의 대소(大小), 태세(太細)가 고르지 못하고 결구(結構)도 허술하여 마치 등잔을 끄고 쓴 한석봉의 글씨 같아, 저도 어머님께 꾸중 듣는 듯한 마음입니다. 몇 군데 다시 써서 덧붙이기도 하고 조금씩 고치기도 하였습니다.

글씨도 그 속에 인생이 들어 있는지 갈수록 어려워집니다. 어떤 때는 글씨의 어려움을 알기 위해서 글씨를 쓰고 있다는 생각까지 듭니다.

중추(中秋)를 맞은 이곳의 저희들은 그동안 잊고 있던 하늘도 한 번씩 올려다보며, 가을걷이 뒤의 허수아비가 되지 않기 위하여 저마다 팔뚝 굵은 광부가 되어 이곳에 묻혀 있는 진실을 향하여 꾸준히 다가서고 있습니다.

어머님께서 꿈에 보이면 혹시 어디 편찮으시지나 않으신지 걱정됩니다. 노령에는 첫추위와 늦추위를 조심하여야 한답니다. 기체 안강하시기 바랍니다.

— 1981. 9. 29.

창백한 손

계수님께

읽을 책이 몇 권 밀리기도 하고 마침 가을이다 싶어 정신없이 책에 매달리다가, 이러는 것이 잘 보내는 가을이 못 됨을 깨닫습니다. 몸 가까이 있는 잡다한 현실을 그 내적 연관에 따라 올바로 이론화해내는 역량은 역시 책 속에서는 적은 분량밖에 얻을 수 없다고 해야 할 것 같습니다. 독서가 남의 사고를 반복하는 낭비일 뿐이라는 극언을 수긍할 수야 없지만, 대신 책과 책을 쓰는 모든 '창백한 손'들의 한계와 파당성(派黨性)은 수시로 상기되어야 한다고 믿습니다.

오늘이 중양절, 그러고 보니 강남 갈 의논으로 전깃줄에 모여 그리도 말이 많던 제비들 모두 떠나고 없습니다. 구름에 앉아 지친 날갯죽지를 쉴 수 있다면 너른 바다도 어렵잖았을 텐데, 무리에 끼어 앉았던 어린 제비 한 마리 생각납니다.

불사춘광 승사춘광(不似春光 勝似春光). 봄빛 아니로되 봄을 웃도는 아름다움이 곧 가을의 정취라 합니다. 그러나 등 뒤에 겨울을 데리고 있다 하여 가을을 반기지 못하는 이곳의 가난함이 부끄러울 뿐입니다.

한번 오겠다시던 아버님 소식 없어 혹시나 어머님 편찮으신가 이런저런 걱정입니다. 걱정은 흔히 그 부질없음에도 아랑곳없이 더욱 걱정됩니다.

보이지 않는 도시의 병해(病害)에 항상 유의하여 꼬마들 함께 가내 두루 평안하시길 바랍니다.

—1981. 10. 6.

밤을 빼앗긴 국화

형수님께

어제는 재소자들의 가을 운동회날이라 종일 운동장의 가마니 위에 앉아 있었습니다. 좁은 마당에 잘해야 난쟁이 곱사춤이라지만 새하얀 직선과 곡선으로 모양을 낸 운동장은 거기 얼룩져 있는 숱한 사람들의 고뇌를 말끔히 씻은 얼굴입니다. 닫힌 문 열고 나온 수인들의 달음박질은 가지각색의 팬티에도 불구하고 하나같이 저만큼 가버린 '가을'을 향한 집요한 추격 같습니다.

국화장(菊花場)의 비닐온실에 밤새 불을 켜놓기에 아마 계사(鷄舍)에 다는 전등불이나 한가지려니만 여겼더니 이것은 꽃을 재촉하는 것이 아니라 도리어 꽃을 누르기 위한 것임을 알았습니다. 국화는 장야성(長夜性) 식물이기 때문에 밤이 길어야 꽃이 피는 법인데 시장의 꽃값이 비쌀 때 내기 위하여 개화(開花)를 억제해둔다는 것입니다. 추분도 훨씬 지나 가을밤도 길어졌는데 전등불에 밤을 뺏겨 피지 못하던 꽃들이 며칠 전의 소등(消燈)으로 일제히 꽃 피어났는지 온실에는 꽃 한 송이 보이지 않고 썰렁한 늦가을 바람이 비닐자락을 부풀리고 있습니다.

아버님 다녀가신 편에 집안 소식 잘 들었습니다. 아무쪼록 건강하고 싱그러운 가을이 가내에 충만하길 빕니다. —1981.10.17.

생각의 껍질

아버님께

새벽에 눈뜨면 시간을 어림하기 위하여 먼저 창문을 올려다봅니다. 방에 불이 켜 있어 어둠의 깊이를 짐작하기가 쉽지 않습니다만 불빛을 받아 희미하게 드러난 쇠격자 사이로 짙은 먹빛 유리창에 미명(微明)의 푸른빛이 엷게 배어나기 시작하면 새벽이 멀지 않음을 알 수 있습니다.

가을날 새벽이 자라고 있는 창 밑에서 저희는 이따금 책장을 덮고 추상(秋霜)같이 엄정한 사색으로 자신을 다듬어가고자 합니다. 영위하는 일상사와 지닌 생각이 한결같지 못하면 자연 생각이 공허해지게 마련이며 공허한 생각은 또한 일을 당함에 소용에 닿지 못하여 한낱 사변일 뿐이라 믿습니다. 저희들이 스스로를 통찰함에 특히 통렬해야 함이 바로 이런 것인즉, 속빈 생각의 껍질을 흡사 무엇인 양 챙겨두고 있지나 않는가 하는 점입니다.

문자를 구하는 지혜가 올바른 것이 못 됨은, 학지어행(學止於行), 모든 배움은 행위 속에서 자기를 실현함으로써 비로소 산 것이 되기 때문입니다. 항시 당면의 과제에 맥락을 잇되, 오늘의 일감 속에다 온 생각을 가두어두지 않고 아울러 내일의 소임을 향하여 부단히 생각을 열어나가야 함이 또한 쉽지 않음을 알겠습니다.

내일 모레가 상강(霜降). 가을도 차츰 겨울이 되어가고 있습니다. 어머님, 아버님께서 기체안강(氣體安康)하시길 빕니다. 이곳의 저희들도 얼마 남지 않은 가을 동안에 겨울을 견딜 건강을 갈무리해두려고 준비하고 있습니다.

—1981.10.21.

교(巧)와 고(固)

아버님께

지난달 28일부 하서와 오당지(吳唐紙) 잘 받았습니다.

영석이 다녀간 편에 어머님, 아버님 평안을 들었습니다만 저는 또 저 때문에 겨울을 걱정하실 어머님 걱정입니다.

보내주신 종이는 여기 것보다 값도 눅고 결도 고운 것 같습니다. 추워지기 전에 써보고 싶은 글귀를 몇 가지 적어두었습니다만 갈수록 글씨가 어려워져 붓이 쉬이 잡혀지질 않습니다. 자기의 글씨에 대한 스스로의 부족감과, 더러는 이 부족감의 표현이겠습니다만, 글씨에 변화를 주려는 강한 충동 때문에 붓을 잡기가 두려워집니다. 무리하게 변화를 시도하면 자칫 교(巧)로 흘러 아류(亞流)가 되기 쉽고, 반대로 방만(放慢)한 반복은 자칫 고(固)가 되어 답보하기 쉽다고 생각됩니다.

교(巧)는 그 속에 인생이 담기지 않은 껍데기이며, 고(固)는 제가 저를 기준 삼는 아집에 불과한 것이고 보면 '윤집궐중'(允執厥中) 역시 그 중(中)을 잡음이 요체라 하겠습니다만, 서체란 어느덧 그 '사람'의 성정(性情)이나 사상의 일부를 이루는 것으로 결국은 그 '사람'과 함께 변화, 발전해감이 틀림없음을 알겠습니다.

"우차(牛車)가 나아가지 않으면 소를 때리겠느냐 바퀴를 때리겠느냐?"는 우문(愚問)이 때로는 우리를 깨우치는 귀중한 물음이 되듯이, 본말을 전도하고 선후를 그르치는 것은 거개가 졸속한 욕심에 연유하는 것이 아닌가 싶습니다.

겨울이라고 따로 준비할 것이 없습니다. 어머님께서 걱정하시거나 옷을 보내시지 않기 바랍니다.

— 1981. 11. 4.

낙엽을 떨구어 거름으로 묻고

형수님께

공장과 사동(舍棟)에 부착할 '동상 예방 주의사항'을 채 다 쓰기도 전에 추위가 찾아왔습니다. 가을 초입부터 겨울을 느끼며 사는 저희들에게는 조금도 놀라운 일이 못 됩니다. 조금은 귀찮은 일이긴 합니다.

갑년(甲年)이 지난 낡은 담벽 밖으로, 여름내 무성한 잎사귀를 자랑하던 가로수들은 엽락이분본(葉落而糞本), 발밑에 낙엽을 떨구어 거름으로 챙기며 내년의 성장을 약속하고 있습니다.

이 나목(裸木)들의 건너편에는 여름 보리 누름에, 가뭄과 혹서로 그토록 시달리던 언덕에 지금은 반달연, 가오리연을 날리는 아이들과 쥐불을 놓아 까맣게 언덕을 그을려먹는 꼬마들이 제철을 만난 듯 뛰놀고 있습니다.

낡은 담, 조락(凋落)한 나무들 뒤편에 이처럼 발랄한 어린이들의 약동이 보이는 풍경은 그대로 하나의 놀라운 교훈입니다.

11월 18일 수요일은 저의 무기수 생일연—시간이 긴 접견—이 있습니다. 지난번과 마찬가지로 음식 준비 없이 11시까지 오시면 됩니다. 아버님, 어머님께서 추위에 먼 걸음 하시지 말고 형님께서나 동생이 다녀가도록 해주시기 바랍니다. 우용이, 주용이도 그림속의 어린이처럼 겨울에 더욱 강한 어린이가 되길 바랍니다.

—1981.11.9.

발밑에 느껴지는 두꺼운 땅

계수님께

겨울 준비를 하느라고 비닐을 쳐서 바람창을 막고 작업장에 칸막이를 하는 등 서툰 목수일을 하다가 망치로 검지손가락을 때려 하는 수 없이 손톱 한 개를 뽑았습니다. 언젠가의 계수님의 여름처럼 불편한 한 주일이 될 것 같습니다.

손가락의 아픔보다는 서툰 망치질의 부끄러움이 더 크고, 서툰 솜씨의 부끄러움보다는 제법 일꾼이 된 듯한 흐뭇함이 더 큽니다.

더러 험한(?) 일을 하기도 하는 징역살이가 조금씩 새로운 나를 개발해줄 때 나는 발밑에 두꺼운 땅을 느끼듯 든든한 마음이 됩니다.

형님, 형수님 오셔서 이런저런 이야기 나누었습니다. 짧은 시간에 많은 이야기, 작은 가방에 많은 물건을 넣은 듯 두서 없긴 하지만 창문 하나 더 열어준 셈은 됩니다.

생남(生男)을 축하합니다. 낳을까 말까, 낳을까 말까 하다 태어난 놈이라 필시 대단한 녀석이 되리라 생각됩니다. — 1981. 11. 19.

창문과 문

형수님께

지난달 하순에 저희 서화반이 이사를 하였습니다. 5, 6년 동안 작업장으로 사용해왔던 강당 옆 계단으로부터 열세 평짜리 큰 방으로 옮겨왔습니다. 사글세를 살다가 전세를 얻어 든 폭은 됩니다.

방이 크기 때문에 윗목에 책상을 벌여놓아 작업을 하고 아랫목에서 먹고 자는 이른바 숙, 식, 작업의 전 생활이 한곳에서 이루어지게 되었습니다. 서화반의 식구도 일곱으로 늘고, 저녁잠만 자러 오는 악대부원 10여 명이 또 이 방의 동숙인입니다.

이것은 실로 이사 이상의 큰 변화입니다. 낯선 것, 서툰 것, 심지어 불편한 것까지 전체로서 신선한 분위기를 이루어 생활에 활력을 불어넣습니다.

이번 이사 때 가장 두고 오기 아까웠던 것은 '창문'이었습니다. 부드러운 능선과 오뉴월 보리밭 언덕이 내다보이는 창은 우리들의 메마른 시선을 적셔주는 맑은 샘이었습니다.

그러나 생각해보면 '창문'보다는 역시 '문'이 더 낫습니다. 창문이 고요한 관조의 세계라면 문은 힘찬 실천의 현장으로 열리는 것입니다. 그 앞에 조용히 서서 먼 곳에 착목(着目)하여 스스로의 생각을 여미는 창문이 귀중한 '명상의 양지(陽地)'임을 부인할 수는 없지만, 그것은 결연히 문을 열고 온몸이 나아가는 진보(進步) 그 자체와는 구별되지 않을 수 없습니다.

한 해 동안 베풀어주신 형수님의 수고에 감사드립니다. 새해의 발전과 건강을 기원합니다.

—1981년 세모에.

헤어져 산다는 것

계수님께

'편지'가 아무려면 '만남'에 비길 수 있겠습니까. 더구나 중동 그 먼 거리를 메우기에는 항공엽서가 너무나 약소한 것도 사실입니다.

그러나 나는 십수년의 참담한 징역을 그 작은 봉함엽서로 서로의 신뢰와 사랑을 키워온 어느 젊은 부부의 귀중한 승리를 알고 있습니다. 한동안 헤어져 산다는 것은, 그것이 어떤 종류의 인간관계이었든, 지금까지 자기가 처해 있던 자리를 객관적으로 바라볼 수 있는 훌륭한 계기를 마련해주는 것이라 생각합니다.

나는 계수님의 생활과, 그 생활 속에 스스로 어떠한 뜻을 심어가고 있는가에 대하여 전혀 무지합니다. 그러나 아이들과 남편을 자신의 세계로 삼는 것이 꼭 현모의 자리, 양처의 자리가 아니라는 점을 상기시키고 싶습니다. 그리하여 이번의 별리(別離)를 계수님의 보다 큰 성장을 위한 값진 계기로 만들어가기 바랍니다.

지난 11월 말에 서화반이 열세 평짜리 큰 방으로 이사 온 후로 십여 명의 악대부원들과 동숙하게 되면서 화제가 훨씬 젊어지고 다양해졌습니다. "통금이 해제되었대", "밤티 보기 좋을 것 같으지, 좋아하지 마", "학삐리들 머리하고 옷하고 지들 멋대로래", "잊어줘, 넌 청의삭발에다 순화교육이나 잘 받으라구", "롯데호텔이 아무리 높아야 너하고 무슨 상관이야", "쳐다보지 마, 모가지만 아프다구", 가방끈이 길어서 영양가 있는 화제, 후지고 곰삭은 화제, 너비가 19인치를 못 넘는 화제…….

유행가를 배우고, 통기타를 배우고, 일본어를 배우는 젊은이들,

빌딩 그늘에서 도시의 비리를 배우는 젊은이들…….

나는 이러한 젊은이들과 그 구사하는 언어에 있어서나 그 발상과 감각에 있어서 하등의 격의 없이 섞이고 이해할 수 있게 된 나 자신을 '발전'으로 받아들이고 있습니다. 이러한 젊은이들의 생각과 경험 속에 깊숙이 들어가는 것이 곧 나의 '사회학'이기도 합니다.

— 1982. 1. 12.

더 큰 아픔에 눈뜨고자

형수님께

하얗게 언 비닐창문이 희미하게 밝아오면, 방 안의 전등불과 바깥의 새벽빛이 서로 밝음을 다투는 짤막한 시간이 있습니다.

이때는 그럴 리 없음에도 불구하고 도리어 더 어두워지는 듯한 착각을 한동안 갖게 합니다. 칠야의 어둠이 평단(平旦)의 새 빛에 물러서는 이 짧은 시간에, 저는 별이 태양 앞에 빛을 잃고, 간밤의 어지럽던 꿈이 찬물 가득한 아침 세숫대야에 씻겨나듯이, 작은 고통들에 마음 아파하는 부끄러운 자신을 청산하고 더 큰 아픔에 눈뜨고자 생각에 잠겨봅니다.

큰 추위 없이 겨울을 나자니 막상 돈을 다 치르지 않은 것 같은 느낌이 남습니다. 어제는 보름이었습니다. 창살 격하여 보는 달은 멀기도 하여, 불질러 달을 맞던 마음도 식어서 달력 짚어볼 생각도 없었던가 봅니다.

— 1982.2.9.

눈록색의 작은 풀싹

계수님께

어느 목공의 귀재(鬼才)가 나무로 새를 깎아 하늘에 날렸는데 사흘이 지나도 내려오지 않았다는 이야기가 있습니다. 그러나 그 정교를 극한 솜씨가 우리의 생활에 보태는 도움에 있어서는 수레의 바퀴를 짜는 한 평범한 목수를 따르지 못함은 물론입니다. 글씨도 마찬가지여서 '일'(一) 자에서 강물소리가 들리고 '풍'(風) 자에 바람이 인다 한들, 그것이 무엇을 위한 소용인가를 먼저 묻지 않을 수 없습니다.

특히 서도는, 그 형식에 있어서는 민족적 전통에 비교적 충실한 반면 민중의 미적 감각과는 인연이 멀고, 그 내용에 있어서는 동도(東道)를 주체로 삼되 봉건적 한계를 벗지 못하고 있어 명암 반반의 실정임이 사실입니다. 더구나 글씨란 누구의 벽에 무슨 까닭으로 걸리느냐에 따라 그 뜻이 사뭇 달라지고 마는 강한 물신성(物神性)을 생각한다면 무엇을 어떻게 써야 할 것인가에 대하여 결코 무심할 수가 없을 것 같습니다.

일요일 오후, 담요 털러 나가서 양지바른 곳의 모래흙을 가만히 쓸어보았더니 그 속에 벌써 눈록색의 풀싹이 솟아오르고 있었습니다. 봄은 무거운 옷을 벗을 수 있어서 행복하다던 소시민의 감상이 어쩌다 작은 풀싹에 맞는 이야기가 되었나 봅니다.

—1982.2.17.

정향(靜香) 선생님

부모님께

2월 19일자, 3월 2일자로 부치신 하서와 『석봉천자』(石峰千字), 교무과로 보내신 『비문척촌도』(碑文尺寸圖), 그리고 『선현인영첩』(先賢印影帖) 모두 잘 받았습니다.

갈문(曷文)은 며칠 전에 끝마쳐서 교무과에 우송을 부탁드렸습니다. 곧 받으시리라 믿습니다. 한글은 몇 군데 고쳐 썼습니다. 해서(楷書)는 역시 정서(正書)라 할 만큼, 자획의 균제(均齊)가 쉽지 않음을 절감하였습니다.

벌써 3주째 매주 금요일에 서예 선생님이 오셔서 지도해주십니다. 지도해주시는 정향(靜香) 조병호(趙柄鎬) 선생님은 김완당(金阮堂)→김소당(金小堂)→현백당(玄白堂)→우하(又荷) 민형식(閔衡植)을 잇는 서도의 정통에 계신 분으로 위창(葦滄) 선생의 제자이기도 하신 분입니다.

제1회 선전(鮮展)과 흥아전(興亞展) 이후 줄곧 초야에 계시다가 작년 11월에, 아버님께서도 보신 적이 있으신지 모르겠습니다만, 서울 미도파 화랑에서 처음으로 개인전을 가지신 분입니다. 철저한 중봉(中鋒)과 현완현비(懸腕懸臂), 신운완운(身運腕運)의 엄정한 필법에서 새삼 깨닫는 바가 여간 크지 않습니다. 칠순의 고령에도 정정한 기력 하며, 꾸밈 없고 겸허한 인품이 글씨보다 돋보입니다. 앞으로 얼마 동안 지도해주실지 모르겠습니다만 서도의 진수(眞髓)에 접한 깨우침이 긴요한 것이고 보면 기일의 장단(長短)은 다음의 일이라 생각됩니다.

날씨 풀리면 어머님께서도 어디 힘들지 않는 나들이를 가끔 하시는 편이 좋지 않으시겠습니까. 오늘은 이만 각필합니다.

—1982.3.8.

어둠이 일깨우는 소리

계수님께

변전기가 고장이 나서 덕분(?)에 실로 오랜만에 불 꺼진 방에서 하룻밤을 지낼 수 있었습니다. 캄캄한 밤이 오히려 낯설어 늦도록 깨어 있으니 불 켜 있던 밤에는 미처 듣지 못하던 여러 가지의 소리가 들려옵니다. 멀리 누군가의 고향으로 달리는 긴 밤열차로부터 담 너머 언덕에서 뛰노는 동네 아이들 소리, 교도소의 수많은 쥐들을 전율케 하는 고양이의 앙칼진 울음소리, 가지를 흔들어 긴 겨울잠에서 뿌리를 깨우는 봄바람 소리, 그리고 상처받은 청춘을, 하루의 징역을 고달파하다 잠든 젊은 재소자들의 곤한 숨소리……. 어둠 속의 담뱃불처럼 또렷이 돋아납니다.

어둠은 새로운 소리를 깨닫게 할 뿐 아니라, 놀랍게도 나 자신의 모습을 분명히 보여주었습니다. 어둠은 나 자신이 지금 어디서 무엇을 하고 있는가를 캐어물으며 흡사 피사체를 좇는 탐조등처럼 나 자신을 선연히 드러내주었습니다. 교도소의 응달이 우리 시대의 진실을 새로운 각도에서 조명해주듯 하룻밤의 어둠이 내게 안겨준 경험은 찬물처럼 정신 번쩍 드는 교훈이었습니다.

새벽녘이 되자, 지금껏 방 안의 불빛과 싸우느라 더디게 더디게 오던 새벽이 성큼성큼 다가와 훨씬 이르게 창문을 밝혀주었습니다.

사람들은 누구나 어제 저녁에 덮고 잔 이불 속에서 오늘 아침을 맞이하는 법이지만 어제와 오늘의 중간에 '밤'이 존재한다는 사실은 큼직한 가능성, 하나의 희망을 마련해두는 것이나 마찬가지라 생각됩니다.

호지무화초 춘래불사춘(胡地無花草 春來不似春). 이백(李白)은 호지(胡地)에 꽃나무가 없어서 봄이 와도 봄답지 않다고 하였지만 이곳에서 느끼는 불사춘(不似春)은 봄을 불러 세울 풀 한 포기 서지 못하는 척박한 땅 때문은 아니라 생각됩니다.

우리와 우리 이웃들의 헝클어진 생활 속 깊숙이 찾아와서 다듬고 여미고 북돋우는 그런 봄이 아니면 '4월도 껍데기'일 뿐 진정한 봄은 못 되는 것입니다.

—1982.3.9.

담 넘어 날아든 나비 한 마리

계수님께

"아! 나비다."

창가에 서 있던 친구의 놀라움에 찬 발견에 얼른 일손 놓고 달려갔습니다. 반짝반짝 희디흰 한 송이 꽃이 되어 새 나비 한 마리가 춘삼월 훈풍 속을 날고 있었습니다.

한 마리의 연약한 나비가 봄 하늘에 날아오르기까지 겪었을 그 긴 '역사'에 대한 깨달음이 겨우내 잠자던 나의 가슴을 아프게 파고들었습니다. 작은 알이었던 시절부터 한 점의 공간을 우주로 삼고 소중히 생명을 간직해왔던 고독과 적막의 밤을 견디고……, 징그러운 번데기의 옷을 입고도 한시도 자신의 성장을 멈추지 않았던 각고의 시절을 이기고……, 이제 꽃잎처럼 나래를 열어 찬란히 솟아오른 나비는, 그것이 비록 연약한 한 마리의 미물에 지나지 않는다 할지라도, 적어도 내게는 우람한 승리의 화신으로 다가옵니다.

담 넘어 날아든 무심한 나비 한 마리가 펼쳐 보인 봄의 뜻은, 이곳에는 꽃나무가 없어 봄조차 가난하다던 푸념이 얼마나 부끄러운 것인가를 뉘우치게 합니다. 양춘포덕택 만물생광휘(陽春布德澤萬物生光輝). 그래서 봄은 사사로운 은택(恩澤)이 아니라 만물에 골고른 광휘(光輝)인가 봅니다.

요즈음은 F. 카프라의 현대물리학에 관한 책을 읽고 있습니다. 문학서적은 고전을, 과학서적은 최신판을 읽으라는 말을 상기시켜주는 좋은 책이라 생각됩니다. 양자론과 상대성이론이 보여주는 최근의 놀라운 성과에서 알 수 있듯이, 물질세계의 내포와 외연이 급격히 심화, 확대됨에 따른 당연한 결과로서의 '과학사상의 확장'은 실로 경이적인 것이라 하겠습니다.

물론 어느 시대에나 과학의 발전은 항상 경이의 연속임이 사실이지만 최근의 그것은 기존의 언어와 개념으로서는 도저히 담을 수 없는 것이라는 점에, 이른바 '사고의 근본적인 변혁'을 요구한다는 점에 그 경이성이 있다고 생각됩니다.

서양의 과학사상이 그 기계론적이고 분열된 세계관으로 인하여 한계를 보이자 이제는 동양의 지혜에서 그 철학의 근거를 찾는가 하면, 물리학에 인간의 의식, 즉 '마음'을 포함하기에 이르는 등 소위 '동양적 해방'의 길을 더듬고 있는 현대물리학의 방향은 우리가 스스로의 세계관을 개선해가는 데 극진한 의의를 갖는 것이라 느껴집니다.

사우디 소식 잘 듣고 계시리라 생각합니다. 내게는 사우디나 서울이나 멀기는 매한가지로 느껴집니다만 먼 거리를 가깝게 만드는 축지법이 없지 않으리라 믿습니다. —1982.4.9.

서도와 필재(筆才)

형수님께

대부분의 사람들은, 글씨란 타고나는 것이며 필재(筆才)가 없는 사람은 아무리 노력하여도 명필이 될 수 없다고 생각합니다. 그러나 저는 정반대의 생각을 가지고 있습니다.

필재가 있는 사람의 글씨는 대체로 그 재능에 의존하기 때문에 일견 빼어나긴 하되 재능이 도리어 함정이 되어 손끝의 교(巧)를 벗어나기 어려운 데 비하여, 필재가 없는 사람의 글씨는 손끝으로 쓰는 것이 아니라 온몸으로 쓰기 때문에 그 속에 혼신의 힘과 정성이 배어 있어서 '단련의 미'가 쟁쟁히 빛나게 됩니다.

만약 필재가 뛰어난 사람이 그 위에 혼신의 노력으로 꾸준히 쓴다면 이는 흡사 여의봉 휘두르는 손오공처럼 더할 나위 없겠지만 이런 경우는 관념적으로나 상정될 수 있을 뿐, 필재가 있는 사람은 역시 오리 새끼 물로 가듯이 손재주에 탐닉하게 마련이라 하겠습니다.

결국 서도는 그 성격상 토끼의 재능보다는 거북이의 끈기를 연마하는 것인지도 모릅니다. 더욱이 글씨의 훌륭함이란 글자의 자획에서 찾아지는 것이 아니라 묵 속에 갈아 넣은 정성의 양에 의하여 최종적으로 평가되는 것이기에 더욱 그러리라 생각됩니다.

사람의 아름다움도 이와 같아서 타고난 얼굴의 조형미보다는 그 사람의 지혜와 경험의 축적이 내밀한 인격이 되어 은은히 배어나는 아름다움이 더욱 높은 것임과 마찬가지입니다. 뿐만 아니라 인생을 보는 시각도 이와 다르지 않다고 믿습니다. 첩경과 행운에 연연해하지 않고, 역경에서 오히려 정직하며, 기존(旣存)과 권부

(權富)에 몸 낮추지 않고, 진리와 사랑에 허심탄회한……. 그리하여 스스로 선택한 '우직함'이야말로 인생의 무게를 육중하게 해주는 것이라 생각합니다.

벌써 4월도 중순, 빨래 잘 마르는 계절입니다. 지난번 어머님 접견 때 주용이 유치원 졸업식 이야기 듣던 생각이 납니다. 제가 밖에 있을 적에는 세상에 없던 녀석들이 성큼성큼 자라고 있는 이야기는 '유수 같은 세월'을 실감나게 합니다. —1982.4.13.

따순 등불로 켜지는 어머님의 사랑

어머님께

불탄일(佛誕日)을 맞아 이곳의 불교신도들이 강당에 달 것이라며 등을 만들어왔습니다. 저는 등에 글씨와 연꽃을 넣으면서 스산한 강당에 이곳의 수인들이 이 등과 함께 어떠한 축원을 매달 것인가를 상상하다가, 문득 올해도 절을 찾아 등을 다실 어머님을 생각합니다.

행역숙야무매 상신전재 유래무기

行役夙夜無寐　上愼旃哉　猶來無棄

"부디 몸조심하여 버림받지 말고 돌아오라"는 『시경』의 척호장(陟岵章)을 암송해봅니다. 상고(上古)의 어머니로부터 오늘의 어머니의 가슴에 이르기까지 면면히 이어져 내려오는 유구하고 가없는 자모(慈母)의 사랑이 엽서를 적고 있는 저의 가슴에도 따순 등불로 켜집니다.

돌과 돌이 부딪쳐 불꽃이 튀듯이 나〔我〕라는 생각은 '나'와 '처지'가 부딪쳤을 때 공중에 떠오르는 생각이요, 한 점 불티에 지나지 않는 것. 그 불꽃이 어찌 돌의 것이겠는가, 어찌 돌 속에 불이 들었다 하겠는가고 싯다르타는 가르칩니다.

'나'라는 것은 내가 무엇인가에 억눌려 무척 작아졌을 때 일어나는 불티 같은 순간의 생각이며 물에 이는 거품과 같은 것. 찰나이며 허공인 나를 버림으로써 대신 무한히 큰 나를 얻고, 더 큰 고통을 껴안음으로써 작은 아픔들을 벗는 진지(眞智)와 해탈은, 불꽃을 돌에 돌려주고 거품을 물에 돌려주고 빈비사라 왕의 마음을 백성들의 불행에 돌려주려는 싯다르타의 뜻과 한 뿌리의 열매입니다.

작은 고통들에 고달파하던 저와 마찬가지로, 아들을 옥 속에 넣고 가슴 저며하시던 어머님이 어느덧 아들과 함께 옥살이하는 아들의 친구들을 마음 아파하시고 이제는 우리 시대의 모든 불행한 사람들을 똑같이 마음 아파하시는 더 큰 사랑을 가지신 더 큰 어머님으로 성장하신 것입니다. 저는 이러한 어머님의 마음이 바로, 이승에 살기에는 너무나 자비로웠던 부처님의 마음이라고 믿습니다.

올 초파일 힘드신 산길을 오르시어 손수 다시는 등에는 부디 숱한 아들들의 이름이 함께 담겨지길 바랍니다.

아버님께서 보내주신 돈 잘 받았습니다. 계수님께도 따로 편지하겠습니다. 한석봉 천자문은 지금 가진 것으로 충분합니다. 아버님께서 더 복사해서 보내시지 않도록 해주시기 바랍니다. 화선지는 옥당지(玉唐紙)를 보내주시기 바랍니다. 오당지(吳唐紙)와 같은 값이면서도 질이 더 나은 것 같습니다.

내일이 초파일, 또 며칠 후면 어버이날입니다.

아버님 무리하시지 않도록 어머님께서 책이랑 다른 일들을 좀 막으시기 바랍니다.

— 1982. 4. 30.

감옥 속의 닭 '짜보'

계수님께

창문에서 크게 떼어서 아마 스무남은 걸음 될까. 양재공장 입구를 엇비슷이 비킨 자리에 '짜보'라는 인도네시아 원산(原産)의 자그마한 닭 한 쌍이 살고 있습니다. 새벽 4시쯤 되면 어김없이 울기 시작하여 이곳에 잠시 산촌의 아침을 만들어줍니다.

이 닭은 양재공장 사람들이 애지중지 기르고 있는 것입니다. 갇힌 사람들이 또 무엇을 가둔다는 것이 필시 마음 아픈 일일 터인데도, 역시 '키운다'는 기쁨은 그 아픔을 갚고도 남는가 봅니다.

나는 운동시간에 그 앞에 지나다 이따금 발걸음 멈추는 한낱 구경꾼에 불과하여 아픔이든 기쁨이든 마음에 담을 처지가 못 될 뿐 아니라 책 들고 새벽을 앉았다가 닭 울음에 더러는 글줄 좋이 빼앗기기도 하지만, 그럼에도 불구하고 내게는 훌륭한 새벽의 친구입니다.

토종 장닭의 길고 우렁찬 목소리에 비하면 아무래도 짧고 가늘어 인공(人工)이 가해진 듯한 그 생김생김과 더불어 불구(不俱)에서 받는 애처로움 같은 것을 자아내기도 합니다만, 이역(異域)의 좁은 닭장 속에서도 제 본분을 저버리지 않고 꾸준히 새벽을 외치는 충직함은 언제부터인가 나의 가슴 한쪽에 그를 위한 자리를 비워두고 기다리게 합니다.

버들은 보이지 않고 하얀 버들개지만 날아옵니다. 박토(薄土)에 내리기를 머뭇거리는지 오래오래 5월의 바람 속을 서성입니다. 5월은 어린이의 달, 어버이의 달입니다. 아이들을 낳고 기르고, 친정부모님, 시부모님, 모시는 어버이도 많고 보면 5월은 차라리 '여자의 달'이라 하겠습니다.

— 1982. 5. 7.

바다에서 파도를 만나듯

아버님께

5월 11일부 하서 진작 받고도 이제야 필을 들었습니다. 그간 어머님께서도 강녕하시고 가내 두루 평안하시리라 믿습니다. 이곳의 저희들도 몸 성히 잘 지내고 있습니다. 예년보다 일찍 찾아왔던 더위도 윤사월을 비켜 잠시 뒤물림을 했는지 조석으로 접하는 바람에는 상금도 초봄의 다사로움이 남아 있습니다.

"고요히 앉아 아무 일 않아도 봄은 오고 풀잎은 저절로 자란다"는 선승의 유유자적한 달관도 없지 않습니다만, 저만치 뜨거운 염천 아래 많은 사람들의 수고로운 일터를 두고도 창백한 손으로 한 갖되이 방 안에 앉아 있다는 것은 비록 그것이 징역의 소치라 하더라도 결국 거대한 소외임에는 틀림없습니다.

그러나 새의 울음소리가 그 이전의 정적 없이는 들리지 않는 것처럼 저는 이 범상히 넘길 수 없는 소외의 시절을, 오거서(五車書)의 지식이나, 이미 문제에서 화제의 차원으로 떨어진 철 늦은 경험들의 취집(聚集)에 머물지 않고, 이러한 것들을 싸안고 훌쩍 뛰어넘는 이른바 '전인적 체득'과 '양묵'(養默)에 마음 바치고 싶습니다.

팽이가 가장 꼿꼿이 선 때를 일컬어 졸고 있다고 하며, 시냇물이 담(潭)을 이루어 멎을 때 문득 소리가 사라지는 것과 마찬가지로, 이것은 선한 것을 향하여 부단히 마음을 열어두는 내성(內省)과 공감의 고요함인 동시에 자기 개조의 숨가쁜 쟁투(爭鬪)와 역동을 속 깊이 담고 있음이라 생각됩니다. 알프스에서 바람을, 성하(盛夏)에 신록을, 그리고 바다에서 이랑 높은 파도를 만난다는 것은 무엇 하나 거스르지 않는 합자연(合自然)의 순리라 믿습니다.

보내주신 화선지는 옥'당'지(玉唐紙)가 아니고 왕당지(王堂紙)였습니다. 마찬가지로 상급품이긴 하지만 옥당지보다 얇아서 편액을 쓰기에는 적당치 않은 것 같습니다. 다음 기회에는 옥당지를 보내주시기 바랍니다. —1982.5.25.

환동(還童)

아버님께

5월 24일부 및 5월 30일부 하서와 함께 서전록(書展錄), 옥당지, 평론집 모두 잘 받았습니다.

아버님의 자상하신 옥바라지에 비해 이렇다 할 진척이 없는 제 자신이 새삼 부끄러워집니다. 그러나 이 부끄러움이 때로는 다음의 정진을 위한 한 알의 작은 씨앗이 되기도 한다는 것으로 자위하려 합니다.

여의치 못한 환경에서 글씨 쓰는 저희들에 대한 연민의 정이 차마 발길을 끊지 못하게 하는지 정향 선생님께서는 신도안(新都安) 그 먼 길을 마다 않으시고 벌써 넉 달째 와주십니다.

정향 선생님의 행초서(行草書)를 보고 있노라면 과연 글씨가 무르익으면 어린아이의 서투른 글씨로 '환동'(還童)한다는 말이 실감납니다. 아무렇게나 쓴 것같이 서툴고 어수룩하여 처음 대하는 사람들을 잠시 당황케 합니다. 그러나 이윽고 바라보면 피갈회옥 장교어졸(被褐懷玉 藏巧於拙), 일견 어수룩한 듯하면서도 그 속에 범상치 않은 기교와 법도, 그리고 엄정한 중봉(中鋒)이 뼈대를 이루고 있음을 깨닫게 됩니다. 멋이나 미에 대한 통념을 시원하게 벗어버림으로써 얻을 수 있는 대범함이 거기 있습니다. 아무리 작게 쓴 글씨라도 큼직하게 느껴지는 넉넉함이라든가 조금도 태(態)를 부리지 않고 여하한 작의(作意)도 비치지 않는 담백한 풍은 쉬이 흉내 낼 수 없는 경지라 하겠습니다.

그것은 물이 차서 자연히 넘듯 더디게 더디게 이루어지는 천연(天然)함이며, 속이 무르익은 다음에야 겨우 뺨에 빛이 내비치는 실과(實果) 같아서 오랜 풍상을 겪은 이끼 낀 세월이나 만들어낼 수 있는 유원(幽遠)함인지도 모릅니다. 그것은 한마디로 글씨로써 배워서 될 일이 아니라, 사물과 인생에 대한 견해 자체가 담담하고 원숙한 관조의 경지에 이르러야 가능한 것이라 생각됩니다. 결국, 글씨의 문제가 아니라 인간의 문제이며 도(道)의 가지에 열리는 수확이 아니라, 도의 뿌리에 스미는 거름 같은 것이라 해야 할 것 같습니다.

아직은 모난 감정에 부대끼고 집념의 응어리를 삭이지 못하고 있는 저에게 정향 선생님의 어수룩한 행초서가 깨우쳐준 것은 분명 서도 그 자체를 훨씬 넘어서고 있는 것임에 틀림없습니다.

— 1982. 6. 5.

욕설의 리얼리즘

계수님께

교도소에 많은 것 중의 하나가 '욕설'입니다.

아침부터 밤까지 우리는 실로 흐드러진 욕설의 잔치 속에 살고 있는 셈입니다. 저도 징역 초기에는 욕설을 듣는 방법이 너무 고지식하여 단어 하나하나의 뜻을 곧이곧대로 상상하다가 어처구니없는 궁상(窮狀)에 빠져 헤어나지 못하기 일쑤였습니다만 지금은 그 방면에서도 어느덧 이력이 나서 한 알의 당의정(糖衣錠)을 삼키듯 '이순'(耳順)의 경지에 이르렀다 하겠습니다.

욕설은 어떤 비상한 감정이 인내력의 한계를 넘어 밖으로 돌출하는, 이를테면 불만이나 스트레스의 가장 싸고 '후진' 해소방법이라 느껴집니다. 그러나 사과가 먼저 있고 사과라는 말이 나중에 생기듯이 욕설로 표현될 만한 감정이나 대상이 먼저 있음이 사실입니다. 징역의 현장인 이곳이 곧 욕설의 산지(産地)이며 욕설의 시장인 까닭도 그런 데에 연유하는가 봅니다.

그러나 이곳에서 욕설은 이미 욕설이 아닙니다. 기쁨이나 반가움마저도 일단 욕설의 형식으로 표현되는 경우가 허다합니다. 이런 경우는 그 감정의 비상함이 역설적으로 강조되는 시적 효과를 얻게 되는데 이것은 반가운 인사를 욕설로 대신해오던 서민들의 전통에 오래전부터 있어온 것이기도 합니다. 저는 오래전부터 욕설이나 은어에 담겨 있는 뛰어난 언어감각에 탄복해오고 있습니다. 그 상황에 멋지게 들어맞는 비유나 풍자라든가, 극단적인 표현에 치우친 방만한 것이 아니라 약간 못 미치는 듯한 선에서 용케 억제됨으로써 오히려 예리하고 팽팽한 긴장감을 느끼게 하는 것

등은 그것 자체로서 하나의 훌륭한 작품입니다.

'사물'과, 여러 개의 사물이 연계됨으로써 이루어지는 '사건'과, 여러 개의 사건이 연계됨으로써 이루어지는 '사태' 등으로 상황을 카테고리로 구분한다면, 욕설은 대체로 높은 단계인 '사건' 또는 '사태'에 관한 개념화이며 이 개념의 예술적(?) 형상화 작업이라는 점에서 그것은 고도의 의식활동이라 할 수 있습니다.

저는 바로 이 점에 있어서, 대상에 대한 사실적 인식을 기초로 하면서 예리한 풍자와 골계(滑稽)의 구조를 갖는 욕설에서, 인텔리들의 추상적 언어유희와는 확연히 구별되는, 적나라한 리얼리즘을 발견합니다. 뿐만 아니라 욕설에 동원되는 화재(話材)와 비유로부터 시세(時世)와 인정, 풍물에 대한 뜸든 이해를 얻을 수 있다는 사실이 매우 귀중하게 여겨집니다.

그러나 버섯이 아무리 곱다 한들 화분에 떠서 기르지 않듯이 욕설이 그 속에 아무리 뛰어난 예능을 담고 있다 한들 그것은 기실 응달의 산물이며 불행의 언어가 아닐 수 없습니다. —1982.6.8.

황소

형수님께

얼마 전에 매우 크고 건장한 황소 한 마리가 수레에 잔뜩 짐을 싣고 이곳에 들어왔습니다. 이 '끝동네'의 사람들은 '조용필과 위대한 탄생'이 왔을 때와는 사뭇 다른 관심으로 공장 앞이나 창문에 붙어서 열심히 바라보았습니다.

더운 코를 불면서 부지런히 걸어오는 황소가 우리에게 맨 먼저 안겨준 감동은 한마디로 우람한 '역동'이었습니다. 꿈틀거리는 힘살과 묵중한 발걸음이 만드는 원시적 생명력은 분명 타이탄이나 8톤 덤프나 '위대한 탄생'에는 없는 '위대함'이었습니다. 야윈 마음에는 황소 한 마리의 활기를 보듬기에 버거워 가슴 벅찹니다.

그러나 황소가 일단 걸음을 멈추고 우뚝 서자 이제는 아까와는 전혀 다른 얼굴을 우리에게 보여줍니다. 그 우람한 역동 뒤의 어디메에 그런 엄청난 한(恨)이 숨어 있었던가. 물기 어린 눈빛, 굵어서 더욱 처연한 두 개의 뿔은, 먼저의 우렁차고 건강한 감동을 밀어내고 순식간에 가슴 밑바닥에서부터 잔잔한 슬픔의 앙금을 채워놓습니다.

황소가 싣고 온 것이 작업재료가 아니라 고향의 산천이었던가. 저마다의 표정에는 "고향 떠난 지도 참 오래지?" 하는 그리움의 표정이 역력하였습니다. 이 '끝동네'의 사람들은 대부분이 고향을 떠나 각박한 도시를 헤매던 방황의 역사를 간직한 사람들이기 때문에 황소를 보는 마음은 고향을 보는 마음이며, 동시에 자신의 스산한 과거를 돌이켜보는 마음이어서 황소가 떠나고 난 빈자리를 그저는 뜨지 못해하였습니다.

황소는 제가 싣고 온 짐보다 더 큰 것을 우리들의 가슴에 부려 놓고 갔음에 틀림없습니다.

편지 못 읽을 우용이, 주용이에게는 황소 그림을 보냅니다. 서울의 어린이들에게 황소란 달나라의 동물만큼이나 아득한 것이리라 생각됩니다.

어려운 여건 속에서 더욱 바쁘실 형님, 형수님 건강을 빕니다. 깊은 밤에는 별이, 더운 여름에는 바람을 거느린 소나기가 있다는 사실은 모든 사람들의 위안입니다. —1982.6.11.

역사란 살아 있는 대화

아버님께

만약 한강에 싱싱하고 정갈한 생수가 가득히 흐르고 있다면 한강변을 살고 계시는 어머님, 아버님께선 다만 그것을 바라보시는 것만으로도 이 가뭄을 훨씬 수월하게 지내실 수 있으시리라 생각됩니다.

15척의 커다란 화분에 담긴 형상인 교도소의 흙은 수많은 발밑에서 이제는 고운 고물이 되어 신발을 덮고, 이따금 바람을 타고 먼지가 되어 피어오릅니다. 메마른 땅, 찌는 더위 그리고 각박한 인정을 적셔줄 굵직한 빗줄기가 몹시 기다려지는 계절입니다.

이달 16일(금)에 무기수 생일연이 있을 예정입니다. 교무과에서 별도 통고가 있겠습니다만 이전과 달라 집에서 준비한 음식은 일체 허락되지 않으며 접견인도 3명으로 한정됩니다. 저는 어머님, 아버님께서 더위에 고생하시기보다는 형님이 틈내어 잠시 다녀갔으면 합니다. 언제나 그렇듯이 단지 시간이 좀 긴 접견으로 생각하고 있습니다.

더위 피하기 겸해서 『십팔사략』(十八史略)을 읽고 있습니다.

은원(恩怨)과 인정, 승패와 무상, 갈등과 곡직(曲直)이 파란만장한 춘추전국의 인간사를 읽고 있으면 어지러운 세상에 생강 씹으며 제자들을 가르치던 공자의 모습도 보이고, 천도(天道)가 과연 있는 것인가 하던 사마천(司馬遷)의 장탄식도 들려옵니다. 지난 옛 사실에서 넘칠 듯한 현재적 의미를 읽을 때에는 과연 역사란 과거와 현재, 그리고 미래의 살아 있는 대화이며 모든 역사는 현대사라는 말이 실감 납니다.

모래와 자갈로 이루어졌다는 잠실아파트의 여름이 어머님께 혹독한 것이 아닌지 걱정입니다. 보중(保重)하시기 바랍니다. 저도 가뭄과 더위 속에서도 항상 '정신의 서늘함'을 잃지 않도록 노력하겠습니다.

— 1982. 7. 5.

저마다의 진실

계수님께

각각 다른 골목을 살아서 각각 다른 경험을 가진 사람들이 한방에서 혼거(混居)하게 되면 대화는 흔히 심한 우김질로 나타납니다.

귀신이 있다 없다, 소방차가 사람을 치어도 죄가 안 된다 된다던 국민학교 때의 숙제를 닮은 것에서부터, 서울역 대합실 천장의 부조(浮彫)가 무궁화다, 사꾸라꽃이다라는 기상천외의 것에 이르기까지 그 제재(題材)의 다채로움과 그 목소리의 과열함은 스산한 감방에 사람 사는 듯한 활기를 불러일으킨다는 점에서 나는 이를 시끄럽다 여기지 않습니다. 뿐만 아니라 자기의 경험적 사실을 곧 보편적 진리로 믿는 완강한 고집에서 나는 오히려 그 정수(精髓)의 형태는 아니라 하더라도 신의와 주체성의 일면을 발견합니다.

섬사람에게 해는 바다에서 떠서 바다로 지며, 산골 사람에게 해는 산봉우리에서 떠서 산봉우리로 지며, 서울 사람에게 있어서 해는 빌딩에서 떠서 빌딩으로 지는 것입니다. 이것은 섬사람이 산골 사람을, 서울 사람이 섬사람을 설득할 수 없는 확고한 '사실'이 됩니다.

지구의 자전을 아는 사람은 이 우김질을 어리석다 깔볼 수도 있겠습니다만 그렇다면 바다나 산이나 그런 구체적인 경험의 현장이 아닌 다른 곳에서 뜨는 해를 볼 수 있는가? 물론 없습니다. 있다면 그곳은 머릿속일 뿐입니다. '우주는 참여하는 우주'이며 순수한 의미의 관찰, 즉 대상으로부터 완전히 독립된 가치중립적인 관찰이 존재할 수 없는 법입니다.

경험이 비록 일면적이고 주관적이라는 한계를 갖는 것이긴 하나, 아직도 가치중립이라는 '인텔리의 안경'을 채 벗어버리지 못하고 있는 나는, 경험을 인식의 기초로 삼고 있는 사람들의 공고한 신념이 부러우며, 경험이라는 대지에 튼튼히 발 딛고 있는 그 생각의 '확실함'을 배우고 싶습니다. 왜냐하면 추론적 지식과 직관적 예지가 사물의 진상을 드러내는 데 유용한 것이라면, 경험 고집은 주체적 실천의 가장 믿음직한 원동력이 되기 때문입니다. 몸소 겪었다는 사실이 안겨주는 확실함과 애착은 어떠한 경우에도 쉬이 포기할 수 없는 저마다의 '진실'이 되기 때문입니다.

요즘 같은 혹서와 가뭄은 동생이 가 있는 사우디의 기후를 실감케 합니다. 16일의 생일연 때 집안 소식 많이 들을 수 있으리라 기대됩니다.

일어나 앉은 두용이 우뚝우뚝, 녹슬지 않은 계수님 반짝반짝, 모두 반가운 소식입니다.

— 1982. 7. 13.

샘이 깊은 물

형수님께

우리 마을에는 올해같이 심한 가뭄에도 끄떡없는 깊은 우물이 있습니다. 지심(地心)을 꿰뚫고 흐르는 큰 물줄기와 만난 이 샘에는 언제나 싱싱하고 정갈한 생수가 보석처럼 번쩍이고 있습니다.

ᄉᆡ미 기픈 므른 ᄀᆞᄆᆞ래 아니 그츨ᄊᆡ
내히 이러 바ᄅᆞ래 가ᄂᆞ니

참새마저 휘어넘는 15척 옥담도 대지의 깊은 가슴에 안긴 이 물줄기는 끊지 못하여, 물쓰듯 물을 쓰지는 못하지만, 내〔川〕가 되어 바다로 들지는 못하지만, 같은 울 속에 사는 '한울님'들의 더위를 가셔주고 메마른 가슴에 묻힌 사랑과 지혜와 힘을 깨우며, 때로는 고요한 명경이 되어 잊었던 하늘을, 구름을, 그리고 우리의 얼굴을 찾아줍니다.

16일에 형님 오셔서 집안 소식 잘 들었습니다. 우용이, 주용이 방학을 맞아 맘껏 놀겠습니다. 이곳에도 순화교육이 한 달 쉬게 되어 운동장에는 한결 부드러운 소리 가득합니다.

여름 동안에 겨울을 이길 건강을 만들어두겠습니다. —1982.7.21.

그 흙에 새 솔이 나서

형수님께

몇 장의 깨끗하게 쓰지 못한 공책장을 찢어내면, 그만큼의 새 공책장도 따라 떨어져나갑니다.

결벽증이 심하고, 많은 것을 원하던 학생 시절에는 노트의 첫 장이 조금이라도 더럽혀지면 이내 뜯어내고 새로 시작하기 일쑤였습니다. 그러나 지금은 어지간히 세월도 흐르고 세상의 너른 속을 조금은 겪어서 그런지, 새 공책장이 떨어져나갈까봐, 또는 애써 쓴 몇 장의 공책장이 아까워서도 차마 더럽혀진 노트를 선뜻 뜯어내지 못하고 웬만하면 그냥 두는 쪽을 택하게끔 되었습니다. 그뿐 아니라 깨끗이 쓰지 못한 공책장이라 하더라도 그 속에 담긴 그 나름의 수고에 오히려 애착이 가고 연분마저 느끼게 되어 이제는 결백하나 얄팍한 노트보다는 다소 지저분하더라도 두툼한 노트를 갖고 싶은 마음입니다.

한 송이의 작은 봄꽃을 위하여 냉혹한 겨울의 중량을 인동(忍冬)하는 풀싹이나, 단 한 사람의 신뢰를 위하여 '험한 세상의 다리'가 되는 우정의 이야기는 우리들로 하여금 개인으로서의 자기를 뛰어넘게 하는 귀중한 깨달음을 갖게 합니다.

열다섯 해는 아무리 큰 상처라도 아물기에 충분한 세월입니다. 그러나 그 긴 세월 동안을 시종 자신의 상처 하나 다스리기에 급급하였다면, 그것은 과거 쪽에 너무 많은 것을 할애함으로써 야기된 거대한 상실임이 분명합니다. 세월은 다만 물처럼 애증을 묽게 함에만 그치는 것이 아니라 옛 동산의 '그 흙에 새 솔이 나서 키를 재려 하는 것' 또한 세월의 소이(所以)입니다.

오늘은 올 들어 제일 더운 날씨입니다. 가내 평안을 빕니다.

— 1982.8.9.

우김질

계수님께

지난번에는 교도소의 '우김질'에 대한 이야기를 썼습니다만, 그 우김질도 찬찬히 관찰해보면 자기주장을 우기는 방법도 각인각색인데, 대개 다음의 대여섯 범주로 구분할 수 있습니다. 첫째는, 무작정 큰소리 하나로 자기주장을 관철하려는 방법입니다. 목에 핏대를 세우는 고함 때문에 다른 사람의 반론이 묻혀버리는 이른바 '입만 있고 귀는 없는' 우격다짐입니다.

둘째는, 그 주장에 날카로운 신경질이 가득 담겨 있어서 자칫 싸움이 될까봐 말상대를 꺼리기 때문에 제대로의 시비나 쟁점에의 접근이 기피됨으로써 일견 부전승(不戰勝)의 외형을 띠는 경우입니다.

셋째는, 최고급의 형용사, 푸짐한 양사(量詞), 과장과 다변(多辯)으로 자기주장의 거죽을 화려하게 치장하는 방법인데, 이것은 가히 물량시대(物量時代)와 상업광고의 아류라 할 만합니다.

넷째는, 누구누구가 그렇게 말했다는 둥, 무슨 책에 그렇게 씌어 있다는 둥……, 자체의 조리나 이론적 귀결로써 자기주장을 입증하려 하지 않고 유명인, 특히 외국의 것에 편승, 기술제휴(?)함으로써 '촌놈 겁주려는' 매판적 방법입니다.

다섯째는, $a_1+a_2+a_3+\cdots\cdots+a_n$ 등으로 자기주장에 +가 되는 요인을 병렬적으로 나열하는 '$+\alpha$'의 방법입니다. 결국 −요인에 대한 +요인의 우세로써 자기주장의 정당성을 입증하는 방법인데 이는 소위 '헤겔'의 '실재적 가능성'으로서 필연성의 일종이긴 하나 필연성 그 자체와는 구별되는 것으로 자연과학에 흔히 나타나는 기계적 사고의 전형입니다.

여섯째는, (자기의 주장을 편의상 '그것'이라고 한다면) 우선 '그것'과의 반대물을 대비하고, 전체 속에서의 '그것'의 위치를 밝힘으로써 그것의 객관적 의의를 규정하며, 과거·현재·미래에 걸친 시계열상(時係列上)의 변화·발전의 형태를 제시하는 등의 방법인데 이것은 한마디로 다른 것들과의 관계와 상호연관 속에서 '그것'을 동태적으로 규정하는 방법입니다.

이들 가운데서 여섯 번째의 방법이 가장 지성적인 것임은 물론입니다. 그러나 저는 이 여섯 번째의 방법이 난삽한 논리와 경직된 개념으로 표현되지 않고 생활 주변의 일상적인 사례와 서민적인 언어로 나타나는 소위 예술적 형상화가 이루어진 상태를 가히 최고의 형태로 치고 싶습니다.

그러나 더욱 중요한 것은 상대방이 자신의 오류를 스스로 깨닫도록 은밀히 도와주고 끈기 있게 기다려주는 유연함과 후덕함을 갖추는 일입니다. 이런 경우는 주장과 주장의 대립이 논쟁의 형식으로 행하여지는 것이 아니라 잘 아는 친구가 서로 만나서 친구 따라 함께 강남 가듯, 춘풍대아(春風大雅)한 감화의 형태로 나타납니다.

군자성인지미(君子成人之美), 군자는 타인의 아름다움을 이루어주며, 상선약수(上善若水), 최고의 선(善)은 순조롭기가 흡사 물과 같다는 까닭도 아마 이를 두고 하는 말이 아닌지 모를 일입니다.

— 1982.8.11.

아버님의 연학(硏學)

부모님께

근년에 없던 혹서 때문에 어머님께서도 올여름이 무척 어려우셨으리라 짐작됩니다.

엊그제부터는 연일 비가 내리고 바람도 시원하여 더위에 지친 이 '끝동네 사람들'도 태풍의 여덕(?)으로 한숨 돌릴 수 있었습니다.

이번 비가 지나고 더위도 한풀 꺾이고 나면 겨울이 오기 전까지의 짧은 가을이, 여름 동안 부대끼고 지친, 우리의 땀투성이가 된 정신을, 그 청량한 가을 하늘처럼 정갈하게 씻어줄 것입니다.

삼복 더위 속에서 책을 출간하시느라고 아버님께서 혹시나 건강에 무리하지 않으시는지 걱정됩니다. 임진년 항일의 역사가 일제시대와 해방 전후, 그리고 오늘의 현대사에 어떠한 투영과 각인을 남기고 있는가 하는, 이른바 모든 역사 연구의 결론, 즉 '현재적 의의'를 어떠한 맥락에서 마무리하셨는지에 대하여 궁금함이 없지 않습니다만, 오랫동안 자료를 수집하시고 정리해오신 아버님의 한결같으신 연학(硏學)이 한 권의 책으로 영글어 가을의 열매로 결실된다는 것은 옥중에서 초고(草稿) 한번 읽지 못한 제게도 여간한 기쁨이 아닙니다.

오늘이 말복입니다. 잔서(殘暑)에 유의하셔서 어머님, 아버님 내내 건강하시길 빕니다.

— 1982. 8. 15.

비슷한 얼굴

계수님께

여러 사람이 맨살 부대끼며 오래 살다보면 어느덧 비슷한 말투, 비슷한 욕심, 비슷한 얼굴을 가지게 됩니다.

서로 바라보면 거울 대한 듯 비슷비슷합니다. 자기가 다른 사람과 비슷하다는 사실, 여럿 중의 평범한 하나에 불과하다는 사실은 대부분의 사람들이 못마땅하게 여깁니다. 기성품처럼 개성이 없고 값어치가 훨씬 떨어지는 것으로 받아들입니다. '개인의 세기(世紀)'에 살고 있는 우리들의 당연한 사고입니다.

그러면 다른 사람과 조금도 닮지 않은 개인이나 탁월한 천재가 과연 있는가. 물론 없습니다. 있다면 그것은 외형만 그럴 뿐입니다. 다른 사람과 아무런 내왕이 없는 '순수한 개인'이란 무인도의 로빈슨 크루소처럼 소설 속에나 있는 것이며, 천재란 그것이 어느 개인이나 순간의 독창이 아니라 오랜 중지(衆智)의 집성이며 협동의 결정임을 우리는 알고 있습니다.

우리들이 잊고 있는 것은 아무리 담장을 높이더라도 사람들은 결국 서로가 서로의 일부가 되어 함께 햇빛을 나누며, 함께 비를 맞으며 '함께' 살아가고 있다는 사실입니다.

화폐가 중간에 들면, 쌀이 남고 소금이 부족한 사람과, 소금이 남고 쌀이 부족한 사람이 서로 만나지 않더라도 교환이 이루어집니다. 천 갈래 만 갈래 분업과 거대한 조직, 그리고 거기서 생겨나는 물신성(物神性)은 사람들의 만남을 멀리 떼어놓기 때문에 '함께' 살아간다는 뜻을 깨닫기 어렵게 합니다.

같은 이해(利害), 같은 운명으로 연대된 '한배 탄 마음'은 '나무도 보고 숲도 보는' 지혜이며, 한 포기 미나리아재비나 보잘것없는 개똥벌레 한 마리도 그냥 지나치지 않는 '열린 사랑'입니다. 한 그루의 나무가 되라고 한다면 나는 산봉우리의 낙락장송보다 수많은 나무들이 합창하는 숲속에 서고 싶습니다. 한 알의 물방울이 되라고 한다면 저는 단연 바다를 선택하고 싶습니다. 그리하여 가장 많은 사람들이 모여 사는 나지막한 동네에서 비슷한 말투, 비슷한 욕심, 비슷한 얼굴을 가지고 싶습니다.

—1982.10.9.

감옥은 교실

형수님께

여러 형제들 틈에서 부대끼며 자라면 일찍이 사회관계를 깨닫게 되고 조부모 슬하에서 옛것을 보고 들으면서 자라면 은연중에 역사의식을 갖게 된다고 합니다.

삼 형제 이름 다 부른 다음에야 간신히 제 이름을 찾아 부르시던 할머님이나, 유지(油紙)를 펴고 그 앞에 꿇어앉아 붓글씨를 익히던 사랑채의 할아버지, 그리고 형과 다투면 형한테 대든다고 나무라시고 동생과 다투면 동생 하나 거두지 못한다고 또 야단치시던 어머님의 꾸지람도 지금 생각하면 그러한 의식의 맹아(萌芽)를 키워준 귀중한 자양(滋養)이었음을 깨닫습니다. 그리고 학교에서 읽고 배운 활자형태의 지식도 우리의 의식에 상당한 성장의 폭을 부여한 것 또한 사실이라고 생각됩니다.

그러나 이러한 어린 시절이나 책갈피 속에서 얻은 왜소하고 공소(空疏)한 그릇에 구체적이고 현실적인 내용물을 채워주는 것은 역시 생활의 현장에서 직면하는 각종의 체험이라고 할 수 있습니다. 바로 이 점에서 징역살이는 그것의 가장 적나라한 전형이라고 생각합니다.

육순 노인에서 스물두어 살 젊은이에 이르는 스무남은 명의 식구(?)가 한방에서 숨길 것도 내세울 것도 없이 바짝 몸 비비며 살아가는 징역살이는 사회·역사 의식을 배우는 훌륭한 교실이라고 할 수 있습니다. 일체의 도덕적 분식(粉飾)이나 의례적인 옷을 훨훨 벗어버리고 벌거숭이의 이(利)·해(害)·호(好)·오(惡)가 알몸 그대로 표출됩니다. 알몸은 가장 정직한 모습이며, 정직한 모습은 공부하기에 가장 쉽습니다.

다시 보내주신 돈, 그리고 따뜻한 스웨터 다 잘 받았습니다.

10월 하순, 가을도 이미 깊어 여기저기서 잎을 떨구는 나무는 어디론가 떠나려는 사람 같습니다. 잎이 떨어지고 난 가지에 나타난 빛나는 열매가 여름 동안의 역사(役事)를 증거하고 있습니다.

오늘 아버님의 하서와 책 받았습니다. 불원(不遠) 대전에 오시면 출간에 관한 말씀 듣게 되리라 기대합니다. ― 1982.10.23.

아버님의 저서 『사명당실기』를 읽고

아버님께

10월 21일부 하서와 책 잘 받았습니다. 아직 완독하지 못하였습니다만 한 자 한 자에 배어 있는 아버님의 생각과 수택(手澤)을 읽어가노라면 어느덧 아버님과 한 이불 속에 누운 듯 아버님을 무척 가까이 느끼게 됩니다.

옛것을 온(溫)하고 그 위에 다시 새것을 더한 아버님의 문체는 그 내용과 혼연(混然)한 덩어리를 이루어 쉽고 여실(如實)한 이해를 돕기까지 합니다. 인쇄에 넘기기 전에 제가 한번 원고를 읽었으면 더러 고칠 곳도 있으려니 하였던 생각이 무척 외람된 것이었음을 깨닫게 됩니다.

주관적 견해가 억제되고 사료 중심의 객관적 시각이 시종 견지되고 있습니다. 처음에는 필자의 주장이나 견해가 지나치게 배제됨으로써 장절(章節)의 결어(結語) 부분이 다소 산일(散逸)한 느낌을 받았습니다만, 사실(史實)의 선택적 제시로써 그것을 대신하는 완곡한 배려는 훨씬 설득력 있는 주장임을 알겠습니다.

시대순에 따른 종적 접근을 '경'(經)으로 삼고, 사상, 인간, 시문, 교우 등 광범한 횡적 분석을 '위'(緯)로 삼아 엮어나가는 전개 구조는 한 개인의 연구를 통하여 그 시대와 사회를 투영하는 매우 효과적인 구상이라 생각됩니다. 임진란의 상고(詳考)에 특별한 역점을 두심으로써 일제 식민사관의 잔재를 청산하지 못하고 있는 오늘의 현실을 강하게 조명하고자 하신 아버님의 의도적 노력은, 대개의 역사연구가 빠지기 쉬운 현실도피—과거 속으로의 도피—를 튼튼히 막아주고 있습니다.

수집·정리하신 방대한 자료와 주석은 저의 이해가 미치지 못하는 전문적인 것이어서 무어라 말씀드릴 수 없습니다. 다만 자료의 평가에 있어서 아버님께서 지적하신 바와 같이 문자로서 남은 기록의 한계와 기록의 담당 계층 여하에 따른 자료의 자의성(恣意性)은 특히 주목되어야 하리라 생각됩니다.

수많은 시구의 번역에서는 물론이며, "달아나는 적을 쫓아 남으로 남으로", "어려운 일이 있으면 불러야 하는 사명대사" 등의 쉽게 풀어 쓴 절목문(節目文)에서도 아버님의 풍부한 시정(詩情)이 은근히 숨어 있음을 느낄 수 있습니다.

책 읽다 말고 문득문득 책의 무게를 가늠해보며 아버님의 수고를 상상해봅니다. 부단히 발전하고 계시는 아버님의 삶의 자세는 걸핏 징역을 핑계 삼는 저희들의 게으름을 엄하게 꾸짖습니다.

책표지에 눈길이 가면 거기 금박(金箔)을 입고 올라 있는 저의 글씨가 아무 공로 없이 그 자리에 앉은 자의 송구스러움 같은 것을 안겨줍니다.

끝으로 저는 아버님의 저서 어딘가에 스며 있을 어머님의 내조에 대해서도 말씀드리고 싶습니다. 책에 몰두하신 아버님의 곁에서 혼자 두량(斗量)하셔야 했던 그 긴 고독에 대해서도 위로를 드리고 싶습니다.

— 1982. 10. 28.

뜨락에 달을 밟고 서서

계수님께

지난달 25일 서화반 열 식구는 정향(靜香) 선생님 댁을 방문하였습니다. 대덕군 진잠면 남선리. 버스로 40분, 걸어서 다시 20분, 칠십 노인이신 선생님께서 매주 이 길을 거슬러 우리를 가르치러 오시기에는 매우 먼 길이다 싶었습니다.

우리는 코스모스가 줄지어 선 시골 국민학교 앞에 버스를 맡겨 놓고, 왼쪽 오른쪽에 번갈아 산자락을 끼고 천천히 걸었습니다. 추양(秋陽)을 받은 단풍잎은 최후의 꽃인 양 가지 끝에서 빛나기도 하고 더러는 소임을 마치고 땅에 떨어져 뿌리를 덮어주고 있었습니다. 타작마당을 지나고, 마중 내려오는 시냇물을 옆으로 흘려보내며, 가득히 홍시를 달고 커다란 꽃나무로 서 있는 감나무 샛길을 돌아 나오자 이태조가 도읍하려던 계룡산 밑 신도(新都) 안이 건너다보이는 언덕바지에 부여의 고가(古家)를 옮겨다 지은 서른 칸 기와집이 처마에 은은한 풍경소리를 가을바람에 뿌리고 있었습니다.

궁항격심철 파회고인거(窮巷隔深轍 頗回故人車). 산촌에 살아 벗들이 수레를 돌려 그냥 가더라던 도연명의 고향을 보는 듯하였습니다. 분주와 소음이 사람들을 마구 달음박질케 하는 도시의 고속과는 판이한 슬로비디오의 세계가 거기 한가롭게 펼쳐져 있었습니다.

선생님의 서재에는 몇 대를 물려온 서책(書冊), 지필묵연(紙筆墨硯), 골동(骨董), 편액(扁額), 족자(簇子) 들이 제가끔의 자리에서 유원(幽遠)한 세월의 풍상을 간직하고 있었습니다.

소장하신 명필들의 진적(眞蹟)과 고서화(古書畵), 서권(書卷)

들을 일일이 펼쳐서 일러주시는 동안 우리는 잠시 100년 전을 방문한 듯한 착각에 빠지기도 하였습니다.

점심상에는 칠순의 할머님이 지켜오신 우리 고유의 음식들이 메말라붙은 우리의 미각을 깨워주고 있었습니다. 산채, 고추전, 청국장, 도토리묵……. 어느 것 하나 시장의 흔적을 찾아볼 수 없음은 물론 상품 특유의 반지빠른 겉모양 대신 정갈하고 따뜻한 인정이 그릇마다 소복소복하였습니다.

사재(私財)를 들여 건립한 단군숭전(檀君崇殿)과 우뚝한 석비(石碑)는, 담뱃대로 가리키시는 좌청룡 우백호의 산천 정기가 아니더라도 우리 것을 간수하려는 고독한 집념이 자못 엄숙한 분위기를 만들고 있었습니다.

짧은 시간에 기웃거려 본 것이기는 하나 정향 선생님의 주변에서 가장 먼저 보게 되는 것은 '생활 전반'에서 고수되고 있는 완강한 전통의 자취입니다. 이것은 단순히 복고의 취향을 넘어선 것으로 풍진(風塵) 세상에 홀로 잠 못 이루어 뜨락에 달을 밟고 서 있는 지사(志士)의 불면(不眠)을 연상케 하는 것입니다. 전통의 고수가 흔히 완매(頑昧)한 보수가 되거나 파시즘의 장식물이 되던 사례(史例)도 적지 않았습니다만, 가장 보수적인 것이 가장 전위적(前衛的)인 역할을 담당하는 시절도 있을 뿐 아니라 농촌이 우리 시대에 갖는 의미도 그 지역적 특성에서 찾을 것이 아니라 우리의 전통이 가장 적게 무너진 곳이며 서풍에 맞바람 칠 동풍의 뿌리가 박혀 있는 곳이라는 데서 찾아야 된다는 사실도 귀중한 교훈으로 간직되어야 하리라 믿습니다.

어머님, 아버님 오셔서 여러 가지 이야기 들려주셨습니다. 아버님 생신 때 모인 가족들 이야기며 작은며느리 음식 장만이며 두용이 노는 양이며 가지가지였습니다. 어느새 11월도 중순, 짧은 가을에 긴 겨울, 우리는 바깥 사람들보다 일찍이 겨울을 채비하여야 합니다. 아버님께서 교무과로 우송하신 『사명당실기』도 잘 받았습니다.

— 1982. 11. 9.

가을의 사색

형수님께

해마다 가을이 되면 우리들은 추수라도 하듯이 한 해 동안 키워온 생각들을 거두어봅니다. 금년 가을도 여느 해나 다름없이 손에 잡히는 것이 없습니다. 공허한 마음은 뼈만 데리고 돌아온 '바다의 노인' 같습니다. 봄, 여름, 가을, 언제 한번 온몸으로 떠맡은 일 없이 그저 앉아서 생각만 달리는 일이 부질없기가 얼음 쪼아 구슬 만드는 격입니다. 그나마 내 쪽에서 벼리를 잡고 엮어간 일관된 사색이 아니라 그때그때 부딪쳐오는 잡념잡사(雜念雜事)의 범위를 넘지 못하는 연습 같은 것들이고 보면 빈약한 추수가 당연할 수밖에 없습니다. 그 위에 정직한 최선을 다하지 못한 후회까지 더한다면 이제 문 닫고 앉아 봄을 기다려야 할 겨울이 더 길고 추운 계절로만 여겨집니다.

그러나 우리는 숱한 가을을 보내고 맞는 동안 가을에 갖는 우리의 회한이 결코 회한으로만 끝나지 않음을 압니다. 풍요보다는 궁핍이, 기쁨보다는 아픔이 우리를 삶의 진상(眞相)에 맞세워주는 법이며, 삶의 진상은 다시 위대한 대립물이 되어 우리 자신을 냉정하게 바라보도록 합니다. 자기 자신에 대한 냉정한 인식은 일견 비정한 듯하나, 빈약한 추수에도 아랑곳없이 스스로를 간추려보게 하는 용기의 원천이기도 합니다.

가을에 흔히 사람들은 낙엽을 긁어모아 불사르고 그 재를 뿌리짬에 묻어줍니다. 이것은 새로운 나무의 식목이 아니라 이미 있는 나무를 북돋우는 시비(施肥)입니다. 가을의 사색도 이와 같아서 그것은 새로운 것을 획득하려는 욕심이 아니라 이미 알고 있는 것들을 다짐하고 챙기는 '약속의 이행'입니다.

이 평범한 일상의 약속들이 다짐되고 이행된 다음, 나중에야 비로소 욕심이 충족되더라도 되는 것이 응당한 순서이리라 생각됩니다. 가을에 갖는 우리들의 공허한 마음이란 기실 조급한 욕심이 만들어놓은 엉뚱한 것이라 해야 하겠습니다.

혹시나 잊고 있는 약속들을 찾아서 거두는 조용한 추수의 사려 깊음은 시내에 놓인 징검돌이 되어 이곳의 우리들로 하여금 섣달 냇물같이 차가운 징역을 건네줍니다.

엄마의 자리, 아내의 자리, 며느리의 자리, 형수의 자리……. 숱한 자리마다 올가을에 큼직큼직한 수확 있으시기 바랍니다.

— 1982. 11. 18.

兄嫂님 전상서

해마다 가을이 되면 우리들은 秋收라도 하듯이 한해 동안 키워온 생각들을 거두어봅니다. 금년가을도 여느해나 다름없이 손에 잡히는 것이 없습니다. 공허한 마음은 뼈만데리고 돌아온 「바다의 노인」같습니다. 봄 여름 가을 언제 한번 온몸으로 떠맡은 일 없이 그저 앉아서 생각만 달리는 일이 부질없기가 얼음쪼아 구슬만드는 격입니다. 그나마 내쪽에서 벼리를 잡고 엮어간 일관된 思索이 아니라 그때 그때 부딪쳐오는 雜念雜事의 범위를 넘지못하는 연습같은 것들이고 보면 빈약한 추수가 당연할수밖에 없습니다. 그위에 정직한 最善을 다하지못한 후회까지 더한다면 이제 문닫고 앉아 봄을 기다려야 할 겨울이 더 길고 추운 계절로만 여겨집니다.

× ×

그러나 우리는 숱한 가을을 보내고 맞는 동안 가을에 갖는 우리의 悔恨이 결코 회한으로만 끝나지 않음을 압니다. 풍요보다는 궁핍이, 기쁨보다는 아픔이 우리를 삶의 眞相에 맞세워 주는 법이며, 삶의 진상은 다시 위대한 對立物이 되어 우리자신을 냉정하게 바라보도록 합니다. 자기자신에 대한 냉정한 인식은, 一見 非情한듯 하나, 빈약한 추수에도 아랑곳없이 스스로를 간추려보게하는 용기의 원천이기도 합니다.

× ×

가을에 흔히 사람들은 落葉을 긁어모아 불사르고 그 재를 뿌리짬에 묻어줍니다. 이것은 새로운 나무의 植木이 아니라 이미 있는 나무를 북돋우는 施肥입니다. 가을의 思索도 이와 같아서 그것은 새로운 것을 획득하려는 欲心이 아니라 이미 알고 있는 것들을 다짐하고 챙기는 「約束의 이행」입니다. 이 平凡한 日常의 약속들이 다짐되고 이행된 다음, 나중에야 비로소 욕심이 充足되더라도 되는 것이 응당한 順序이리라 생각됩니다. 가을에 갖는 우리들의 공허한 마음이란 기실 조급한 욕심이 만들어 놓은 엉뚱한 것이라 해야 하겠습니다.

× ×

혹시나 잊고 있는 約束들을 찾아서 거두는 조용한 秋收의 思慮깊음은 시내에 놓인 징검돌이 되어 이곳의 우리들로하여금 섣달 냇물같이 차거운 징역을 건네줍니다.

× ×

보내주신 돈 잘 받았습니다. 「歷史와 眞實」 「歷史속의 科學」도 받아서 읽고 있습니다. 지난번에 아버님 어머님 접견오셔서 집안 소식 자상히 알려주셨습니다. 시어머님의 큰며느리 칭찬도 상당하였습니다.

엄마의 자리, 아내의 자리, 며느리의 자리, 형수의 자리…… 숱한 자리마다 올가을에 큼직큼직한 收穫 있으시기 바랍니다.

11. 18 대전서

삼촌 드림.

땅속으로 들어가는 것

계수님께

월급(?) 인상 감사합니다. 이곳에서 내가 구입하는 물건들은 다음과 같습니다. 사과, 계란, 찐빵, 자장면, 책, 화선지, 메리야스, 바이진 안약, 프레마이신 연고, 세탁비누, 치약, 칫솔, 고추장, 마가린, 화장지, 세숫비누, 타월, 신발, 사탕, 미원…….

적고 나니 순서에도 약간 의미가 있는 듯합니다.

태공(太公)의 '육도'(六韜)에 동도장만물정(冬道藏萬物靜)이라 했습니다. 그러고 보니 겨울에 땅속으로 들어가는 것이 많습니다. 개구리, 파리, 너구리, 잠자리, 매미, 뱀, 곰…….

어찌 벌레와 짐승뿐이겠습니까. 더욱이 어찌 땅속만 땅속이겠습니까. 모든 달아나는 것들, 모든 눈감는 것들도 그 '곳'이 어디이든 한마디로 모두 땅속입니다.

우리들의 생각, 우리들의 역사는 실은 겨울에 키 크는 것임을 잊어서는 안 됩니다. 갈·봄·여름의 역사(役事)가 한마디씩의 가지가 되어 키를 더하는 계절, 장(藏)이 로(露)를 키우고, 정(靜)이 동(動)을 키우는 계절이 본래의 겨울이라 생각합니다.

금년도 이젠 조금 남았습니다. — 1982. 12. 3.

아내와 어머니

어머님께

함께 징역 사는 사람들 중에는 그 처가 '고무신 거꾸로 신고' 가버리는 경우를 종종 봅니다. 그런가 하면 상당한 고초를 겪으면서도 짧지 않은 연월(年月)을 옥바라지해가며 기다리는 처도 없지 않습니다. 이 경우 떠나가버리는 처를 악처라 하고 기다리는 처를 열녀(?)라 하여 OX 문제의 해답을 적듯 쉽게 단정해버리는 사람도 있겠지만, 세상살이의 순탄치 않음을 누구보다도 잘 아는 이곳 벽촌(碧村) 사람들은 기다리는 처를 칭찬하기는 해도 떠나가는 처를 욕하는 일은 거의 없습니다.

떠남과 기다림이 결국은 당자의 '마음'에서 비롯되는 것이지만, 우리는 그 '마음'을 탓하기에 앞서 그런 마음이 되기까지의 사연을 먼저 묻지 않을 수 없습니다. 시가(媤家)에 남아 있는 사람, 친정에 돌아가 얹혀사는 사람, 의지가지없어 술집에라도 나가 벌어야 하는 사람……. 그 처지의 딱함도 한결같지 않습니다. 개중에는 마음마저 부지할 수 없을 정도의 혹독한 처지에 놓인 사람도 허다합니다. 그 처지가 먼저이고 그 마음이 나중이고 보면 마음은 크게는 그 처지에 따라 좌우되게 마련입니다.

그리고 다른 한편으로 징역 간 남편에 대한 신뢰와 향념(向念)의 정도에도 그 마음이 좌우됨을 봅니다. 이 신뢰와 향념은 비록 죄지은 사람이기는 하나 그 사람됨에 대한 아내 나름의 평가이며, 삶을, 더욱이 힘든 삶을 마주 들어봄으로써만이 감지할 수 있는 가장 적실한 이해이며 인간학입니다.

떠나가는 처를 쉬이 탓하지 못하는 까닭은 이처럼 그 아내의 처지와 그 남편의 사람됨을 빼고 나면 그 아내가 책임져야 할 '마음'이란 기실 얼마 되지 않는 한 줌의 '인정'에 불과하기 때문입니다. 그러나 인정이란 것도 사람의 도리이고 보면 함부로 업수이 보아 넘길 것이 아님은 물론입니다. 그러기에 고무신 거꾸로 신고 가버린 처를 일단은 자책과 함께 이해는 하면서도 그 매정함을 삭이지 못해 오래오래 서운해하는가 봅니다.

처의 경우가 이럴 수도 있고 저럴 수도 있음에 비하여 '어머니'의 경우는 태산부동(泰山不動) 변함이 없습니다. 못난 자식일수록 모정은 더욱 간절하여 세상의 이목도, 법의 단죄도 개의치 않습니다. 심지어는 개가(改嫁)해 간 어머니의 경우도 새 남편 알게 모르게 접견 와서 자식을 탓하기에 앞서 먼저 당신을 탓하며 옷고름 적시는 일도 더러 있습니다. 처와 어머니는 동전의 양면처럼 같은 여자의 두 얼굴이지만 처는 바로 이 점에서 아직도 어머니의 어린 모습입니다. 모야천지(母也天只). 어머님의 마음은 언제나 열려 있는 하늘입니다.

불안한 처 대신 제게 태산 같은 어머님이 계시다는 것은 평소에는 잊고 있는 마음 든든한 행복입니다. 겨울밤에 잠깐 잠이 깰 때에도 등불처럼 켜져 있는 어머님의 마음을 생각하면 흡사 어릴 때 어머님의 곁에서 재봉틀소리에 잠든 듯 마음이 따스해집니다. 지금은 어머님께서도 연로하시어 재봉틀 앞에 앉으실 일도 없으시고 저도 또한 어머님을 멀리 떠나 그 맑은 재봉틀소리 들을 수 없습니다만 저는 가끔 수돗물소리나, 호남선 밤차소리에 문득문득 어머님의 그 재봉틀소리를 깨닫곤 합니다.

한 해가 저무는 세밑쯤이면 더욱 심상(心傷)해하시는 어머님께 오늘은 고담(古談) 하나 들려드리며 세모의 인사에 대(代)하려 합니다.

옛날 어느 시아버지가 있었는데 끼니 때마다 눈썹 가지런히 제미(齊眉)하여 밥상 올리는 며느리가 하도 예뻐서 어느 날 그만 망령되이 쪽, 하고 며느리의 젖을 빨고 말았습니다. 혼비백산 버선발로 뛰쳐나온 며느리가 제 서방에게 이 변고를 울음 반 말 반으로 토설(吐說)하였습니다. 분기탱천한 서방이 사랑문을 열어젖히고 아버지께 삿대질로 호통인즉 "남의 마누라 젖을 빨다니 이 무슨 망령입니까!", 아버지 왈 "너는 이놈아, 내 마누라 젖을 안 빨았단 말이냐!" 되레 호통이었답니다. —1982. 12. 23.

세월의 흔적이 주는 의미

형수님께

세모의 사색이 대체로 저녁의 안온함과 더불어 지난 일들을 돌이켜보는 이른바 유정(有情)한 감회를 안겨주는 것임에 비하여, 새해의 그것은 정월달 싸늘한 추위인 듯 날카롭기가 칼끝 같습니다. 이 날선 겨울 새벽의 정신은 자신과 자신이 앞으로 겪어가야 할 일들을 냉철히 조망케 한다는 점에서 매우 소중한 것이라 생각됩니다.

징역 살면서 먹은 나이를 나이에 넣지 않는 사람이 있습니다. 언제나 입소 때의 나이를 대는 고집은 기실 잃어버린 것에 대한 미련인지는 모르나 이것은 징역살이에서 건져낼 수 있는 육중한 체험의 값어치를 심히 경시하기 쉬운 결정적인 잘못을 범하는 것이라 하겠습니다.

사람은 나무와 달라서 나이를 더한다고 해서 그저 굵어지는 것이 아니며, 반대로 젊음이 신선함을 항상 보증해주는 것도 아닙니다. '노'(老)가 원숙이, '소'(少)가 청신함이 되고 안 되고는 그 연월(年月)을 안받침하고 있는 체험과 사색의 갈무리 여하에 달려 있다고 믿습니다.

해마다 거리낌 없이 가지를 뻗는 나무는 긴 가지 넓은 잎사귀를 키워 시원한 그늘을 만들고, 뻗다가 잘리고 뻗다가 잘리는 나무는 가지도 안으로 뻗고 가시도 안으로 세우는 '서슬 푸른 속이파리' 새하얀 꽃의 탱자나무 울타리가 됩니다.

탱자나무는 금빛 열매도 품속에 감추어 가시에 찔린 소년을 울게 합니다. "길 가는 사람들은 마음씨 상냥했어요……." 소년을 위해서 걸음 멈추고 탱자나무 가슴을 열어주었습니다. 활엽수의 시원함과 탱자나무 울타리의 튼튼함을 아울러 가지려는 것은 아직도 욕심으로 인생을 보는 어린 생각인지도 모릅니다.

"얼음 시름 안 풀려도 강물은 흐르고", "동지 팥죽 안 먹어도 나이 한 살 더 먹네." 한 해를 보내고 한 해를 또 새로이 맞이할 때에는 세월의 흔적이 자기에게 과연 어떠한 의미를 갖는 것인가를 먼저 묻고, 그것에 걸맞은 열매를 키워가야 하리라 믿습니다.

— 1983. 1. 13.

겨울 새벽의 기상나팔

계수님께

기상 30분 전이 되면 나는 옆에서 곤히 잠든 친구를 깨워줍니다. 부드러운 손찌검으로 조용히 깨워줍니다. 그는 새벽마다 기상나팔을 불러 나가는 교도소의 나팔수입니다.

옷, 양말, 모자 등을 챙겨서 갖춘 다음 한 손에는 '마우스피스'를 감싸쥐어 손바닥의 온기로 데우며 다른 손에는 나팔과, 기상나팔 후부터 개방(開房) 나팔 때까지 서서 읽을 책 한 권 받쳐들고 방을 나갑니다. 몇 개의 외등(外燈)으로 군데군데 어둠이 탈색된 운동장을 가로질러서 교회당 계단을 꺾어 올라 높다란 2층 창 앞에 서서 나팔을 붑니다. 가슴에 맺힌 한숨 가누어서 별빛 얼어붙은 새벽하늘에 뿜어냅니다. 성씨 다른 아버지께 엽서를 띄우는, 엄마 불쌍해서 돈 벌어야겠다는…… 농(農)돌이, 공(工)돌이, 이제는 스물다섯 징(懲)돌이……. 얼어붙은 새벽하늘을 가르고, 고달픈 재소자들의 꿈을 찢고, 또 하루의 징역을 외치는 겨울 새벽의 기상나팔은 '강철로 된 소리'입니다.

교도소의 문화가 침묵의 문화라면 교도소의 예술은 비극미(悲劇美)의 추구에 있습니다. 전장에서 쓰러진 병정이 그 주검을 말가죽에 싸듯이 상처 난 청춘을 푸른 수의에 싸고 있는 이 끝동네 사람들은 예외 없이 비극의 임자들입니다.

검은 머리 잘라서 땅에 뿌리고, 우러러볼 청천 하늘 한 자락 없이, 오늘 밤 두들겨볼 대문도 없이, 간 꺼내어 쪽박에 담고 밸 꺼내어 오지랖에 싸고, 이렇게 사는 것도 사는 것이냐며 삶 그 전체를 질문하는, 검푸른 비극의 임자들입니다. 비극이, 더욱이 이처럼 엄청난 비극이 미적인 것으로 승화될 수 있는 가능성은 그 '정직성'에서 찾을 수 있습니다. 저한테 가해지는 중압을 아무에게도 전가하지 않고 고스란히 짐질 수밖에 없는, 가장 낮은 곳에 사는 사람의 '정직함'에 있습니다. 비극은 남의 것을 대신 체험할 수 없고 단지 자기 것밖에 체험할 수 없는 고독한 1인칭의 서술이라는 특질을 가지며 바로 이러한 특질이 그 극적 성격을 강화하는 한편 종내에는 새로운 '앎'—'아름다움'—을 마련해주는 것입니다.

비극은 우리들이 무심히 흘려버리고 있는 일상생활이 얼마나 치열한 갈등과 복잡한 얼개를 그 내부에 감추고 있는가를 깨닫게 할 뿐 아니라 때로는 우리를 객석으로부터 무대의 뒤편 분장실로 인도함으로써 전혀 새로운 인식평면(認識平面)을 열어줍니다.

열락(悅樂)이 사람의 마음을 살찌게 하되 그 뒤에다 '모름다움'을 타버린 재로 남김에 비하여 슬픔은 채식(菜食)처럼 사람의 생각을 맑게 함으로써 그 복판에 '아름다움'〔知〕을 일으켜놓습니다. 야심성유휘(夜深星愈輝), 밤 깊을수록 광채를 더하는 별빛은 겨울 밤하늘의 '지성'이며, 상국설매(霜菊雪梅), 된서리 속의 황국(黃菊)도, 풍설(風雪) 속의 한매(寒梅)도 그 미의 본질은 다름 아닌 비극성에 있는 것이라 생각됩니다.

사람들이 구태여 비극을 미화하고 비극미를 기리는 까닭은, 한갓되이 비극의 사람들을 위로하려는 '작은 사랑'〔warm heart〕에서가 아니라, 비극의 그 비정한 깊이를 자각케 함으로써 '새로운 앎'〔cool head〕을 터득하고자 한 오의(奧義)를 알 듯합니다.

그러나 기상 30분 전 곤히 잠든 친구를 깨울 적마다 나는 망설여지는 마음을 어쩌지 못합니다. 포근히 몸 담고 있는 꿈의 보금자리를 헐어버리고 참담한 징역의 현실로 끌어내는 나의 손길은 두 번 세 번 망설여집니다.

새해란 실상 면면한 세월의 똑같은 한 토막이라 하여 1월을 13월이라 부르는 사람도 있지만, 만약 새로움이 완성된 형태로 우리 앞에 던져진다면 그것은 이미 새로움이 아니라 생각됩니다. 모든 새로움은 그에 임하는 우리의 심기(心機)가 새롭고, 그 속에 새로운 것을 채워나갈 수 있는 하나의 '가능성'으로서 주어지는 새로움임을 잊지 말아야 할 것입니다.

— 1983. 1. 17.

얼어붙은 밤하늘을 찢고
피곤한 우리의 꿈을 찢고
또 하나의 하루를
알렸다.
기상나팔소리
강철의 소리
칼날의 소리

갈근탕과 춘향가

아버님께

춥기 전에 한번 오시겠다던 하서가 있은 지 오래여서 혹시 어머님께서 편찮으신가 염려되던 차 계수님 편지, 아버님 하서 잇달아 닿아서 마음 놓입니다. 어제 그제는 띄엄띄엄 눈발 흩날리고 오늘은 또 대한(大寒) 땜하느라 제법 쌀쌀한 편이지만 금년은 대소한(大小寒) 다 지나도록 큰 추위 한번 없는 셈입니다. 겨울을 아직 반도 더 남겨놓아서 두고 봐야 알겠지만, 우선은 심동(深冬)을 수월히 지내고 있습니다.

『사명당실기』에 대한 학계와 종단의 평이 좋다는 소식은 아버님, 어머님과 함께 저도 마음 흐뭇한 일입니다. 이곳에 함께 계신 분들도 사명당 연구에 관한 한 결정판이라 함에 이견이 없습니다. 방대한 자료를 두루 망라하시고 시종 사실(史實)에 근거를 둔 냉정한 필법은 역사서술의 한 전형이라 하겠습니다.

젊은이들은 환풍호우(喚風呼雨)하는 사명대사의 도술이 사라져버리자 조금은 서운한 눈치입니다만 사명당에 얽힌 갖가지 도술과 일화들은, 한 시대의 복판을 사심 없이 앞장서 간 위인에게 민중들이 바치는 애정의 헌사(獻辭)라는 점에서 도리어 '민중적 진실'의 일부를 이루고 있음을 깨닫게 됩니다.

며칠 전 독감 들어서 가벼이 읽을거리를 뒤적이다가 우연히 '갈근탕'(葛根湯)을 소개한 글을 읽었습니다. 갈근탕은 갈근 너 푼에 마황(麻黃), 계피, 작약(芍藥), 감초, 대추 각 두 푼, 그리고 건강(乾薑) 한 푼으로 첩을 짓는 한방인데, 주독(酒毒)을 가시고 열을 삭이는 약으로 널리 사용되어오는 민간 전래의 처방이라고 합니다.

순전히 풀뿌리와 열매와 나무껍질로 된 천연생약이라 글로써 읽는 것만으로도 신선한 느낌이 듭니다. 광고의 홍수와 더불어 쏟아져나온 수많은 합성약품으로 할퀴어진 심신에 상쾌한 생기를 불어넣어주는 것 같습니다.

두꺼운 약탕관에 담아 볕바른 마루 끝에서 이윽고 달인 다음 삼베 약수건에 쏟아 사기대접에 알뜰히 짜내어 약손가락으로 재어보고 훈김 불어가며 마시는 풍경은, 어머님의 옛 모습과 함께, 생각만 해도 마음 훈훈히 풀리는 정경입니다.

아버님께서 보내주신 『열여 춘향슈절가』 주역본(註譯本)은 마치 훈김이 이는 탕약(湯藥) 같습니다. 외국어의 구문과 표현으로 이도저도 아닌 국적 불명의 문장이 되어버린 오늘의 글을 합성약품에 비긴다면 옛되고 무구한 우리 고유의 글월이 본래의 자태를 고이 간직하고 있는 이 전주 목판의 슈졀가는 그 훈훈하기가 바로 갈근탕의 격조입니다.

광고와 외래어의 범람으로부터도 멀리 떨어져 있는 '징역의 격리'는 땟국 씻어내고 우리글 본디의 광택을 되찾는 데에도 마침 다행한 장소이기도 하겠다 싶습니다.

겨울 추위에 어머님, 아버님 보중(保重)하시기 바랍니다.

— 1983.1.21.

한 포기 키 작은 풀로 서서

계수님께

자기의 그릇이 아니고서는 음식을 먹을 수 없는 여우와 두루미의 우화처럼, 성장환경이 다른 사람들끼리는 자기의 언어가 아니고서는 대화가 여간 어렵지 않습니다. 언어란 미리 정해진 약속이고 공기(公器)여서 제 마음대로 뜻을 담아 쓸 수가 없지만 같은 그릇도 어떤 집에서는 밥그릇으로 쓰이고 어떤 집에서는 국그릇으로 사용되듯 사람에 따라 차이가 나게 마련입니다. 성장과정과 경험세계가 판이한 사람들이 서로 만날 때 맨 먼저 부딪치는 곤란의 하나가 이 언어의 차이입니다.

같은 단어를 다른 뜻으로 사용하는 경우는 그런대로 작은 차이이고, 여러 단어의 조합에 의한 판단형식의 차이는 그것의 내용을 이루는 생각의 차이를 확대한다는 점에서 매우 큰 것이라 하겠습니다.

가장 두드러진 예를 든다면 아마 '책가방 끈이 길고 먹물이 든 사람'과 그렇지 못한 사람 간의 차이라고 생각됩니다. 전자는 대체로 벽돌을 쌓듯 정제(精製)되고 계산된 언어와 논리를 구사하되 필요 이상의 복잡한 표현과 미시적 사고로 말미암아 자기가 쳐놓은 의미망(意味網)에 갇혀 헤어나지 못합니다. 도깨비이기는 마찬가지임에도 불구하고 구태여 파란색 도깨비와 노란색 도깨비를 구별하느라 수고롭습니다. 이에 비하여 후자의 그것은 구체적이고 그릇이 커서 손으로 만지듯 확실하고 시원시원하기는 합니다. 그러나 지나친 단순화와 무리(無理), 그리고 감정의 범람이 심하여 수염과 눈썹을 구별치 않고, 목욕물과 함께 아이까지 내다버리는 단색적 사고를 면치 못하는 경향이 있습니다.

나는 십수년의 징역을 살아오는 동안 이 두 가지의 상반된 경향의 틈새에서 여러 형태의 방황과 시행착오를 경험해왔음이 사실입니다. 복잡한 표현과 관념적 사고를 내심 즐기며, 그것이 상위의 것이라 여기던 오만의 시절이 있었는가 하면, 조야(粗野)한 비어를 배우고 주워섬김으로써 마치 군중관점(群衆觀點)을 얻은 듯, 자신의 관념성을 개조한 듯 착각하던 시절도 있었습니다. 뿐만 아니라 양쪽을 절충하여 '중간은 정당하다'는 논리 속에 한동안 안주하다가 중간은 '가공(架空)의 자리'이며 방관이며, 기회주의이며, 다른 형태의 방황임을 소스라쳐 깨닫고 허둥지둥 그 자리를 떠나던 기억도 없지 않습니다.

물론 어느 개인이 자기의 언어를 얻고, 자기의 작풍(作風)을 이루기 위해서는 오랜 방황과 표류의 역정(歷程)을 겪지 않을 수 없는 것이라 하더라도, 방황 그 자체가 이것을 성취시켜주는 것이 아니며, 방황의 길이가 성취의 높이로 나타나는 것도 아닙니다. 최종적으로는 어딘가의 '땅'에 자신을 세우고 뿌리내림으로써 비로소 이룩되는 것이라 믿습니다.

교도소는 대지(大地)도 벌판도 아닙니다. 휘달리는 산맥도 없고 큰 마음으로 누운 유유한 강물도 없는 차라리 15척 벽돌 벼랑으로 둘린 외따른 섬이라 불립니다. 징역 사는 사람들이 겪는 정신적 방황은 대개가 이처럼 땅이 없다는 외로운 생각에 연유되는 것인지도 모릅니다. 그래서 대부분의 사람들은, 오랜 세월을 이곳에서 살아야 하는 우리들과는 달리, 아무렇게나 잠시 머물렀다가 떠나가면 그만인 곳으로 여기는지도 모릅니다. 그러나 이것은 자신의 고달픈 처지에 심신이 부대끼느라 이곳에 자라고 있는 무성한 풀들을 보지 못하는 잘못된 생각입니다. 이름도 없는 풀들이 모이고 모여 밭을 이루고 밟힌 잡초들이 서로 몸 비비며 살아가는 그 조용한 아우성을 듣지 못하는 생각입니다.

초상지풍초필언 수지풍중초부립(草尚之風草必偃 誰知風中草復立). '바람보다 먼저 눕고' 바람보다 먼저 일어나는 풀잎마다 발밑에 한 줌씩의 따뜻한 땅의 체온을 쌓아놓고 있습니다. 나는 이 무성한 잡초 속에 한 포기 키 작은 풀로 서서 몸 기대며 어깨를 짜며 꾸준히 박토(薄土)를 배우고, 나의 언어를 얻고, 나의 방황을 끝낼 수 있기를 바랍니다.

폭설이 내린 이듬해 봄의 잎사귀가 더 푸른 법이라는데 이번 겨울은 추위도 눈도 없는 난동(暖冬)이었습니다. 입춘 지나 우수를 앞둔 어제 오늘이, 풍광(風光)은 완연 봄인데 아직은 믿음직스럽지 못합니다.

— 1983.2.7.

벽 속의 이성과 감정

형수님께

갇혀 있는 새가 성말라 야위듯이 두루미 속의 술이 삭아서 식초가 되듯이 교도소의 벽은 그 속에 있는 사람들의 감정을 날카롭게 벼리어놓습니다. 징역을 오래 산 사람치고 감정이 날카롭지 않은 사람이 없습니다.

감정이 폭발할 듯 팽팽하게 켕겨 있을 때 벽은 이성(理性)의 편을 들기보다는 언제나 감정의 편에 섭니다. 벽은 그 속에 있는 모든 것을 산화(酸化)해버리는 거대한 초두루미입니다. 장기수들이 벽을 무서워하는 이유의 하나가 바로 여기에 있습니다.

벽의 기능은 우선 그 속의 것을 한정하는 데 있습니다. 시야를 한정하고, 수족을 한정하고 사고를 한정합니다. 한정한다는 것은 작아지게 하는 것입니다. 넓이는 좁아지고 길이는 짧아져서 공간이든 시간이든 사람이든 결국 한 개의 점으로 수렴케 하여 지극히 단편적이고 충동적이고 비논리적인 편향을 띠게 합니다. 징역 사는 사람들의 첨예한 감정은 이러한 편향성이 축적, 강화됨으로써 망가져버린 상태의 감정입니다. 망가져버린 상태의 감정이라고 하는 까닭은 그것이 관계되어야 할 대립물로서의 이성과의 연동성이 파괴되고 오로지 감정이라는 외바퀴로 굴러가는 지극히 불안한 분거(奔車)와 같기 때문입니다. 그 짝을 얻지 못한 불구의 상태이기 때문입니다.

그런데 여기서 우리가 주의해야 할 것은 망가진 상태는 단순한 것이 아니라 더욱 복잡하다는 사실입니다. 우연히 시계를 떨어뜨려 복잡한 부속이 망가져버렸다면 시계의 망가진 상태는 단순한 것이 아니라 여전히 복잡하다는 명제를 상기할 필요가 있습니다. 그럼에도 불구하고 우리는 벽으로 인하여 망가진 감정을 너무나 단순하게 처리하려드는 것을 봅니다. 감정을 이성과 대립적인 것으로 인식하고 이성에 의하여 감정을 억제하도록 하는, 이를테면 이성이라는 포승으로 감정을 묶어버리려는 시도를 종종 목격합니다.

이것은 대립물로서의 이성을 대립적인 것으로 잘못 파악함으로써 야기된 오류입니다. 감정과 이성은 수레의 두 바퀴입니다. 크기가 같아야 하는 두 개의 바퀴입니다. 낮은 이성에는 낮은 감정이, 높은 이성에는 높은 감정이 관계되는 것입니다. 일견 이성에 의하여 감정이 극복되고 있는 듯이 보이는 경우도 실은 이성으로써 감정을 억누르는 것이 아니라 이성의 높이에 상응하는 높은 단계의 감정에 의하여 낮은 단계의 감정이 극복되고 있을 따름이라 합니다.

감정을 극복하는 것은 최종적으로는 역시 감정이라는 이 사실은 우리에게 매우 특별한 뜻을 갖습니다. 그러므로 우리가 먼저 해야 할 일은 감정의 억압이 아니라 이성의 계발(啓發)입니다. 그리고 이성은 감정에 기초하고, 감정에 의존하여 발전하는 것이기 때문에 이러한 노력은 벽의 속박과 한정과 단절로부터 감정을 해방하는 과제와 직결됩니다.

그러면, 절박하고 적나라한 징역현장에서 이성의 계발이란 현실적으로 어떤 의미를 띠며, 비정한 벽 속으로부터 감정을 해방한다는 것이 도대체 어떤 행위를 뜻하는가. 지극히 당연한 의문에 부딪칩니다. 아마 우리는 이러한 추상적 연역에 앞서 이미 오랜 징역경험을 통하여 그 해답을 귀납해두고 있는지도 모릅니다. 그 해답이란 언젠가 말씀드렸듯이 한마디로 말해서 징역 속에는 풍부한 역사와 사회가 존재한다는 사실, 그리고 그 견고한 벽 속에는 수많은 사람들로 가득 차 있다는 사실에 있습니다.

각양의 세태, 각색의 사건들은 우리들로 하여금 현존하는 모든 고통과 가난과 갈등을 인정하도록 하며, 그 해결에 대한 일체의 환상과 기만을 거부케 함으로써 우리의 정신적 자유, 즉 이성을 얻게 해줍니다. 그리고 수많은 사람들의 수많은 가슴들은 그 완급(緩急), 곡직(曲直), 광협(廣狹), 방원(方圓)으로 하여 우리를 다른 수많은 가슴들과 부딪치게 함으로써 자기를 우주의 중심으로 삼고 칩거하고 있는 감정도 수많은 총중(叢中)의 한 낱에 불과하다는 개안을 얻게 하고 그 협착한 갑각(甲殼)을 벗게 해줍니다.

그러므로 우리는 각자의 사건에 매몰되거나 각자의 감정에 칩거해 들어가는 대신 우리들의 풍부한 이웃에 충실해갈 때 비로소 벽의 위험으로부터 안전해질 수 있으리라 생각됩니다. 바다가 하늘을 비추어 그 푸름을 얻고, 세류(細流)를 마다하지 않아 그 넓음을 이룬 이치가 이와 다름이 없다고 생각됩니다.

산사신설(山寺新雪)이 냉기를 발하던 1, 2월 달력을 뜯어내니 복사꽃 환한 3, 4월 달력의 도림(桃林)이 앞당겨 봄을 보여줍니다. 반갑지 않은 여름 더위나 겨울 추위가 바깥보다 먼저 교도소에 찾아오는 데 비하여 봄은 좀체로 교도소 안으로 들어오려 하지 않습니다. 창밖으로 보이는 언덕과 산자락에는 벌써 포근히 봄볕 고여 있는데도 담장이 높아선가 벽이 두꺼워선가 교도소의 봄은 더디고 어렵습니다.

우용이 중학 입학과 주용이 진급을 축하합니다. — 1983. 3. 15.

꿈에 뵈는 어머님

어머님께

3월 중순인데도 뒤늦게야 해살맞은 바람에다 엊그제 저녁은 진눈깨비 섞인 비까지 흩뿌립니다. 올봄도 계절을 정직하게 사는 꽃들이 늦추위에 떠는 해가 되려나 봅니다.

세전(歲前)에 아버님 혼자 오셨을 때 아버님께선 날씨 탓으로 돌리셨지만 저는 어머님이 몸져누우신 줄 짐작하였습니다. 접견 마치고 혼자 소문(所門)을 나가시는 아버님을 이윽고 바라보았습니다. 아버님은 어머님과 함께 걸으실 때도 언제나 네댓 걸음 앞서 가시지만 그날은 아버님의 네댓 걸음 뒤에도 어머님이 계시지 않았습니다. 그렇더라도 설마 치레 잦은 감기몸살이겠거니 하고 우정 염려를 외면해왔습니다만 막상 형님 편에 그것이 매우 위중한 것임을 알고부터는 연일 꿈에 어머님을 봅니다.

꿈에 뵈는 어머님은 늘 곱고 젊은 어머님인데 오늘 새벽 잠 깨어 새삼스레 어머님 연세를 꼽아보니 일흔여섯, '극노인'(極老人)임에 놀라지 않을 수 없었습니다. 제가 징역 들어오고 난 최근의 십수년이 어머님의 심신을 얼마나 깊게 할퀴어놓은 것인지도 모르고 제 나이를 스물일곱인 줄 알 듯이, 어머님도 매양 그전처럼만 여겨온 저의 미욱함이 따가운 매가 되어 종아리를 칩니다.

"인제 죽어도 나이는 아까울 게 없다" 하시며 입 다물어버리신 그 뒷말씀이 기실 저로 인하여 가슴에 응어리진 한(恨)임을 모르지 않기 때문에 제게도 어머님께 드리고 싶은 말씀이 응어리가 되어 쌓입니다. 언젠가는 어머님과 함께 어머님의 이 응어리진 아픔에 대하여 이야기 나누고 싶습니다. 이 아픔은 어디에서 연유하는 것이며, 우리는 이를 어떻게 받아들여야 하는가, 같은 세월을 살아가는 다른 사람들은 어떤 아픔을 속에 담고 있으며 그것은 어머님의 그것과 어떻게 상통(相通)되는가, 냇물이 흘러흘러 바다에 이르듯 자신의 아픔을 통하여 모든 어머니들이 가슴에 안고 있는 그 숱한 아픔들을 만날 수는 없는가, 그리하여 한 아들의 어머니라는 '모정의 한계'를 뛰어넘어, 개인의 아픔에서 삶의 진실과 역사성을 깨달을 수는 없는가…….

접견은 짧고 엽서는 좁아 언제나 다음을 기약할 뿐인 미진함은 저를 몹시 피곤하게 합니다. 그러나 한편 생각해보면 어머님께선 이미 이 모든 것을 달관하고 계실 뿐 아니라 누구보다도 깊이 저를 꿰뚫어보고 계심에 틀림없다는 생각이 듭니다.

지자막여부(知子莫如父). 자식을 아는 데는 부모를 덮을 사람이 없다는 옛말처럼, 어머님은 이 세상의 누구보다도 저를 잘 아시고 또 저의 친구들을 숱하게 아실 뿐 아니라 빠짐없이 공판정에 나오셔서 어느덧 어머님의 생각의 품 바깥으로 걸어 나와버린 아들의 이야기를 한마디도 놓치지 않으시려던 그때의 모습을 회상하면, 아마 어머님은 제가 어머님을 알고 있는 것보다 더 많이 저를 알고 계심을 깨닫게 됩니다. 어머님의 모정은 이 모든 것을 포용할 수 있을 만큼 품이 넓고 그 위에 아들에 대한 튼튼한 신뢰로 가득 찬 것이라 믿습니다.

기다림은 더 많은 것을 견디게 하고 더 먼 것을 보게 하고, 캄캄한 어둠 속에서도 빛나는 눈을 갖게 합니다. 어머님께도 기다림이 집념이 되어 어머님의 정신과 건강을 강하게 지탱해주시기 바랍니다.

어머님께서 걱정하시던 겨울도 가고 창밖에는 갇힌 사람들에게는 잔인하리만큼 화사한 봄볕이 땅속의 풀싹들을 깨우고 있습니다.

—1983.3.16.

함께 맞는 비

형수님께

상처가 아물고 난 다음에 받은 약은 상처를 치료하는 데 사용하기에는 너무 늦고, 도리어 그 아프던 기억을 상기시키는 역할을 하는 경우가 있습니다. 이것은 단지 시기가 엇갈려 일어난 실패의 사소한 예에 불과하지만, 남을 돕고 도움을 받는 일이 경우에 따라서는 도움이 되기는커녕 더 큰 것을 해치는 일이 됩니다.

함께 징역을 살아가는 사람 중에는 접견도, 서신도, 영치금도 없이 받은 징역을 춥게 살면서도 비누 한 장, 칫솔 한 개라도 남의 신세를 지지 않으려는 고집 센 사람들이 많이 있습니다. 모르는 사람들은 이러한 사람들을 두고 남의 호의를 받아들일 줄 모르는 좁은 속을 핀잔하기도 하고, 가난이 만들어놓은 비뚤어진 심사를 불쌍하게 여기기도 하고, 단 한 개의 창문도 열지 않는 어두운 마음을 비난하기도 합니다.

남의 호의를 거부하는 고집이 과연 좁고 비뚤고 어두운 마음의 소치인가. 우리는 공정한 논의를 위하여 카메라를 반대편, 즉 베푸는 자의 얼굴에도 초점을 맞추어 조명해볼 필요가 있다고 생각합니다.

칫솔 한 개를 베푸는 마음도 그 내심을 들추어보면 실상 여러 가지의 동기가 그 속에 도사리고 있음을 우리는 겪어서 압니다. 이를테면 그 대가를 다른 것으로 거두어들이기 위한 상략적(商略的)인 동기가 있는가 하면, 비록 물질적인 형태의 보상을 목적으로 하지는 않으나 수혜자 측의 호의나 협조를 얻거나, 그의 비판이나 저항을 둔화시키거나, 극단적인 경우 그의 추종이나 굴종을 확보함으로써 자기의 신장(伸張)을 도모하는 정략적(政略的)인 동기도 있으며, 또 시혜자라는 정신적 우월감을 즐기는 향락적(享樂的)인 동기도 없지 않습니다. 이러한 동기에서 나오는 도움은 자선이라는 극히 선량한 명칭에도 불구하고 그 본질은 조금도 선량한 것이 못 됩니다. 도움을 받는 쪽이 감수해야 하는 주체성의 침해와 정신적 저상(沮喪)이 그를 얼마나 병들게 하는가에 대하여 조금도 고려하지 않고 서둘러 자기의 볼일만 챙겨가는 처사는 상대방을 한 사람의 인간적 주체로 보지 않고 자기의 환경이나 방편으로 삼는 비정한 위선입니다.

이러한 것에 비하여 매우 순수한 것으로 알려진 '동정'이라는 동기가 있습니다. 이것은 측은지심(惻隱之心)의 발로로서 고래(古來)의 미덕으로 간주되고 있습니다. 그러나 이 동정이란 것은 객관적으로는 문제의 핵심을 흐리게 하는 인정주의의 한계를 가지며 주관적으로는 상대방의 문제해결보다는 자기의 양심의 가책을 위무(慰撫)하려는 도피주의의 한계를 갖는 것입니다. 뿐만 아니라 동정은 동정받는 사람으로 하여금 동정하는 자의 시점에서 자신을 조감케 함으로써 탈기(脫氣)와 위축을 동시에 안겨줍니다. 이 점에서 동정은, 공감의 제일보라는 강변(强辯)에도 불구하고 그것은 공감과는 뚜렷이 구별되는 값싼 것임에 틀림없습니다.

여러 가지를 부단히 서로 주고받으며 살아가는 징역 속에서, 제게도 저의 호의가 거부당한 경험이 적지 않습니다. 처음에는 상대방의 비좁은 마음을 탓하기도 하였지만, 순수하지 못했던 나 자신의 저의를 뒤늦게 발견하고는 스스로 놀란 적이 한두 번이 아니었습니다. 사실, 남의 호의를 거부하는 고집에는 자기를 지키려는 주체성의 단단한 심지가 박혀 있습니다. 이것은 얼마간의 물질적 수혜에 비하여 자신의 처지를 개척해나가는 데 대개의 경우 훨씬 더 큰 힘이 되어줍니다.

사람은 스스로를 도울 수 있을 뿐이며, 남을 돕는다는 것은 그 '스스로 도우는 일'을 도울 수 있음에 불과한지도 모릅니다. 그래서 저는 "가르친다는 것은 다만 희망을 말하는 것이다"라는 아라공의 시구를 좋아합니다. 돕는다는 것은 우산을 들어주는 것이 아니라 함께 비를 맞으며 함께 걸어가는 공감과 연대의 확인이라 생각됩니다.

— 1983.3.29.

죄명(罪名)과 형기(刑期)

계수님께

생전 처음 만나서 잘 알지 못하는 사람에 대해서도 우리는 결정적인 평가를 내리는 습관이 있습니다. 겉모양이나 몇 개의 소문으로 그를 온당하게 평가할 수 없음은 물론입니다. 좀더 가까운 자리에서 함께 일하며 그리하여 깊이 있는 인식을 마련할 때까지 기다리지 못하는 까닭은 이쪽의 개인적인 조급 때문이기도 하지만 크게는 인간관계가 기성의 물질적 관계를 닮아버린 세속의 한 단면인지도 모릅니다.

이러한 현상은, 모두가 이마에 죄명과 형기를 낙인처럼 가지고 있는 징역살이에서 쉽게 발견됩니다. 죄명은 그 사람의 '질'을, 형기는 그 질의 '정도'를 상징합니다. 대부분의 사람들은 그것으로 충분하고 그 이상의 이해를 필요로 하지 않습니다. 이것은 이곳이 형벌의 현장이므로 일견 당연한 듯하지만 사실은 사람들에게 곁을 주지 않으려는 경원(敬遠)과 불신 때문이라 생각됩니다.

이렇듯 멀리 두고 경원하던 사람도 일단 같은 방, 같은 공장에서 베 속의 실오리처럼 이런저런 관계를 맺게 되면 지금까지와는 다른 새로운 관점이 열립니다. 죄명, 형기, 소문, 인상과 같은 기성의 껍질이 하나씩 하나씩 벗겨져나가고 대개의 경우 전혀 판이한 본사람을 만나게 됩니다. '관계'는 '관점'을 결정합니다.

행티 사나운 심사와 불신의 어두운 자국이 도리어 그 사람으로 하여금 사회와 인간에 대한 관념적이고 감상적인 인식으로부터 시원히 벗어나게 하고 있음을 보거나, 세상의 힘에 떠밀리고 시달려 영악해진 마음에 아직 맑은 강물 한 가닥 흐르고 있음을 볼 때에는, 문패처럼 그의 이마에서 그를 규정하고 있는 것들이 그에게 얼마나 부당한 것인가를 알게 됩니다.

바늘구멍으로 황소를 바라볼 수도 있겠지만 대상이 물건이 아니라 마음을 가진 '사람'인 경우에는 이 바라본다는 행위는 그를 알려는 태도가 못 됩니다. 사람은 그림처럼 벽에 걸어놓고 바라볼 수 있는 정적 평면이 아니라 '관계'를 통하여 비로소 발휘되는 가능성의 총체이기에 그렇습니다. 한편이 되어 백지 한 장이라도 맞들어보고 반대편이 되어 헐고 뜯고 싸워보지 않고서 그 사람을 알려고 하는 것은 흡사 냄새를 만지려 하고 바람을 동이려드는 헛된 노력입니다.

대상을 일정한 간격을 두고 바라보는 경우, 이 간격은 그냥 빈 공간으로 남는 것이 아니라, 선입관이나 풍문 등 믿을 수 없는 것들로 채워지고, 이것들은 다시 어안(魚眼)렌즈가 되어 대상을 왜곡하게 됩니다. 그러므로 풍문이나 외형, 매스컴 등, 거리를 두고 바라보는 인식은 '고의'보다는 나을지 모르나 '무지'보다는 못한 진실과 자아의 상실입니다.

그러나 아직도 저는 이곳에서 사람을 보면 먼저 죄형과 형기를 궁금해하는 부끄러운 습관을 떨쳐버리지 못하고 있습니다. 사실과 진실, 본질과 진리에 대한 어설픈 자세가 아직도 이처럼 부끄러운 옷을 입혀놓고 있는가 봅니다.

어디 풀싹이 나오지 않았나 하고 자주 창밖을 내다보다가 문득 놀라 깨치는 것이 있습니다. 그것은 연초록 봄빛이 가장 먼저 나타나는 것은 양지의 풀이나 버들가지가 아니라, 무심히 지나쳐버리던 '솔잎'이라는 사실입니다. 꼿꼿이 선 채로 겨울과 싸워온 소나무의 검푸르던 잎새에 역시 가장 먼저 연초록 새 빛이 피어난다는 사실은 너무나 당연한 일입니다. —1983.3.31.

과거에 투영된 현재

부모님께

촌초(寸草) 같은 마음으로 삼춘(三春)의 햇살을 바라보고 있으면, 땅속에, 나무에, 벽돌에, 지붕에, 전봇대에……. 눈 닿는 곳마다 일제히 아우성치며 일어나는 5월의 약동이 번쩍이는 듯합니다. 이 5월의 빛과 싱싱함이 어머님의 심신에 담뿍 스미어 환후(患候)가 말끔히 쾌차하시길 빕니다. 그래서 오는 파일에는 현등(懸燈)도 하시고 대전에도 나들이하실 수 있게 되길 기원합니다.

아버님께서는 점필재(佔畢齋)에 관한 사료를 정리하고 계시리라 믿습니다. 아무쪼록 진경(進境)이 월등하시어 머지않아 또 한 권의 저서가 빛을 보게 되길 기대합니다. 꼭 아버님의 저술에 부치는 말씀은 아닙니다만, 저는 영남지방의 유학적 사변보다는 호남의 민요에 담긴 생활 정서가 우리의 전통에 있어서 훨씬 더 크고 원천적인 부분을 이루고 있다고 느껴집니다.

김유신의 공성(功成)보다는 계백의 비장함이, 시조나 별곡체(別曲體)의 고아함보다는 남도의 판소리와 육자배기의 민중적 체취가, 그리고 무엇보다도 백제땅의 끈질긴 저항이 오늘의 역사인식에 있어서 각별한 평가를 받아야 마땅하다 싶습니다. 그래서 저의 관견(管見)으로는 점필재에 대한 연구의 범위를 그의 문하인 김일손(金馹孫), 김굉필(金宏弼), 정여창(鄭汝昌) 등의 사림파에까지 연장하여 훈구세력에 대한 그들의 비판적 성격을 선명히 하는 편이 오히려 점필재의 사적(史的) 의의를 보다 온당하게 규명하는 것이 되리라 생각합니다.

역사현상은 그것이 개인이든 사건이든, 하나의 단절된 객체로 한정할 수 없으며, 그것에 선행하는 여러 가지의 계기에서부터 그것의 발전·변용의 가능한 방향에 긍(亘)하는 총합과정의 한 부분으로서 파악되어야 하리라 믿습니다.

더욱이 '과거'란 완성되고 끝마쳐진 어떤 불변의 것이 아니며, 반대로 역사인식은 언제나 현재의 갈등과 관심에서부터 출발하는 것입니다. 역사는 '과거에 투영된 현재'이며 그런 의미에서 계속 새롭게 씌어질 필요가 있는 것입니다.

얼마 전에는 혼다 가츠이치(本多勝一)의 평론집을 읽었습니다. 연전에도 같은 저자의 『극한의 민족』(極限の民族)을 읽고 에스키모, 뉴기니, 베드윈의 생활 깊숙이 들어가서 철저한 르포 정신으로 파헤친 미개와 문명에 대한 그의 뛰어난 통찰에 적지 않은 감명을 받은 적이 있습니다. 물론 그의 글은 일본사회가 갖는 한계와 자유로움을 동시에 갖고 있는 것이긴 합니다만, 그가 견지하고 있는 사물을 보는 관점의 일관됨은 쉽지 않은 것이라 여겨집니다.

어떠한 종류의 '매스컴'이나 '미니컴'이라도, 그것은 어떤 층을 대표하는 기관지인 법이며, 문제는 그것이 기관지라는 데 있는 것이 아니라 '무엇을' 대표하는가에 있다는 그의 간결하고 적확(的確)한 사회인식이라든가, 어느 사회의 진상을 직시할 수 있는 가장 손쉬운 방법은 그 사회의 밑바닥 인생을 직접 방문하는 것이라는 소박한 민중의식은 뛰어난 것이 아닐 수 없다 하겠습니다.

'시냇가에 심은 나무'가 무성한 잎을 키우는 것처럼, 우리의 인식도 기본적으로는 우리가 입각하고 있는 관점의 여하에 따라 그 높이가 결정되게 마련인가 봅니다. 물론 경우에 따라서는 '여러 관점들의 전환, 복합, 환산에 의한 원근법'도 필요하게 되겠지만, 이것은 어느 경우이든 인식의 입장피구속성(立場被拘束性, standort gebundenheit)을 승인한 연후의 일이 아닐 수 없다고 생각됩니다.

오늘은 어버이날입니다. —1983.5.8.

아프리카 민요 2제(二題)

계수님께

자칼이 덤벼들거들랑 하이에나를 보여주고, 하이에나가 덤벼들거들랑 사자를 보여주고, 사자가 덤벼들거들랑 사냥꾼을 보여주고, 사냥꾼이 덤벼들거들랑 뱀을 보여주고, 뱀이 덤벼들거들랑 막대기를 보여주고, 막대기가 덤벼들거들랑 불을 보여주고, 불이 덤벼들거들랑 강물을 보여주고, 강물이 덤벼들거들랑 바람을 보여주고, 바람이 덤벼들거들랑 신(神)을 보여주어야지.

「덤벼들거들랑」 전문

내 눈에는 다래끼가 났는데, 악어란 놈이 내 다리를 잘라먹었네.
마당에 있는 염소란 놈 풀을 먹여야 할 텐데
솥에는 멧돼지 고기가 끓어넘는구나.
돌절구에 빻다 만 곡식이 말라빠지고 있는데
추장은 나더러 재판받으러 오라네.
게다가 나는 장모님 장례식에도 가야 할 몸.
젠장 바빠 죽겠네.

「악어가 내 다리를 잘라먹었네」(A crocodile has me by the leg) 전문

위의 시 두 편은 『아프리카 민요집』에 실려 있는 것입니다.

이 시들은 아프리카를 먼 대륙에서가 아니라 바로 우리들의 삶 속에서 발견하게끔 합니다. 자연의 한가운데서 자연과 호흡을 같이하면서 그 마음과 운율을 다듬어낸 아프리카의 민요는 놀면서 꾸며낸 이야기가 아니기 때문에, 당연한 일이지만 쓸데없는 의상

이나 남을 속이는 분식(粉飾)이 없습니다. 최소한의 '필요'로써 입을 뿐 '의미'로써 입는 일이 없어, 어느 경우든 옷보다 사람을 먼저 보여줍니다.

바로 이 점에서 아프리카는 문화인류학자들의 근시안경에는 다 담을 수 없는 원대한 규모를 하고 있을 뿐만 아니라 문명의 뜻을 재정립하지 않을 수 없는 현대의 고뇌에 대해 싱싱하고 건강한 모범을 보여주는 것이라 생각됩니다.

어린이들의 아사(餓死), 빈번한 쿠데타, 전쟁 등 적나라한 폭력의 횡행은 아프리카가 새로운 형태의 '야만'을 연출하고 있는 것이 아닌가 하는 의문을 안겨주기도 하지만, 이러한 것들은 원래 아프리카의 것이 아니라 '문명'이 그 노폐물을 아프리카에다 하치(下置)함으로써 야기되고 있는 것으로 이해되어야 할 것입니다.

아프리카는 정직하고 때묻지 않은 대지와 숲의 신뢰로 하여 '사람'이 크는 땅인가 봅니다.

오늘은 휴일이라 서화·악대 스무 식구 다 모여 수다스럽기가 곗날입니다. 우리들의 수다는, 비워두면 이내 다른 우울한 것으로 채워져버리는 마음을 어떻게 해보려는 헛수고에 지나지 않습니다. 그것이 헛수고인 까닭은 교도소에서는 수다보다는 침묵이 훨씬 더 잘 번지기 때문입니다.

내일 모레가 6월, 자꾸 뜨거워집니다. 가내 평안을 빕니다.

— 1983.5.29.

아버님의 한결같으신 연학

아버님께

『사명당실기』는 다시 일독하여 오자를 바로잡아서 영치시켰습니다. 오는 22일 생일연 때 영치되어 있는 다른 책들과 함께 찾아가도록 일러주시기 바랍니다.

고친 곳이 있는 페이지는 상단에 표시를 두어 쉬이 눈에 뜨이도록 하였습니다. 고친 것 중에는 구태여 고치지 않더라도 상관없는 것이 여럿 있을 뿐 아니라 만약 지형(紙型)에서 교정하기가 어려우면 초판 그대로 재판에 넘겨도 괜찮으리라 생각됩니다.

또 다른 저술의 집필, 자료수집을 위한 현지답사, 그리고 지방으로 출장강연 등 아버님의 한결같으신 연학(硏學)에 비하면 저의 일상은 설령 징역살이를 빌미 삼는다 하더라도 돌이켜보아 부끄러운 나날이 아닐 수 없습니다.

금년의 생일연은 7월 22일(금) 11시 30분에 있습니다. 지난번 접견 때 말씀드린 바와 같이 어머님께서 먼 길에 무리 없으시도록 동생이나 형님이 다녀가시도록 해주시기 바랍니다.

어머님의 말씀과 소식은 그 편에 내려주시고 저의 말씀도 그 편에 실어 보내기로 하겠습니다. 가족 3명, 음식물이 허가되지 않기는 전과 같습니다.

하루 걸러 내리는 비로 한더위를 어렵지 않게 보내고 있습니다. 여름 더위에 어머님께서도 조리 잘 하시기 바랍니다. ―1983. 7. 11.

꽃순이

형수님께

'꽃순이'는 밤이면 쥐들의 놀이터가 되는 악대실습장을 지키게 하기 위하여 악대부원들이 겨우겨우 구해온 고양이의 이름입니다.

지금은 가출(?)해버린 지 일 년도 더 넘어서 몰라볼 만큼 의젓한 한 마리의 '도둑고양이'로 바뀌었을 뿐 아니라 꽃순이라는 이름을 비웃기나 하듯 솔방울만 한 불알을 과시하며 '쥐와 고양이의 대결'로 점철된 교도소의 밤을 늠름하게 걷는 모습을 먼빛으로 가끔 볼 수 있을 따름입니다.

처음 고양이를 데려왔을 때는 꽃순이라는 이름이 어울리는 귀여운 새끼 고양이였습니다. 사람들의 손에 의한 부양과 사람들의 무분별한 애완은 금방 고양이를 무력하게 만들고, 고양이로서의 자각을 더디게 하여 아무리 기다려도 쥐들을 자기의 먹이나 적으로 삼을 생각을 않았습니다. 쥐들로부터 찬장과 빨래, 책 등을 지키게 하려던 애초의 의도가 무산되자 이제는 사람들의 경멸과 학대가 영문 모르는 새끼 고양이를 들볶기 시작했습니다. 높은 데서 떨어뜨려지기도 하고 발길에 차이기도 하고, 연탄불 집게에 수염이 타기도 하고, 안티플라민이 코에 발리기도 하는 등……, 강훈(强訓)이란 이름의 장난과 천대 속에 눈만 사납게 빛내다가 드디어 어느 날 밤 비닐창문을 뚫고 최초의 가출을 시작하였습니다.

그러나 어린 고양이에게 가출은 또 다른 고생과 위험의 연속이었습니다. 우선 강아지만 한 양재공장의 검은 고양이가 자기의 영지에 침입한 이 새끼 고양이를 받아들이지 않았습니다. 우리는 한밤중에 꽃순이의 자지러지는 비명을 듣기도 하고 다리를 절며 후미진 곳으로 도는 처량한 모습을 보기도 하였습니다.

그후 꽃순이는 몇 차례 제 발로 돌아오기도 하고 어떤 때는 테니스 네트로 수렵을 당하여 묶여 지내기도 하였습니다. 그러나 가장 뜻깊은 사실은, 이처럼 파란만장한 역사를 겪는 동안 이제는 사랑도 미움도 시들해져버린 악대부원들의 관심 밖으로 서서히 그리고 완전히 걸어 나와 '고양이의 길'을 걸어갔다는 사실입니다. 얼마 전에는 꽃순이가 양재공장의 검은 고양이와 격렬한 한판 승부에서 비기는 현장을 목격하고 꽃순이의 변모와 성장을 대견해하기도 하였습니다.

지금도 밤중에 고양이소리가 나면 우리 방의 악대부원 서너 명은 얼른 창문을 열고 지나가는 고양이를 향해 "꽃순아!" 하고 상냥한 목소리로 아는 척을 합니다. 그러나 꽃순이는 사람들의 기척에 잠시 경계의 몸짓을 해보일 뿐 이쪽의 미련은 거들떠보지도 않습니다. '꽃순이'라는 옛날의 이름으로 부르는 쪽이 잘못이었는지도 모릅니다.

꽃순이에 대한 다음의 이야기는 쓰지 않으려고 하였습니다만 생각 끝에 덧붙여두기로 하였습니다. 그것은 며칠 전 악대부원 몇 사람과 함께 지도원 휴게실에 들렀다가 거기서 우유며 통조림을 얻어먹고 있는 꽃순이를 본 사실입니다. 언제부터 먹을 것이 많은 이 지도원실을 드나들었는지 알 수 없지만 그날의 꽃순이는 먼빛으로 보며 대견해했던 '밤의 왕자'가 아니었습니다. '가발공장에 다니던 영자를 중동(中洞) 창녀촌에서 보았을 때의 심정'을 안겨주는 것이었습니다. 그러나 '꽃순이의 실패'도 '중동의 영자'나 이곳에 사는 모든 사람들의 실패와 마찬가지로 그가 겪었을 모진 시련과 편력을 알지 못하는 '남'들로서는 함부로 단언할 수 없는 것임은 물론입니다.

—1983.7.14.

兄嫂님 前上書 —「꽃순이」의 成·敗—

「꽃순이」는 밤이면 쥐들의 놀이터가 되는 樂隊實習場을 지키게 하기위하여
악대부원들이 겨우 겨우 구해온 고양이의 이름입니다.
지금은 家出(?)해버린지 일년도 더넘어서 몰라볼만큼 의젓한 한마리의
「도둑고양이」로 바뀌었을뿐 아니라 꽃순이라는 이름을 비웃기나하듯 솔방울만한
불알을 과시하며 「쥐와 고양이의 대결」로 점철된 교도소의 밤을 늠름하게 걷는
모습을 먼빛으로 가끔 볼수 있을 따름입니다.
처음 고양이를 데려왔을때는 꽃순이라는 이름이 어울리는 귀여운 새끼 고양이였읍
니다. 사람들의 손에의한 扶養과 사람들의 무분별한 愛玩은 금방 고양이를
無力하게 만들고, 고양이로서의 自覺을 더디게하여 아무리 기다려도 쥐들을
자기의 먹이나 적으로 삼을 생각을 않았읍니다. 쥐들로부터 찬장과 빨래, 책 등을
지키게 하려던 애초의 의도가 무산되자 이제는 사람들의 경멸과 학대가 영문
모르는 새끼고양이를 들볶기 시작했읍니다. 높은데서 떨어트려지기도 하고 발길에
채이기도 하고, 연탄불집게에 수염이 타기도 하고, 안티플라민이 코에 발리기도
하는등 ---- 强訓이란 이름의 장난과 천대속에 눈만 사납게 빛내다가 드디어
어느날 밤 비닐창문을 뚫고 최초의 가출을 시작하였읍니다.
그러나 어린 고양이에게 가출은 또다른 고생과 위험의 연속이었읍니다.
우선 강아지만한 양재공장의 검은 고양이가 자기의 領地에 침입한 이 새끼
고양이를 받아들이지 않았읍니다. 우리는 한밤중에 꽃순이의 자지러지는 비명을
듣기도하고 다리를 절며 후미진 곳으로 도는 처량한 모습을 보기도 하였읍니다.
그후 꽃순이는 몇차례 제발로 돌아오기도하고 어떤때는 정구네트로 수렵을 당하여
묶여지내기도 하였읍니다. 그러나 가장 뜻깊은 사실은, 이처럼 파란만장한 역사를
겪는동안 이제는 사랑도 미움도 시들해져버린 악대부원들의 관심 밖으로 서서히
그리고 완전히 걸어나와 「고양이의 길」을 걸어갔다는 사실입니다.
얼마전에는 꽃순이가 양재공장의 검은고양이와 격렬한 한판 승부에서 비기는
현장을 목격하고 꽃순이의 변모와 성장을 대견해하기도 하였읍니다.

지금도 밤중에 고양이소리가 나면 우리방의 악대부원 서너명은 얼른 창문을 열고
지나가는 고양이를 향해 「꽃순아!」하고 상냥한 목소리로 아는척을 합니다.
그러나 꽃순이는 사람들의 기척에 잠시 경계의 몸짓을 해보일뿐 이쪽의 미련은
거들떠보지도 않습니다. 「꽃순이」라는 옛날의 이름으로 부르는 쪽이 잘못이었는지도
모릅니다.

× ×

꽃순이에 대한 다음의 이야기는 쓰지 않으려고 하였읍니다만 생각끝에 덧붙여
두기로 하였읍니다. 그것은 며칠전 악대원 몇사람과 함께 지도원 휴게실에
들렀다가 거기서 우유며 통조림을 얻어먹고 있는 꽃순이를 본 사실입니다.
언제부터 이 먹을것이 많은 지도원실을 드나들었는지 알수 없지만 그날의
꽃순이는 먼빛으로 보며 대견해 했던 「밤의 왕자」가 아니었읍니다.
「가발공장에 다니던 영자를 中洞 娼女村에서 보았을때의 심정」을
안겨주는 것이었읍니다. 그러나 「꽃순이의 실패」도
「中洞의 영자」나 이곳에 사는 모든사람들의
실패와 마찬가지로 그가 겪었을 모진 시련과
편력을 알지 못하는 「남」들로서는 함부로
단언할수 없는 것임은 물론입니다.

× ×

보내주신돈 잘 받았읍니다. 22日에
生日宴이 있읍니다만 바쁘지 않은 사람이
다녀가도록 해주시기 바랍니다.

7. 14. 대전서 삼촌 드림.

증오는 사랑의 방법

계수님께

자공(子貢)이 공자에게 물었습니다.

"마을의 모든 사람들이 좋아하는 사람은 어떠합니까?"

"좋은 사람이라고 할 수 없다."

"그러면 마을의 모든 사람들이 미워하는 사람은 어떠합니까?"

"그 역시 좋은 사람이라 할 수 없다. 마을의 선한 사람들이 좋아하고 마을의 불선(不善)한 사람들이 미워하는 사람만 같지 못하다."

주자(朱子)의 주석에는 마을의 선한 사람들이 좋아하고 마을의 불선한 사람들 또한 미워하지 않는 사람은 그의 행(行)에 필시 구합(苟合, 迎合)이 있으며, 반대로 마을의 불선한 사람들이 미워하고 마을의 선한 사람들 또한 좋아하지 않는 사람은 그의 행(行)에 실(實)이 없다 하였습니다.

구합은 정견 없이 남을 추수(追隨)함이며, 무실(無實)은 선자(善者)의 편이든 불선자의 편이든 자기의 입장을 갖지 못함에서 연유하는 것이라 할 수 있습니다. 정견이 없는 입장이 있을 수 없고 그 역(逆)도 또한 참이고 보면, 『논어』의 이 다이얼로그(dialogue)가 우리에게 유별난 의미를 갖는 까닭은, 타협과 기회주의에 대한 신랄한 비판이면서 더욱 중요하게는 파당성(派黨性, parteilichkeit)에 대한 조명과 지지라는 사실 때문이라고 생각합니다.

불편부당(不偏不黨)이나 중립을 흔히 높은 덕목으로 치기도 하지만, 바깥 사회와 같은 복잡한 정치적 장치 속에서가 아니라 지극히 단순화된 징역 모델에서는 좋은 사람과 나쁜 사람이 싸울 때의

'중립'이란 실은 중립이 아니라 기회주의보다 더욱 교묘한 편당(偏黨)임을 쉽게 알 수 있습니다.

마찬가지로 '마을의 모든 사람들'로부터 호감을 얻으려는 심리적 충동도, 실은 반대편의 비판을 두려워하는 '심약함'이 아니면, 아무에게나 영합하려는 '화냥끼'가 아니면, 소년들이 갖는 한낱 '감상적 이상주의'에 불과한 것이라 해야 합니다. 이것은 입장과 정견이 분명한 실(實)한 사랑의 교감이 없습니다. 사랑은 분별이기 때문에 맹목적이지 않으며, 사랑은 희생이기 때문에 무한할 수도 없습니다.

징역을 살 만큼 살아본 사람의 경우가 아마 가장 철저하리라고 생각되는데 '마을의 모든 사람'에 대한 허망한 사랑을 가지고 있거나 기대하는 사람은 아무도 없습니다. 이것은 '증오에 대하여 알 만큼 알고 있기' 때문이라 믿습니다.

증오는 그것이 증오하는 경우든 증오를 받는 경우든 실로 견디기 어려운 고통과 불행이 수반되게 마련이지만, 증오는 '있는 모순'을 유화(宥和)하거나 은폐함이 없기 때문에 피차의 입장과 차이를 선명히 드러내줍니다. 그러므로 우리는 증오의 안받침이 없는 사랑의 이야기를 신뢰하지 않습니다. 왜냐하면 증오는 '사랑의 방법'이기 때문입니다.

장마 사이사이 불볕입니다.

하도장성(夏道長成), 여름의 도(道)가 장(長)과 성(成)에 있다니 물·불이 번갈아 기승을 안 부릴 수도 없다 싶습니다.

8월 6~12일, 대전시민회관에서 정향 선생 문하 관선회(觀善會) 서예전이 열립니다. 동생이 8월 초에 다녀갈 참이면 이왕 이때를 맞추어 다녀가면 좋겠습니다. —1983.7.29.

빗속에 서고 싶은 충동

계수님께

소매 걷어붙이고 밀린 일을 쳐내듯, 여름 대낮 그 숨 막히는 정적을 박살내며 강철 같은 소낙비가 창살 나란히 내리꽂히면, 나는 어느덧 빗줄기에 우쭐우쭐 춤추는 젖은 나뭇잎이 되어 어디 산맥을 타고 달려오는 우렛소리를 기다리며, 그 세찬 하강(下降)을 거슬러 용천(龍天)하듯 솟아오르는 목터진 정신에 귀 기울입니다.

이번 여름은 소나기가 잦아 그때마다 빗속에 서고 싶은 충동을 다스리지 못해 마음이 빗나가기 한두 번이 아니었습니다. 그러나 소나기가 씻어가는 것이 비단 더위만이 아니라 지붕의, 골목의, 그리고 우리들 의식 속의 훨씬 더 많은 잔재임을 알 수 있습니다. 우람한 자연의 역사(役事)는 비록 빗속에 서지 않는다 하더라도 우리를 청신한 창조의 새벽으로 데려다주는 것임을 알겠습니다.

장승처럼 선 자리에 발목 박고 세월보다 먼저 빛바래가는 우리들에겐 수시로 우리의 얼굴을 두들겨줄 여름 소나기의 질타가 필요합니다. 그러기에 우리는 무릎 칠 공감을 구하여 깊은 밤 살아 있는 책장을 넘기기도 하고, 같은 아픔을 가지기 위하여 좁은 우산을 버리고 함께 비를 맞기도 하며, 어줍잖은 타산(他山)의 돌 한 개라도 소중히 간수하면서……, 우리의 내부에서 우리를 질타해 줄 한 그릇의 소나기를 만들어가야 하는 것이라 믿습니다.

중복 근처의 한더위 속에서 미리 가을철 청량한 바람을 생각해 보는 것도 그리 허무한 피서법만은 아닙니다. 왜냐하면 더위도 고비가 있고 가을도 다 때가 있는 법이기 때문입니다. 입추 건너 머지않아 처서입니다.

—1983.8.2.

무거운 흙

계수님께

며칠 전 1급 우량수들이 머지않아 이사 가게 될 신축 교도소에 일 나갔다 왔습니다. 제초(除草), 평탄(平坦)작업 등 나들이 삼아 보내준 수월한 작업이었습니다.

오랜 세월을 징역 살아온 1급수들은 과연 징역의 달인들답게 엄청난 주벽(周壁)과 철창에도 주눅 들지 않고 흡사 내 집 마련해서 가꾸는 흥겨움으로 걸죽한 농담 우스개를 잘도 화답해가며 일손을 쉬지 않았습니다.

그러나 앞으로 몇 해나 더 이곳에 자신을 가두어야 하나 착잡한 생각에 눌리었는지, 농담 우스개도 뚝 끊기고 돌자갈에 삽날 우는 소리만 적막을 더해주는 그런 섬뜩한 순간이 문득문득 찾아옵니다.

1919년 기미년의 함성 속에서 준공된 현재의 대전감옥은 그 높은 벽돌담으로 하여 세상으로부터 철저히 격리된 땅이었지만 반세기도 훨씬 더 지난 지금에 와서 돌이켜보면 오히려 험난한 현대사의 한복판에서 무수한 사연들로 점철된 땅이었음을 알게 됩니다.

나는 그날 이곳의 흙 한 줌을 가지고 가서 새 교도소의 땅에 묻었습니다. 수많은 사람들의 피땀으로 얼룩진 흙 한 줌을 떼어들자 역사의 한 조각을 손에 든 양 천 근의 무게가 잠자는 나의 팔을 타고 뛰어들어 심장의 전율로 맥박 칩니다. 나는 이 살아서 숨 쉬는 흙 한 줌을 나의 가슴에 묻듯이 새 교도소의 땅에 묻고 돌아왔습니다.

불더위와 물소나기가 그리도 팽팽히 싸워쌓더니, 끝내 더위가 한풀 꺾이고 말았습니다. 그러나 이긴 것은 물이 아니라 세월이었다 해야 할 것입니다. 이제 추위가 닥치기까지의 짧은 가을을 앞에 놓고, 나는 더위에 힘 부쳐 헝클어진 생각을 잘 꾸려서 그런대로의 마무리를 해두고 싶습니다. —1983.9.9.

타락과 발전

형수님께

말복날 점심때 악대부원들이 토끼고기를 보내왔습니다. 악대실습장에서 기르던 토끼를 잡아서 주전자에다 끓인 소위 '토끼찌개'입니다. 서화반 아홉 식구 중에서 반은 먹지 않고, 반은 맛있게(?) 먹었는데 저는 작년 겨울과는 달리 금년은 먹은 쪽입니다. 저녁에 악대부원들이 입방하여 다들 나를 먹지 않은 쪽으로 꼽다가 먹은 게 드러나자, 어떤 사람은 '타락'이라 하고 어떤 사람은 '발전'이라 하였습니다. 제 자신도 이를 발전이라고 치고 있는데, 아침나절 토끼 두 마리를 잡느라 장정 여섯 명이 달려들어 법석을 떨던 도살의 이야기는 난생처음 먹은 뱃속의 토끼고기를 몹시 불편하게 하였습니다.

『맹자』의 「곡속장」(觳觫章)에 토끼는 아니지만 이와 비슷한 이야기가 있습니다. 제선왕(齊宣王)이 어느 날 흔종(釁鐘)을 하기 위해 제물(祭物)로 끌려가는 소를 목격하고는 '벌벌 떨면서 죄없이 사지로 끌려가는 소가 애처로워'〔不忍其觳觫若 無罪而就死地〕 소를 양으로 바꾸라 하였습니다. 이는 재물을 아끼어 큰 것을 작은 것으로 바꾼 것이 아니라, 소는 보았고 양은 보지 못하였으므로 양은 참을 수 있으나 소는 참을 수 없었기 때문이었다 하여 맹자는 이 측은지심(惻隱之心)을 높이 사서 제선왕에게서 보민(保民)의 덕(德)을 보았던 것입니다.

저의 경우는 작년 겨울의 토끼고기는 먹지 않았고 금년 여름의 토끼고기는 먹었는데, 제선왕의 경우와는 반대로 작년 겨울의 토끼는 보지 못하였고 금년 여름의 토끼는 제가 6공장에서 새끼 두 마리를 손수 얻어다가 건네주었을 뿐 아니라 운동시간에도 가끔 토끼장을 찾아보기까지 한 것입니다. 왕실 궁정의 한가로운 인의(仁義)가 누항(陋巷)의 조야(粗野)한 현실에 통할 리도 없고, 또 중토끼 두 마리를 스무 명이 나누어 먹은 찌개가 '피가 되고 살이 될' 리도 없고 보면 토끼에 얽힌 우리의 이야기를 '보민의 덕'이나 '보신(補身)의 욕(慾)'이란 개념으로 환원해버리기에는 훨씬 복잡한 내용을 하고 있음에 틀림없습니다.

측은지심은 대개 죽음과 관련되는 것에서 민감하게 촉발되는 것이지만, 사실은 살아가는 문제, 특히 선량하게 살아가는 문제와 더욱 깊숙이 관련되는 것이어야 하며 그럼으로써 그것의 감상적 차원을 뛰어넘을 수 있다고 생각합니다.

저는 어머님의 평가가 염려되기는 하지만 어쨌든 '타락'보다는 '발전'이라는 사람들의 이야기가 마음에 듭니다. — 1983. 9. 19.

독다산(讀茶山) 유감(有感)

아버님께

유배지의 정다산(丁茶山)을 쓴 글을 읽었습니다. 이조를 통틀어 대부분의 유배자들이 배소(配所)에서 망경대(望京臺)나 연북정(戀北亭) 따위를 지어 임금에 대한 변함없는 충성과 연모를 표시했음에 비하여 다산은 그런 정자를 짓지도 않았거니와 조정이 다시 자기를 불러줄 것을 기대하지도 않았습니다. 그는 해배(解配)만을 기다리는 삶의 피동성과 그 피동성이 결과하는 무서운 노쇠(老衰)를 일찍부터 경계하였습니다. 그는 오히려 농민의 참담한 현실을 자신의 삶으로 안아들이는 애정과 능동성을 통하여 자신의 삶에 새로운 지평을 열었을 뿐 아니라, 나아가 이조의 묵은 사변(思辨)에 신신(新新)한 목민(牧民)의 실학(實學)을 심을 수 있었다 하겠습니다.

다산의 이러한 애정과 의지는 1800년 그가 39세로 유배되던 때부터 1818년 57세의 고령으로 해배될 때까지의 18년이란 긴 세월 동안 한시도 흐트러진 적이 없었으며 마침내 『목민심서』(牧民心書) 등 500권의 저술을 비롯하여 실학의 근간을 이룬 사색의 온축(蘊蓄)을 이룩하였습니다. 물론, 다산학(茶山學)과 실학에 대해서는 일정한 한계와 편향이 없지 않음이 지적될 수 있다고 생각됩니다. 이를테면 이조 후기, 봉건적 지배질서가 무너지기 시작하고, 농민들이 그 거칠고 적나라한 저항의 모습을 역사의 무대에 드러내는 이른바 '민강(民強)의 시대'에, 봉건질서의 청산이 아닌 그것의 보정(補整)·개량이라는 구궤(舊軌)를 벗어나지 못하였다고 하겠습니다. 목민심서의 '목'(牧) 자에 담긴 관학적(官學的) 인상(印

象)과 '심'(心) 자에서 풍기는 그 관념성 역시 그냥 지나쳐버릴 수 없는 것이라 생각합니다.

그러나 이는 다산 개인의 한계로서가 아니라 다산이 살던 그 시대 자체의 역사적 미숙으로 받아들여져야 하리라고 믿습니다. 더구나, 나아가 벼슬자리에 오르면 왕권주의자가 되고 물러나 강호(江湖)에 처하면 자연주의자가 되기 일쑤인 모든 봉건 지성의 시녀성과 기회주의를 둘 다 시원히 벗어던지고, 갖가지의 수탈장치 밑에서 허덕이는 농민의 현실 속에 내려선 다산의 생애와 사상은 분명, 새 세기의 새로운 양식의 지성에 대한 값진 전범(典範)을 보인 것이라 할 수 있습니다.

저는 다산 선생의 유배생활을 아득히 더듬어보면서 실로 부러움을 금치 못합니다. 그가 거닐었던 고성암, 백련사, 구강포의 산천이며, 500여 권의 저술을 낳은 산방(山房)과 서재, 그리고 많은 지기(知己)와 제자들의 우의가 그렇습니다.

그러나 다산 선생의 유배생활을 부러워하는 것은 그만 못한 저의 징역 현실을 탓하려 함이 아니며 더구나 저의 무위(無爲)를 두호(斗護)하려 함도 아닙니다. 왜냐하면 무엇을 만든다는 것은 먼저 무엇을 겪는다는 것이며, 겪는다는 것은 어차피 '온몸'으로 떠맡는 것이고 보면 적성(積成)이 없다 하여 절절한 체험 그 자체를 과소평가할 수 없는 것이기 때문입니다.

그러기에 제가 정작 부러워하는 것은 객관적인 처지의 순역(順逆)이 아닙니다. 생사별리(生死別離) 등 갖가지 인간적 고초로 가득 찬 18년에 걸친 유형의 세월을 빛나는 창조의 공간으로 삼은 '비약'(飛躍)이 부러운 것입니다. 그리고 비약은 그 어감에서 느껴지는 화려함처럼 어느 날 갑자기 나타나는 '곱셈의 논리'가 아니라는 점에서 더욱 그렇습니다.

—1983.9.21.

어머님의 민체(民體)

어머님께

오늘은 추석입니다. 추석이라지만 어머님을 가뵙지 못하고 어머님 또한 편찮으셔서 오시지 못하시니 가절(佳節)을 맞은 어머님의 상심이 오죽하실까 걱정됩니다. 비록 어머님을 가까이서 뵙지는 못해도 저는 어머님을 항상 몸 가까이 느끼고 있습니다. 하루 세끼 밥때는 물론, 빨래를 하거나 걸레질을 하는 등 생활의 구석구석에서 하루에도 몇 번씩 어머님을 만나고 있습니다.

그뿐만 아니라 어머님께서 전에 써 보내주시던 모필서간문(毛筆書簡文)의 서체는 지금도 제가 쓰고 있는 한글서체의 모법(母法)이 되어, 궁체와는 사뭇 다른, 서민들의 훈훈한 체취를 더해주고 있습니다. 어머님은 붓글씨에 있어서도 저의 스승인 셈입니다.

— 1983.9.21.

녹두 씨올

계수님께

지난 8일에는 공주로 사회참관을 다녀왔습니다. 무령왕릉은 연전에도 다녀온 일이 있었습니다만 이번에는 그곳을 돌아나오면서 갑오농민혁명의 최대 격전지였던 '우금치'를 찾았던 일이 매우 인상 깊었습니다. 그곳에는 '갑오농민혁명기념비'(甲午農民革命紀念碑)라 부조(浮彫)된 그리 크지 않은 비가 석대(石臺) 위에 서 있고, 주위의 잡목과 성근 잔디는 때마침 추풍에 구르는 낙엽들로 해서 잊혀져가고 있는 유적지 특유의 스산한 풍경을 만들고 있었습니다.

저는 이날 저녁 제가 가진 근대사의 우금치 공방전에 관한 부분을 다시 읽어보았습니다. 종전에는 소위 공주전투에 참가한 농민군의 수가 10만~20만으로 알려져왔으나 그 대부분은 편의대(便衣隊)의 봉기농민과 그 가족들이었고 실제의 병력은 훨씬 적은 것으로 밝혀졌습니다.

농민군의 전투부대는 전봉준이 인솔한 4,000명을 포함한 호남농민군 1만을 주축으로 한 도합 2만이었다고 합니다. 그외에 목천(木川) 세성산(細城山)의 김복용 부대와, 효포(孝浦)에 진출한 옥천포 부대가 있었으나 이들은 우금치전투의 전초전에서 일본군과 관군의 선제 기습공격으로 괴멸되었기 때문에 공주전투에는 참가하지 못하였으며, 일찍이 전주화약(全州和約)에 이르기까지 연전연승해온 손화중, 최명선 부대는 일본군의 해안상륙에 대비하여 나주에 주둔하였고, 김개남 부대는 후비(後備) 부대로서 전주에 남아 있었습니다. 이처럼 농민군 주력이 공주, 나주, 전주 세 방면으로 분산된 반면 관군과 일본군은 공주 일점(一點)에 그 전력을 집중시키고 있었습니다. 원래 농민군의 전략상의 강점은 관군을 광범한 농촌, 농민들 속으로 깊숙이 분산, 유인하여 타격하는 운동전(運動戰)에 있음에도 불구하고 공주전투에서는 이 집중과 분산의 전략이 역전되어 있었다는 것이 결정적 결함으로 지적되고 있습니다. 이러한 결함은 후일 신돌석 부대 등 농민 출신 의병장의 의병투쟁에서 발전적으로 극복되게 되지만 이는 너무나 값비싼 희생을 치른 교훈이라 하겠습니다.

이에 비하여 상대편은 미나미오 시로(南小四郞) 소좌가 이끄는 일본군 정예 1,000명, 그리고 관군으로는 중앙영병(中央營兵) 3,500명, 지방영병 7,000명으로 도합 1만여 명이었습니다. 그들은 화력과 장비에 있어서 월등할 뿐 아니라 특히 일본군은 관군을 그들의 작전 지휘 아래 두어 병력의 부족을 충분히 보강하였을 뿐 아니라 일본 국내에서의 내란 진압, 대만에서의 민중탄압, 청일전쟁 등 풍부한 실전경험을 갖추고 있었습니다.

1894년 12월 4일 농민군은 이곳 우금치를 삼면에서 포위하여 30리의 장사진으로 그 처절한 격전을 전개하였습니다. 뺏고 빼앗기기 40, 50차를 거듭한 6~7일간의 혈전에서, 결국 일본군의 집중된 전력과 지리(地利), 우세한 화력과 작전에 정면승부를 건 농민군이 무참한 패배를 당하게 됩니다. 이곳 우금치의 전투를 분수령으로 하여 농민군은 끝내 그 세를 만회하지 못한 채 은진, 금구, 태인 등지에서 패배에 패배를 거듭, 농민군의 피로써 그 막을 내리게 됩니다.

갑오농민전쟁은 그 참담한 패배에도 불구하고 19세기 아시아 민족운동의 큰 봉우리로서, 그리고 그 이후 한국근대사의 골간을 이루는 의병투쟁, 독립전쟁의 선구로서 찬연히 빛나고 있다는 점에서 저는 "누가 프랑스혁명을 실패로 끝났다고 하는가?"라는 앙

드레 말로의 노기 띤 반문을 상기하게 됩니다.

어느 시인은 녹두장군의 죽음에 다음과 같이 헌시(獻詩)하고 있습니다.

나는 죽어 쑥국새 되리라.
이 강산 모든 땅 위를 날며, 햇살 빛덩이를 찍어물어,
집집마다 토담마다 가슴마다 묻고 심고 심고 묻는…….

그날 우리는 무심한 아이들 네댓 명 멀찌감치 서서 지켜보는 가운데 사과를 먹고 당시의 혈전을 증거하듯 붉게 타는 단풍잎 한 장 가지고 돌아왔습니다. 돌아오는 차 속에서 절구(絶句) 한 짝 읊어보았습니다.

산함려성인내천 녹두화처풍사연
山含黎聲人乃天　綠豆花處楓似然

그저께 아버님 다녀가신 편에 소식 잘 들었습니다. 빈백(鬢白)의 아버님께 듣는 어머님의 입원 소식은 마음 아픈 일입니다. 형수님, 계수님께서 잘 간호하시리라 믿습니다. 지난달에 보내주신 돈 받고 10월 22일 편지드렸습니다만 못 받으셨다니 다시 적었습니다.

이제 성큼 겨울로 다가선 느낌입니다. 교도소의 차가운 땅을 그 밝은 금빛 꽃송이로 따뜻이 데워주던 황국(黃菊)도 인제는 꽃을 떨어버리고 뿌리로만 남아서 겨울을 맞이할 채비를 하고 있습니다.

— 1983. 11. 12.

보호색과 문신

형수님께

월간지 『자연』(自然)에는 특집으로 「벌레들의 속임수」(あざむく虫たち)가 계속 연재되고 있는데 지난달에는 애벌레〔幼蟲〕와 나방들의 문양과 색깔에 관하여 소개하고 있습니다.

애벌레를 먹이로 하는 소조(小鳥)들은 애벌레가 눈에 뜨이기만 하면 재빨리 쪼아먹습니다. 그러나 소조가 애벌레를 보는 순간 공포를 느끼거나 과거에 혼찌검이 난 경험이 연상되는 경우에는 일순 주저하게 되는데, 이 일순의 주저가 애벌레로 하여금 살아남을 수 있는 기회를 제공해준다고 합니다.

그래서 애벌레들은 오히려 소조를 잡아먹는 맹금류(猛禽類) 등 포식자(捕食者)의 눈을 연상시키는 '안상문'(眼狀紋)을 등허리의 엉뚱한 곳에 그려놓고 있거나, 포식자가 입을 벌릴 때 나타나는 구내색(口內色)을 연상시켜 깜짝 놀라게 하는 '경악색'(驚愕色)을 몸에 입고 있습니다. 올빼미나 매의 눈을 몸에 그려놓고 있는 놈, 몸을 움츠려 뱀의 머리모양으로 둔갑하는 놈, 맹금의 무늬를 빌려 입고 있는 놈, 구내색으로 새빨갛게 단장한 놈……. 수천만 년(?)에 걸쳐 쌓아온 벌레들의 지혜가 놀랍기만 합니다.

부모의 보호가 없음은 물론, 자기 자신을 지킬 힘도, 최소한의 무기도 없는 애벌레들이 험한 세상을 살아가기 위하여 궁리해낸 기만, 도용(盜用), 가탁(假託)의 속임수들이 비열해보이기보다는 과연 살아가는 일의 진지함을 깨닫게 합니다.

교도소에는 몸에 문신을 한 사람이 많습니다. 전과가 한두 개 더 되는 사람이면 십중팔구 바늘로 살갗을 찔러 먹물을 넣는 소위

兄嫂님 前上書

月刊誌「自然」에는 特輯으로「벌레들의 속임수」(あざむく虫たち)가
계속 연재되고 있는데 지난달에는 애벌레(幼虫)와 나방들의 紋樣과 색갈에
관하여 소개하고 있읍니다.
애벌레를 먹이로하는 小鳥들은 애벌레가 눈에 뜨이기만하면 재빨리 쪼아
먹습니다. 그러나 小鳥가 애벌레를 보는 순간 공포를 느끼거나 과거에
혼찌검이 난 경험이 聯想되는경우에는 일순 주저하게 되는데, 이 일순의
주저가 애벌레로 하여금 살아 남을수 있는 기회를 제공해준다고 합니다.
그래서 애벌레들은 오히려 小鳥를 잡아먹는 猛禽類등 捕食者의
눈을 연상시키는「眼狀紋」을 등허리의 엉뚱한 곳에 그려놓고 있거나,
捕食者가 입을 벌일때 나타나는 口肉色을 연상시켜 깜짝놀라게 하는
「驚愕色」을 몸에 입고 있읍니다. 올빼미나 매의 눈을 몸에 그려놓고 있는 놈,
몸을 움츠려 뱀의 머리모양으로 둔갑하는 놈, 맹금의 무늬를 빌려입고 있는놈,
口肉色으로 새빨갛게 단장한 놈······. 수천만년(?)에 걸쳐 쌓아온
벌레들의 지혜가 놀랍기만 합니다.
父母의 보호가 없음은 물론, 자기자신을 지킬 힘도, 최소한의 武器도 없는
애벌레들이 험한세상을 살아가기 위하여 궁리해낸 欺瞞, 盜用, 假託의
속임수들이 비열해보이기 보다는 과연 살아가는 일의 진지함을 깨닫게 합니다.

교도소에는 몸에 文身을한사람이 많습니다. 前科가 한두개 더되는 사람이면
십중팔구 바늘로 살갗을 찔러 먹물을 넣는 소위 "이레즈미"(入墨)를 하고
있읍니다. 龍, 호랑이, 毒거미, 칼····· 무시무시한 그림이나, 복수, 必殺, 一心 등
원한이나 毒氣 풍기는 글을 새겨 놓고 있읍니다. 이러한 문신은 보는사람들을
겁주기위한 것이라는 점에서 본질적으로는 애벌레들의 眼狀紋이나 경악색과
다를바 없는것이라 할수 있읍니다. 험한 세상을 살아가기 위하여는 "돈이나 권력이
있든지 그렇지못하면 하다못해 주먹이라도 있어야 한다"는 지극히 단순하되 正鵠을
찌른 達觀을 이 서투른 문신은 이야기해주고 있읍니다.
社會의 거대한 메카니즘속에서, 地球의 自轉처럼 如實이 느낄수 없는 엄청난
「힘」들의 틈바구니 속에서「종이 호랑이」만도 못한 이 서투른 문신이 이들의 알몸을
어떻게 지켜줄수 있을까···· 생각하면 불행한 사람들의 가난한 그림입니다.

하루의 징역을 끝내고 곤히 잠들어 고르게 숨쉬는 가슴위에 四天王보다 험상궂은 얼굴로
눈떠있는 짐승들을 바라보고 있노라면 차라리 한마리의 짐승을 배워야하는 그 혹독한
처지가 가슴을 저미는 아픔이 되어 가득히 차오릅니다.

주용이 아파서 入院하였다니 깜짝 놀랐읍니다.
아버님 말씀이 곧 퇴원한다니 그만한가 생각됩니다만
아픈몸도 몸이려니와 그 어린 마음이 받은정신적 충격을
어떻게 소화해가는지 염려됩니다. 病床의 경험이
주용이의 정신의 성숙에 값진 계기가 되도록 형수님의
차분하신 理智를 믿습니다. 어머님 지금쯤
퇴원하셨는지. 지난번 가족좌담회는 느산한
느낌이었읍니다. 보내주신 돈 잘 받았읍니다.

11. 22. 대전에서 삼촌 드림.

'이레즈미'(入墨)를 하고 있습니다. 용, 호랑이, 독거미, 칼……, 무시무시한 그림이나 복수, 필살(必殺), 일심(一心) 등 원한이나 독기 풍기는 글을 새겨놓고 있습니다. 이러한 문신은 보는 사람들을 겁주기 위한 것이라는 점에서 본질적으로는 애벌레들의 안상문이나 경악색과 다를 바 없는 것이라 할 수 있습니다. 험한 세상을 살아가기 위하여는 "돈이나 권력이 있든지 그렇지 못하면 하다못해 주먹이라도 있어야 한다"는 지극히 단순하되 정곡을 찌른 달관을 이 서투른 문신은 이야기해주고 있습니다.

사회의 거대한 메커니즘 속에서, 지구의 자전처럼 개인이 느낄 수 없는 엄청난 '힘'들의 틈바구니 속에서, '종이 호랑이'만도 못한 이 서투른 문신이 이들의 알몸을 어떻게 지켜줄 수 있을까……. 생각하면 불행한 사람들의 가난한 그림입니다.

하루의 징역을 끝내고 곤히 잠들어 고르게 숨 쉬는 가슴 위에 사천왕보다 험상궂은 얼굴로 눈떠 있는 짐승들을 바라보고 있노라면 차라리 한 마리의 짐승을 배워야 하는 그 혹독한 처지가 가슴을 저미는 아픔이 되어 가득히 차오릅니다.

주용이 아파서 입원하였다니 깜짝 놀랐습니다. 아버님 말씀이 곧 퇴원한다니 그만한가 생각됩니다만 아픈 몸도 몸이려니와 그 어린 마음이 정신적 충격을 어떻게 소화해가는지 염려됩니다. 병상의 경험이 주용이의 정신의 성숙에 값진 계기가 되도록 형수님의 차분하신 이지(理智)를 믿습니다. 어머님은 지금쯤 퇴원하셨는지…….

— 1983. 11. 22.

어머님의 자리

어머님께

병상에 계신 어머님을 가뵈었다 하여 어찌 이를 효도라 할 수 있으며, 감당치 못해 눈물을 쏟아놓고 어찌 그것을 사랑이라 부를 수 있겠습니까. 저는 바람같이 어머님 앞을 스쳐오고 나니 꿈도 같고 생시도 같아 허전하기 짝이 없습니다만, 잠시 글썽일 뿐으로 제게 눈물 한 방울 보이지 않은 채 맞고 보내주시는 어머님이 얼마나 대견하고 우뚝하게 저의 마음에 남아 있는지, 생각하면 가슴 흐뭇합니다.

5남매 다 길러 저만큼 되었으니 인제 흰 치마폭 한자락 허리에 찌르고 여한 없이 이승 떠나도 되겠다 하시지만, 아직 기다려야 할 자식 하나 옹이 져서 가슴에 못 박혔으니 모진 세월 독하게 여미어 여든 노구(老軀) 절골(折骨)의 병고도 눈물 한 방울 없이 견디시느니 여겨집니다.

기다린다는 것은 모든 것을 참고 견디게 하고, 생각을 골똘히 갖게 할 뿐 아니라, 무엇보다 자기의 자리 하나 굳건히 지키게 해주는 옹이같이 단단한 마음입니다. 그러나 과도하게 기우는 마음은 애증 간에 심신을 상하게 한다 합니다. 어머님께서도 부디 평정한 마음으로 '어머님의 자리' 하나, 겨울철 아랫목의 따뜻한 방석 같은 자리 하나 간수하셔서 저희의 언 마음들이 의지하게 해주시기 바랍니다.

아버님 하서 받았습니다. 형수님, 계수님 그리고 누님들 너무 꾸중 마시고 간호해주시는 아주머님께도 창졸간에 드리지 못하고 떠난 인사 전해주시기 바랍니다.

어머님 당부하신 대로 몸조심하고 행실 조심하겠습니다. 어머님의 쾌차하심과 아버님의 강건하심을 빌며 이만 각필합니다.

— 1983. 12. 2.

바라볼 언덕도 없이

아버님께

우송해주신 난정첩(蘭亭帖)과 하서 잘 받았습니다.

이번에 보내주신 난정첩은 원촌대(原寸大) 영인본과는 달리 자획을 확대하여 요연(瞭然)히 읽을 수 있게 하였고 권미(卷尾)에 문자 분류까지 첨부하여 그 필취(筆趣)의 묘(妙)를 명쾌히 대비해주고 있습니다. 우선 문장을 새겨 문리(文理)를 튼 다음 임서(臨書)할 작정으로 있습니다.

연전에 찾아가신 책 중에 제가 보던 『개자원화보』(芥子園畵譜, 單卷拔萃本)가 집에 있으면 보내주시기 바랍니다. 영석이 이사한 집 주소 몰라서 편지 띄우지 못하고 있습니다.

오늘은 눈도 하얗게 쌓여 세모의 정경을 앞당겨놓았습니다. 옥중에서 해를 더하기도 이미 십수번이 더 되는데도 새삼스레 마음이 예사롭지 못한 까닭은 연만(年滿)하신 부모님을, 그도 병상에 두었기 때문인가 합니다. 어머님 환후가 좋아지셨다는 형님 말씀 곧이듣고 마음 놓습니다.

추만세한노화장 부우모수초연고
秋晩世寒爐火長　父憂母愁草煙高
희수학발백운리 첨망불급우무호
喜壽鶴髮白雲裏　瞻望弗及又無岵

세모에 적어본 졸작 일구(一句)입니다. — 1983.12.18.

시험의 무게

형수님께

지금도 이따금 꾸는 꿈 중에 국민학교 때의 시험장 광경이 있습니다. 꿈에 보는 시험장은 언제나 초조하고 불안한 분위기로 가득 찬 것입니다. 이를테면 시험시간에 대지 못하여 아무도 없는 운동장, 긴 복도를 부랴부랴 달려왔으나 교실문은 굳게 닫혀 열리지 않고 급우들은 제 답안지에 얼굴을 박고 있을 뿐, 시간은 자꾸 흐르고, 땀도 흐르고……. 그러다 깜짝 잠이 깨면 30년도 더 지난 아득한 옛날의 기억입니다.

30년도 더 된 옛일이 지금도 꿈이 되어 가위 누르는 것을 보면 어린이들의 마음을 누르는 시험의 무게가 얼마나 가혹한 것이었던가를 다시 생각케 합니다.

가장 이상적인 교육은 놀이와 학습과 노동이 하나로 통일된 생활의 어떤 멋진 덩어리—일감—를 안겨주는 것이라 합니다. 『논어』「옹야편」(雍也篇)에 '지지자 불여호지자 호지자 불여락지자'(知之者 不如好之者 好知者 不如樂之者)라는 구절이 있습니다. 안다는 것은 좋아하는 것만 못하고 좋아하는 것은 그것을 즐기는 것만 못하다 하여 '지'(知)란 진리의 존재를 파악한 상태이고, '호'(好)가 그 진리를 아직 자기 것으로 삼지 못한 상태로 보는 데에 비하여 '낙'(樂)은 그것을 완전히 터득하고 자기 것으로 삼아서 생활화하고 있는 경지로 풀이되기도 합니다.

즐거운 마음으로 무엇을 궁리해가며 만들어내는 과정을 살펴보면, 우선 그 즐거움은 놀이이며, 궁리는 학습이고, 만들어내는 행위는 곧 노동이 됩니다. 이러한 생활 속의 즐거움이나 일거리와는 하등의 인연도 없이 칠판에 백묵으로 적어놓은 것이나 종이에 인쇄된 것을 '진리'라고 믿으라는 '요구'는 심하게 표현한다면 어른들의 폭력이라 해야 합니다. 이런 무리한 요구에 억눌려 자라지 못하는 무수한 가능성의 싹들을 생각하면 시험과 성적과 모범 등……, 이러한 학교의 도덕적 규준이 만들어내는 품성이 과연 어떠한 것인가에 대하여 회의를 품지 않을 수 없게 됩니다.

창의성 있고 개성 있는 어린이, 굵은 뼈대를 가진 어린이를 알아보지 못하고 도리어 불량학생이란 흉한 이름을 붙여 일찌감치 엘리트 코스에서 밀어내버리고, 선생님 말 잘 듣고 고분고분 잘 암기하는 수신형(受信型)의 편편약골을 기르고 기리어 사회의 동량(棟樑)의 자리를 맡긴다면 평화로운 시기는 또 그렇다 치더라도 역사의 격동기에 조국을 지켜나가기에는 아무래도 미덥지 못하다 생각됩니다. 저는 훨씬 나중에야 그 '우등'의 본질을 보다 정확하게 파악하고 열등생으로의 대전락(大轉落)(?)을 경험하게 되지만, 어린 시절 우등생이라는 명예(?)가 어쩐지 다른 친구들로부터 나를 소외시키는 것 같아 일부러 심한 장난을 저질러 선생님의 꾸중을 자초하던 기억이 있습니다. 이러한 장난들은 우등생과 열등생 사이를 넘나들던 정신적 갈등의 표현이었음을 지금에야 깨닫게 됩니다.

저는 우용이와 주용이가 시험성적이 뛰어난 우등생에 그치지 않고 동시에 자기의 주견(主見)과 창의에 가득 찬 강건한 품성을 키워가기 바랍니다.

그날 학교 앞에서 잠시 삼촌을 보여줄 때 '우용이, 주용이는 아직 어리고 삼촌은 또 바빠서' 다만 '다음'을 약속하고 바람같이 떠나고 말았습니다만 우용이의 침착하고, 주용이의 발랄한 인상에서 결코 약골이 아님을 읽을 수 있었습니다. 소년을 보살피는 일은 천체망원경의 렌즈를 닦는 일처럼 별과 우주와 미래를 바라보는 일이라 생각됩니다.

—1983년 세모에.

과거의 추체험(追體驗)

계수님께

"인체의 해부는 원숭이의 신체구조를 이해하는 실마리를 제공한다."

이것은 역사 연구에 있어서 유명한 현재주의(現在主義, presentism)의 '표제'(表題)입니다. 현재의 관심과 갈등을 과거에 투영함으로써 일단 완성되고 끝마쳐진 것으로 치부되었던 과거를 그 칠흑의 망각으로부터 현재의 갈등과 싸움의 현장으로 이끌어 내자는 역사 인식의 능동성을 상징하는 것입니다.

이러한 역사 인식의 방법은 자주 지적되어온 바와 같이 주관주의의 오류에 빠지기 쉽고 따라서 진실성이 유용성(有用性)으로 흘러버릴 위험을 안고 있음이 사실입니다. 그러나 이러한 위험을 경계하고 있는 한, 우리는 이 현재주의의 정신으로부터 주체적 능동성이라는 귀중한 교훈을 얻을 수 있으며, 이러한 교훈은 비단 역사 연구에 있어서뿐만 아니라 한 사람의 평범한 개인이 자신의 인생을 정돈함에 있어서도 훌륭한 생활철학이 된다고 생각합니다.

특히 징역살이와 같이 과거가 무슨 '업'(業)이 되어 현재의 모든 가능성을 덮어누르고 있는 경우, 이 인식에 있어서의 능동성은 훨씬 더 적극적인 의미를 띠는 것이라 생각됩니다.

과거를 돌이켜보는 행위가 어쩌면 신대륙을 재발견하는 도로(徒勞) 같기도 하고, 자칫 노인들의 회고벽으로 격이 떨어질 우려도 없지 않으나 앞날을 겨냥하는 적극적 체계 속에서 이를 재조명하는 과거의 추체험(追體驗)은 과거를 새로이 발굴하고 종전의 의미를 뒤바꿔놓음으로써 단순한 온고(溫故)의 의미를 넘어서 '자유'와 '해방'의 의미마저 띠게 되는 것이라 믿습니다.

그러나 과거를 다시 체험하고 그 뜻을 파헤치다가도 일을 도리어 그르치는 예를 허다히 봅니다. 우리는 참회록이라는 지극히 겸손한 명칭에도 불구하고 정신의 오만으로 가득 찬 저서들을 자주 만나게 됩니다. 이러한 오만은 자신의 실패나 치부를 파헤치긴 하되 그것은 어디까지나 나중의 성취를 돋보이게 하기 위한 조명적 장치로서의 성격을 떨쳐버리지 못함에서 오는 것으로, 이것은 결국 불행이나 실패에 대한 이해의 일회적이고 천박함에서 오는 오만—인생 그 자체에 대한 오만—이라 해야 합니다.

그리고 우리는 과거 쪽에 마음을 너무 많이 할애함으로써 현재의 갈등과 쟁투가 그 전진적 몸부림을 멈추고 거꾸로 과거에로 도피해버리는 예를 많이 봅니다. 과거에로의 도피는 한마디로 패배이며, '패배가 주는 약간의 안식'에 귀의하여 과거에의 예종(隷從), 숙명론적 굴레를 스스로 만드는 행위입니다.

나는 이 숱한 문제들과 정면 대결하는 긴긴 겨울밤을 좋아합니다. 꽁꽁 얼어붙은 하늘을 치달리는 잡념을 다듬고 간추려서 어린 시절부터 지금에 이르기까지 내가 겪었던 하나하나의 일들과 만나고 헤어진 모든 사람들의 의미를 세세히 점검하는 겨울밤을 좋아합니다. 까맣게 잊어버렸던 일들을 건져내기도 하고, 사소한 일에 담겨 있는 의외로 큰 의미에 놀라기도 하고, 극히 개인적인 사건으로 알았던 일에서 넘치는 사회적 의미를 발견하기도 하고, 심지어는 만나고 헤어진다는 일이 정반대의 의미로 남아 있는 경우도 없지 않아 새삼 놀람을 금치 못할 때도 있습니다. 그리고 이러한 모든 것에서 만나는 것은 매양 나 자신의 이러저러한 모습입니다.

바로 이 점에서 이러한 겨울밤의 사색은 손 시린 겨울빨래처럼 마음 내키지 않는 때도 있지만 이는 자기와의 대면(對面)의 시간이며, 자기 해방의 시간이기 때문에 소중히 다스리지 않을 수 없는 일이라 생각합니다. 과거를 파헤치지 않고 어찌 그 완고한 정지(停止)를 일으켜 세울 수 있으며, 과거를 일으켜 세워 걸리지 않고 어찌 그 중압에서 자유로울 수 있으며, 과거로부터 자유롭지 않고서 어찌 새로운 것으로 나아갈 수 있으랴 싶습니다.

지난번 집에 잠시 들렀을 때는 바쁘고 경황없어서 아무 이야기도 나누지 못하고 말았습니다만 계수님과는 언젠가는 좋은 말동무가 되리라고 믿고 있습니다. 그리고 편지에 쓰신 떡국도 머지않아 먹을 수 있으리라고 믿고 있습니다. —1984.1.6.

사람은 부모보다 시대를 닮는다

아버님께

형님 오시면 말씀드릴 요량으로 하루 이틀 미루다 너무 늦었습니다만 아버님 하서와 『개자원보』(芥子園譜) 진작 받았습니다.

내일이 섣달그믐, 새삼 어머님 환후에 생각이 미쳐 소용도 없는 걱정입니다. 노구에 중환이라 회복이 더딜 수밖에 없겠습니다만 욕심에 지금쯤 털고 일어나시지나 않았나 바라기도 합니다. 오는 춘삼월께는 병상의 구진(垢塵)을 말끔히 떨어버리고 가볍게 봄나들이하실 수 있는 '회춘'(回春)을 빕니다.

아버님께선 어머님 간호하시느라 달리 틈이 없으시리라 짐작됩니다만 얼마 전 간행된 『조선 전기 사회경제 연구』 혹시 일독하셨는지, 아마 아버님 집필에 참고되리라 믿습니다.

역사 연구에 있어서의 사회경제적 분석은 특정 사상이 연유하고 있는 물질적 토대로부터의 귀납적 인식을 주고, 그것에 대한 거시적이고 범주적인 이해를 뒷받침해줌으로써, '나무는 보되 숲은 보지 못하는' 관견(管見)의 우(愚)를 막아준다고 생각됩니다. 특히 아버님께서 다루고 계시는 시대는 아직도 사가(史家)들에 따라 각기 다르게 주장되고 있는 시대이니만치, 사회경제적 분석에 의한 검토가 선행될 필요가 있다고 생각됩니다.

물론 어떤 사상체계에 있어서 개인의 역할과 창의를 부정하는 것은 아니지만, 그 개인은 언제나 시대와 사회라는 시공적(時空的) 상황 속에 갇혀 있기 때문에 개인이 자유롭게 결정했던 일들에 있어서마저도 나중에는 그것에 일관된 방향을 부여한 사회경제적 법칙이 스스로 윤곽을 드러내는 예를 허다히 보게 됩니다.

심지어는 어느 개인의 독창이라고 일컬어지는 사상이나 업적도 대개는 그 개인의 정신세계 내에서 굴절, 추상, 재편된 상황 그 자체인 경우가 많습니다.

결국 『사명당실기』의 서두에서 인용하신 "사람은 그 부모보다 그 시대를 닮는다"는 아버님의 글이 이상의 모든 서술의 압축이라 하겠습니다. 이번의 점필재 연구에 있어서도 이러한 입장이 견지되어야 하리라 믿습니다.

소대한(小大寒) 다 지나고도 연일 강추위가 기승이더니 오늘은 비닐창에 상화(霜花) 피지 않은 눅은 날씨입니다. 겨울 추위도 정미(正味) 1월 한 달입니다. 2월, 3월, 4월……, 겨울을 춥게 사는 사람은 대신 봄을 일찍 발견합니다.

— 1984. 1. 31.

한 발 걸음

형수님께

우리 방에서 가장 빨리 달리는 20대의 청년과 가장 느린 50대의 노년이 경주를 하였습니다. 토끼와 거북이의 우화를 실연(實演)해본 놀이가 아니라 청년은 한 발로 뛰고 노년은 두 발로 뛰는 일견 공평한 경주였습니다. 결과는 예상을 뒤엎고 50대 노년이 거뜬히 이겼습니다. 한 발과 두 발의 엄청난 차이를 실감케 해준 한 판 승부였습니다. 우김질 끝에 장난 삼아 해본 경주라 망정이지 정말 다리가 하나뿐인 불구자의 패배였다면 그 침통함이란 이루 형언키 어려웠을 것입니다.

그런데 징역살이에서 느끼는 불행 중의 하나가 바로 이 한 발 걸음이라는 외로운 보행입니다. 실천과 인식이라는 두 개의 다리 중에서 '실천의 다리'가 없기 때문입니다. 사람은 실천활동을 통하여 외계의 사물과 접촉함으로써 인식을 가지게 되며 이를 다시 실천에 적용하는 과정에서 그 진실성이 검증되는 것입니다. 실천은 인식의 원천인 동시에 그 진리성의 규준이라 합니다.

이처럼 '실천 → 인식 → 재실천 → 재인식'의 과정이 반복되어 실천의 발전과 더불어 인식도 감성적 인식에서 이성적 인식으로 발전해갑니다. 그러므로 이 실천이 없다는 사실은 거의 결정적인 의미를 띱니다. 그것은 곧 인식의 좌절, 사고의 정지를 의미합니다. 흐르지 않는 물이 썩고, 발전하지 못하는 생각이 녹슬 수밖에 없는 이치입니다.

제가 징역 초년, 닦아도 닦아도 끝이 없는 생각의 녹을 상대하면서 깨달은 사실은 생각을 녹슬지 않게 간수하기 위해서는 앉아

兄嫂님 前上書

우리방에서 가장 빨리 달리는 20代의 青年과 가장느린 50代의 老年이 競走를 하였읍니다. 토끼와 거북이의 寓話를 實演해본 놀이가 아니라 청년은 한발로 뛰고 노년은 두발로 뛰는 一見 공평한 경주였읍니다. 결과는 예상을 뒤엎고 50代 노년이 거뜬히 이겼읍니다. 한발과 두발의 엄청난 차이를 실감케해준 한판 승부였읍니다.
우김질 끝에 장난삼아 해본 경주라 망정이지 정말 다리가 하나뿐인 불구자의 패배였다면 그 침통함이란 이루 형언키 어려웠을 것입니다.

그런데 징역살이에서 느끼는 불행중의 하나가 바로 이 한발 걸음이라는 외로운 歩行입니다. 實踐과 認識이라는 두개의 다리중에서 「실천의 다리」가 없기때문입니다. 사람은 실천활동을 통하여 外界의 事物과 접촉함으로써 인식을 가지게 되며 이를 다시 실천에 적용하는 과정에서 그 眞理性이 檢證되는 것입니다. 실천은 인식의 원천인 동시에 그 眞理性의 規準이라 합니다. 이처럼 "실천 → 인식 → 재실천 → 재인식"의 과정이 반복되어 실천의 발전과 더불어 인식도 感性的 인식에서 理性的 인식으로 발전해갑니다. 그러므로 이 실천이 없다는 사실은 거의 결정적인 의미를 띱니다. 그것은 곧 인식의 좌절, 사고의 정지를 의미합니다. 흐르지 않는 물이 썩고, 발전하지 못하는 생각이 녹슬수 밖에 없는 이치입니다.

제가 징역初年 닦아도 닦아도 끝이 없는 생각의 녹을 상대하면서 깨달은 사실은 생각을 녹슬지 않게 간수하기위해서는 앉아서 녹을 닦고 있을것이 아니라 생각자체를 키워나가야 한다는 사실이었읍니다. 요컨대 일어서서 걸어야 한다는 것입니다.
"이랑 많이 일굴수록 쟁깃날은 빛나고" 流水逢河海 흐르는 물은 바다를 만난다는 너무나 평범한 日常의 재확인이었읍니다만 이것이 제게 갖는 뜻은 결코 예사로운것이 아니었읍니다.
그러나 막상 일어나서 걷고자할 경우의 허전함, 다리하나가 없다는 절망은 다시 그자리에 주저앉게 합니다. 징역속에 주저 앉아 있는 사람들이 맨처음 시작하는 일이 책을 읽는 일입니다.
그러나 독서는 실천이 아니며 독서는 다리가 되어주지 않았읍니다. 그것은 역시 한발걸음이었읍니다.
더구나 독서가 우리를 피곤하게하는 까닭은 그것이 한발걸음이라 더디다는 데에 있다기보다는 "인식 → 인식 → 인식 ···"의 과정을 되풀이하는동안 앞으로 나아가기는 커녕 현실의 튼튼한 땅을 잃고 공중으로 공중으로 지극히 관념화해간다는 사실입니다.

그래서 결국 저는 다른 모든 불구자가 그러듯이 목발을 짚고걸어가기로 작정하였읍니다. 제가 처음 목발로 삼은 것은 다른사람들의 경험 즉 「過去의 實踐」이었읍니다.
목발은 비록 단단하기는 해도 자기의 피가 통하는 생다리와 같을수 없기때문에 두개의 다리가 좋곤 서로 차질을 빚어 걸음이 더디고, 뒤뚱거리고, 넘어지기 일쑤였읍니다. 그러나 이 어색한 걸음새도 세월이 흐르고 목발에 손때가 묻으면서 그럭저럭 이력이 나고 步速과 맵시(?)가 붙어갔읍니다.

그런데 이경우의 소위 이력이란 것이 제게는 매우 귀중한 교훈을 주는것입니다.
그것은 목발이 생다리를 닮아서 이루어진 숙달이 아니라 반대로 생다리가 목발을 배워서 이루어진 숙달이라는 사실입니다. 다시말하자면 나의 인식이 내가 목발로 삼은 그 경험들의 임자들의 인식을 배우고 그것을 닮아감으로써 비로소 걸음걸이를 얻었다는 사실입니다.
목발의 발전에 의한것이 아니라 생다리의 발전에 의한 것이라는 사실은 事前에는 반대로 예상했던 것이었던 만큼 실로 충격적인 것이었읍니다.

더욱 놀라운것은 함께살아가고 있는 징역 동료들의 경험들이 단지 과거의 것으로 化石化되어 있지 않고 현재의 징역 그自体와 튼튼히 연계되거나 그 일부를 구성하고 있음으로 해서 강렬한 現在性을 띠고 있다는 사실입니다. 과거의 실천이란 죽은 실천이 아니라 살아서 숨쉬고 있는 것이라는 사실의 발견은 나의 목발에 피가 통하고 감각이 살아나는듯한 감동을 안겨주는 것이었읍니다.

실천이란 반드시 劇的 構造를 갖춘 큰 규모의 일만이 아니라 사람이 있고 일거리가 있는 곳이면 어디든지 흔전으로 널려있다는 제법 익은듯한 생각을 가져보기도 합니다.
사람은 각자 저마다의 걸음걸이로 저마다의 人生을 걸어가는 것이겠지만, 땅을 박차서 땅을 얻든, 그위에 쓰러져 그것을 얻든, 죽어서 땅속에 묻히기까지는 巨大한 실천의 大陸 위를 걸어가기 마련이라 생각됩니다.

× ×

三月. 길고 추웠던 겨울이 끝나려하고 있읍니다. 어쩌면 옥담밑 어느 후미진 곳에 봄은 벌써 작은 풀싹으로 와 있는지도 모를 일입니다. 어떻든 봄은 산너머 남쪽에서 오는것이 아니라 발밑의 언땅을 뚫고 솟아오르는 것이라 생각됩니다.
보내주신 中國語책 잘 받았읍니다. 어머님 아버님을 비롯하여 우용이 주용이에 이르기까지 봄의 活氣 충만하길 빕니다.

1984. 3. 1. 대전서 삼촌 드림.

서 녹을 닦고 있을 것이 아니라 생각 자체를 키워나가야 한다는 사실이었습니다. 요컨대 일어서서 걸어야 한다는 것입니다.

"이랑 많이 일굴수록 쟁깃날은 빛나고", 유수봉하해(流水逢河海), 흐르는 물은 바다를 만난다는 너무나 평범한 일상의 재확인이었습니다만 이것이 제게 갖는 뜻은 결코 예사로운 것이 아니었습니다. 그러나 막상 일어나서 걷고자 할 경우의 허전함, 다리 하나가 없다는 절망은 다시 그 자리에 주저앉게 합니다.

징역 속에 주저앉아 있는 사람들이 맨 처음 시작하는 일이 책을 읽는 일입니다. 그러나 독서는 실천이 아니며 독서는 다리가 되어주지 않았습니다. 그것은 역시 한 발 걸음이었습니다. 더구나 독서가 우리를 피곤하게 하는 까닭은 그것이 한 발 걸음이라 더디다는 데에 있다기보다는 '인식 → 인식 → 인식……'의 과정을 되풀이하는 동안 앞으로 나아가기는커녕 현실의 튼튼한 땅을 잃고 공중으로 공중으로 지극히 관념화해간다는 사실입니다.

그래서 결국 저는 다른 모든 불구자가 그러듯이 목발을 짚고 걸어가기로 작정하였습니다. 제가 처음 목발로 삼은 것은 다른 사람들의 경험 즉 '과거의 실천'이었습니다.

목발은 비록 단단하기는 해도 자기의 피가 통하는 생다리와 같을 수 없기 때문에 두 개의 다리가 줄곧 서로 차질을 빚어 걸음이 더디고, 뒤뚱거리고, 넘어지기 일쑤였습니다. 그러나 이 어색한 걸음새도 세월이 흐르고 목발에 손때가 묻으면서 그럭저럭 이력이 나고 보속(步速)과 맵시(?)가 붙어갔습니다.

그런데 이 경우의 소위 이력이란 것이 제게는 매우 귀중한 교훈을 주는 것입니다. 그것은 목발이 생다리를 닮아서 이루어진 숙달이 아니라 반대로 생다리가 목발을 배워서 이루어진 숙달이라는 사실입니다. 다시 말하자면 나의 인식이 내가 목발로 삼은 그 경험들의 임자들의 인식을 배우고 그것을 닮아감으로써 비로소 걸음걸이를 얻었다는 사실입니다. 목발의 발전에 의한 것이 아니라 생다리의 발전에 의한 것이라는 사실은 사전(事前)에는 반대로 예상했던 것이었던 만큼 실로 충격적인 것이었습니다.

더욱 놀라운 것은 함께 살아가고 있는 징역 동료들의 경험들이 단지 과거의 것으로 화석화되어 있지 않고 현재의 징역 그 자체와 튼튼히 연계되거나 그 일부를 구성하고 있음으로 해서 강렬한 현재성을 띠고 있다는 사실입니다. 과거의 실천이란 죽은 실천이 아니라 살아서 숨 쉬고 있는 것이라는 사실의 발견은 나의 목발에 피가 통하고 감각이 살아나는 듯한 감동을 안겨주는 것이었습니다.

실천이란 반드시 극적 구조를 갖춘 큰 규모의 일만이 아니라 사람이 있고 일거리가 있는 곳이면 어디든지 흔전으로 널려 있다는 제법 익은 듯한 생각을 가져보기도 합니다.

사람은 각자 저마다의 걸음걸이로 저마다의 인생을 걸어가는 것이겠지만, 땅을 박차서 땅을 얻든, 그 위에 쓰러져 그것을 얻든, 죽어서 땅속에 묻히기까지는 거대한 실천의 대륙 위를 걸어가게 마련이라 생각됩니다.

3월, 길고 추웠던 겨울이 끝나려 하고 있습니다. 어쩌면 옥담 밑 어느 후미진 곳에 봄은 벌써 작은 풀싹으로 와 있는지도 모를 일입니다. 어떻든 봄은 산 너머 남쪽에서 오는 것이 아니라 발밑의 언 땅을 뚫고 솟아오르는 것이라 생각됩니다. —1984.3.1.

수만 잠 묻히고 묻힌 이 땅에

계수님께

이삿짐 싸느라고 한창입니다. 일도 많거니와 주변도 어수선합니다.

자기 짐이 많은 사람은 남의 일손을 도울 겨를이 없습니다. 많이 가진 사람은 도리어 적게 가진 사람의 도움을 받습니다. 언제나 그렇듯이 빈손이 일손입니다. 적게 가지고 살기 위해서는 아낌없이 버려야 하는데 작은 것 하나 버리는 데도 매우 큰 용기가 필요합니다.

나는 최소한의 것으로 살아가려고 하고 있습니다. 그러나 식기 3개, 칫솔, 수건, 젓가락 각 1개씩만으로 징역을 살아가는 용기 있는 사람들을 생각하면 비록 무기징역을 핑계 삼는다 하더라도 아직 더 버려야 합니다. 용기는 선택이며 선택은 골라서 취하는 것이 아니라 어느 한쪽을 버리는 일이라 생각합니다.

며칠 후 마지막으로 사람이 떠나고 나면 중촌동 1번지 대전교도소의 65년 역사도 끝입니다. 짐 싸 부치고 난 뒤의 휑뎅그렁한 거실, 운동장에 서면 훌훌 털어버리고 집에 돌아가는 것도 아닌데, 나는 어쩐 일인지 마음 홀가분하고 즐거워집니다.

"야! 거기 화단자리 밟지 마라."

"이제 이사 갈 텐데 어때."

"아니야, 우리가 떠나고 난 뒤 이곳에 꽃이 피게 해야지."

수만(數萬) 잠 묻히고 묻힌 이 땅에 필시 빛나는 꽃 피어나리라 믿습니다. 중촌동 교도소에서 쓰는 마지막 편지입니다.

— 1984. 3. 15.

징역보따리 내려놓자

아버님께

'대전시 중구 대정동 36번지.'

지난 20일 우리들이 이사 온 새 교도소의 번지입니다. 이 골짜기의 옛 이름은 도적골〔賊谷〕이었다 합니다. 이름에 붙은 살(煞)이 얼마나 질긴 것이었으면 옛날의 그 도적골에 이제 동양 최대의 교도소를 짓고 각지의 도둑 수천 명이 들어앉았습니다. 역사의 익살 같습니다.

제1호송차에서 제1번으로 내린 저는 그 소란 속에서 먼저 주위의 산야를 둘러보았습니다. 임꺽정이가 산채를 이룰 만한 험준한 산세도 못 되고, 어디 울창한 숲이 있었을 성싶지도 않은 그저 평범한 야산들의 능선 몇 개가 이리저리 엎드려 있을 뿐이었습니다. 아마 옛날 이곳에 근거했던 선배들도 실은 오늘 묶여온 후배들과 마찬가지로 변변찮은 좀도적에 불과하였으리라는 생각에 잠시 쓸쓸한 마음이 됩니다.

구 교도소의 철문을 버스로 나올 때 우리들은 20여 분의 짧은 시간에 불과하지만 '사회'를 보는 기쁨에, 옥담 벗어나는 해방감(?)에 저마다 흐르는 물이 되어 즐거운 소리 내더니 저만치 새 교도소의 높은 감시대와 견고한 주벽(周壁)이 달려오자 어느새 하나 둘 말수가 줄면서 고인 물처럼 침묵하고 맙니다.

중촌동 교도소에서 우리와 같은 공기를 마시고, 인색한 겨울 햇볕을 똑같이 나누어 입던 낯익은 나무들이 우리보다 먼저 와 서 있습니다. 와락 반가운 마음이 되다가 그 모습이 너무 처연합니다.

여름이면 무성한 잎사귀로 척박한 땅을 축축히 적셔주던 그 넉넉한 팔을 죄다 잘리고 남은 몸뚱아리 새끼로 동인 채 낯선 땅에 서서 새로운 뿌리 내리려고 땀 흘리고 있었습니다. 온갖 시새움에도 아랑곳없이 3월과 4월 사이, 바야흐로 봄이 오고 있습니다.

"산자락 깎아내린 미답의 생땅 위에 자! 우리의 징역보따리 내려놓자."

"우리의 힘겨운 청춘을 내려놓자."

인편에 어머님 환후가 많이 좋아지셨다는 말을 듣고 마음 가벼워집니다.

백유유과 기모태지읍 기모왈 타일태자미상읍 금읍하야

伯兪有過　其母笞之泣　其母曰　他日笞子未嘗泣　今泣何也

대왈 유득죄태상통 금모지력불능 사통시이읍

對曰　兪得罪笞常痛　今母之力不能　使痛是以泣

(백유가 잘못을 저질러 어머니가 종아리를 때렸는데 그가 울었다. 어머니가 말하기를 "전에 때릴 때는 울지 않더니 지금은 왜 우느냐?" 대답하기를 "전에는 아팠는데 지금은 아프지 않으니 어머님의 근력이 쇠하였음을 슬퍼합니다.")

『소학』(小學)을 읽다가 불현듯 어머님께 종아리 맞아보고 싶은 충동이 가슴 가득 차오릅니다. 백유(伯兪)와는 달리 종아리 맞지 않았으되 그 아픔이 선연한 눈물이 될 것 같습니다.

어머님께서 걱정하시던 겨울도 감기 한 번 앓지 않고 지냈습니다. 아버님, 어머님 평안을 빌며 이만 각필합니다.　—1984.3.26.

구 교도소와 신 교도소

형수님께

남은 짐 챙기러 중촌동 구 교도소에 갔다 온 영선부원한테서 우리가 떠나온 곳의 정경을 들었습니다.

밤이면 도깨비 외발 춤추게 된 구석구석에 바람 먹은 비닐자락들이 땅바닥을 긁어 을씨년스럽기 짝이 없는데, 아! 굶주리다 못한 쥐들이 사람을 향해서 달려온다고 합니다. 취사장에 불 꺼진 지 이미 십수일, 식량창고에 흘린 낱알이 여태 남았을 리 없고 보면 사람이 없는 곳에 쥐들의 입에 들어갈 것 또한 없을 수밖에 없습니다.

포클레인, 불도저의 강철손이 달려들기 훨씬 이전에 완벽한 기근이 먼저 쥐들을 엄습할 줄을 우리는 미처 생각하지 못했습니다.

15척 옥담은 이제 사람 대신 뼈만 앙상하게 남은 쥐들을 가두고 있는 셈입니다. 지금쯤 어느 '모세' 같은 쥐가 드디어 소문(所門)을 찾아내어 무리를 이끌고 지옥 같은 사지(死地)를 벗어나 젖과 꿀이 흐르는 중촌동 마을로 들어갔는지도 모를 일입니다.

우리가 살던 땅에 굶주리고 있는 쥐들의 소식은 아직도 청산되지 않은 비극의 자욱 같은 것입니다.

새 교도소는 강철과 콘크리트의 집입니다.

콘크리트의 긴 복도를 울리는 철문소리는 그동안 우리들이 얼마나 많은 것들을 잊은 채 살아왔던가를 깨우쳐주고 있습니다. 밤중의 정적을 부수는 금속성은 우리들의 안주해온 타성을 여지없이 깨뜨리고, 머릿속에, 가슴속에, 혈관 속에 잠자던 수많은 세포들을 또렷이 깨어나게 해줍니다. 새벽의 바람처럼 우리의 정신을 곧추세워줍니다.

오늘 아침에는 창문을 두드리듯 지척에서 까치가 짖어댑니다.

"그랬었지. 산이 가까이 있었구나."

까치도 산도 보이지 않는 창에 눈 대신 귀를 갖다대고 대정동 최초의 산까치 소리를 듣습니다.

"너희들은 누구냐! 너희들은 누구냐!"

산속에 숨어서 우리들을 지켜보다 못해 던지는 질문 같습니다.

머지않아 수많은 산새들이 우리들의 지붕 위에 신선한 아침을 뿌려주리라 믿고 있습니다.

이사 전후의 술렁거림도 잠시간일 뿐, 교도소는 신속하게 본연의 질서로 돌아가 있습니다. 우리는 물론 이보다 더 신속하게 우리의 자세를 정돈해두고 있습니다. —1984.4.2.

닫힌 공간, 열린 정신

형수님께

옷은 새 옷이 좋고 사람은 헌 사람이 좋다고 하는데, 집의 경우는 어느 쪽이 좋은지 생각 중입니다. 집은 옷과 달라서 우리 몸에 맞추어 지은 것이 아니며, 집은 사람과 달라서 시간이 흘러도 양보해주지 않습니다. 새 교도소에 이사 와서 보니 새집은 역시 길들일 것이 많습니다.

소혹성에서 온 어린 왕자는 '길들인다는 것은 관계를 맺는 것'이라고 합니다. 관계를 맺음이 없이 길들이는 것이나 불평등한 관계 밑에서 길들여진 모든 것은, 본질에 있어서 억압입니다. 관계를 맺는다는 것의 진정한 의미는 무엇을 서로 공유하는 것이라 생각됩니다. 한 개의 나무의자든, 높은 정신적 가치든, 무엇을 공유한다는 것은 같은 창문 앞에 서는 공감을 의미하며, 같은 배를 타고 있는 운명의 연대를 뜻하는 것이라 생각됩니다.

작년까지만 하더라도 인적이 없던 이 산기슭에 지금은 새하얀 벽과 벽에 의하여 또박또박 분할된 수많은 공간들로 가득 찼습니다. 저는 그중의 어느 각진 1.86평 공간 속에 곧추앉아서 이 냉정한 공간과 제가 맺어야 할 관계에 대하여 생각해봅니다.

수많은 공간과 그것의 지극히 작은 일부를 채우는 64kg의 무게, 높은 옥담과 그것으로는 가둘 수 없는 저 푸른 하늘의 자유로움을 내면화하려는 의지……. 한마디로 닫힌 공간과 열린 정신의 불편한 대응에 기초하고 있는 이러한 관계는 교도소의 구금(拘禁) 공간과 제가 맺어야 할 역설적 관계의 본질을 선명하게 밝혀줍니다. 그것은 길들여지는 것과는 반대 방향을 겨냥하는 이른바 긴장과 갈등의 관계입니다. 그것은 관계 이전의 어떤 것, 관계 그 자체의 모색이라 해야 할 것입니다.

긴장과 갈등으로 팽팽히 맞선 관계는 대자적(對者的) 인식의 한 조건일 뿐 아니라 모든 '살아 있는' 관계의 실상입니다. 관계를 맺고 난 후의 편안하게 길들여진 안거(安居)는 일견 '관계의 완성' 또는 '완숙한 관계'와 같은 외모를 하고 있지만 그 내부에는 그것을 가져다준 관계 그 자체의 붕괴가 시작되고 있음을, 이미 붕괴가 끝나가고 있음을 허다히 보아왔기 때문입니다.

저는 새 교도소에 와서 느끼는 이 갈등과 긴장을 교도소 특유의 어떤 것, 또는 제 개인의 특별한 경험 내용에서 연유된 것이라 생각하지 않고, 사물의 모든 관계 속에 항상 있어온 '관계 일반의 본질'이 우연한 계기를 만나 잠시 표출된 것으로 생각합니다. 그래서 저는 이 긴장과 갈등을 그것 자체로서 독립된 대상으로 받아들이기보다 도리어 이것을 통하여 관계 일반의 본질에 도달할 수 있는 하나의 시점으로 이해하려 합니다. 그리하여 제 자신과 제 자신이 놓여 있는 존재 조건을 정직하게 인식하는 귀중한 계기로 삼고자 합니다. 그러나 저는 이 긴장과 갈등을 견딜 수 있고 이길 수 있는 역량을 제 개인의 고독한 의지 속에서 구하려 하지 않습니다. 그것은 새하얀 벽과 벽에 의하여 또박또박 분할된 그 수많은 공간마다에 사람들이 가득 차 있다는 사실에서 무엇보다도 확실하게 얻어질 수 있기 때문입니다.

비단 갇혀 있는 사람들뿐만 아니라 우리들이 많은 사람들 속에 존재하고 있다는 튼튼한 연대감이야말로 닫힌 공간을 열고, 저 푸른 하늘을 숨 쉬게 하며……, 그리하여 긴장과 갈등마저 넉넉히 포용하는 거대한 대륙에 발 딛게 하는 우람한 힘이라 믿고 있습니다. 관계를 맺는다는 것은 '아픔'을 공유하는 것에서부터 시작하는 것인가 봅니다.

보내주신 돈과 시계 잘 받았습니다. 잠겨 있는 옥방 안에서도 시계는 잘 갑니다. '막힌 공간에 흐르는 시간'……, 흡사 반칙(反則) 같습니다.

팔목에 시간을 가지고 있더라도 시간에 각박해지지 않도록 노력하겠습니다. 어차피 무기징역은 유유한 자세를 필요로 합니다.

4월의 훈풍은 산과 나무와 흙과 바위와 시멘트와 헌 종이와 빈 비닐봉지에까지 아낌없이 따뜻한 입김을 불어넣어주고 있습니다. 가내의 평안을 빕니다.

—1984.4.26.

타락의 노르마

계수님께

옛날의 귀부인들은 노예가 있는 옆에서 서슴없이 옷을 갈아입었다 합니다. 옆에 아무도 없는 것〔傍若無人〕으로 치든가 고양이나 강아지가 있는 것쯤으로 생각했던가 봅니다. 그러나 당시의 노예들은 생각마저 묶여 있어서 제대로 바라보지도 못하였으리라 생각됩니다. 그에 비하면 오늘의 수인들은 그 의식이 훨씬 자유롭기 때문에 많은 것을 관찰하는 셈입니다.

맨홀에서 작업 중인 인부에게 길 가는 사람들의 숨긴 곳이 노출되듯이, 낮은 자리를 사는 수인들에게는 사람들의 치부를 직시할 수 있는 의외의 시각이 주어져 있습니다. 비단 다른 사람들뿐만 아니라 재소자 자신들도 징역 들어와 머리 깎고 수의로 옷 갈아입을 때 예의, 염치, 교양……, 이런 것들도 함께 벗어버리는 사람이 대부분입니다. 이러저러한 까닭으로 해서 우리는 사람들을 쉽게 존경하지 않습니다.

꾸민 표정, 걸친 의상은 물론 지위, 재산, 학벌, 경력 등 소위 알몸이 아닌 모든 겉치레에 대하여 지극히 냉정한 시선을 키워두고 있습니다. 인간과 그 인간이 걸치고 있는 외식(外飾)을 구별하는 이 냉정한 시선은 다른 곳에서는 여간해서 얻기 어려운 하나의 통찰임에 틀림없으며 그렇기 때문에 별로 가진 것이 없는 우리들에게는 귀중한 자산의 하나가 아닐 수 없습니다.

그러나 이것은 그 사람의 가장 불우한 모습과, 그 사람의 가장 어두운 목소리로 그를 판단하는 것이며, 자칫 사람을 판단함에 있어 가학적(加虐的) 악의를 드러내기 쉬우며 그럼으로써 자기 자신

季嫂님께.

옛날의 貴婦人들은 奴隸가 있는 옆에서 서슴없이 옷을 갈아입었다 합니다. 옆에 아무도 없는것(傍若無人)으로 치든가 고양이나 강아지가 있는것쯤으로 생각했던가 봅니다. 그러나 당시의 노예들은 생각마저 묶여있어서 제대로 바라보지도 못하였으리라 생각됩니다. 그에 비하면 오늘의 囚人들은 그 意識이 훨씬 자유롭기때문에 많은것을 관찰하는 셈입니다.
맨홀에서 작업중인 인부에게 길가는 사람들의 숨긴곳이 노출되듯이, 낮은 자리를 사는 수인들에게는 사람들의 恥部를 직시할수있는 의외의 視角이 주어져 있습니다. 비단 다른사람들뿐만 아니라 재소자 자신들도 징역들어와 머리깎고 囚衣로 옷갈아입을때 예의, 염치, 교양.... 이런것들도 함께 벗어 버리는 사람이 대부분입니다.
이러 저러한 까닭으로해서 우리는 사람들을 쉽게 존경하지 않습니다. 꾸민 表情, 걸친 衣裳은 물론 지위, 재산, 학벌, 경력 등 소위 알몸이 아닌 모든 걸치레에 대하여 지극히 냉정한 시선을 키워두고 있습니다. 人間과 그 인간이 걸치고 있는 外飾을 구별하는 이 냉정한 시선은 다른곳에서는 여간해서 얻기 어려운 하나의 洞察임에 틀림으며 그렇기때문에 별로 가진것이 없는 우리들에게는 귀중한 資産의 하나가 아닐수 없습니다.
그러나 이것은 그 사람의 가장 불우한 모습과, 그 사람의 가장 어두운 목소리로 그를 판단하는것이며, 자칫 사람을 판단함에 있어 加害的 惡意를 드러내기 쉬우며 그럼으로써 자기자신의 결함을 합리화하려는 것입니다. 他人의 결함이 자기의 결함을 구제해줄수 없음에도 불구하고 사람을 그 결함에서 먼저 인식하며 비슷한 것이라도 발견되면 서둘러 안도의 심정이 되는것은 남은 고사하고 자기자신의 成長을 가로막는 고약한 심사가 아닐수 없습니다. 사람의 많은 부분은 상황에 따라 굴절되어 표현되기 때문에 그때 그때의 구체적인 현상을 어떤 순수한 본질에 비추어 규정하려는 태도는 이상주의적 幻想이 아니면 처음부터 부정적인 결론을 의도하는 비난 그 자체라 해야 합니다.
우리가 살고있는 징역살이만 하더라도 거기에는 囚衣가 요구하는 一定한 「타락의 노르마」가 있습니다. 그것이 어떤 평균치이건, 또는 하나의 假定値이건 이 「노르마」는 수의를 입은 모든사람을 事前的으로 규정합니다. 이것은 社會가 수인들을 보는 先入見에 그치지 않고 수인들이 자기자신을 바라 보는 경우에도 작용하는 이른바 안에서도 밖에서도 벗어나기 어려운 완고한 형틀입니다. 수인들로 하여금 징역속에서 예의나 염치를 헌옷 벗듯 손쉽게 벗어버리게 하는것도 바로 이 「타락의 노르마」입니다.
사람의 많은 부분이 상황에 따라 굴절되어 표현됨과 동시에 반대로 상황이 사람의 많은부분을 굴절시킨다는 사실을 수긍한다면 우리는 상황과 인간을 함께 唾罵하거나 함께 용서할수밖에 없다는 겸손한 생각을 길러야합니다.
사람을 판단하는것은, 그 판단의 主体가 또한 사람이라는 사실이 그것을 더욱 어렵게 하고 있습니다. 사람은 누구나 자신의 처지에 눈이 달리기 마련이고 자신의 그릇만큼의 강물밖에 뜨지 못합니다. 이러한 자신의 偏狹性과 특수성을 올바로 깨닫지못하는한 자기의 생각과 견해를 넓혀나가기는 몹시 어렵다고 생각됩니다.
징역의 이데올로기(?)속에 格納되어 있는 이 加害的이고 冷笑的인 視角은 어떠한 형태로든 청산되어야할 징역의 응달입니다. 그러나 징역이 아니면 얻기 어려운 냉정한 視角과 그 적라라한 人間学으로해서 기존의 도덕적 베일, 粉飾과 허위로부터 시원하게 벗어난 자유로운 정신은 징역의 모든 重壓을 보상해주고도 남는 값진것이 아닐수 없습니다. 이 자유로운 정신은 계란이 병아리를 약속하듯 새로운것에로의 가능성을 안고 있다고 믿습니다.
나는 징역에 고유한 「타락의 노르마」가 부끄러운 것이기 보다, 오히려 快適한 것으로 느껴지고, 우리들의 옆에서 행해지는 傍若無人의 언행이 노엽다기보다, 가식없는 実体를 보여주는 소중한 통찰로 생각됩니다.

× ×

새 교도소는 가까이 산이 있다는 사실이 커다란 구원입니다.
산의 모양도 정다울뿐아니라 岩石과 樹木이 서로 사이좋게 산을 나누어 흡사 剛柔를 겸비한 君子의 풍모입니다. 더우기 五月의 산은, 어딘가 바랜듯하던 빛깔의 三, 四月산과 달리, 하루가 다르게 더해가는 新綠으로하여 바야흐로 소매걷어부치고 무언가 시작하려는듯한 活氣로 가득 차 있습니다. 콩크리트벽에 둘러싸여 있기도하지만 더 크게는 五月의 산에 둘러싸여있는 나에게는 과연 어떤 새로움이 싹트고 있는지 살펴보아야겠습니다. 보내주신 돈 잘 받았습니다.

5. 7. 대전서 작은 형 씀.

의 결함을 합리화하려는 것입니다. 타인의 결함이 자기의 결함을 구제해줄 수 없음에도 불구하고 사람을 그 결함에서 먼저 인식하여 비슷한 것이라도 발견되면 서둘러 안도의 심정이 되는 것은 남은 고사하고 자기 자신의 성장을 가로막는 고약한 심사가 아닐 수 없습니다. 사람의 많은 부분은 상황에 따라 굴절되어 표현되기 때문에 그때그때의 구체적인 현상을 어떤 순수한 본질에 비추어 규정하려는 태도는 이상주의적 환상이 아니면 처음부터 부정적인 결론을 의도하는 비난 그 자체라 해야 합니다.

우리가 살고 있는 징역살이만 하더라도 거기에는 수의가 요구하는 일정한 '타락의 노르마'가 있습니다. 그것이 어떤 평균치이건, 또는 하나의 가정치(假定値)이건 이 '노르마'는 수의를 입은 모든 사람을 사전적(事前的)으로 규정합니다. 이것은 사회가 수인들을 보는 선입관에 그치지 않고 수인들이 자기 자신을 바라보는 경우에도 작용하는 이른바 안에서도 밖에서도 벗어나기 어려운 완고한 형틀입니다. 수인들로 하여금 징역 속에서 예의나 염치를 헌 옷 벗듯 손쉽게 벗어버리게 하는 것도 바로 이 '타락의 노르마' 입니다.

사람의 많은 부분이 상황에 따라 굴절되어 표현됨과 동시에 반대로 상황이 사람의 많은 부분을 굴절시킨다는 사실을 수긍한다면 우리는 상황과 인간을 함께 타매(唾罵)하거나 함께 용서할 수밖에 없다는 겸손한 생각을 길러야 합니다.

사람을 판단하는 것은, 그 판단의 주체가 또한 사람이라는 사실이 그것을 더욱 어렵게 하고 있습니다. 사람은 누구나 자신의 처지에 눈이 달리게 마련이고 자신의 그릇만큼의 강물밖에 뜨지 못합니다. 이러한 자신의 제한성과 특수성을 올바로 깨닫지 못하는 한 자기의 생각과 견해를 넓혀나가기는 몹시 어렵다고 생각됩니다.

징역의 이데올로기(?) 속에 격납(格納)되어 있는 이 가학적이고 냉소적인 시각은 어떤 형태로든 청산되어야 할 징역의 응달입니다. 그러나 징역이 아니면 얻기 어려운 냉정한 시각과 그 적나라한 인간학으로 해서 기존의 도덕적 베일, 분식(粉飾)과 허위로부터 시원하게 벗어난 자유로운 정신은 징역의 모든 중압을 보상해주고도 남는 값진 것이 아닐 수 없습니다. 이 자유로운 정신은 계란이 병아리를 약속하듯 새로운 것에로의 가능성을 안고 있다고 믿습니다.

나는 징역에 고유한 '타락의 노르마'가 부끄러운 것이기보다 오히려 쾌적한 것으로 느껴지고, 우리들의 옆에서 행해지는 방약무인(傍若無人)의 언행이 노엽다기보다 가식 없는 실체를 보여주는 소중한 통찰로 생각됩니다.

새 교도소는 가까이 산이 있다는 사실이 커다란 구원입니다. 산의 모양도 정다울 뿐 아니라 암석과 수목이 서로 사이좋게 산을 나누어 흡사 강유(剛柔)를 겸비한 군자의 풍모입니다. 더욱이 5월의 산은, 어딘가 바랜 듯하던 빛깔의 3, 4월 산과 달리, 하루가 다르게 더해가는 신록으로 하여 바야흐로 소매 걷어붙이고 무언가 시작하려는 듯한 활기로 가득 차 있습니다. 콘크리트 벽에 둘러싸여 있기도 하지만 더 크게는 5월의 산에 둘러싸여 있는 나에게는 과연 어떤 새로움이 싹트고 있는지 살펴보아야겠습니다.

— 1984. 5. 7.

민중의 창조

형수님께

형수님께서 보내주신 『민중 속의 성직자들』 그리고 돈 잘 받았습니다. 그들을 말미암음으로써 우리가 사는 시대를 더욱 선명하게 바라볼 수 있는 시각을 키워주는 '응달의 사람들', 소외되고 억눌리고 버려진 사람들 속에 자기 자신을 심고 그들과 함께 고반(苦飯)을 드는 사람과 자비의 이야기들은 뜻있는 삶이 어떤 것인가를 크지 않은 목소리로 말해주고 있습니다. 이 책을 읽는 동안 저의 뇌리를 줄곧 떠나지 않는 것은 "우리 시대의 민중은 누구인가?", "우리 사회의 민중은 어디에 있는가?"라는 집요한 자문입니다.

어느 시대, 어느 사회든 민중의 든든한 실체를 파악한다는 것은 매우 어려운 일이 아닐 수 없으며, 민중의 실체를 파악하지 못하는 한 그 시대, 그 사회를 총체적으로 인식할 수 없는 법입니다.

우리는 과거의 역사적 사실로서의 민중, 특히 격변기의 역사무대에 그 모습을 확연히 드러낸 경우의 민중에 대해서는 잘 알고 있습니다. 그러나 당대 사회의 생생한 현재 상황 속에서 민중의 진정한 실체를 발견해내는 데는 많은 사람들이 실패하고 있음을 우리는 알고 있습니다. 착종(錯綜)하는 이해관계와 이데올로기의 대립, 현실의 왜곡, 사실의 과장, 진실의 은폐 등 격렬한 싸움의 현장에서 민중의 참모습을 발견해내고 그것의 합당한 역량을 신뢰하기는 지극히 어려운 일이 아닐 수 없습니다.

기껏 잡은 것이 민중의 '그림자'에 불과하거나 '그때 그곳의 우연'에다 보편적인 의미를 입히고 있는 등……, 감상과 연민이 만들어낸 민중이란 이름의 허상이 우리들을 한없이 피곤하고 목마르게 합니다. 그것은 '왜 불행한가?'라는 불행의 원인에 대한 질문에로는 한 걸음도 나아가지 못하고 모든 것을 참으며 모든 것을 견디게 하는 '눈물의 예술'로 그 격이 떨어져 있기 때문입니다. 결국 그것은 위안을 줌으로써 삶을 상실케 하는 것이기 때문입니다.

저는 십수년의 징역살이 그 일인칭의 상황을 살아오면서 민중이란 결코 어디엔가 기성의 형태로 존재하는 것이 아니라 항상 새로이 '창조'되는 것이라 생각해오고 있습니다.

응달의 불우한 사람들이 곧 민중의 표상이 아님은 물론, 민중을 만날 수 있는 최소한의 가교(假橋)가 되어주지도 않습니다. 민중을 불우한 존재로 선험(先驗)하려는 데에 바로 감상주의의 오류가 있는 것입니다.

민중은 당대의 가장 기본적인 모순을 계기로 하여 창조되는 '응집되고 증폭된 사회적 역량'입니다. 이러한 역량은 단일한 계기에 의하여 단번에 나타나는 가벼운 걸음걸이의 주인공이 아닙니다. 장구한 역사 속에 점철된 수많은 성공과 실패, 그 환희와 비탄의 기억들이 민족사의 기저(基底)에 거대한 잠재력으로 묻혀 있다가 역사의 격변기에 그 당당한 모습을 실현하는 것입니다.

그러나 민중을 이렇게 신성시하는 것도 실은 다른 형태의 감상주의입니다. 어떠한 시냇물을 따라서도 우리가 바다로 나아갈 수 있듯이 아무리 작고 외로운 골목의 삶이라 하더라도 그곳에는 민중의 뿌리가 뻗어와 있는 것입니다. 이것이 바로 민중 특유의 민중성입니다. 부족한 것은 당사자들의 투철한 시대정신과 유연한 예술성입니다.

그 허상의 주변을 서성이며 민중을 신뢰하지 못하고 있는 많은 사람들의 실패가 설령 그들 각인의 의식과 역량의 부족에 연유된 것이라 할지라도, 저는 그들 개인의 한계에 앞서 우리 시대, 우리 사회 자체의 역사적 미숙으로 이해하려고 합니다. 왜냐하면 개인의 인식과 역량은 기본적으로는 사회적 획득물이기 때문입니다.

이사 온 지 두 달입니다만 아직도 쓸고 닦고 파고 메우고 고르고……, 크고 작은 일들로 주변이 어수선합니다. 그러나 새벽의 여름산에서 들려오는 산새소리, 때묻지 않은 자연의 육성은 갖가지 인조음에 시달려온 우리의 심신을 5월의 신록처럼 싱싱하게 되살려줍니다.

— 1984. 5. 22.

온몸에 부어주던 따스한 볕뉘

아버님께

다시 저의 현실로 돌아왔습니다.

어머님, 아버님 곁에서 지낸 며칠간은 흡사 물밑의 고기가 잠시 수면을 열고 하늘을 숨 쉰 것 같았습니다.

온몸에 부어주던 따스한 볕뉘와 야윈머리 정갈히 식혀주던 서늘한 바람은, 그곳에 마냥 머물고 싶게 하는 것이기도 하지만, 그것은 또한 돌아와 이곳을 견디게 해주는 든든한 힘이 되어주는 것이기도 합니다.

16년 전 당시의 이야기에 더하여 어머님의 병고와 아버님의 수고를 직접 목격하고 나니 제가 감당해야 할 짐이 교도소 안에만 있는 줄 알았던 저의 좁은 소견이 매우 부끄러워집니다. 그러나 우선은 받은 징역을 짐질 뿐 아버님, 어머님의 아픔에 대해 그저 무력할 뿐입니다.

잠실의 아침 호숫가를 어머님과 함께 걷고 싶었습니다.

어머님께서 꾸준히 보행 연습하시기 바랍니다.

어머님의 조속한 쾌차와 아버님의 너그러우신 두량(斗量)을 바랍니다.

저는 행여나 붙어 있을 속진(俗塵)을 말끔히 떨고 이제 제게 주어진 현실을 정직하게 살아가는 일이 남아 있습니다.

두 분 누님께도 안부 드립니다. —1984.6.19.

엿새간의 귀휴

계수님께

어제저녁 두 통 한꺼번에 배달된 계수님의 편지는 나의 생각을 다시 서울로 데려갑니다. 귀휴(歸休)란 돌아가 쉰다는 뜻인데도 아직 마음 편히 쉬기에는 일렀던가 봅니다. 귀휴 기간 동안 내가 해야 했던 것은 우선 엿새 동안에 지난 16년의 세월을 사는 일이었습니다. 16년 세월에 담긴 중량(重量)을 짐지는 일이며, 그 세월이 할퀴고 간 상처의 통증을 되살리는 일이었습니다. 그리고 만나는 모든 사람들의 시선이 향하고 있는 곳—나 자신을, 나도 또한 바라보지 않을 수 없었습니다.

다행히 십수년의 세월은 그 빛깔이나 아픔을 훨씬 묽게 만들어 주었고 가족들도 그 엄청난 충격을 건강하게 극복해두고 있어서 어떤 것은 마치 남의 일 대하듯 담담하게 이야기 나눌 수 있었습니다. 기쁜 일입니다.

그러나 그 오랜 세월에도 불구하고 풍화되지 않고 하얗게 남아 있는 슬픔의 뼈 같은 것이 함몰된 세월의 공허와 더불어 잔잔한 아픔으로 안겨오기도 하였습니다. 짐지고 서서 사는 일에는 어지간히 이력이 났거니 생각해온 나로서는 의외다 싶을 정도로 힘겨웠고 가족들의 따뜻한 포용에도 좀체 풀리지 않는 '어떤 갈증'에 목말라하기도 했습니다. 아마 계수님이 편지에 적은 '애정의 안식처'에 대한 갈구였는지도 모릅니다.

그러한 애정과 안식의 문제라면, 세상 사람들과 같은 옷 입고 섞여보아도 결코 사라지지 못하던 소외감이 그러한 갈구의 부당함을 준열히 깨우쳐주었고 나 자신 이전에 이미 정리해두고 있었던 일이기도 하였습니다.

그러나 교도소로 돌아오는 형님의 차 안에서 넥타이 풀고, 와이셔츠, 저고리, 바지 등 세상의 옷들을 하나하나 벗어버리고 다시 수의로 갈아입을 때, 그때의 유별난 아픔은 냉정한 이성의 언어를 거부하는 감정의 독립 같은 것이었습니다. 결국 이곳에 돌아와 자도자도 끝이 없는 졸음과 잠으로 대신할 수밖에 없었던 '휴식'이 차라리 잘된 일이라 생각됩니다.

돌이켜 생각해보면 귀휴 기간 동안에 내가 힘 부쳐했던 아픔과 갈증은 나 자신의 조급하고 밭은 생각 때문이란 반성을 갖게 됩니다. '사랑하기보다는 사랑받으려 하고 이해하기보다는 이해받으려 하는' '마음의 가난'에 연유한 것이라 생각됩니다.

남에게 자기를 설명하려고 하는 충동은 한마디로 자기 자신에 대한 자신감의 결여를 반증하는 것이라는 점에서 그것은 어차피 나 자신의 개인적인 문제로 귀착되는 것입니다.

바쁜 동생의 생활 질서를 깨뜨려놓았음은 물론 아무것도 모르는 꼬마들만 빼놓고, 여러 사람들을 본의 아니게 교란하지나 않았나 무척 송구스럽습니다. 늘 뒤켠으로 한 걸음 물러선 자리에서, 계수님의 표현대로 제일 아랫서열이기 때문에, 항상 어른들과 손님들의 울타리 바깥에서 무언가 내게 주려고 부지런히 오가며 애쓰던 계수님의 표정이 눈에 선합니다. 친정 부모님과 동생들께도 나의 '부족한 말씀과 인사'에 대하여 양해 받아주시고 다음을 약속해주시기 바랍니다. 계수님과도 물론 어린이 놀이터에서의 부족했던 이야기 다시 약속합니다.

의외로 많은 사람들이 나를 기다리고, 지켜보고 있음을 알 수 있었습니다. 이것이 곧 나로 하여금 이곳을 견디게 하고 나 자신을 지켜나가게 해주는 힘임을 모르지 않습니다. —1984.6.19.

창녀촌의 노랑머리

계수님께

징역을 오래 살다보면 출소한 지 얼마 안 되어 또 들어오는 친구들을 자주 만나게 됩니다. 또 들어와 볼 낯 없어하는 친구를 만나도 나는 그를 나무라거나 속으로라도 경멸할 수가 없습니다. 그뿐만 아니라 만기가 되어 출소하는 친구와 악수를 나눌 때도 "이젠 범죄하지 말고 참되게 살아라"는 교도소에서 가장 흔한 인사말 한마디도 저는 지금껏 입에 올린 적이 없습니다. 그것은 그가 부딪쳐야 했고 또 부딪쳐야 할 혹독한 처지를 감히 상상하기조차 어렵기 때문이기도 하지만 더욱 중요한 까닭은 '도둑질해서라도 먹고 살 수밖에 없다'는 생각까지도 포함해서 다른 사람들의 '생각'은 일단 존중되어야 한다고 믿고 있는 데에 있습니다.

그 사람이 가지고 있는 생각은 그가 몸소 겪은 자기 인생의 결론으로서의 의미를 갖는 것입니다. 특히 자신의 사상을 책에다 의존하지 않고 자신의 삶에서 이끌어내는 사람에게 있어서는 아무리 조잡하고 단편적이라 할지라도 그 사람의 사상은 그 사람의 삶에 상응하는 것입니다. 그러므로 그 사람의 삶의 조건에 대하여는 무지하면서 그 사람의 사상에 관여하려는 것은 무용하고 무리하고 무모한 것입니다. 더욱이 그 사람의 삶의 조건은 그대로 둔 채 그 사람의 생각만을 다른 것으로 대치하려고 하는 여하한 시도도 그것은 본질적으로 폭력입니다. 그러한 모든 시도는 삶과 사상의 일체성을 끊어버림으로써 그의 정신세계를 이질화하고 결국 그 사람 자체를 파괴하는 것이기 때문입니다.

대전의 잘 알려진 원동(元洞)의 창녀촌에는 '노랑머리'라는 여자가 있는데, 한 달에 서너 번씩은 약을 복용하고는 도루코 면도날이나 깔창(유리창)으로 제 가슴을 그어 피칠갑으로 골목의 건달들에게 대어든다고 합니다. 온몸을 내어던지는 이 처절한 저항으로 해서 그 여자는 기둥서방이란 이름의 건달들의 착취로부터 자신을 지킨 유일한 여자라 합니다.

이 여자의 열악한 삶을 그대로 둔 채 어느 성직자가 이 여자의 사상을 다른 정숙한 어떤 것으로 바꾸려 한다면 그것이야말로 이 여인을 돌로 치는 것이 아닐 수 없습니다. 정숙한 부덕(婦德)이 이 여자의 삶을 지켜주기나 개선시켜주기는커녕 오히려 무참히 파괴해 버리고 말 것입니다.

그러므로 똥치골목, 역전 앞, 꼬방동네, 시장골목, 큰집 등등 열악한 삶의 존재 조건에서 키워온 삶의 철학을 부도덕한 것으로 경멸하거나 중산층의 윤리의식으로 바꾸려는 여하한 시도도 그 본질은 폭력이고 위선입니다.

우리가 훌륭한 사상을 갖기가 어렵다고 하는 까닭은 그 사상 자체가 무슨 난해한 내용이나 복잡한 체계를 하고 있기 때문이 아니라, 사상이란 그것의 내용이 우리의 생활 속에서 실천됨으로써 비로소 완성되는 것이라는 사실 때문입니다. 생활 속에 실현된 것만큼의 사상만이 자기 것이며 그 나머지는 아무리 강론하고 공감하더라도 결코 자기 것이 아닙니다. 자기 것이 아닌 것을 자기 것으로 하는 경우 이를 도둑이라 부르고 있거니와, 훌륭한 사상을 말하되 그에 못 미치는 생활을 하고 있는 경우 우리는 이를 무어라 이름해야 하는지…….

모든 문제의 접근이 일단 진실의 규명에서부터 출발되어야 하는 것이라면 우리가 맨 먼저 해야 하는 것은 그 사람의 생각과 삶의 상응관계를 묻는 일이라 생각됩니다. 그 삶과 사상이 차질을 빚고 있을 때 제3자가 할 수 있는 일의 상한(上限)은, 제3자가 갖는 시각의 이점을 살려 그 차질을 지적해줌으로써 삶과 사상의 일체성을 회복할 수 있는 어떤 출발점에 서게 하는 일이 고작이라 생각됩니다.

삶과 사상의 어느 쪽을 어떻게 변화시켜갈 것인가라는 방법상의 문제는 전혀 그 사람의 처지에 따라 그 사람의 할 나름이겠지만 삶을 내용으로 하고 사상을 형식으로 하는 상호작용의 법칙성을 고려한다면 우리는 삶의 조건에 먼저 시각을 돌려야 하리라 믿습니다. 그렇기 때문에 열악하되 삶과 상응된 사상을 문제 삼기보다는, 먼저 실천과 삶의 안받침이 없는 고매한(?) 사상을 문제 삼아야 하리라 생각됩니다.

어제가 입추입니다. 폭서의 한가운데 끼인 입추가 거짓 같기도 하고 불쌍해 보이기도 합니다. 그럼에도 입추는 분명 폭염의 머지않은 종말을 예고하는 선지자임에 틀림없습니다. 다만 모든 선지자가 그러하듯 '먼저' 왔음으로 해서 불쌍해 보이고 믿기지 않을 따름입니다.

— 1984. 8. 8.

물은 모이게 마련

형수님께

비교적 징역 초년에 드러난 저의 약점 중의 하나가 바로 다른 사람들로부터의 비난이나 증오에 대하여 매우 허약한 체질을 가졌다는 사실이었습니다. 자기를 겨누고 있는 증오를 지척에 두고도 편안한 밤잠을 잘 수 있는 심장을 일찍이 길러두지도 못하고, 그렇다고 그 증오의 부당함을 반론할 수 있는 자유로움도 허락되지 않는 상황 속에서 속 썩이고 부대끼기 십수년. 지금은 어느 편인가 하면 증오나 모멸에 대하여는 웬만큼 무신경해진 반면 그 대신 다른 사람으로부터 받는 작은 호의에도 그만 깜짝 놀라는, 허약하기는 마찬가지인, 역전된 체질이 되었다 하겠습니다.

지난번 귀휴 때 제가 감당해야 했던 '불편함'도 아마 이러한 체질에서 연유된 것이 아니었던가 싶습니다. 행길에 내놓은 이삿짐처럼 바깥에 나온 '징역살이'가 더 무겁고 고통스럽게 느껴지기도 하겠지만 그보다는 저의 심정이 아직 확실한 정처를 얻지 못하고 있기 때문이었다고 여기고 있습니다.

형수님께 편지 쓰려니, 손님들과 어른들의 뒤켠에서 계속 설거지만 하시던 모습이 생각나고 정작 형수님과는 별로 이야기를 나누지 못하였음을 뒤늦게 깨닫게 됩니다. 귀소하던 날 대전까지 함께 오신 일이 그나마 다행이었던 셈입니다. 우용이와 주용이에게도 마찬가지의 아쉬움이 남습니다만 더 자라기를 기다리기로 하였습니다. 지금은 그때의 충격도 모두 가시고 앨범 속에 꽂힌 한 장의 명함판 사진처럼 단정히 정리해두고 본연(?)의 자세로 돌아와 있습니다.

지난 일요일 TV에서는 폭우로 인한 수재 현장을 중계해주고 있었습니다. 11미터를 넘는 한강 수위를 보여주면서 빨간 오일펜으로 동그라미를 그려 표시한 위험지역 속에 이촌동이 들어 있어서 무척 놀랐습니다. 물난리 겪지나 않으셨는지 걱정입니다.

소내(所內)방송에서도 이번의 혹심한 수해 소식을 알리고 재소자들의 성금을 모으고 있습니다만 TV 화면을 통해 학교 교실에 대피한 이재민들의 저녁식사 광경이나 침수된 집에서 침구와 가재도구를 운반해내는 현장을 보고 있는 재소자들의 표정에서 저는 연민이나 애처로움 대신에 부러움의 빛을 읽을 수 있었습니다. 갇힌 사람들에게는 재난과 불행까지 포함해서 '바깥의 삶' 그 자체가 동경의 대상이 아닐 수 없습니다. 비극은 오히려 이쪽이 더 짙다 하겠습니다.

물방울도 모이고 모이면 저토록 거대한 힘을 갖는가. 소양댐의 수문에서 분출되는 물줄기나, 한강을 가득 메운 도도한 강물과 같이 자연의 일부도 거대한 힘을 가지면 제방이건, 건물이건, 사람의 정신이건 모든 취약한 곳을 여지없이 두들겨 부수는 심판자로 등장합니다. 평지를 얻어 명경같이 고요할 때나, 산천을 담으며 유유히 흐를 때나 마찬가지로 약한 것을 두들겨 부술 때에도 물은 역시 우리의 훌륭한 이웃임에 틀림없습니다. 우리가 잊고 있는 것은 물은 모이게 마련이라는 사실입니다.

콘트리트 건물의 3층에 살고 있는데도, 우리는 아침마다 신발 속의 귀뚜라미를 털어내고 신발을 신습니다. 가을입니다. 우리는 여름 더위에 지친 건강을 회복하여 다가올 겨울을 견딜 채비를 이 짧은 가을 동안에 해두어야 합니다. —1984.9.5.

잡초를 뽑으며

계수님께

잔디밭의 잡초를 뽑으며
아리안의 영광과 아우슈비츠를 생각한다.
잔디만 남기고 잔디 외의 풀은 사그리 뽑으며
남아연방을 생각한다. 육군사관학교를 생각한다.
그리고 운디드니의 인디언을 생각한다.
순화교육시간에 인내훈련 대신 잡초를 뽑는다.
잡초가 무슨 나쁜 역할을 하는지도 알지 못하면서
잔디만 남기고 잡초를 뽑는다.
도시에서 자라 아는 풀이름 몇 개 안 되는 나는
이름도 모르는 풀을 뽑는다.
이름을 모르기 때문에 잡초가 된 풀을 뽑는다.
아무도 심어준 사람 없는 잡초를 뽑으며,
벌써 씨앗까지 예비한 9월의 풀을 뽑으며 나는 생각한다.
아름다움이란 무엇인가, 생명이란 무엇인가
잘 알고 있던 것 같은 것들이 갑자기 뜻을 잃는다.
구령에 따른 동작처럼 생각 없이 풀을 뽑는다.
썩어서 잔디의 거름이 될 풀을 뽑는다.
뽑은 잡초를 손에 쥐고
남아서 훈련받는 순화교육생을 바라본다.
앞으로 취침, 뒤로 취침, 원산폭격, 한강철교의 순화교육생을 바라본다.
뽑혀서 더미를 이룬 잡초 위에 뽑은 잡초를 보태며

15척 주벽(周壁)을 바라본다. 주벽 바깥의 청산(靑山)을 바라본다.

추석 쇠라고 보내주신 돈 잘 받았습니다.

사과, 빵, 과자 그리고 명절이라고 특별히 판매한 떡도 사고 해서 함께 사는 여러 사람들과 나누어 먹었습니다.

추석 전후해서 며칠간 까맣게 불 꺼졌던 충남방직공장의 여공 기숙사 창문도 어제부터 일제히 불 켜져 밤을 밝히고 있습니다. 짧은 추석입니다.

화용, 민용, 두용이 모두 잘 크고 가내 평안하시기 바랍니다.

— 1984. 9. 14.

일의 명인(名人)

형수님께

1급수들은 휴일을 이용하여 노력봉사를 하는 일이 가끔 있습니다. 형수님이 보시고 놀라던 그 긴 복도를 청소하기도 하고, 잡초를 뽑거나 빗물로 메인 배수로를 열기도 하고 땅을 고르는 등 비교적 간단한 작업입니다.

저는 휴일에 작업이 있기만 하면 빠지는 일이 없습니다. 여러 사람이 함께 일을 하면 그 자체가 하나의 '학교'가 되게 마련이지만 특히 제게는 두 사람의 훌륭한 '스승'을 배울 수 있는 귀중한 기회이기 때문에 절대로 빠지는 일이 없습니다. 이 두 사람의 스승은 학식도 없고 집안 형편도 어려워 징역살이도 자연 '국으로 찌그러져' 사는 응달의 사람입니다. 제가 이 두 사람을 스승으로 마음 두고 있는 까닭은 '일'이 사람을 어떻게 키워주고 사람을 어떻게 개조하는가를 이분들의 말없는 행동을 통하여 깨닫기 때문입니다.

첫째 이 두 사람은 일을 '발견'하는 눈이 매우 탁월합니다. 저는 물론이고 다른 사람들의 눈에는 미처 일거리로 보이지 않는 것도 이 두 사람의 눈길이 닿으면 마치 조명을 받은 피사체처럼 대뜸 발견되고 맙니다. 그것도 자잘한 잔챙이를 낚아서 바지런 떠는 그런 부류와는 달리 별로 힘들이는 기색이나 생색내는 일도 없이 큼직큼직한 일거리, 꼭 필요한 일머리를 제때에 찾아내는 솜씨란 과연 오랜 세월을 일과 더불어 살아온 '일의 명인(名人)'다운 풍모를 느끼게 합니다.

둘째로 이 두 사람은 일을 두고 그냥 지나치지 못하는 '가녀린 심정'을 가지고 있습니다. 주변에 일손을 기다리는 일거리가 있거나 비뚤어져 있는 물건이 한 개라도 있으면 그만 마음이 불편해서 견디지 못하는 그런 심정의 소유자입니다. 이분들에게 있어서 일이란 외부의 어떤 대상이 아니라 삶의 내면을 이루는 존재조건 그 자체임을 알 수 있습니다. 무심히 걷는 몇 발자국의 걸음 중에도 항상 무엇인가를 바루어놓고 말며, 다른 일로 오가는 중에도 반드시 무얼 하나씩 들고 가고 들고 옵니다. 잠시 동안도 빈손일 때가 없습니다.

셋째로 이 두 사람은 여러 사람과 함께 일하는 경우에는 언제나 제일 많은 사람이 달라붙는 말단의 바닥일을 골라잡습니다. 일부의, 더러는 먹물이 좀 들어 있는 사람들이, 반드시 힘이 덜 들어서가 아니라, 약간 독특한 작업상의 위치를 선호하여 자신을 다른 사람들과 일정하게 구별하려는 경향이 있음에 비하여 이 두 사람은 언제나 맨 낮은 자리, 그 무한한 대중성 속에 철저히 자신을 세우고 있습니다. 바로 이 점에서 이 두 사람은 제게 다만 일솜씨만을 가르치는 '기술자'의 의미를 넘어서 '사람'을 가르치는 사표(師表)가 되고 있습니다. 그래서 저는 이 두 사람이 걸레를 잡으면 저도 걸레를 잡고, 이 두 사람이 삽을 잡으면 저도 얼른 삽을 잡습니다. 이분들의 옆에 항상 나 자신의 자리를 정함으로 해서 깨달은 사실은 여러 사람들 속에 설 때의 그 든든함이 우리를 매우 힘있게 만들어준다는 것입니다.

교편을 잡으시던 부모님 슬하에서 어려서부터 줄곧 학교에서 자라 노동의 경험은 물론, 노동자들과의 생활마저 부족했던 제게 징역과 징역 속의 여러 스승이 갖는 의미는 실로 막중한 것이 아닐 수 없습니다.

바다가 가장 낮은 자리에서 그 큼을 이루고 꽃송이가 다발을 이루어 큰 꽃이 되는 그 변증법의 비밀이 실은 우리의 가장 비근한 일상의 노동 속에 흔전으로 있는 것임에 새삼 우리들 자신의 맹목을 탓하지 않을 수 없습니다.

보내주신 책 두 권은 열독이 허가되지 않아 읽지는 못하였습니다만 보내주신 마음은 잘 읽고 있습니다. 사람도 물건도 출입이 어려운 마을에 살고 있음을 알겠습니다.

1급수 옥외접견(가족좌담)은 9월 28일(금) 12시에 있을 예정입니다. 따로 교무과에서 통고 있으리라 믿습니다. 아버님께서 먼 걸음 하시지 않도록 주선해주시기 바랍니다. 조금이라도 덜 바쁜 식구가 마음 가볍게 다녀가시는 그런 접견이 되었으면 합니다. 우용이, 주용이 그리고 형수님의 가을을 축원합니다. —1984.9.20.

장기 망태기

형수님께

우용이, 주용이 그리고 형수님의 건강을 빕니다.

항상 엽서의 문미(文尾)에 가벼운 인사말로 적던 이 말을 오늘은 엽서의 모두(冒頭)에 경건한 기원처럼 적어보았습니다. 우체국에서 선 채로 써보내신 형수님의 편지는 제게 여러 가지 생각을 안겨주었습니다. 평소 단정하고 무척 강단져 뵈던 형수님께서 내면에 그토록 심한 고통을 안고 계신다는 사실이 매우 놀라운 일입니다. 그리고 더욱 놀라운 것은 쇄소(灑掃), 응대(應對), 진퇴(進退)에 있어 좀체로 흐트러지는 법이 없는 형수님께서 "읽고 곧 찢어버리기 바라는" 헝클어진 편지를 띄울 정도로 고통스러운 심정에 놓여 있다는 사실입니다.

저는 물론 형수님의 건강 상태나 심경을 자상히 헤아릴 수 있는 처지가 못 됩니다만 제 생각으로는 형수님의 예의 그 '단정'(端正)함이 도리어 형수님의 심경을 팽팽히 켕겨놓음으로써 피로와 부담을 가중시키지 않았나 우려됩니다.

응접실을 비롯하여 거실, 주방에 이르기까지 놓여 있는 물건 하나하나의 위치, 크기, 수량 등이 조금도 무리 없을 정도의 정연한 질서와 정돈, 우용이 주용이의 반듯하고 정확한 언행, 형수님의 대화, 입성, 응접, 식탁 등 생활 전반에서 느껴지는 단아함은 그 자체로서 높은 균형과 정제(整齊)의 미를 보여주는 것이 사실입니다만 그것을 지탱하기 위하여 요구되는 팽팽한 정신적 긴장이 결국 형수님의 심신에 과중한 부담이 되고 있는 것이 아닐까 하는 생각을 금치 못하고 있습니다.

결벽증과 정돈벽이 남보다 덜하지 않았던 제가, 결코 자발적이라고는 할 수 없지만, 징역살이라는 '장기 망태기' 속에서 부대끼는 사이에 어느덧 그것을 버리고 난 지금 어느 면에서는 상당한 정신적 여유와 편안함마저 향유하고 있다고 할 수 있습니다.

'1등'이 치러야 하는 긴장감, '모범'이 요구하는 타율성에 비해 '중간은 풍요하고' '꼴찌는 편안하며' '쪼다는 즐겁다'는 역설도 그것을 단순한 자기 합리화나 패배주의의 변(辯)이라 단정해버릴 수 없는 상당한 양의 진실을 그 속에 담고 있음을 알 수 있습니다.

그래서 저는 이번에 보내주신 형수님의 헝클어진 편지가 마음 흐뭇합니다. 그 속에는 형수님의 적나라한 언어, 아픔, 불만이 시냇물 속의 물고기들처럼 번쩍번쩍 살아 있기 때문입니다. 더욱이 그러한 아픔과 불만까지도 제게 열어보여준 그 편지는 형수-시동생이라는 허물없는 관계를 튼튼히 신뢰함으로써만이 가능한 것이기 때문입니다. 형수님께는 아픈 편지이되 제게는 기쁜 편지였습니다. 다만 형수님께서 감당해야 할 고통이 과중한 것이 아닐까 하는 걱정이 저의 흐뭇함을 상쇄시켜 유감스러울 따름입니다.

그러나 기쁨보다는 슬픔이, 즐거움보다는 아픔이 우리들로 하여금 형식을 깨뜨리고 본질에 도달하게 하며 환상을 제거하고 진실을 바라보게 한다는 사실을 잊지 말아야 할 것입니다.

저는 형수님께서 지금 힘겨워하시는 그 신고(身苦)와 심려도 머지않아 형수님의 냉철한 이지(理智)에 의하여 훌륭히 정돈되고 다스려지리라 믿고 있습니다. 그러기에 올가을은 형수님께 있어 큼직한 수확의 계절이 되리라 믿고 있습니다. —1984.10.5.

무릎 꿇고 사는 세월

아버님께

그간 형님께서 여러 차례 다녀가셔서 소식이 적조하지는 않으셨을 줄 믿고 있었습니다만 막상 필을 들고 보니 매우 오랜만에 글월 드림을 깨닫습니다. 어머님 환후는 어떠하신지, 지금쯤 가벼운 걸음이라도 하실 수 있으신지, 그리고 아버님께서는 집필과 어머님 병구완이 힘겨우시지나 않으신지…….

엽서 위에 잠실집의 여기저기가 선히 떠오릅니다.

어머님의 병환과 아버님의 수고, 그리고 집안의 이런저런 어려움들이 저로서는 힘이 미치지 못하는 먼 곳(?)의 일이기 때문에 한편으로는 마음이 덜 무겁고 한편으로는 마음이 더 무겁습니다.

이곳의 저희도 별고 없이 지내고 있습니다만 금년 9, 10월은 잡다한 일 치닥거리들이 줄줄이 연달아서 돌이켜보면 심신만 수고로웠을 뿐 생활에 진보된 바가 태무(殆無)하고 보니 겨울을 뒤에 숨긴 가을바람이 유난히 스산하게 느껴집니다.

잡사(雜事)에 부대끼면서도 자기의 영역은 줄곧 확실하게 지켜야 하는 법인데 그간의 징역살이로도 모자라 여태 이력이 나지 않았다면 이는 필시 저의 굳지 못한 심지와 약한 비위(脾胃)의 소치라 부끄러워해야 할 일이 아닐 수 없습니다. 10월이 아직 남았으니 그전에 서서히 제 자신을 다그쳐서 무릎 꿇고 사는 세월이 더는 욕되지 않도록 스스로를 경계하겠습니다.

어머님께서 걱정하시는 겨울이 다가옵니다.

옥창(獄窓)에서 내다보이는 충남방직공장의 기숙사 창문이 가을이 깊어갈수록 밤이면 더욱 형형한 빛을 발합니다. 옛 시구에 영인맹성시신종(令人猛省是晨鍾)이라 하여 사람들로 하여금 무섭게 깨닫도록 하는 것이 새벽 종소리라 하였습니다만 저로 하여금 맹성(猛省)케 하는 것은 철야작업으로 새벽까지 꺼질 줄 모르는 기숙사 창문의 불빛입니다.

호창불능침 사아기좌독(皓窓不能寢 使我起坐讀). 공장의 불빛은 책 내려놓고 잠자리에 들지 못하게 합니다. 밤새워 일하는 사람들이 켜놓은 불빛은 그렇지 않은 사람까지도 밝혀줍니다.

— 1984.10.22.

벼베기

계수님께

이번 가을에는 벼베기를 도우러 몇 차례의 바깥 나들이를 하였습니다. 교도소 논에 이틀, 대민지원(對民支援)으로 하루, 도합 사흘간의 가을일을 한 셈입니다. 오늘은 그때의 낙수(落穗) 몇 가지를 적어봅니다.

사회참관이나 외부작업을 하러 교도소의 육중한 철문을 나설 때 우리들이 습관적으로 갖는 심정은, 이것은 진짜 출소가 아니라는 다짐입니다. 혹시나 감상에 빠지기 쉬운 자신의 연약한 마음을 스스로 경계함인가 합니다.

철문 나서면 맨 먼저 구봉산(九峯山)이 성큼 다가와 가슴에 안깁니다. 산은 역시 가슴으로 바라보아야 하는 것, 감방에서 쇠창살 사이로 보는 것은 '엿보는 것'이었나 봅니다.

1킬로미터는 좋이 뻗은 교도소 진입로 양편에는 때마침 흐드러지게 핀 코스모스가 환히 길을 밝히고 있었습니다. 이 꽃길을 달려온 77번 버스에는, 화사한 코스모스로 인해 더욱 어두워진 표정의 재소자 가족들이 내리고 있었습니다.

"이젠 가족들보고 접견 오지 말라고 해야지."

아마 그들 속에 자기 가족을 세워본 누군가의 자탄(自嘆)이 우리들 모두의 가슴에 못이 됩니다.

옷 벗어부치고 울적한 마음도 벗어부치고, 드는 낫 한 자루씩 꼬나들고 논배미에 들어설 때의 대견함, 이것은 담 안에는 없는 것입니다. 우리는 마침 지난여름 우리가 모를 낸 논에 붙었는데, 김매기도 그렇고, 피사리도 그렇고, 벼이삭도 그렇고……, 곡식은 비료나 지력(地力)으로 자라는 게 아니라 일꾼 발자국소리 듣고 자란단 말이 적실합니다.

맨발로 논바닥에 들어서면 발가락 사이사이 흙이 솟아오릅니다. 살아서 꿈틀거리는 흙힘입니다. 그러나 메뚜기 미꾸라지 죄다 떠나버리고 독한 농약에 찌들고 변색된 개구리 몇 마리 힘없이 달아날 뿐입니다. 헤식어 사위어가는 논입니다.

스무남은 명 중에 벼베기가 처음인 사람이 칠팔 명, 나도 그중의 하나이지만 미리 연습해두길 잘해서 다른 사람들이 눈치채지 못하였습니다. 도시의 뒷골목 사람쯤으로 여겼던 사람이 드는 솜씨를 보여줄 적에는 사회의 기반(基盤)으로서의 농촌의 광대함이 든든하게 느껴집니다만, 젊은 축일수록 낫질이 서투른 것을 보면 말로만 듣던 젊은이들의 이농(移農)과 그로 인한 농촌의 노화(老化)가 씁쓸히 실감됩니다.

똑같은 콩밥에 그 찬이지만 풀밭에 둘러앉아 먹는 맛이 또한 별미라 밥그릇이 대번에 비어버립니다. 점심 후에 짚단 베고 잠시 누웠다 눈뜨니 고추잠자리 가슴에 쉬고 갑니다. 실로 오랜만에 누워서 창틀에 잘려 각지지 않은 넓은 하늘 마음껏 바라보았습니다.

사흘째 대민지원으로 나간 곳은 멀지 않은 진잠들이었는데, 남의 논 아홉 마지기 부친다는 일흔넷의 가난한 할아버지의 논이었습니다. 논임자와 소출(所出)을 반타작하고 있는데, 농지세, 비료대, 농약값, 품값 전부 논 부치는 사람이 문다니 새참 국수 먹기도 민망할 정도로 어려운 살림이었습니다.

할아버지는 내 논배미서 일하는데 점심밥 못 내와서 면목 없어하고, 국수 날라온 아주머님은 직원들이 안된다 해서 막걸리 한 잔 못 드려 면목 없어하고, 우리는 솜씨 없는 터수에 국수만 축내어 면목 없어하고……. 그러나 실로 오랜만에 받아본 한 사람씩의 일꾼 대접은 우리들이 그동안 잃어버린 채, 그리고 잊어버린 채 살아온 귀중한 것을 잠시나마 '회복'시켜주었다는 사실이, 올가을에 거둔 커다란 수확의 하나임에 틀림없습니다.

2, 3일 논일로 벌써 고단하고 힘겨워지는 나 자신이 몹시 부끄럽고 못나 보였습니다만 나는 이번의 일로 해서, 남들은 나더러 일당 5천 원짜리 일꾼은 된다고 추어주지만, 당초 목표로 했듯이 가을 들에서 조금이라도 도울 수 있는 훈련을 쌓은 것이 마음 흐뭇한 소득입니다.

비록 가을 들판에서만이 아니라, 우리는 삶의 어느 터전에 처한다 하더라도 자기 몫의 일에 대하여, 이웃의 힘겨운 일들에 대하여 결코 무력하거나 무심하지 않도록 자신의 역량과 심정을 키워나가야 한다고 믿습니다. 이것은 징역살이라 하여 예외일 수가 없습니다.

여름 내내 청산을 이루어 녹색을 함께해오던 나무들도 가을이 되고 서리 내리자 각기 구별되기 시작합니다. 단풍 드는 나무, 낙엽 지는 나무, 끝까지 녹색을 고집하는 나무……. 질풍지경초(疾風知勁草). 바람이 눕는 풀과 곧추선 풀을 나누듯, 가을도 그가 거느린 추상(秋霜)으로 해서 나무를 나누는 결산(決算)의 계절입니다.

계수님과 두용이의 접견 매우 반가웠습니다. —1984.11.10.

관계의 최고 형태

형수님께

어느 일본인 기자가 쓴 '한국인'에 관한 글을 읽었습니다. 젊은 동료 한 사람이 그 글의 진의(眞意)를 물어와서 일부러 시간을 내어 읽어본 것입니다만 제가 읽어본 일본의 몇몇 민주적인 지식인의 글에 비하면 그 격이 훨씬 떨어지는 3류의 것이었습니다. 저는 이 작은 엽서에서 그 글의 내용을 탓하려고도 않으며 또 그 글에 숨어 있는 필자의 민족적 오만이나 군국주의의 변태를 들추려고도 않습니다. 한마디로 그 글은 우리가 어떤 대상을 인식하거나 서술한다는 것이 얼마나 어려운 일인가를 다시 한 번 깨닫게 해준 반면(反面)의 교사였습니다.

우리가 인식하거나 서술하려는 대상이 비교적 간단한 한 개의 사물이나 일개인인 경우와는 달리 사회나 민족이나 한 시대를 대상으로 삼을 경우 그 어려움은 실로 막중한 것이 아닐 수 없습니다. 대상이 이처럼 거대한 총체인 경우에는 필자의 관찰력이나 부지런함 따위는 별로 도움이 되지 않습니다. 하물며 필자의 문장력이나 감각은 아무 소용이 없습니다. 사회·역사 의식이나 철학적 세계관에 기초한 과학적 사상체계가 갖추어져 있지 않는 한, 아무리 많은 자료를 동원하고 아무리 해박한 지식을 구사한다 하더라도 결국은 코끼리를 더듬는 장님 꼴을 면치 못할 것입니다.

그러나 이러한 과학적 사고보다 더 중요하고 결정적인 것은 바로 대상과 필자의 '관계'라 생각합니다. 대상과 필자가 어떠한 관계로 연결되는가에 따라서 얼마만큼의 깊이 있는 인식이, 또 어떠한 측면이 파악되는가가 결정됩니다. 이를테면 대상을 바라보기만 하는 관계, 즉 구경하는 관계 그것은 한마디로 '관계없음'입니다. 구경이란 말 대신 '관조'라는 좀더 운치 있는 어휘로 대치하더라도 마찬가지입니다. 세상에는 관조만으로 시작되고 관조만으로서 완결되는 인식이란 없기 때문입니다.

대상과 자기가 애정의 젖줄로 연결되거나, 운명의 핏줄로 맺어짐이 없이, 즉 대상과 필자의 혼연한 육화(肉化) 없이 대상을 인식·서술할 수 있다는 환상, 이 환상이야말로 우리 시대에 범람하는 저널리즘이 양산해낸 특별한 형태의 오류이며 기만입니다. 저널리즘은 항상 제3의 입장, 중립의 불편부당이라는 허구의 위상을 의제(擬制)하여 거기 높은 가치를 부여하고, 대상과 관계를 가진 모든 입장을 불순하고 저급한 것으로 폄하함으로써 사람들로 하여금 구경꾼, 진실의 낭비자로 철저히 소외시킵니다. 상품의 소비자, 스탠드 위의 관객, TV 앞의 시청자 등…… 모든 형태의 구경꾼의 특징은 대상과 인식 주체 간의 완벽한 격리에 있습니다.

이처럼 대상과 인식 주체가 구별, 격리되어 있는 경우에는 시종 양자의 차이점만이 발견되고 부각됩니다. 그러기 때문에 대상을 관찰하면 할수록 자기와는 점점 더 다른 무엇으로 나타나고, 가까이 접근하면 할수록 더욱더 멀어질 뿐입니다. 그리하여 종내에는 대상을 잃어버림과 동시에 자기 자신마저 상실하고 마는 것입니다.

우리는 소위 문화인류학이 식민주의의 첨병(尖兵)으로서 세계의 수많은 민족을 대상화하여 그들의 민속과 전통문화 그리고 그들의 정직한 인간적 삶을, 자기들의 그것과 다르다는 이유로, 자기들의 침탈을 다른 이름으로 은폐할 목적으로, 야만시하고 왜곡해 왔으며, 그러한 부당한 왜곡이 결국은 대상의 상실뿐 아니라 자신의 인간적 양심을 상실케 함으로써 그토록 잔혹한 침략의 세기(世紀)를 연출해내었던 사실을 알고 있습니다.

징역 사는 우리들 재소자도 대상화되고 있기는 마찬가지입니다. 죄명별, 범죄유형별……, 여러 가지 표식(標識)에 따라 분류되기도 하고, 범죄심리학, 이상심리학, 심리전 등 각종 심리학의 연구대상이 되기도 하는데, 이 경우 대부분의 연구자들에게서는 그들이 대상으로 삼고 있는 재소자들이 그들과 동시대를 살고, 동일한 사회관계 속에 연대되고 있다는 거시적인 깨달음을 기대하기가 어렵습니다.

그러므로 그러한 분류 연구나 심리학적 관찰은 결국 그들과는 전혀 딴판인 이를테면 '종'(種)을 달리하는 네안데르탈인만큼이나 멀리 떨어진 '범죄인종'(犯罪人種)을 발견해내고 만들어내도록 예정되어 있는 것입니다.

그리하여 발견된 범죄인종의 여러 가지 패륜은 그들 자신과는 하등의 인연도 없는, 수십만 년의 거리가 있는 것이란 점에서 그들 자신의 윤리적 반의(叛意)를 자위하고 두호(斗護)하고 은폐하는 데 역용(逆用)됨으로써 결국 그들 자신을 패륜화하는 악순환을 낳기도 합니다. 시대와 사회를 공유하고 있는 사람들은 각자의 처한 위치가 아무리 다르다 하더라도 차이점보다는 공통점이 더 많은 법입니다. 그러므로 우리의 어떤 대상에 대한 인식의 출발은 대상과 내가 이미 맺고 있는 관계의 발견에서부터 시작되어야 한다고 믿습니다. 검은 피부에 대한 말콤X의 관계, 알제리에 대한 프란츠 파농의 관계…….

주체가 대상을 포옹하고 대상이 주체 속에 육화된 혼혈의 엄숙한 의식을 우리는 세계의 도처에서, 역사의 수시(隨時)에서 발견합니다. 이러한 대상과의 일체화야말로 우리들의 삶의 진상을 선명하게 드러내주는 동시에 우리 스스로를 정직하게 바라보게 해주는 것이라 생각됩니다.

머리 좋은 것이 마음 좋은 것만 못하고, 마음 좋은 것이 손 좋은 것만 못하고, 손 좋은 것이 발 좋은 것만 못한 법입니다. 관찰보다는 애정이, 애정보다는 실천적 연대가, 실천적 연대보다는 입장의 동일함이 더욱 중요합니다. 입장의 동일함 그것은 관계의 최고 형태입니다.

— 1984. 11. 29.

설날

어머님께

설날에는
어머님이 계신 아파트의
좁은 현관에
신발들 가득히 넘쳐나고
아이들 울음소리
글 읽는 소리
베 짜는 소리로 해서
어머님, 아버님의 겨울이
잠시 동안이나마
훨씬 따뜻하고
풍성해지리라 믿습니다.

세배 대신 엽서 드립니다.

—1984년 세모에.

나이테

형수님께

나무의 나이테가 우리에게 가르치는 것은 나무는 겨울에도 자란다는 사실입니다. 그리고 겨울에 자란 부분일수록 여름에 자란 부분보다 훨씬 단단하다는 사실입니다.

햇빛 한 줌 챙겨줄 단 한 개의 잎새도 없이 동토(凍土)에 발목 박고 풍설(風雪)에 팔 벌리고 서서도 나무는 팔뚝을, 가슴을, 그리고 내년의 봄을 키우고 있습니다. 부산스럽게 뛰어다니는 사람들에 비해 겨울을 지혜롭게 보내고 있습니다.

형님, 우용이, 주용이 밝고 기쁜 새해가 되길 기원합니다.

한 해 동안의 옥바라지 감사드립니다. — 1984. 12. 28.

지혜와 용기

계수님께

새해가 겨울의 한복판에 자리 잡은 까닭은 낡은 것들이 겨울을 건너지 못하기 때문인가 봅니다.

낡은 것으로부터의 결별이 새로움의 한 조건이고 보면 칼날 같은 추위가 낡은 것들을 가차 없이 잘라버리는 겨울의 한복판에 정월 초하루가 자리 잡고 있는 까닭을 알겠습니다.

세모에 지난 한 해 동안의 고통을 잊어버리는 것은 삶의 지혜입니다. 그러나 그것을 잊지 않고 간직하는 것은 용기입니다. 나는 이 겨울의 한복판에서 무엇을 자르고, 무엇을 잊으며, 무엇을 간직해야 할지 생각해봅니다.

꼬마들과 온 가족의 기쁜 새해를 기원합니다.

계수님의 한 해 동안의 옥바라지 감사드립니다. —1984. 12. 28.

세 들어 사는 인생

형수님께

지난번 형수님께서 접견 오시던 날의 이야기입니다.

제가 재소자 접견 대기실에서 잠시 기다리고 있을 때 몹시 침울한 표정으로 접견실을 나와 제 옆자리에 맥 놓고 앉는 젊은 친구가 있었습니다. 초면이지만 저는 그를 위로할 작정으로 몇 마디 말을 걸었습니다. 이러한 경우에 제가 할 수 있는 위로란 적당한 말끝에 내가 십수년을 살았다는 사실을 소개하는 것이 고작인데 대부분의 단기수들은 십수년의 옥살이에 대하여 놀라는 마음이 되고 그 긴 세월과 자기의 얼마 안 되는 형기를 비교해보고 거기서 약간의 위로를 얻습니다. 세상에는 남의 행복과 비교해서 느끼는 불행이 있는가 하면 남의 불행과 비교해서 얻는 작은 위로도 있기 때문입니다. 그런데 그날은 제가 그를 위로하기 전에 제 쪽에서 먼저 충격을 받고 생각이 외곬에 못 박혀버렸습니다. 그와 나누었던 대화는 다음과 같이 매우 짧은 몇 마디였습니다.

"고생이 많습니다. 누가 오셨어요?"

"……제 처가 왔어요……."

"무슨 안 좋은 이야기라도 들었습니까?"

"……일 나가나 봐요. 말은 않지만……."

"그야 먹고살자면 일 나가야지요."

"그런 일이 아네요."

"……."

"가버릴 것 같아서 그래요."

형수님은 아마 이 대화에 담긴 의미를 알지 못할 것입니다. 그가 의미하는 '일 나간다'는 말은 한마디로 '몸을 판다'는 것을 뜻합니다. 지금 와서 생각해보면 생면부지인 제게 제 아내의 일을, 그도 자랑이 될 수 없는 일을 서슴없이 이야기해준 것이 아무래도 잘 납득되지 않습니다만 추측컨대 아마 자기의 근심에 너무 골똘한 나머지 다른 것은 미처 생각할 겨를이 없었을 수도 있고, 또 같은 재소자라는 동료의식이 그렇게 하였을 수도 있고, 그리고 '일 나가는 여자'가 그에게 있어서 특별히 수치스럽게 여겨지지 않았기 때문일 수도 있습니다.

제가 받은 충격은 이 세 번째의 것과 관련된 것입니다. 몸을 팔아 살아가는 여자를 부정(不貞)한 여자로 보지 않는다는 사실, 설사 부정한 여자로 본다고 하더라도 그를 자기의 아내의 자리에 앉히기를 조금도 꺼리지 않는다는 사실이 저로서는, 알고 있는 일이긴 하나 정작 부딪치고 보면 상당한 충격이 아닐 수 없습니다. 아내의 정절에 대한 세상의 모든 남편들의 당연한 요구가 그의 삶에 있어서는 얼마나 고급한 것인가를 일깨워줍니다.

사실은 그 젊은 친구뿐만 아니라 우리의 벽촌에는 그와 비슷한 생각을 가지고 살아가는 사람들이 많이 있습니다. 일부일처제는 그들이 향유하기에는 너무나 고급한 제도입니다. 그들은 일부반처(一夫半妻), 일부1/3처……, 일부1/10처……, 그리고 여자 쪽에서 보면 일처반부(一妻半夫), 일처1/3부……, 일처1/10부…… 라는 왜소하고 영락된 삶의 형식을 가까스로 꾸려나가는 사람들입니다. 그들은 옹근 한 여자를 데불고 살 처지가 못 되는 지아비들이며, 아내의 자리 하나 온전히 차지할 수 없는 지어미들입니다.

이를테면 창녀와 그의 '가난한 단골'과의 관계가 곧 일부1/10처, 또는 일처1/10부의 전형적인 예라고 할 수 있습니다. 이들의 관계는 일부일처제의 가정을 꾸릴 형편이 못 되는 사람들의 소외된 결혼형태로 파악되어야 한다고 생각됩니다. 그것은 서울의 외곽에 빈촌(貧村)이 있듯이 일부일처제의 외곽에 있는 빈혼(貧婚), 즉 빈남빈녀(貧男貧女)들의 군혼(群婚)형태라고 할 수 있습니다. 그것을 성도덕의 문란이 만들어낸 윤리적인 차원의 문제로 파악하는 태도는 본말(本末)을 전도한 피상적인 것이 아닐 수 없습니다. 남의 집 방 한 칸을 얻어 세 들어 사는 사람이 있는가 하면 세상에는 이처럼 아내를 또는 남편을 세 들어 사는 그런 삶도 없지 않습니다.

뿐만 아니라 남의 세상에 인생을 세 들어 살아가는 사람들도 있습니다. 이러한 사람들은 아내나 남편을 세 들어 사는 사람들보다 더욱 불행합니다. 징역 사는 사람들 중에는, 징역 산 햇수가, 물론 여러 번에 나누어 산 것이지만, 도합 10년이 넘는 사람이 허다합니다. 이러한 사람들은, 저도 그중의 하나이지만, 어린 시절을 제하고 나면 징역 산 햇수가 사회에서 산 햇수와 맞먹거나 그 이상입니다. 이들에게는 사회가 오히려 타향이고 객지입니다. 이러한 인생이 이른바 남의 세상에 세 들어 사는 인생이라 할 수 있습니다.

세가(貰家), 세부(貰夫), 세처(貰妻), 세생(貰生)……. 이는 삶의 가장 참혹한 형태라 하겠습니다. 이러한 삶은 우리들로 하여금 산다는 것은 무엇인가. 그처럼 참혹한 삶을 지탱해주는 것은 무엇인가 하는 의문을 불러일으킵니다.

그런데 이상한 것은 이러한 사람들의 삶이 그 비극적 흔적을 좀체로 표면에 드러내지 않는다는 사실입니다. 그것은 아마 그 한복판에 있는 저의 감성이 무디어졌기 때문이기도 하겠지만 그보다는 그들 자신의 그 왜소한 삶에 기울이는 그들 나름의 노고와 진실 때문이 아닌가 합니다. 온몸으로 살아가는 삶은 비록 도덕적으로 타락한 측면이 있다고 하더라도 그것이 그 진실성을 훼손하지는 못하기 때문인가 봅니다. 그날 접견장에서 만난 젊은 친구의 표정에서 제가 읽은 것만 하더라도 그것은 아내의 옥바라지를 염두에 둔 타산의 흔적이 아니라 비록 1/3, 1/10의 아내이지만 아내의 옹근 자리 하나 고스란히 남겨두려는 그의 고뇌와 진실이었습니다. 지금도 고뇌에 찬 그의 얼굴이 떠오를 때마다 가슴에 사무치는 생각은, 같은 시대 같은 세상을 사는 사람들로 하여금 이처럼 판이한 사고와 윤리관을 갖게 하는 것은 도대체 무엇이며, 그것은 또 얼마나 끔찍한 것인가 하는 몸서리입니다. 그리고 그들에 비하면 저의 윤리의식은 얼마나 공허하며 사치스러운 것인가 하는 참괴의 염(念)입니다. 그리고 1/3의 아내로서든, 1/10의 아내로서든 그가 출소할 때까지 그의 옆에 남아 있어 주기를 바라는 저의 작은 바람입니다.

— 1985. 1. 25.

노소의 차이

계수님께

노소(老少)가 함께 일하는 경우에 노인들은 젊은이에 대하여, 그리고 젊은이는 노인들에 대하여 일정한 불만을 갖게 됩니다. 이는 주로 일을 하는 자세, 일에 대한 태도의 차이에서 오는 것인데 저는 이 점에 있어서만은 노인들을 지지합니다. 노인들의 젊은이들에 대한 불만 중에 가장 자주 듣는 것은, 젊은이들은 일을 여기저기 벌여놓기만 하고 마무리를 않는다는 것입니다. 먼저 하고 나중 할 일을 혼동하는가 하면 일손을 모아서 함께해야 할 것도 제각각 따로따로 벌여놓기 때문에 부산하기만 하고 진척이 없다는 것입니다.

젊은이들의 이러한 태도가 어디서 온 것인가를 어느 좌상님께 여쭈어보았더니 한마디로 농사일을 해보질 않아서 그렇다고 하였습니다. 간결하고 정곡을 찌른 지적이라고 생각됩니다. 농사일은 파종에서 수확에 이르기까지 하나의 일관된 노동입니다. 일의 선후가 있고, 계절이 있고, 기다림이 있습니다. 그것은 한 생명인 이를테면 볍씨의 일생이면서 그 우주입니다. 부품을 분업 생산하여 조립·완성하는 공업노동에서는 경험할 수 없는 것을 담고 있습니다. "젊은애들 도회지 나가서 잃는 것이 어디 한둘인가." 그 좌상님의 개탄이 제게는 육중한 무게의 문명비판으로 들립니다.

젊은이들은 노동을 수고로움, 즉 귀찮은 것으로 받아들이는 데 비하여 노인들은 거기에다 자신을 실현하고 생명을 키우는 높은 뜻을 부여합니다. 요컨대 젊은이들은 노동을 '소비'라고 생각합니다. 시간의 소비, 에너지의 소비라고 생각하고 있습니다. 이 점 노동을 생산으로 인식하는 노인들의 사고와 정면에서 대립하고 있습니다. 공업노동, 분업노동의 경험은, 더욱이 상품생산, 피고용노동인 경우 노동이 이룩해내는 생산물에 대한 총합적인 가치 인식을 가지기 어렵게 할 뿐 아니라 노동이 그 노동의 주체인 자기 자신을 성장시켜준다는 인격적 측면에 대해서는 하등의 신뢰나 실감을 주지 못하고 있는 것입니다. 이것은 그들이 그들의 열악한 현장에서 겪은 체험의 소산이겠습니다만, 이러한 태도는 일차적으로는 일 그 자체에 대한 태도로 나타나지만 그것은 동시에 일하는 사람들 간의 인간관계에 정착됨으로써 사회화되는 것입니다.

이것은 그 좌상님의 말씀처럼 젊은이들이 도회지에 나가서 잃는 것이면서 또한 우리 시대 자체가 잃어가고 있는 사회·역사적인 문제와도 맥락이 닿아 있는 것이라 생각됩니다. 우리는 근대사의 전개과정에서 노출된 수많은 모순을 극복하기 위하여 시도한 여러 갈래의 운동형태를 알고 있습니다. 그리고 그 다양한 운동들이 농업공동체의 이상에 귀주(歸住)하고자 하는 복고적 성격으로 해서 실패하기도 하고 과학기술의 전(全) 스펙트럼을 회의(懷疑)함으로써 실패하기도 해온 사실을 알고 있습니다.

그래서 저는 젊은이들에게 농업과 노인을 배우라는 손쉬운 충고를 할 수가 없음을 느낍니다. 그러한 충고에 앞서 우리가 버려야 할 것과 받아들여야 할 것이 무엇인가에 대하여 생각해보아야 한다고 믿습니다.

사람들로 하여금 자기 손으로 창조한 것을 자각케 하고, 자기가 하고 있는 일이 어떠한 사회적 관련을 갖는가, 그리고 자기의 삶이 다른 사람의 삶과 어떻게 연대되는가를 실감케 하는 부단한 계기를 생활의 현장, 그 경제적 기초 위에 창조해내는 운동이야말로 민중들의 합의된 결단을 이끌어내고 지연, 혈연 또는 작업장이라는

季嫂님전.

老·少가 함께 일하는 경우에 노인들은 젊은이에 대하여, 그리고 젊은이는 노인들에 대하여 일정한 불만을 갖게됩니다. 이는 주로 일을하는자세, 일에대한 태도의 차이에서 오는 것인데 저는 이점에 있어서만은 노인들을 지지합니다. 노인들의 젊은이들에대한 불만중에 가장 자주 듣는것은, 젊은이들은 일을 여기저기 벌려놓기만하고 마무리를 않는다는 것입니다. 먼저하고 나중할일을 혼동하는가하면 일손을 모아서 함께 해야 할것도 제각각 따로따로 벌려놓기때문에 부산하기만 하고 진척이 없다는 것입니다.

젊은이들의 이러한 태도가 어디서 온것인가를 어느 좌상님께 여쭈어 보았더니 한마디로 농삿일을 해보덜 않아서 그렇다고 하였습니다. 간결하고 정곡을 찌른 지적이라고 생각됩니다. 농삿일은 파종에서 수확에 이르기까지 하나의 일관된 노동입니다. 일의 선후가 있고, 계절이 있고, 기다림이 있습니다. 그것은 한 생명인 이를테면 볍씨의 일생이면서 그 우주입니다. 부품을 분업생산하여 조립·완성하는 공업노동에서는 경험할수 없는것을 담고 있습니다. "젊은애들 도회지나가서 읽는(?)것이 어디 한둘인가" 그 좌상님의 개탄이 제게는 육중한 무게의 문명비판으로 들립니다.

젊은이들은 노동을 수고로움 즉 귀찮은 것으로 받아들이는데 비하여 노인들은 거기에다 自身을 실현하고 생명을 키우는 높은 뜻을 부여합니다. 요컨대 젊은이들은 노동을 「소비」라고 생각합니다 시간의 소비, 에너지의 소비라고 생각하고 있습니다. 이점 노동을 생산으로 인식하는 노인들의 思考와 정면에서 대립하고 있습니다. 공업노동 분업노동의 경험은, 더우기 상품생산, 피고용노동인 경우 노동이 이룩해내는 생산물에대한 종합적인 가치인식을 가지기 어렵게 할뿐아니라 노동이 그 노동의 주체인 자기자신을 성장시켜준다는 인격적 측면에 대해서는 하등의 신뢰나 실감을 주지못하고 있는 것입니다. 이것은 그들이 그들의 열악한 현장에서 겪은 체험의 소산이겠습니다만 이러한 태도는 일차적으로는 일 그자체에대한 태도로 나타나지만 그것은 동시에 일하는사람들간의 인간관계에 정착됨으로써 社會化되는것입니다.

이것은 그 좌상님의 말씀처럼 젊은이들이 도회지에 나가서 읽는(?) 것이면서 또한 우리時代 자체가 늙어가고 있는 社會, 歷史的인 문제와도 맥락이 닿아있는 것이라 생각됩니다. 우리는 近代史의 전개과정에서 노출된 수많은 모순을 극복하기위하여 시도한 여러갈래의 운동형태를 알고있습니다. 그리고 그 다양한 운동들이 농업공동체의 理想에 歸往하고자하는 復古的성격으로해서 실패하기도 하고 과학기술의 全스펙트럼을 懷疑함으로써 실패하기도 해온 사실을 알고 있습니다.

그래서 저는 젊은이들에게 농업과 노인을 배우라는 손쉬운 충고를 할수가 없음을 느낍니다. 그러한 충고에 앞서 우리가 버려야할것과 받아들여야 할것이 무엇인가에 대하여 생각해 보아야 한다고 믿습니다.

사람들로 하여금 자기손으로 창조한 것을 자각케하고 자기가 하고있는일이 어떠한 社會的 關聯을 갖는가, 그리고 자기의 삶이 다른사람의 삶과 어떻게 연대되는가를 실감케하는 부단한계기를 생활의 현장, 그 경제적기초위에 창조해내는 운동이야말로 민중들의 합의된 결단을 이끌어내고 地緣, 血緣 또는 作業場이라는 한정된 범위를 뛰어넘어 「공동의 터전」을 이룩하는 길이라 생각됩니다.

그러나 막상 돌아갈 농촌도 없고 뿌리내릴 터전도 없는 젊은이들에게 그들의 메마른 자세만을 꾸짖는다는 것은 소용없는 일일뿐 아니라 너무나 야박한 것이라 생각됩니다. 왜냐하면 그들 역시 피해자이기 때문입니다. 많은 노인들의 비난에도 불구하고 제가 젊은사람들의 태도중에서 가장 긍정적으로 받아들이고 싶은것은 젊은사람들은 미운 사람이 시키는일이나, 별로 의미를 느낄수 없는 일에 대해서는 지극히 냉정한 태도를 취한다는 사실입니다. 일 그 自體에 沒入해서 무슨 일이건 일이라면 匠人의 성실성을 쏟는 노인들의 이른바 無意識性에 비하면 젊은이들의 이러한 태도는 겉보기에 상당히 불성실한 인상을 주기도 하지만 그것에 담겨있는 강한주체성은 의당 평가되어야 한다고 믿습니다. 이것은 노인들에게는 없는 탄력이며 가능성입니다.

× ×

居室이 東南向이기때문에 창앞에 가면 산과 언덕은 늘 그의 西北面을 제게 보여줍니다. 산록의 서북쪽에는 殘雪과 陰影으로해서 겨울이 최후까지 도사리고 있습니다. 연일 계속되는 영상의 따뜻한 날씨는 산언덕에 끈질기게 붙어있는 겨울을 큰소리 하나 내지않고 하나하나 녹여내고 있습니다. 어제는 밤새껏 눈을 불러 다시 겨울을 쌓아놓았습니다만 天地 가득히 다가오는 봄기운을 어쩌지 못할 것입니다.

보내주신 편지와 돈 잘 받았습니다. 화, 민, 두용 꼬마들께 안부전해주시기 바랍니다. 家內 平安을 빕니다.

2. 5. 立春이튿날 작은 형 씀.

한정된 범위를 뛰어넘어 '공동의 터전'을 이룩하는 길이라 생각됩니다.

그러나 막상 돌아갈 농촌도 없고 뿌리내릴 터전도 없는 젊은이들에게 그들의 메마른 자세만을 꾸짖는다는 것은 소용없는 일일 뿐 아니라 너무나 야박한 짓이라 생각됩니다. 왜냐하면 그들 역시 피해자이기 때문입니다. 많은 노인들의 비난에도 불구하고 제가 젊은 사람들의 태도 중에서 가장 긍정적으로 받아들이고 싶은 것은 젊은 사람들은 미운 사람이 시키는 일이나 별로 의미를 느낄 수 없는 일에 대해서는 지극히 냉정한 태도를 취한다는 사실입니다.

일 그 자체에 몰입해서 무슨 일이건 일이라면 장인(匠人)의 성실성을 쏟는 노인들의 이른바 무의식성에 비하면 젊은이들의 이러한 태도는 겉보기에 상당히 불성실한 인상을 주기도 하지만 그것에 담겨 있는 강한 주체성은 의당 평가되어야 한다고 믿습니다. 이것은 노인들에게는 없는 탄력이며 가능성입니다.

거실이 동남향이기 때문에 창 앞에 가면 산과 언덕은 늘 그의 서북면(西北面)을 제게 보여줍니다. 산록의 서북쪽에는 잔설(殘雪)과 음영(陰影)으로 해서 겨울이 최후까지 도사리고 있습니다. 연일 계속되는 영상의 따뜻한 날씨는 산언덕에 끈질기게 붙어 있는 겨울을 큰소리 하나 내지 않고 하나하나 녹여내고 있습니다.

어제는 밤새껏 눈을 불러 다시 겨울을 쌓아놓았습니다만 천지 가득히 다가오는 봄기운을 어쩌지 못할 것입니다. — 1985.2.5.

호숫가의 어머님

어머님께

어머님께서 걱정하시던 겨울 추위도 말끔히 가시고 창밖으로 보이는 산, 언덕은 물론이고, 옥담과 시멘트 벽과 철문 속에 있는 우리들에게도 봄은 그 따뜻한 손길을 후히 나누어줍니다.

아버님 하서에 어머님께서는 아직도 문밖출입을 못하신다니 서운한 마음 금할 길 없습니다. 대전까지 접견 오실 정도는 못 되시더라도 언젠가 제가 어머님 곁에 갈 때에는 어머님과 함께 잠실 호숫가를 천천히 거닐 수 있으시도록 매일매일 조금씩이라도 보행연습을 거르지 마시기 바랍니다.

그리고 노인 친구들과의 대화보다는 젊은이들을 불러서 이야기를 듣는 쪽이 기력과 심기를 젊게 하는 데 유익하리라 믿습니다.

저는 어머님의 당부에 어긋나지 않도록 매사에 항상 심중(心重)하고 있습니다.

— 1985.4.11.

우산 없는 빗속의 만남

형수님께

남을 도울 힘이 없으면서 남의 고충〔苦情〕을 듣는다는 것은 매우 마음 아픈 일입니다. 그것은 단지 마음 아픔에 그치지 않고 무슨 경우에 어긋난 일을 하고 있는 느낌을 갖게 합니다.

도운다는 것은 우산을 들어주는 것이 아니라 함께 비를 맞는 것임을 모르지 않습니다만, 빈손으로 앉아 다만 귀를 크게 갖는다는 것이 과연 비를 함께하는 것인지, 그리고 그것이 그에게 도대체 무슨 소용이 있는지 의심스럽지 않을 수 없습니다.

오래전의 이야기입니다만 출소를 하루 앞두고 제게 일자리 하나 주선해주기를 부탁하던 젊은 친구에 관한 아픈 기억이 있습니다. 저에게는 그가 생각하는 그런 동창 선후배가 이미 존재하지 않았습니다. 제게는 바로 그와 같은 밑바닥 인생들밖에 친구가 없었습니다. 사람은 그 친구가 바뀜으로써 최종적으로 바뀌는 것이라면 저는 이미 그가 생각하는 그러한 세계의 사람이 아닌지도 모릅니다.

망설임 끝에 겨우 입을 뗀 부탁이라 더욱 송구스러워하는 그와 마주 앉아서 저는 그날 밤 갈 곳 없는 그를 위하여 동창 선후배들의 위치에 제가 있었더라면 하는 감상에 젖기도 하였습니다. 그러나 이러한 감상에서 금방 제 자신을 건져낸 것은 만약 제가 그러한 위치에 있었더라면 그와의 만남이 아예 존재할 수 없었다는 분명한 깨달음이었습니다.

도울 능력은 있되 만남이 없는 관계와 만남이 있되 도울 힘이 없는 관계에 대하여 그날 밤 늦도록 우리가 나누었던 이야기의 의

미에 관하여 그가 어떻게 받아들였는지 전혀 알 수 없었습니다만 그때의 아픈 기억만은 지금도 선명하게 남아 있습니다.

저는 무의무탁(無依無托)한 동료들이나 이제 징역을 시작하는 젊은 무기수들과 이야기를 나눌 때마다 그때의 기억이 되살아나면서 도울 힘이 없으면서 남의 어려움을 듣는 일의 어려움을 절감하고 있습니다.

다만 한 가지 바라는 것이 있다면 이러한 고정(苦情)에 자주 접하게 됨으로써 아픔이 둔감해지는 대신에 그것이 고정의 원인을 깊이 천착해 들어갈 수 있는 확실한 조건이 되어주길 바라는 것입니다. 그리고 그것이 저 혼자만 쓰고 있는 우산은 없는가를 끊임없이 돌이켜보는 엄한 자기 성찰의 계기가 되길 바랄 뿐입니다.

시인 몇 사람은 좋이 길러내었음 직한 구봉산(九峯山)의 아홉 개 연봉(連峰)이 초하(初夏)의 반공(半空)을 우뚝우뚝 달리고 있습니다. 하도장성(夏道長成), 여름은 산이 크는 계절, 산이 달리는 계절인가 봅니다. 그리고 오월산은 단지 저 혼자 크고 저 혼자 달리는 것이 아니라 멀리서 그를 바라보는 이곳의 갇혀 있는 수많은 사람들의 마음도 함께 키워주고 달리게 합니다. —1985.5.29.

다시 빈 곳을 채우며

형수님께

자동차가 대전에 점점 가까워질수록, 형님도 저도 말수가 점점 줄어들었습니다. 한동안은 이것저것 화제를 찾아내어 애써 무얼 덮어보려 했습니다만 결국 씁쓸히 웃으며 착잡한 마음을 수긍하고야 말았습니다.

잠실집 계단에서 떠나보내시던 형수님과 계수님의 굳은 표정도 아마 이 착잡함을 미리 읽었기 때문이었던가 봅니다.

여러 사람들을 내내 서 있게 했던 저의 1주일 동안 가장 가까운 자리에서 가장 많은 시간을 시종(始終)해주신 형수님의 수고에 감사드립니다.

제가 가족들에게 뿌리고 온 것이 기쁨인지 아픔인지, 바깥이 좁은지 안이 넓은지, 손가락이 차가운지 얼음이 차가운지…….

아직은 쏟아지는 잠, 어수선한 꿈자리가 분별을 흐리게 하고 있습니다. 그러나 그것도 잠시뿐 머지않아 다른 모든 경우와 마찬가지로, 이곳에 살고 있는 수많은 사람들의 굵은 삶이 세차게 서로를 흔들어 저를 깨어 있게 해주리라 믿고 있습니다.

저는 이 깨어 있는 정신의 섬뜩함으로써 한 주일 동안의 사람과 일을 간추려 저의 빈 곳을 채우고 제 자신을 달구어나가도록 노력하겠습니다.

우용이, 주용이와는 부족했던 대화가 아쉽습니다만 대신 조기축구의 기억이 신선한 감각으로 남아 있습니다.

건강을 빕니다.

잠실에는 따로 편지 드리지 않습니다. —1985.8.14.

아픔의 낭비

계수님께

3층의 빈방에 혼자 앉아 있으려니 오늘따라 세찬 바람은 끊임없이 창문을 흔듭니다. 창문은 다시 어수선한 내 마음을 흔들어, 잊어야 할 것과 간직해야 할 것을 어지럽게 휘저어놓습니다.

한 주일간의 수고에 감사드립니다. 특히 계수님의 친정 식구들의 후의(厚意)를 잊지 못합니다. 그것은 위로와 연민과 인정이면서 동시에 정신적 공감을 바탕에 두지 않고서는 베풀 수 없는 것이었습니다.

저는 한 주일 내내 마치 온몸에 바늘을 가진 사람처럼 주위의 모든 사람들을 아프게 하지 않았는가 하는 느낌에 지금도 마음이 무겁습니다. 나를 잘 이해하지 못하는 사람보다 오히려 계수님처럼 나를 가장 이해하는 사람일수록 더욱더 아프게 하고 온 느낌입니다. 그러나 계수님께서는 그 아픔을 개인의 아픔으로 간직하지 않고 우리의 이웃과 우리 시대의 삶의 진상을 깨우쳐주는 사회적 양심으로 키워가리라 믿습니다.

주위의 여러 사람에게 아픔을 나누어주고 대신 자기가 기쁨을 얻을 수는 없습니다. 그것은 도덕적으로는 물론 현실적으로도 있을 수 없는 법입니다. 그러기에 한 주일 동안 가슴에 담아온 것은 평소에는 느끼지 못했던 아픔의 응어리들입니다.

그러나 이 응어리들을 그대로 담아둔다는 것은 아픔을 낭비하는 일입니다. 제가 서둘러 해야 하는 일은 나와 내 주위의 모든 아픔들의 낭비를 막는 일입니다. 어쩌면 아픔을 끝까지 앓는 행위야말로 그것의 가장 정직한 방법인지도 모릅니다. —1985.8.18.

여름 징역살이

계수님께

없는 사람이 살기는 겨울보다 여름이 낫다고 하지만 교도소의 우리들은 없이 살기는 더합니다만 차라리 겨울을 택합니다. 왜냐하면 여름 징역의 열 가지 스무 가지 장점을 일시에 무색케 해버리는 결정적인 사실—여름 징역은 자기의 바로 옆 사람을 증오하게 한다는 사실 때문입니다.

모로 누워 칼잠을 자야 하는 좁은 잠자리는 옆 사람을 단지 37℃의 열덩어리로만 느끼게 합니다. 이것은 옆 사람의 체온으로 추위를 이겨나가는 겨울철의 원시적 우정과는 극명한 대조를 이루는 형벌 중의 형벌입니다.

자기의 가장 가까이에 있는 사람을 미워한다는 사실, 자기의 가장 가까이에 있는 사람으로부터 미움받는다는 사실은 매우 불행한 일입니다. 더욱이 그 미움의 원인이 자신의 고의적인 소행에서 연유된 것이 아니고 자신의 존재 그 자체 때문이라는 사실은 그 불행을 매우 절망적인 것으로 만듭니다. 그러나 무엇보다도 우리 자신을 불행하게 하는 것은 우리가 미워하는 대상이 이성적으로 옳게 파악되지 못하고 말초감각에 의하여 그릇되게 파악되고 있다는 것, 그리고 그것을 알면서도 증오의 감정과 대상을 바로잡지 못하고 있다는 자기혐오에 있습니다.

자기의 가장 가까운 사람을 향하여 키우는 '부당한 증오'는 비단 여름 잠자리에만 고유한 것이 아니라 없이 사는 사람들의 생활 도처에서 발견됩니다. 이를 두고 성급한 사람들은 없는 사람들의 도덕성의 문제로 받아들여 그 인성(人性)을 탓하려들지도 모릅니다. 그러나 우리는 알고 있습니다. 오늘내일 온다 온다 하던 비 한 줄금 내리고 나면 노염(老炎)도 더는 버티지 못할 줄 알고 있으며, 머지않아 조석의 추량(秋涼)은 우리들끼리 서로 키워왔던 불행한 증오를 서서히 거두어가고, 그 상처의 자리에서 이웃들의 '따뜻한 가슴'을 깨닫게 해줄 것임을 알고 있습니다. 그리고 추수(秋水)처럼 정갈하고 냉철한 인식을 일깨워줄 것임을 또한 알고 있습니다.

다사했던 귀휴 1주일의 일들도 이 여름이 지나고 나면 아마 한 장의 명함판 사진으로 정리되리라 믿습니다. 변함없이 잘 지내고 있습니다. 친정 부모님과 동생들께도 안부 전해주시기 바랍니다.

—1985.8.28.

季嫂 님께

없는 사람이 살기는 겨울보다 여름이 낫다고 하지만
교도소의 우리들은 없이 살기는 더합니다만 차라리 겨울을
택합니다. 왜냐하면 여름징역의 열가지 스무가지 장점을
일시에 무색케해버리는 결정적인 사실 —— 여름징역은
자기의 바로 옆사람을 증오하게 한다는 사실때문입니다.
모로누워 칼잠을 자야하는 좁은 잠자리는 옆사람을 단지
37°C의 열덩어리로만 느끼게 합니다.
이것은 옆사람의 체온으로 추위를 이겨나가는 겨울철의
원시적 우정과는 극명한 대조를 이루는 형벌중의 형벌입니다.

자기의 가장가까이에 있는 사람을 미워한다는 사실,
자기의 가장가까이에 있는 사람으로부터 미움받는다는 사실은
매우 불행한 일입니다. 더우기 그 미움의 원인이 자신의
고의적인 所行에서 연유된것이 아니고 자신의 存在그자체
때문이라는 사실은 그 불행을 매우 절망적인것으로 만듭니다.
그러나 무엇보다도 우리자신을 불행하게하는것은 우리가 미워하는 대상이
이성적으로 옳게 파악되지 못하고 말초감각에 의하여 그릇되게
파악되고 있다는것, 그리고 그것을 알면서도 증오의 감정과 대상을
바로잡지 못하고 있다는 자기혐오에 있습니다.
자기의 가장 가까운 사람을 향하여 키우는 "부당한 증오"는 비단
여름잠자리에만 고유한 것이아니라 없이사는 사람들의 생활
도처에서 발견됩니다. 이를 두고 성급한 사람들은 없는사람들의
도덕성의 문제로 받아들여 그 人性을 탓하려 들지도 모릅니다.
그러나 우리는 알고 있습니다. 오늘내일 온다 온다하던 비 한줄금
내리고 나면 老炎도 더는 버티지 못할줄 알고 있으며, 머지않아
朝夕의 秋涼은 우리들끼리 서로 키워왔던 불행한 증오를 서서히
거두어가고, 그 상처의 자리에서 이웃들의 "따뜻한 가슴"을
깨닫게 해줄것임을 알고 있습니다.
그리고 秋水처럼 정갈하고 냉철한 認識을 일깨워 줄
것임을 또한 알고 있습니다.

× ×

多事했던 歸休1週日의 일들도 이 여름이 지나고나면 아마
한장의 명함판 사진으로 정리되리라 믿습니다. 변함없이 잘 지내고
있습니다. 친정부모님과 동생들께도 안부전해주시기 바랍니다.

8月 28 작은형 씀

어머님과의 일주일

어머님께

몇 차례 흠씬 비가 오더니 어느새 더위가 말끔히 가셨습니다. 대기와 산야를 뒤덮고 있던 여름의 그 지겹던 열기는 물론, 운동장에, 콘크리트 벽에, 모자와 신발에 남아 있던 열기까지 남김없이 씻겨가버렸습니다.

어머님 누워 계신 창으로도 보이는지 모르겠습니다만 비 걷고 난 9월의 하늘은 완연한 가을입니다.

어머님께서는 제가 떠나간 후로 매우 허전하셨으리라 생각됩니다만 그럴수록 심기를 더욱 보중하시어 내내 기다려주시기 바랍니다. 제게는 어머님께 듣고 싶은 이야기도 많고 또 제가 어머님께 드리고 싶은 말씀도 많습니다. 항상 넉넉하신 마음으로 주변의 대소사를 모두 허락하셔서 심사를 거스리는 일이 없으시도록 안돈(安頓)하시기 바랍니다.

저는 지난번 한 주일 동안에 겪은 일들이 한동안은 마음에 짠하여 생각이 어수선하였습니다만 이제는 그때의 짠하던 마음도 먼 옛 기억처럼 묽어지고 어수선하던 생각도 가지런히 정돈되어, 마침 청정한 가을 날씨와 더불어 자신을 맑게 지니려 애쓰고 있습니다.

어머님의 당부대로 몸조심하고 행실 조심하겠습니다. 환절기에 아버님, 어머님 건강을 빕니다. 미처 전화도 못 드리고 떠나온 누님네 식구들께도 안부해주시기 바랍니다. — 1985.9.9.

우리들의 갈 길

아버님께

아버님 하서와 『민요기행』 진작 받았습니다만 차일피일 접견 기다리느라 답상서가 너무 늦었습니다.

아버님, 어머님을 비롯하여 가내 두루 평안하실 줄 믿습니다. 이곳의 저희들도 일찌감치 내의를 찾아 입고 동복으로 갈아입는 등 겨울이 유난히 빨리 찾아오는 교도소의 계절에 맞추어 채비하고 있습니다.

나무들도 잎을 떨어 뿌리를 쉬게 하고 짐승과 미물들도 땅속을 찾아들어가 동면하는 자연의 이치를 본받아서 저희들도 추운 겨울 동안에는 수고롭게 무엇을 이룩하려 하기보다는 한 해 동안의 대소사를 마무리함으로써 이듬해 봄을 예비하는 쪽을 택하고자 합니다.

우송해주신 『민요기행』은 갇혀 있는 사람의 잠들어 있는 역마살을 깨워놓기에 충분합니다. '민요를 따라가는 일은 곧 건강하게 살아 숨 쉬는 민중적 삶의 현장을 찾는 일'임을 공감케 하며 역사의 굽이굽이를 굽이돌아 면면히 흘러온 민중들의 삶과 그 삶의 언저리에 꽃핀 인정 풍물을 찾아 나선 저자 일행의 발길은 흡사 우리 시대의 정신이 지향해야 할 바의 '방향'을 가리키고 있는 듯 느껴집니다.

특히 발길 닿는 곳곳마다에서 좋은 사람을 만날 줄 알고, 목격하는 이러저러한 현실에서 그 숨은 뜻을 정확하게 꿰뚫어보고, 그리고 일하는 사람들의 견해를 가장 무겁게 받아들이는 저자의 따뜻한 심성과 날카로운 형안(炯眼)과 그리고 몸에 밴 민중적 자세가 이 책의 튼튼한 뼈대를 이루고 있습니다. 바로 이러한 뼈대가 속에 있음으로 해서 '기행'이란, 땀내 나는 삶의 임자로서가 아니라 어디까지나 그 삶의 거죽을 일별하는 구경꾼일 뿐이라는 결정적인 한계를 시원하게 뛰어넘게 하고 있습니다.

민요가 민중들의 삶의 현장을 보여주듯, 강물이 바다를 보여주듯, 교도소 뒷산 허리를 넘어가는 길은 그 끝에 닿아 있을 사람들의 마음을 보여줍니다. 그리고 우리들을 향하여 갈 길을 묻습니다.

— 1985. 11. 14.

작은 실패

형수님께

주역 64괘 중의 맨 마지막 괘가 소위 '미제'(未濟)괘로서 괘사(卦辭)에는 "어린 여우가 물을 거의 건넜을 때 그만 꼬리를 적시고 말았다. 이로운 바가 없다"〔小狐汔濟 濡其尾无攸利〕라 하였습니다.

지난가을 교도소 앞 논으로 타작일 도우러 갔을 때의 느낌이 바로 이런 것이었습니다. 추수 임시(臨時)에 쏟아진 폭우로 말미암아 물에 잠긴 볏단을 두렁에 옮겨 쌓으면서 우리는 흡사 비에 젖어버린 가을의 꼬리를 들고 섰는 듯 추연한 비감을 금치 못하였습니다. 한 해를 마감하는 세모가 되거나 또는 하루를 끝내는 저녁 무렵이 되거나 또는 작은 일 하나 마무리할 즈음에도 항상 어린 여우가 꼬리를 적시는 그 마지막 과정의 '작은 실패'에 생각이 미칩니다. 이러한 어린 여우의 연상은 어떤 일이나 과정의 마지막 단계에서 더욱 신중한 태도를 갖도록 해준다는 점에서 매우 유익한 것이라고 믿어왔습니다만 지금 생각으로는 그것이 반드시 그런 것만이 아니라고 느껴집니다.

왜냐하면 작은 실패가 있는 쪽이 없는 쪽보다 길게 보아 나은 것이라 생각되기 때문입니다. 작은 실패가 있음으로 해서 전체의 국면은 '완결'이 아니라 '미완'에 머물고 이 미완은 더 높은 단계를 향한 새로운 출발이 되어줍니다. 더구나 작은 실패는 사람을 겸손하게 하고 자신과 사물을 돌이켜보게 해줍니다. 괘사에도 완결을 의미하는 '기제'(旣濟)는 "형통함이 적고 처음은 길하지만 마침내 어지러워진다"〔亨小初吉終亂〕고 하여 그것을 미제의 하위에 놓고 있습니다.

도대체 역(易)의 오의(奧義)를 숙지하기도 쉽지 않고 또 그것을 곧이곧대로 믿지도 않습니다만 중요한 것은 우리들의 소위(所爲) 가운데 필연적으로 존재하게 마련인 '작은 실패'를 간과하지 않는 자기비판의 자세입니다. 실패가 필요한 것이 아니라 실패의 발견이 필요한 것이며, 실패가 값진 것이 아니라 실패의 교훈이 값진 것이라 생각합니다. 실패와 그 실패의 발견, 그것은 산에 나무가 있고 땅속에 바위가 있듯이 우리의 삶에 튼튼한 뼈대를 주는 것이라 믿습니다.

아버님 편에 보내주신 책 잘 받았습니다.

형님, 형수님, 우용이, 주용이 모두 건강하길 빕니다. 방학 동안에 우용이, 주용이는 평소에 겪기 어렵던 새로운 경험을 풍부히 가져서 생활의 테두리를 훨씬 넓혀갈 수 있기 바랍니다. — 1985.12.12.

옥중 열여덟 번째의 세모에

부모님께

아버님의 하서와 보내주신 책 잘 받았습니다. 아버님의 저서도 쉬이 출판되어 우송되어 올 때가 기다려집니다.

이곳 교도소 주위를 병풍 두르고 있는 뒷산에는 첫눈 때부터 지금껏 눈이 하얗습니다. 산설(山雪)은 녹지 않고 어는가 봅니다.

무심히 창밖을 내다보면 거기 하얗게 쌓여 있는 눈은 언제나 우리의 시선을 서늘하고 냉정하게 만들어줍니다.

눈은 세상의 온갖 잡동사니를 너그러이 덮어주는 듯하면서도 반면에 드러내야 할 것은 더욱 뚜렷이 드러냅니다. 눈은 그 차가움만큼이나 냉엄합니다.

옥중에서 맞이하는 열여덟 번째의 세모입니다. 세모는 제게 있어서 흡사 푸짐한 강설(降雪) 같습니다. 연간백사(年間百事)를 너그러이 덮어주는가 하면, 무섭도록 뚜렷이 드러내기도 하기 때문입니다.

해마다 세모가 되면 저는 상심하실 어머님 생각으로 마음이 무거워집니다. 궂은 날은 나막신 장사하는 아들을 생각하고 갠 날은 짚신 장사하는 아들을 생각키로 하여 근심을 달래던 옛날 어머님의 고사(故事)처럼 아무쪼록 스스로 심기를 유장(悠長)하게 가꾸어 조섭하시길 바랍니다.

새해에는 아버님, 어머님을 비롯하여 온 가족이 모두 강건하시길 빌며 세배에 대(代)합니다.

—1985년 세모에.

아버님 어머님 前上書.

아버님의 下書와 보내주신 책(書翰全集)
잘 받았읍니다. 아버님의 著書도 쉬이 出版
되어 우송되어 오기가 기다려 집니다.

× ×

이곳 교도소 주위를 병풍두르고 있는 뒷산에는
첫눈때부터 지금껏 눈이 하얗습니다.
山雪은 녹지 않고 어는가 봅니다.
무심히 창밖을 내다보면 거기 하얗게 쌓여있는
눈은 언제나 우리의 視線을 서늘하고 냉정하게
만들어 줍니다.

눈은 世上의 온갖 잡동사니를 너그러이
덮어주는듯 하면서도 반면에 드러내야
할것은 더욱 뚜렷이 드러냅니다.

눈은 그 차거움만큼이나 冷嚴합니다.

獄中에서 맞이하는 열여 덟번째의
歲暮입니다.
세모는 제게있어서 흡사 푸짐한 降雪
같습니다. 年間百事를 너그러이
덮어주는가 하면, 무섭도록 뚜렷이
드러내기도 하기 때문입니다.

× ×

해마다 세모가 되면
저는 상심하실 어머님 생각으로
마음이 무거워 집니다.
궂은 날은 나막신 장수하는 아들을
생각하고 갠날은 짚신장수하는 아들을
생각키로 하여 근심을 달래던
옛날 어느 어머님의 故事처럼
아무쪼록 스스로 心機를 悠長하게
가꾸어 조섭하시길 바랍니다.

새해에는 아버님, 어머님을 비롯하여
온가족이 모두 康健하시길 빌며
歲拜에 代합니다.

乙丑歲暮 대전에서

영복 올림.

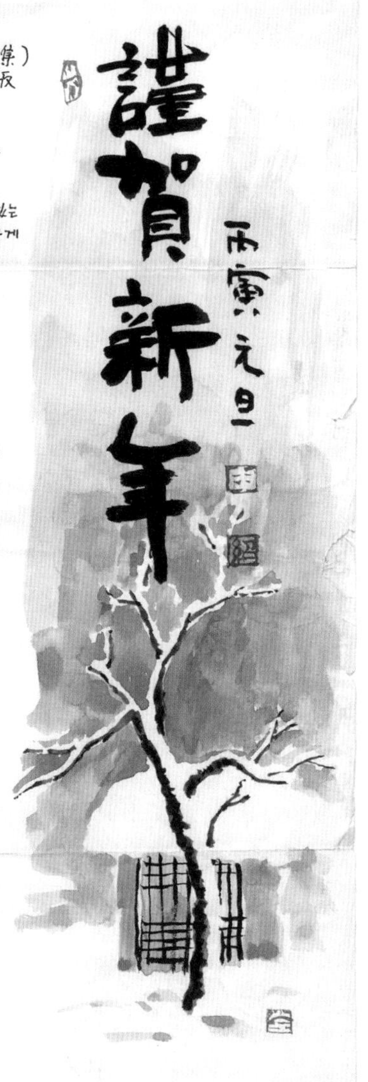

최후의 의미

계수님께

계주(繼走)의 최종 주자가 승리의 영광을 독차지할 수 없습니다. 특히 목표가 원대한 것일수록 '최후'보다는 그 과정이 더욱 중요한 의미를 갖게 된다고 생각합니다.

'최후'란 전·후로 격절(隔絶)된 별개의 영역으로서 우리들 앞에 나타나는 것은 아닙니다. 그것은 어떤 과정의 '전부', 또는 어느 기간의 '총합'이란 의미로 받아들여져야 하리라 믿습니다.

열여덟 번째의 옥중 세모입니다.

천문학에 광년(光年)이란 단위가 있듯이 세상에는 1년 단위의 세모보다 훨씬 긴 무슨 단위로 인생을 살아가는 사람들이 많으리라 믿습니다.

허리띠 끌러놓고 이른바 역사를 상대하여 앉아 있는 그런 넉넉하고 우둔한(?) 마음이라면 세월을 잘게 잘게 토막 내서 수많은 최후들을 만들어내려 하지 않을 것임에 틀림없습니다.

먼 곳 없이 어찌 넓을 수 있으며 기다림 없이 풀 한 포긴들 제 형상을 키울 수 있으랴 싶습니다.

한 해 동안의 옥바라지 감사드립니다. 화용, 민용, 두용 꼬마들께도 새해 인사 전해주시기 바랍니다.

—1985년 세모에.

季嫂님께

繼走의 最終走者가 승리의 영광을 독차지 할수 없습니다.
특히 目標가 遠大한 것일수록 「最後」보다는 그 過程이 더욱 중요한 의미를 갖게된다고 생각합니다.

「최후」란 前·後로 隔絶된 別個의 領域으로서 우리들 앞에 나타나는 것은 아닙니다.

그것은 어떤 과정의 「全部」, 또는 어느 期間의 「總合」이란 의미로 받아들여져야 하리라 믿습니다.

열여덟번째의 獄中 歲暮입니다.

天文学에 光年이란 單位가 있듯이 세상에는 1년 단위의 歲暮보다 훨씬 긴 무슨 單位로 人生을 살아가는 사람들이 많으리라 믿습니다.

허리띠 풀러놓고 이른바 丁吏를 상대하여 앉아 있는 그런 넉넉하고 우둔한(?) 마음이라면 歲月을 잘게 잘게 토막내서 수많은 최후들을 만들어 내려하지 않을 것임에 틀림 없습니다.

먼곳 없이 어찌 날을수 있으며 기다림 없이 풀한포긴들 제 형상을 키울수 있으랴 싶습니다.

× ×

한해동안의 옥바라지 감사드립니다.
화용, 민용, 득용 그리고 들께도 새해 인사 전해주시기 바랍니다.

乙丑 歲暮 대전에서

작은 형 씀.

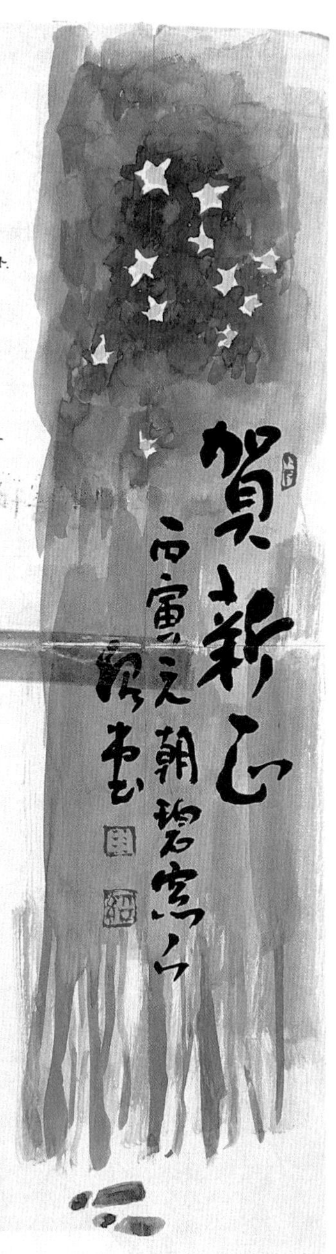

인동(忍冬)의 지혜

형수님께

형기(刑期)가 1년 6월 이상이 되면 그 속에 겨울이 두 번 들게 됩니다. 겨울이 두 번 드는 징역을 '곱징역'이라 합니다. 겨울 징역이 그만큼 어렵기 때문에 붙여진 이름이라 생각됩니다.

특히 자기 체온 외에는 온기 한 점 찾을 수 없는 독거(獨居)는 그 추위가 더합니다. 그럼에도 저는 지난가을 이래 독거하고 있습니다. 제가 구태여 독거를 마다하지 않는 것은 추위가 징역살이의 가장 큰 어려움이라고는 생각지 않기 때문입니다. 교도소의 겨울이 대단히 추운 것이긴 하지만 그 대신 이곳에는 오래전부터 수많은 징역선배들이 수십 번의 겨울을 치르면서 발전시켜온 '인동(忍冬)의 지혜'가 마치 무의촌의 토방(土方)처럼 면면히 구전되어오고 있습니다.

이 숱한 지혜들에 접할 때마다 그 긴 인고의 세월 속에서 시린 몸으로 체득한 그 지혜들의 무게와 그 무게가 상징하는 힘겨운 삶이 싱싱한 현재성을 띠고 우리의 삶 속에 뛰어듭니다.

겨울 추위는 이처럼 역경에서 발휘되는 강한 생명력을 확인하고 신뢰하게 합니다. 뿐만 아니라 겨울 추위는 몸을 차게 하는 대신 생각을 맑게 해줍니다. 그래서 저는 언제나 여름보다 겨울을 선호합니다. 다른 계절 동안 자잘한 감정에 부대끼거나 신변잡사에 얽매여 있던 생각들이 드높은 정신세계로 시원하게 정돈되고 고양되는 것도 필경 겨울에 서슬져 있는 이 추위 때문이라 믿습니다. 추위는 흡사 '가난'처럼 불편할 따름입니다. 그리고 불편은 우리를 깨어 있게 합니다.

저는 한 평 남짓한 독거실의 차가운 공간을 우리의 숱한 이웃과 역사의 애환으로 가득 채워 이 겨울을 통렬한 깨달음으로 자신을 달구고 싶습니다.

지리부도를 펴놓고 새로 이사한 대치동을 찾아보았습니다. 잠실에서 가까워 형수님의 잠실 출근(?)길이 줄었다 싶습니다. 407호면 4층, 이촌동 집과는 달라 화분에 햇빛 가득 담기리라 생각됩니다. 형수님의 얼굴에도 햇빛 가득 담기길 바랍니다. —1986.1.10.

하기는 봄이 올 때도 되었습니다

계수님께

지난번 접견 생각하면 화, 민, 두용이 곤하고 배고파하던 모습 눈에 선합니다. 교도소와 작은아버지에 대한 실습이 너무 가혹했다 싶습니다.

소지품 챙기다가 아버님 편지, 형수님 편지, 계수님 편지 다시 읽어봅니다. 여러 사람들의 걱정과 수고에 의하여 나의 징역살이가 지탱되고 있음을 느낍니다. 징역을 나 혼자 짐지고 있거니 하는 생각은 자만입니다.

큰 추위 없이 벌써 입춘입니다. 대가 치르지 않고 득물(得物)한 듯 공연히 미안한 마음입니다.

하기는 봄이 올 때도 되었습니다. — 1986.2.5.

나는 걷고 싶다

전주교도소 1986년 2월～1988년 8월

새 칫솔

아버님께

어제 이곳 전주교도소로 이송되었습니다.

전주로 오는 호송차 속에서 지난 15년간의 대전교도소 생활을 돌이켜보았습니다. 대전교도소는 저의 30대와 40대의 전반(前半)을 묻은 곳이지만 한편 제게 귀중한 깨달음과 성장을 안겨준 곳이었습니다.

이제 전주교도소에서의 생활이 시작됩니다.

미지정 혼거실에서 시작하는 전주의 생활은 흡사 십수년 전의 그 생경하던 때를 상기시켜줍니다. 대전교도소에서의 15년의 삶이 제게 큼직한 성장을 안겨준 것처럼 지금부터 맞는 전주교도소의 생활도 제게 또 다른 성장의 터전을 마련해주리라 확신합니다.

아버님께서는 혹시 이송과 갑작스런 생활의 변화가 제게 많은 어려움을 주는 것이 아닌가 걱정하시리라 생각됩니다. 그러나 몇 년 동안의 징역살이쯤 별로 대수롭게 여기지 않는 굵직한 신경이 지난 십수년간 키워온 우리들의 능력의 하나입니다. 어머님 근심 않으시도록 자세한 설명 바랍니다.

대전을 떠나올 때 낡고 묵은 모든 소지품을 정리하고 왔습니다. 가뿐하고 신선한 느낌으로 시작합니다.

써오던 칫솔에 비하여 빳빳한 새 칫솔은 잇몸을 아프게도 하지만 이빨을 훨씬 깨끗이 해줍니다. —1986.2.20.

낯선 환경, 새로운 만남

아버님께

비록 새로운 환경이긴 합니다만 어려운 일 없이 생활하고 있습니다.

낯선 환경을 배우고 새로운 사람들을 만나는 일은 자신이 성장할 수 있는 계기를 제공해주는 것이란 점에서 사소한 생활의 불편 그 자체까지 포함해서 하나의 기쁨입니다. 익숙한 환경과 친분 있는 사람들의 양해 속에서는 미처 발견되지 못하던 자신의 작풍상(作風上)의 결함이 흡사 백지 위의 묵흔(墨痕)처럼 선연히 드러납니다. 저는 이러한 발견이 지금껏 무의식중에 굳어져온 안이한 습관의 갑각(甲殼)을 깨뜨리고 좀더 너른 터전 위에 저의 자세를 다시 세울 수 있기를 바랍니다.

아버님의 하서는 언제나 저의 무위(無爲)를 무언(無言)으로 꾸짖습니다. 그리고 아버님의 한결같으신 연학(硏學) 역시 저를 부끄럽게 합니다.

출간하신 책 2권 보내주시기 바랍니다.

지난번 형님 다녀가시면서 차입해주신 푸짐한 접견물은 마침 함께 이송 와서 서먹해하던 많은 사람들을 흐뭇하게 해주었습니다.

아버님께서는 이곳까지 먼 걸음 하시지 마시고 날씨 훨씬 풀린 다음 가족좌담회 때쯤 충분한 시간을 갖고 뵙는 편이 좋겠다 생각됩니다.

—1986.3.10.

나의 이삿짐 속에

계수님께

15년 동안 계속 대전에 남아서 사람들을 보내기만 하다가 막상 나 자신이 당사자가 되어 떠나올 때는 예상했던 것보다 더 많은 것을 느낄 수 있었습니다.

대전교도소는 나의 30대의 10년간과 40대의 전반(前半) 5년간을 보낸 곳이었습니다. 대전의 15년 동안 내가 잃은 것과 얻은 것은 무엇이었던가. 호송차 뒤에 실어놓은 나의 징역보따리 외에 내가 가지고 가는 가장 가슴 뿌듯한 '성장'은 무엇인가. 숱한 기억 속에서 가장 잊을 수 없는 것은 역시 '사람들'에 대한 추억입니다. 탈의실까지 따라와 이송보따리 져다주며 작별을 서운해하던 친구들, 그리고 그들로서 대표되고 그들과 꼭 닮은 사람들, 사람들……. 그것은 15년의 황량한 세월을 가득히 채우고도 넘칠 정도의 부피와 뜨거움을 갖는 것이었습니다. 그들 한 사람 한 사람은 징역살이가 아니었더라면 결코 내가 만날 수 없었던 사람들이었으며 또 징역살이가 아니었더라면 결코 내가 얻을 수 없었던 나 자신의 '변혁' 그 실체이었습니다. 대전-전주 간의 1시간 20분은 이러한 변혁을 자각하고, 완성하고, 그리고 그것을 내 속에 확보하는 밀도 높은 시간이었습니다.

나는 수많은 친구들의 삶과 고뇌를 내 속 깊숙이 육화시켜 이제는 그것을 나 자신의 일부로서 편애되도록 노력해갈 생각입니다. 그것은 낯설고 어려운 처소에서마다 나를 강하게 지탱해주는 긍지가 되고, 이윽고 나를 드넓은 대해(大海)로 인도해주는 거대한 물길이 되리라 확신합니다.

전주교도소에는 기상나팔 대신 종을 울립니다. 국민학교 시절의 종소리보다 약간 낮고 쉰 듯한 음색입니다. 나팔소리보다 한결 편안한 것입니다만 그것이 우리들에게 요구하는 바는 다름이 없습니다.

전북 일원에는 명산과 고찰 등 명소가 많기로 유명합니다. 내장산, 지리산, 덕유산, 대둔산, 마이산, 광한루……. 그러나 자연으로부터 완벽하게 격리되어 인공(人工) 중의 인공인 법의 한복판에 유폐되어 있는 우리들에게 가까운 곳에 명승지를 두고 있다는 사실이 별다른 친근감을 주지 못합니다. 그러나 가장 반가운 것은, 거실 창 앞에 서면 동북쪽으로 녹두장군의 농민군이 전주성을 공략할 때 넘었던 '완산칠봉'(完山七峰)이 한눈에 들어온다는 사실입니다.

지축을 울리던 농민군의 발짝소리가 지금은 땅속에서 숯이 되어 익고 있을 완산칠봉 일곱 봉우리를 그도 옥창(獄窓)을 격(隔)하여 마주하는 감회는 실로 비범(非凡)한 것이 아닐 수 없습니다.

낮은 종소리로 잠 깨며, 완산칠봉 일곱 봉우리를 돌이켜보며, 새로운 사람들의 삶을 만나며 시작하는 전주 징역은, 아직은 기약 없지만 백제 땅의 그 어기찬 역사만큼 내게도 큼직한 각성을 안겨주리라 기대됩니다.

뒤늦은 시집살이(?) 건투를 빕니다. —1986.3.24.

새벽 새 떼들의 합창

아버님께

6월 3일부 하서와 책 잘 받았습니다. 아버님, 어머님께서 무고하시다는 서한은 안도와 기쁨임에 틀림없습니다만 그도 잠시간일 뿐 병석에 계신 어머님 환후가 근심되고 가내외 대소사로 한가 없으실 아버님의 기체후가 염려되어 늘 소용 닿지 않는 걱정입니다.

이곳의 저희들은 하루하루 별고 없이 지내고 있습니다. 6월이라지만 아직은 더위보다 초하(初夏)의 싱그러움을 먼저 느끼게 하는 철입니다. 특히 이곳은 산이 가깝고 옥담 밖으로 나무가 둘러 있어 새벽부터 멀리 가까이서 지저귀는 새소리가 피곤한 저희들의 아침에 듬뿍 생기를 불어넣어줍니다. 참새와 까치는 물론 뻐꾸기, 꾀꼬리, 할미새, 머슴새……. 이른 새벽 새들의 합창은 과연 교도소 최고의 '문화'입니다.

보내주신 『동학기행』(東學紀行)은 매우 반가운 책입니다. 전주는 동학혁명의 격전지(激戰地)였기 때문에, 변함없는 산야는 물론이려니와 심지어 한 그루 묵은 나무까지도 묵직한 역사의 흔적을 담고 있는 듯합니다.

저희들의 거실에서도 전주성 공방의 거점이던 완산칠봉과 당시 동학농민군의 진격로이던 용머리고개가 한눈에 바라보입니다. 저는 비록 그 땅의 일우(一隅)에 갇혀 90년 전 갑오년의 현장을 몸소 밟아보지는 못하지만, 『동학기행』을 펼쳐들고, '동학년'의 함성과 비탄을 누구보다도 뜨거운 가슴으로 파헤쳐내려는 한 작가의 양심과 발걸음을 따라가면 제게도 한동안의 '불타는 시간'이 되살아나리라 믿습니다. 그리고 새벽 새 떼들의 합창은 세월이 흘러 무심해진 저희들로 하여금 갑오년 녹두낡의 그 파랑새 목소리를 깨닫게 해주리라 믿습니다.

아버님, 어머님을 비롯하여 가내의 평안을 빌며 각필합니다.

— 1986. 6. 10.

계수님의 하소연

계수님께

계수님의 편지 여백에는 썼다가 부치지 않은 계수님의 '하소연'도 읽을 수 있었습니다. 그러나 나는 계수님의 그 하소연이 조금도 염려되지 않습니다. 오히려 담담한 여유마저 느끼게 합니다. 왜냐하면 계수님의 짤막한 편지를 차근히 읽어보면 그 속에는 심야의 헝클어진 감정이 배어 있는가 하면, 바로 그 옆에 그것을 절제하여 '추스려내는' 아침의 밝은 이성이 나란히 빛나고 있기 때문입니다. 뿐만 아니라 내게는 계수님에 대한 두 가지 점의 확실한 신뢰가 있기 때문에 더욱 그렇습니다.

그 하나는, 계수님에게서 느껴지는 소박하고 자연스러운 분위기입니다. 그것은 전혀 화장을 하지 않는, 계수님 나이에는 결코 쉽지 않은 결단에서 오는 것이기도 하며 생활 전반에 걸쳐서 좀처럼 꾸밈새를 보이지 않는 언행동정(言行動靜)에서 오는 것으로서 이는 계수님과 나 사이에 있는 동생의 매개(媒介)를 거치지 않더라도 충분히 건너오는 그런 진실성을 느끼게 하는 것입니다.

또 한 가지는, 흔히 자녀들에 대한 과잉보호로 말미암아 아이들의 심성을 크게 위축시키고 있는 세태와는 한 점 상관도 없이 계수님은 그 흔한 욕심과 부모들의 허영을 시원하게 결별하고 화, 민, 두용이의 어린 세계를 일찌감치 활짝 열어놓은 용단과 자신을 보여주고 있는데, 계수님의 그러한 일면은 확신과 철학을 가진 '모성'을 느끼게 합니다.

계수님한테서 느껴지는 이 '철학에 의하여 지탱된 소박함'은 비록 지극히 짧은 상면에서 확인된 것이기는 하나 그 바닥에 그만

한 온축(蘊蓄)이 없고서는 쉽게 드러나지 않는 그런 것이라 생각됩니다. 그렇기 때문에 나는 계수님의 써보내지 않은 하소연이 조금도 염려되지 않습니다. 오늘은 다만 내가 읽은 어느 시나리오의 대사 한 구절을 소개하는 것으로 그치려 합니다.

이 구절은 한 여인이 그 사람을 자기의 반려자로 결심하게 된 이유를 나타내고 있습니다.

"Because I really conceived that I could be a better person with him."

그 여인은 "그이와 함께라면 보다 훌륭한 사람이 될 수 있을 것 같기 때문에" 그와 일생을 함께하기로 결심하는 것입니다. 이러한 태도는 우리 시대의 수많은 우상(偶像)을 깨뜨리고 인간의 진실을 꿰뚫어보는 뛰어난 통찰이며 양심이라 느껴집니다.

이 구절은 물론 그이를 통하여 자기가 보다 훌륭한 사람으로 발돋움하고자 하는 자신의 성장 의지를 뜻하는 것입니다만 관점을 바꾸어본다면 반대로 그이가 자기로 인하여 보다 훌륭한 사람으로 성장할 수 있다는 보다 넓은 함의(含意)로 이해되어야 할 것입니다. 선(善)의 본질은 공동선(共同善)이기 때문에도 그렇습니다.

나는 계수님이 넓은 뜻으로 이 구절을 읽어주리라 믿습니다. 그리고 속상하는 일을 당해서도 이를 자기 성장의 계기로 삼아 자신의 역량을 자연스럽게 넓혀나가기 위하여 부단히 노력하리라 믿습니다.

엽서가 작아 오늘은 더 쓰지 못합니다만 설령 무한히 큰 엽서가 주어진다 하더라도 내가 쓸 수 있는 말이 없기는 마찬가지입니다. 언젠가 어린이 놀이터 같은 부담 없는 자리가 마련되면 그때에는 계수님의 하소연도 듣고 나도 지금은 하지 못하고 있는 숱한 이야기를 나눌 수 있으리라 믿습니다.

—1986.7.2.

모악산

형수님께

이곳 전주교도소의 북쪽으로는 갑오년의 격전지였던 완산칠봉이 있고 남쪽으로는 민족신앙의 요람이라 할 수 있는 모악산(母岳山)이 있습니다.

모악산은 해발 794미터의 그리 높은 산은 아니지만 팔을 벌린 듯 동서로 뻗은 긴 능선은 완주군과 김제군을 갈라놓고 있습니다. 모악산에는 어머니의 가슴에 머리 박고 젖 먹는 형상의 '엄바위'가 있어 이 산을 '엄뫼'라 부르기도 하는데 이 엄바위에서 흘러내린 물이 젖줄이 되어 김제만경(金堤萬頃) 넓은 벌을 적셔준다고 합니다. 이름 그대로 모악이며 엄뫼입니다.

이 산은 미륵신앙의 종조(宗祖)인 진표율사(眞表律師)가 입산하고 입적한 곳이기도 하며, 동학농민전쟁의 패배로 무참하게 좌절된 농민들의 황폐한 정신에 '후천개벽'(後天開闢)의 사상을 심어준 증산교(甑山敎)의 본산(本山)이기도 합니다. 산의 크기에 비해 넘치는 역사성을 안고 있습니다.

금산사(金山寺)를 비롯해서 크고 작은 암자, 가마솥 위에 세운 미륵상, 20여의 증산교당, 이 모든 것들이 한결같이 산 너머 김제쪽 기슭에 자리 잡고 있는데, 이는 물론 그쪽이 산남(山南)의 향양처(向陽處)이기도 하지만, 아마도 김제평야 소산(所産)의 농산물 잉여에 그 물질적 토대를 두고 있기 때문이라고 생각됩니다.

미륵의 현신(現身)은 물론이고, 천기(天氣)와 비기(秘記), 정토(淨土)와 용화(龍華)와 개벽의 사상은 넓은 대지에 허리 구부리고 힘겹게 살아가는 농민들의 예지(叡智)의 창조물이면서 동시에 그들 위에 군림해온 상전(上典)이었다고 생각됩니다.

지금은 모악산 산정에는 통신중계소의 첨탑이 무엄하게(?) 하늘을 찌르고 있어 그것을 바라보는 우리들로 하여금 엄바위의 젖줄을 근심하게 하고 노인과 아녀자들만이 남아서 지키는 농사를 걱정하게 합니다.

하루 이틀 걸러 어김없이 볕이 드는 장마이기 때문에 운동시간도 덜 잃고, 젖은 빨래 간수하는 수고도 별로 없는 셈입니다. 오히려 물 머금은 산림(山林)에 빛나는 양광(陽光)은 우리의 정신을 정한(精悍)하게 벼리어줍니다.

지난번 가족좌담회 이후 형수님 대신 제가 여러 사람들로부터 인사받고 있습니다. 우용이, 주용이, 학과의 짐 시원하게 벗어놓을 방학 함께 기뻐합니다.

—1986.7.12.

물 머금은 수목처럼

부모님께

장마 걷히고 나니 어느새 여름도 한여름입니다. 더운 여름철에 어머님의 자리보전이 더욱 어려우시리라 걱정됩니다.

이곳의 저희들은 별고 없이 지내고 있습니다. 교도소의 더위는 한방에 수용된 인원수에 따라 결정되는 것이기는 합니다만 이곳은 대전에 비하여 거실의 창문이 크고 낮아서 더위가 한결 덜할 것 같습니다.

창밖으로 보이는 산에는 그동안 흠씬 물 머금은 수목들이 무섭게 성장할 태세로 여름볕을 기다리고 있습니다.

여름을 다만 더위로서만 받아들이기 쉬운 저희들은 먼저 저 수목들의 청청한 태세를 배워야 합니다.

아버님, 어머님의 기체후 만강하시길 빌며 이만 각필합니다.

— 1986. 7. 18.

사랑은 나누는 것

계수님께

가운데 씨가 박혀서 좀처럼 쪼개질 것 같지 않은 복숭아도 열 손가락 잘 정돈해서 갈라쥐고 단호하게 힘을 주면 짝 하고 정확히 절반으로 쪼개지면서 가슴을 내보입니다.

'하—트'

복판에 도인(桃仁)을 안은 '사랑의 마크'가 선명합니다.

사랑은 나누는 것.

복숭아를 나누고, 부채바람을 나누고, 접견물을 나누고, 고통을 나누고, 기쁨을 나누고…….

26일부 편지와 돈 잘 받았습니다. 복숭아 사서 나누어 먹겠습니다.

방학 맞은 꼬마들의 해방감은 단 한 줄의 글로서도 한 세대를 격(隔)한 우리들의 마음을 설레이게 하고도 남습니다.

화용이, 민용이, 방학 축하합니다. —1986.8.1.

끝나지 않은 죽음

형수님께

교도소 뒷산의 공동묘지도 예외는 아니어서 쾌청했던 추석 양일간에는 성묘인들의 발길이 끊이지 않았습니다. 명절빔으로 곱게 차려입은 꼬마들이 한몫 톡톡히 거드는 성묘 풍경은 일 년 내내 그렇게도 적막하던 이 산기슭을 환하게 꽃피워놓습니다. 창가에 붙어서서 바라보고 있는 우리들의 마음까지 마치 접견이나 맞은 듯 흐뭇하게 해줍니다.

성묘는 대부분이 가족 단위를 기본으로 하고 거기서 몇 사람을 더하고 덜하는 5, 6명 규모였지만 개중에는 단 한 사람이 찾아오는 묘가 있는가 하면 10여 명이 넘는 자손들이 길게 늘어서서 절하는 묘도 있습니다. 성묘 방식도 가지각색이어서 부산하게 떼로 몰려와서는 절만 두 번 하고는 휙 지나가는 자손들이 있는가 하면 아이들과 더불어 묘소에서 한나절 놀다 가는 가족들도 있습니다. 노인 내외가 와서는 풀을 뽑거니 돌멩이를 주워내거니 하며 좀체로 묘 곁을 떠나지 못해하는 정경을 목격하기도 하고, 젊은 여자가 혼자 찾아와서 무덤보다 더 외로운 모습으로 앉았기도 합니다. 절만 하고 얼른 떠나는 자손들을 보면 아무 상관없는 철창가의 우리들이 괜히 섭섭해하거나 괘씸해하기도 하고, 반대로 자손들이 정성을 쏟는 무덤에서는 망인이 쌓은 생전의 덕업(德業)을 보는 느낌입니다. 젊은 여자가 혼자 와서 아파하는 무덤에서는 아직도 끝나지 않은 죽음을 생각케 합니다.

어쨌든 추석 명절에 성묘객들로 생기를 되찾는 묘지의 풍경은, 그 무덤 하나하나가 저승의 것이기보다는 도리어 이승의 살아 있는 사람들과 끈끈히 맺어져 있는 질긴 인연을 실감케 해줍니다. 봉분도 작고 초라하던 무덤도 그 앞에 주과(酒果)를 펴고 절하는 자손들을 보면 그 자손들 속에 전승되고 있는 망인의 생애가 보이는 듯합니다.

요컨대 죽음과 삶에 대한 이른바 소박한 달관을 안겨주기도 합니다.

이번 추석에 창가의 우리들을 가장 서운하게 한 이야기를 소개하지 않을 수 없습니다. 그것은 교도소 동편 밭머리에 탄생(?)된 지 얼마 안 되는 무덤에 관한 이야기인데, 사연인즉 이 무덤에는 아기 둘을 데린 젊은 여자가 근 2년 가까이 한 달에도 몇 번씩 찾아와서 몇 시간씩 앉았다 가곤 했다는데 금년 들어 차츰 발길이 뜸해지더니 결국 이번 추석에 성묘를 오지 않고 말았다는 것입니다. 모두들 개가(改嫁)한 것이 틀림없다고, 또 개가한 것이 잘한 일이라고 하면서도 속으로는 거의 몹시 서운해하는 눈치들입니다. 특히 바깥에 젊은 처자식을 둔 사람일수록 서운함을 금치 못하는 것 같았습니다.

"죽은 사람은 죽은 사람이고 산 사람은 산 사람이지……."

"시대가 어느 시댄디, 개가 백번 잘한 일이여."

그러나 속마음은 모두들 서운해하는 것도 사실이고, 밭머리의 무덤이 더욱 쓸쓸해 보이는 것도 사실입니다.

지금은 추석 지난 지도 오래여서 묘소를 찾는 사람이 전혀 없기 때문에 성묘를 받는 묘나 받지 못하는 묘나 쓸쓸하기는 매일반입니다.

만추(晩秋), 귀뚜라미도 가고 난 지금은 겨울이 가까워서 가을을 가을만으로 느끼게 되지 않습니다만 책 읽기도 좋고, 잠자기도 좋고, 일하기도, 운동하기도, 빨래하기도 아직은 좋은 때입니다.

우용이, 주용이 그리고 특히 형수님의 건강을 빕니다.

— 1986. 10. 16.

수의(囚衣)에 대하여

계수님께

사복(私服) 잘 차려입은 사람들을 보면 우리들 중의 대부분은 자기가 입고 있는 수의를 먼저 의식합니다. 그러나 우리들이 그 옷을 부러워하고 자신의 수의를 마냥 한스러워하고 있으리라고 짐작하는 것은 너무 감상적인 생각입니다. 부러운 마음, 한스러운 마음이 없을 리 없지만 그것은 처음 잠시 동안의 심사일 뿐 그 마음 한 구석에서는 우리들만이 아는 엉뚱한 모의(謀議)가 시작되고 있습니다. 그것은 그 사람을 사복 대신 청의삭발로 바꾸어놓는 상상의 놀이(?)를 즐기는 것입니다. 특히 미운 사람일수록 열이면 열 모두가 이러한 놀이의 대상을 면치 못합니다. 단지 옷만 바꿔 입혀보는 데에 그치지 않고 그 사람을 징역 속의 이러저러한 자리에 세워놓고 그때그때의 반응과 소행을 예상해보기도 합니다. "빠다 고추장 안 나눠 먹게 생겼다." "아는 척 되게 하겠다." "물 많이 쓰고 잠자리 투정깨나 하겠다." "콧지름 잘 바르게 생겼다." …… 거의가 결함을 들추고 험잡는 이야기 일변도인데 그도 그럴 것이 막상 수의를 입히고 나면 결함이 그렇게도 잘 뜨일 수가 없습니다.

어쨌든 이러한 놀이는 그 자체가 하나의 악취미이며 부정적인 시선에서 나온 것임에 틀림없습니다. 그러나 그것은 단순한 불만이나 적의에 연유한다기보다 '옷의 허위'에 대한 신랄한 비판을 담고 있는 것이라 생각됩니다. 사복이 그 사람의 결함을 덮어주는 것임에 반하여 수의는 그 결함을 드러낼 뿐 아니라 그 사람 자체를 결정하고 범죄화해버리는 기능을 합니다. 따라서 우리의 놀이는 수의가 지닌 이러한 역기능에 대한 강한 반발을 그 바닥에 깔고 있다고 할 수 있습니다.

같은 수의를 입고 있는 우리들끼리도 처음 대할 때는 영락없는 '범죄꾼'의 첫인상을 받습니다. 그러다가 같은 취업장이나 같은 방에서 함께 생활하는 동안 그 사람의 처지와 사정을 이해하고 나면 그에게서 느끼던 첫인상이 얼마나 잘못된 것이었던가를 뉘우치게 됩니다. 청의삭발이 얼마나 험악한 인상을 만들어내는가를 절감케 합니다. 이처럼 의상과 사람의 괴리(乖離)를 수없이 경험하면서도 우리들 자신이 아직도 의상의 허구로부터 자유로울 수 없다는 점만 보더라도 그것이 얼마나 강고한 철갑 외피인가를 깨닫게 합니다.

사복을 수의로 바꿔 입혀보는 우리들의 놀이는 이러한 의상의 허구를 폭로하고 외피에 싸여 보이지 않는 그 '사람'을 드러내려는 우리들의 자존(?)의 노력이기도 할 것입니다. 그것이 일종의 정신적 가학 취미이고 부정의 시선임을 면치 못한다 하더라도 인간을 즉물적(卽物的) 대상으로 보지 않고 각종의 처지, 각이한 시점, 다양한 소임에 세워보게 함으로써 인간을 보는 눈을 넓고 깊게 해주는 것임에 틀림없습니다.

우리는 사복을 수의로 바꿔 입히는 놀이에 반하여 다소 드물기는 하지만, 가끔 수의를 사복으로 입혀보는 상상도 합니다. 청의삭발 대신 그럴듯한 사복을 입혀 사회의 여러 자리에 세우고 앉혀보는 상상을 합니다. 그러나 이상한 일입니다. 이번에는 사복이 결함을 덮어주기보다는 그것을 더 생생하게 들추어냅니다. "고생을 해봐서", "없이 사는 사람들 사정을 잘 알아서", "산전수전 세상물정에 밝아서"…… 등등의 최소한의 긍정적인 면모가 부각되기는커녕 각종의 결함이 투성이로 들추어집니다. "먹물이 없어서", "술버릇 때문에", "욕심이 족제비라", "매너가 후져서", "끈기 없어서", "앞뒤 생각 없이 덤벼서"……. 수많은 결함들이 사복으로 말미암아 더욱 선명하게 폭로되는 것을 느낍니다. 사람을 알아버린 후의 옷이란 결국 이런 부수적인 역할밖에 못하는가 봅니다. 그러나 이 경우에 들추어지는 결함은 수의가 인상 짓는 것과는 매우 다른 것임을 느낍니다. 결함은 분명 결함이되 인간 전부를 거부하지 않는 것으로서의 결함이며, 극복 대상으로서의 결함이어서 흡사 스승의 질책처럼 훈훈한 여운을 동반하는 것이라 느껴집니다.

재경이 결혼 축하합니다. 격세(隔世)하여 집안 대소사에 자리 지키지 못해왔기 때문에 처세(處世)해서도 설 자리 마련이 어려울 것 같습니다.

꼬마들의 건강과 가내의 평안을 빕니다. 이 비 뒤끝에 이어 쌀쌀한 날씨가 예상됩니다만 대전보다 남쪽이고 보면 대충 2백~3백 리쯤 덜 추우리라 생각됩니다.

—1986.10.21.

땜통 미싱사

계수님께

12월 중순 날씨치고는 웬 덤인가 의심스러울 정도로 계속 포근한 날씨입니다. 성질 괴팍한 사람의 친절처럼 언제 본색이 드러날지 적이 불안합니다만 추울 때 춥더라도 우선은 징역 살기에 쉽고 편리한 일이 한둘이 아닙니다.

나는 전주에 온 후 서화반에서 줄곧 사방(舍房)생활을 해오다가 지난달 중순부터는 소속 공장인 제6공장에 출역하고 있습니다. 오랜만에 다시 해보는 공장생활입니다. 사람도 새롭고, 일도 새롭고, 한마디로 생활 공간이 넓어지고 활발해진 셈입니다.

우리 공장은 오버로크, 인터로크, 2본침(本針), 단추구멍 뚫는 미싱, 단추 다는 미싱 등 특수미싱을 비롯해서 모두 44대의 고속(高速)미싱이 설치된 100여 평, 110여 명의 봉재공장입니다. 사회에서 주문받은 단체복이나 보세가공품 등을 만들기도 하고 전국 교도소의 남녀 재소자 및 감호자의 피복을 만들기도 합니다. 2열로 길게 늘어선 미싱에는 각각 모터가 부착되어 있어서 페달을 밟으면 무슨 비행음 같은 소리를 냅니다.

요즈음은 재소자 피복일이 밀려서 저녁 9시까지 잔업입니다. 미싱소리, 바쁜 일손, 쌓인 일감들로 해서 공장분위기가 매우 분주합니다. 나도 출역하자 2~3일 손 풀고는 곧 일 거들고 있는데 소위 '땜통 미싱사'입니다. 땜통 미싱사란 미싱사를 교대해주고 환자가 생기거나 종교집회 참석 등으로 미싱사가 비게 되면 그 빈자리를 때우는 '스페어 미싱사'입니다.

그러나 40명이 남는 잔업만은 거르는 일 없이 단골로 남아 오랜 작업에 지친 미싱사를 대신하고 있습니다. 그러나 그리 숙련 미싱사가 못 되는데다 땜통 미싱사는 이 미싱 저 미싱을 바꿔가며 타기 때문에 미싱의 쿠세(癖)에도 익숙치 못하고 또 그때마다 다른 재봉선을 박기 때문에 흐름 작업의 속도를 겨우 따라가는 형편입니다.

두 줄로 길게 늘어선 미싱대의 한 자리를 차고 앉아서 정신없이 미싱을 밟다보면 마치 평화시장의 피복공장에 앉아 있는 듯한 연대감이 가슴 뿌듯하게 합니다. 작업이 종료되면 잔업식(殘業食)으로 나오는 뜨끈한 수제비 한 그릇씩 받아서 시장골목 좌판 같은 긴 식대(食台)에 삼삼오오 모여 앉아 먹는 풍경과 수제비 맛은 하루의 노동을 끝낸 해방감을 한껏 증폭해줍니다.

연일 계속되는 잔업으로 피곤도 하고 시간도 없어 볼 책이 많이 밀려 있습니다만 저로서는 책 속에는 없는, 이를테면 세상의 뼈대를 접해보는 경험을 하는 느낌입니다.

이제 얼마 남지 않은 작업이 끝날 무렵이면 다사했던 병인년도 저물게 됩니다. 해마다 세모가 되면 십수년 동안 변함없이 보살펴주신 여러 사람들의 수고와 옥바라지를 돌이켜보게 됩니다. 그리고 이러한 수고에 값할 만한 무엇을 키워왔는가, 또 이러한 수고에 값하기 위하여 어디에 자신을 세워야 할 것인가를 자문하게 됩니다. 세모는 좀더 깊은 고민을 요구하는 제5의 계절인지도 모릅니다.

한 해 동안의 계수님의 옥바라지에 감사드립니다.

화용, 민용, 두용, 꼬마들을 비롯하여 가내의 평안을 빕니다.

— 1986. 12. 17.

부모님의 애물이 되어

부모님께

아버님, 어머님께서 애태우시던 병인년 한 해도 이제 며칠을 남겨놓고 있습니다. 한 해를 마지막 보내는 세모가 되면 대부분의 사람들은 흡족함보다는 부족함을 더 많이 느끼리라 생각됩니다.

하물며 가까이서 어머님, 아버님을 모시기는커녕 20여 년 동안 부모님의 애물이 되어 또 한 해를 보내는 심정이 흡족할 리가 없습니다.

그러나 비록 병석에 계시긴 하지만 어머님의 환후가 그만하신 것이 다행스럽고 또 아버님께서는 저술과 집필 등으로 변함없이 정진하고 계심을 생각하면, 이는 아버님 연배의 노인들에게는 그 예를 찾아볼 수 없는 일로서, 매우 자랑스럽게 생각됩니다. 세모의 갖가지 아쉬움 속에서도 이에 생각이 미치면 마음이 흐뭇해집니다.

새해에는 어머님, 아버님의 염려에 어긋나지 않도록 건강하고 올바르게 생활하겠습니다.

부디 아버님, 어머님께서도 더욱 강건하시고 넉넉하신 마음으로 새해를 맞아주시길 빌며 세배에 대신합니다. ―1986년 세모에.

토끼의 평화

조카들에게

1987년은 토끼해.

사나운 호랑이 해가 가고 다정한 토끼해가 왔다.

비둘기가 하늘의 평화라면 토끼는 땅의 평화이다.

평화의 상징인 토끼해에 이 땅에도

평화와 사랑과 만남과 용서와 화해와 전진의 기쁨이 충만하길 빈다.

우용이와 주용이에게도 그러한 기쁨이 충만한 해가 되길 빈다.

— 1986년 세모에.

토끼야 일어나라

조카들에게

새해는 토끼해다.

토끼해가 되니 토끼 이야기가 생각난다.

너희들도 토끼와 거북이의 이야기를 알고 있겠지.

옛날에 토끼와 거북이가 경주를 했단다.

걸음이 빠른 토끼가 느림보 거북이를 훨씬 앞섰지.

그런데 토끼는 거북이를 얕보고는 도중에서 풀밭에 누워 잠을 잤다.

그러다가 그만 거북이한테 지고 말았다.

거북이를 얕보고 잠을 잔 토끼도 나쁘지만

그러나 잠든 토끼 앞을 살그머니 지나가서 1등을 한 거북이도 나쁘다.

화용이와 민용이와 두용이는 공부 잘한다고 게으름을 피우는

토끼 같은 사람이 되어서는 안된다.

공부 못하는 친구를 얕보는 토끼 같은 사람이 되어서는 안된다.

친구를 따돌리고 몰래 혼자만 1등을 하는

거북이 같은 사람이 되어서도 안된다.

잠든 토끼를 깨워서 함께 가는 거북이가 되자. 그런 멋진 친구가 되자.

새해는 토끼해.

토끼야 일어나라!

토끼를 깨워서 함께 가는 멋진 사람이 되자. — 1986.12.30.

설날에

아버님께

하서와 책, 모두 잘 받았습니다. 아버님께서 탈고하셨다니 무엇보다 경사스럽게 생각됩니다. 원고의 마지막 장에 대미를 적고 붓을 놓으실 때의 그 홀가분함이 흡사 제 것인 양 흐뭇하게 전해져옵니다. 수백 년에 걸친 시대와 사회를 천착하시고 수십 명 인물들의 생애와 사상을 조명해오신 아버님의 노고가 이제 한 권의 단행본으로 곱게 영글어 출간되기를 기대하겠습니다.

오늘은 구정입니다. 달력은 29일 밑에다 '민속의 날'이라 적어놓아서 설이란 이름에 담기어오던 민중적 정서와 얼이 빠져버리고 어딘가 박제가 된 듯 메마른 느낌을 금치 못하게 합니다. 어쨌든 오늘은 특식으로 나온 보리쌀이 섞이지 않은 가다(型)밥에다 우내장국으로 아침을 먹었을 뿐 아니라, 있는 사람은 있는 대로, 없는 사람은 없는 대로 얼마큼씩 추렴들을 해서 구매한 빵, 사과, 과자 등을 나누어 먹기도 하고, 나누어 받은 것들을 걸어놓고 바둑돌 윷놀이(바둑알 4개로 하는 윷놀이)를 벌여 저마다 옥수(獄愁)(?)를 달래기도 합니다.

창밖으로 보이는 학산(鶴山) 기슭에는 아침나절 설빔 차려입은 성묘객들이 일 년 내내 적막하던 묘지를 환히 밝혀놓아 오늘이 설날임을 알려주고 있습니다. 지난 세모에는 화용, 민용, 두용이 앞으로 엽서에 토끼를 그려 보냈습니다만 계수님 편지로 미루어보아 아마 못 받은 듯합니다. 서운한 일입니다. 생각해보면 엽서 한 장이 서울집까지 가는 데 거쳐야 할 관문이 많기도 합니다.

금년 겨울은 의외의 난동(暖冬)이어서 이대로 봄을 맞이해도 괜찮을지 빚진 마음입니다. 곧이어 입춘, 그리고 우수. 다가오는 봄과 더불어 아버님, 어머님의 회춘을 빕니다. — 1987. 1. 29.

잔설도 비에 녹아 사라지고

형수님께

가족좌담회 이달에 넣어달라고 부탁드렸습니다. 이달 하순께 날짜 정해서 교무과의 별도 통고가 있겠습니다만 바쁘신 형님 두 번 걸음 하실까봐 미리 말씀드립니다.

바람도 봄, 햇볕도 봄. 봄이 가장 더딘 교도소에도 봄기운 완연합니다.

털스웨터 벗어서 세탁하는 사람이 많습니다. 저는 어느 편이냐 하면 계속 껴입고 있는 축입니다. 겨울은 순순히 물러가는 법이 없이 한두 번은 반드시 되돌아와서는 해코지하고야 말기 때문입니다.

이달 중으로 서화반 거실 작업이 허가됩니다. 금년 가을까지 거실에서 생활하게 됩니다. 그동안의 공장생활은, 3개월여의 짧은 기간이었습니다만, 그것은 제게 부딪혀온 많은 동료들의 체온이 저의 가슴을 생생하게 살려놓은 뿌듯한 것이었습니다.

"이 석두야. 보겟또구찌(pocket+口)가 5인치 반이믄 손이 들어가겠어? 이 사람 고시(腰)가 42라구!"

"형님도 참말로 모르는고만. 일 않고 노는 사람 손 크간디요? 덩치만 오살나게 커갖고 손 ×만한 사람 을매든지 있다구요."

명욱이 누이동생한테서 온 편지 한 구절.

"……오빠, 미안하다는 말밖에 할 말이 없어. 엄마한테는 돈 2만 원 받았다고 답장해줘. 꼭 부탁이야. 다음에 꼭 갚아주께. 미안해……."

"목공장에서 고양이 잡아묵었대. 징그런 놈들, 세면대야에다 볶았는데 양도 솔찮고, 맛도 괜찮은 개비여."

"상일이 손가락에 지남철 붙는 것 보고 요술인 줄 알았지. 철공장 댕길 때 파편 박혀 있는 줄 모르고."

점검! 3조 가위 가져간 사람! 사약(私藥) 신청! 배식 준비!

보안계장 순시! 난롯가 신발 임자! 운동 준비! 불교 성가대 교회!

오늘 하루 동안만도 숱한 사람들의 별의별 목소리와 갖가지 일들로 공장을 가득 채우고도 남습니다. '사람과의 관계', '사람들과의 사업'이야말로 자기 자신을 가다듬을 수 있는 최고의 교실이라 생각됩니다.

모악산의 잔설(殘雪)도 비에 녹아 사라지고, 이제 그 넉넉한 팔을 벌려 다가오는 봄을 맞으려 하고 있습니다. — 1987.2.11.

혹시 이번에는

어머님께

'혹시 이번에는……' 하고 기대하시다가 어머님 낙심하시지나 않으셨는지 걱정됩니다. 진작 편지 올리려다가 편지 받아드시고 도리어 상심하실까 염려되어 느지막이 필을 들었습니다. 너무 상심 마시고 항상 심기를 넉넉히 하시기 바랍니다. 20년이 결코 짧은 세월이 아닙니다. 어차피 바람만 불면 나가게 됩니다. 휠체어에 어머님 모시고 석촌 호숫가로 봄나들이 갈 날도 머지않았습니다.

이곳의 저희들도 왈가왈부에 개의치 않고 여전히 마음 편하고 몸 건강하게 지내고 있습니다. 키 168cm 몸무게 70kg 가슴둘레 98cm 허리 80cm 혈압 80~120. 몸이 좀 불었을 뿐 건강합니다.

겨우내 공장 출역하는 동안 세면, 세탁 사정이 여의치 않아 아예 땀나는 운동을 삼갔더니 체중이 3kg 정도 늘었습니다. 지난달 하순부터 거실 작업이 허가되어 운동시간도 늘고 물 사정도 좋아져서 지금은 매일 흠뻑 땀 젖도록 운동하고 있습니다. 올여름까지 65kg을 목표로 하고 있습니다.

달력은 진작부터 봄인데 올봄은 별이 안 납니다. 오늘도 운동시간에 담요 털어야지 하고 아침 기상시간에 침구 쌓을 때 따로 빼놓았었는데 잔뜩 흐리더니 기어이 빗방울 듣고 말았습니다.

교도소 봄은 더디기로 으뜸입니다만 그렇다고 절서(節序)까지야 속일 수 없는 법. 이곳 옥뜰에도 이제 곧 개나리가 피고 진달래도 피어날 것입니다.

계수님 소식 잘 듣고 있습니다. 제게 답장 쓸 필요 없다고 전해주시기 바랍니다. 아버님, 어머님의 평안을 빌며 이만 각필합니다.

— 1987. 3. 21.

밑바닥의 철학

계수님께

"바깥은 저러큼 몽땅 봄인디 이 안에는 연태 겨울이당게요."

"봄이 아작 담을 못 넘었나벼."

창가에서 나누는 우리들의 대화 한토막입니다. 겨울은 그리도 쉽게 옥담을 넘어들더니 봄은 더디기만 합니다.

작년 가을 특별구매 때 사서 걸어두었던 마늘을 벗기다가 느낀 일입니다. 마늘 한 통 여섯 쪽의 겨울을 넘긴 모습이 가지가지입니다. 썩어 문드러져 냄새나는 놈, 저 하나만 썩는 게 아니라 옆의 쪽까지 썩게 하는 놈이 있으며, 새들새들 시들었지만 썩기만은 완강히 거부하고 그나마 매운맛을 간신히 지키고 있는 놈도 있으며, 폭싹 없어져버린 놈이 있는가 하면 반대로 마늘 본연의 생김새와 매운맛을 생생하게 간직하고 있는 놈도 있습니다. 그러나 그중에서도 우리를 가장 흐뭇하게 하는 것은 그 속에 싹을 키우고 있는 놈입니다. 교도소의 천장 구석에 매달려 그 긴 겨울을 겪으면서도 새싹을 키워온 그 생명의 강인함에 놀라지 않을 수 없습니다. 눈록빛 새싹을 입에 물고 있는 작은 마늘 한 쪽, 거기에 담긴 봄은 결코 작은 것이 아닙니다. 봄이 아직 담을 못 넘은 것이 아니라 우리가 모르는 새 벌써 우리들의 곁에서 새로운 생명을 키우고 있었던 것입니다.

신임소장 취임사에서 '옥'(獄) 자를 풀이하기를 "늑대〔犭〕와 개〔犬〕 틈새에서 말〔言〕 못하는 형국"이라 했습니다. 적절한 풀이라 할 수 있습니다. 10여 년 이상이나 옥바라지해 온 계수님을 포함해서 대부분의 바깥 사람들은 교도소를 그렇게 여길 것이라 짐작됩니다. 온갖 범죄와 패륜이 밀집되어 있는 곳, 한마디로 지옥 같은 곳이라 생각할 것임에 틀림없습니다. 그러나 그 속에서 20년 가까운 세월을 살아온 나의 생각은 그와는 좀 다른 것입니다.

무엇보다 징역살이란 최소한 의식주가 해결되어 있는 사회입니다. 그리고 빈손으로 왔다가 빈손으로 떠나는 곳이기 때문에 바깥 사회와 같은 치열한 생존경쟁이 없다는 기본적 특징이 있습니다. 이 기본적 특징은, 교도소에 만연된 개개인의 실의와 좌절감이 한몫 거들기도 하지만, 교도소 전체의 분위기를 상당히 누그러뜨려 놓습니다. 한편 교도소에는 갖가지 흉악하고 파렴치한 범죄인들이 모여 있어서 분위기가 살벌하지 않을까 하는 생각이 물론 있을 수 있습니다.

그러나 교도소에서 함께 살아보면 저런 사람이 어떻게 그런 범행을 저질렀을까 싶을 정도로 도저히 납득이 가지 않는 딴판인 사람이 무척 많습니다. 그의 죄명으로서는 도저히 상상할 수 없을 정도로 부지런하고 경우 바르고 얌전한 사람이 얼마든지 있습니다. 치열한 생존경쟁이 없어지고 나면 폭력과 비리와 패륜도 흡사 바람 빠진 풍선처럼 무력해지고 이빨 빠진 맹수처럼 무해한 것이 되어버리는가 봅니다. 생존을 위한, 또는 치부(致富)나 허영을 위한 과도한 추구가 모든 폭력과 비리의 근거가 되고 있는지도 모릅니다.

물론, 교도소에도 먹새를 남달리 밝히거나 신발이나 옷 등 입성에 멋을 부리려는 속칭 '잘나가는' 재소자가 더러 있습니다. 그러나 그들을 보는 일반 재소자들의 시선은 매우 경멸적입니다. 어떠한 사회이든 대중은 다수이며 동시에 선량하고 지혜롭습니다. '잘나가는 재소자'는 전체 분위기에서 보면 이질적이며 극소수에 불과합니다. 더구나 그것은 교도소 자체의 내생적(內生的)인 것이 아니라 외래적인 수입물이라 해야 옳습니다. 높은 담장으로 사회와 철저히 격리하였음에도 불구하고 부단한 입소(入所)와 출소(出所)에 의하여 바깥과 튼튼히(?) 연결되어 있음으로써 나타나는 사회의 분비물로 파악되어야 할 것입니다. 굳이 재소자의 비리를 들라면 그것은 "향토예비군복 입으면 아무리 점잖은 사람도 남의 밭에서 무 뽑아 먹는" 그런 유(類)의 것으로서 청의삭발에 연유한 일정한 자비감(自卑感)과 위악(僞惡), 그 이상은 아니라 생각됩니다.

교도소가 아무리 의식주가 보장되고 치열한 경쟁의식이 배제된 곳이라 하더라도 여기가 살 만한 곳이 못 됨은 말할 필요도 없습니다. 뿐만 아니라 교도소에는 그 특유의 음침한 응달이 있습니다. 우리의 생활 전반에 드리워진 어두운 그림자가 있습니다. 이를테면 출소하기만 하면 만사 해결될 것 같은 환상이 각자의 성장의 가능성과 의지를 잠재워버리는, 일종의 종교적 문화가 만연해 있는가 하면, 우리를 한없이 움츠리게 하는 수많은 규칙이 있으며, 노동의 자세를 왜곡하고 노동의 의의를 흐리게 하는 징역이 있는가 하면, 긍지는커녕 작은 기쁨도 허락치 않는 부단한 경멸과 혐오와 반성의 강요가 있습니다.

요컨대 교도소는 지옥이 아님과 마찬가지로 천국일 리도 없습니다. 한 가지 분명한 것이 있다면 그것은, 교도소가 '밑바닥'이라는 사실입니다. 어떤 사회의 밑바닥, 어떤 시대, 어떤 역사, 어떤 인간의 밑바닥이라는 사실만은 분명합니다. 이처럼 낮고 어두운 밑바닥에서 살아가기 위해서는 여기에 걸맞은 '철학'을 정립하지 않으면 안된다고 믿습니다. 이것은 비단 징역살이에 한한 문제만은 아니라 생각됩니다만 특히 징역살이에는 무엇보다 먼저 자기 자신을 가장 낮은 밑바닥에 세우는 냉정한 시선과 용기가 요구됩니다. 이러한 시선과 자신에 대한 용기만이 자기가 선 자리를 사회의 모순구조 속에서 위치 규정할 수 있게끔 대자적(對自的) 인식을 정립해주는 동시에 징역 세월 동안 무엇을 배우고 무엇에 물들지 말아야 하는가를 가릴 수 있게끔 해주리라 생각합니다. 이러한 자세는 곧 막힌 벽으로부터 시선을 들어올려 하늘을 바라보게 하는 것이라 믿습니다. "사람이 하늘이고 밥이 하늘이고 밑바닥이 하늘"이라던 그 녹두의 하늘을 바라보는 마음, 그 넉넉한 마음이야말로 사회와 시대와 역사와 인간의 진실을 향하는 한 줄기의 '양심'이며, 봄도 더디 넘는 옥담 속에서 겨우내 눈록빛 새싹을 키우는 매운 '예지'라 믿습니다.

—1987.3.21.

어머님의 현등(懸燈)

어머님께

아버님, 어머님을 비롯하여 가내 두루 무고하시다니 안심입니다. 이곳의 저희들도 몸 성히 잘 있습니다. 가장 불편한 계절인 겨울도 이제는 확실하게 보내놓고 양지쪽 봄풀과 함께 저마다 파릇파릇 물오릅니다. 노인들은 오히려 해동(解冬) 무렵의 조섭에 더 유념해야 한다고 들었습니다.

책을 읽다가 어머님께 읽어드렸으면 하는 구절을 자주 만납니다. 고사(古事)도 그렇고 「만인보」(萬人譜)도 그렇고, 이국풍물(異國風物)도 그렇습니다만 요사이 부쩍 읽어드리고 싶은 글은 우리나라의 현대사에 관한 부분입니다. 그것은 어머님께서 그 일부를 몸소 겪으신 세월에 해당합니다. 그렇기 때문에 그 세월을 돌이켜보고 이야기 나눈다면 어머님께서 살아오신 그 세월이 과연 어떤 것이었던가를 분명히 이해할 수 있으리라 생각됩니다.

그리고 아마 이 때문에 제가 읽어드리고 싶은 것이기도 합니다만 이러한 깨달음은 어머님의 가슴에 지금껏 포한(抱恨)으로 남아 있는 아픔이, 어떤 뿌리에서 생긴 것인가를 밝혀줄 수 있기 때문입니다. 그뿐만 아니라 어머님의 아픔이 단지 어머님 개인의 것이 아니라 이 시대를 살아온 수많은 사람들과 공유하고 있는 아픔임을 깨닫게 해주리라 기대하기 때문입니다.

이러한 저의 바람은 기실 어떻게 하면 어머님의 아픔을 조금이나마 덜어드릴 수 있을까 하는 저의 구차스런 궁리에 불과하고 어머님의 저에 대한 신뢰를 못 미더워하는 불찰이며 불안인지도 모릅니다. 그러나 또 한편 이는 제게 있어서는 어머님과 어머님의 시대를 제 속에 뚜렷이 받아들이는 일이 되기도 하며, 어머님에게는 여생을 앞두고 어머님의 평생을 온당하게 자리매김하는 일이 되기도 하리라 생각됩니다.

그러나 이 모든 일들은 굳이 제가 아니더라도 아버님과의 대화로서도 얼마든지 하실 수 있는 일이라 믿습니다. 사실인즉 어머님께서는 다만 겉으로 내색만 않으실 뿐 이미 이 모든 것을 다 아시고, 다 이루어놓으셨으리라 믿습니다. 초파일 봉은사에 매다시는 그 등불에 어머님의 사랑과, 어머님의 평생 밝혀놓으심에 틀림없습니다.

— 1987. 3. 30.

죄수의 이빨

계수님께

치과에 가서 이빨을 뽑으면 뽑은 이빨을 커다란 포르말린 유리병에 넣습니다. 얼마 동안이나 모았을까 두어 됫박은 족히 됨 직한 그 많은 이빨들 속에 나의 이빨을 넣고 나면 마음 뒤끝이 답답해집니다.

지난번에는 물론 많이 흔들리는 이빨이기도 했지만, 치과에 가지 않고 실로 묶어서 내 손으로 뽑았습니다. 뽑은 이빨을 호주머니에 넣고 다니다가 어느 날 운동시간에 15척 담 밖으로 던졌습니다. 일부분의 출소입니다. 어릴 때의 젖니처럼 지붕에 던져서 새가 물고 날아갔다던 이야기보다는 못하지만 시원하기가 포르말린 병에 넣는 것에 비할 바가 아닙니다.

10년도 더 된 이야깁니다만 그때도 치과에 가지 않고 공장에서 젊은 친구와 둘이서 실로 묶어 뽑았습니다. 그러나 그때는 담 곁에 갈 수가 없어서 바깥으로 내보낼 방법이 없었습니다. 궁리 끝에 마침 우리 공장에서 작업하고 있던 풍한방직 여공들의 작업복 주머니에 넣어서 제품과 함께 실려 내보낸 일이 있습니다. 지금 생각하면 매우 미안한 일입니다. 아무리 종이로 예쁘게(?) 쌌다고 하지만 '죄수의 이빨'에 질겁했을 광경을 생각하면 민망스러운 마음 금할 길이 없습니다.

나는 징역 사는 동안 풍치 때문에 참 많은 이빨을 뽑았습니다. 더러는 치과의 그 유리병 속에 넣기도 하고, 더러는 교도소의 땅에 묻기도 하고 또 어떤 것은 담 밖으로 나가기도 했습니다.

생각해보면 비단 이빨뿐만이 아니라 우리가 살아간다는 것이 곧 우리들의 심신의 일부분을 여기, 저기, 이 사람, 저 사람에게 나누어 묻는 과정이란 생각이 듭니다. 무심한 한마디 말에서부터 피땀 어린 인생의 한 토막에 이르기까지 혹은 친구들의 마음속에, 혹은 한 뙈기의 전답(田畓) 속에, 혹은 타락한 도시의 골목에, 혹은 역사의 너른 광장에……, 저마다 묻으며 살아가는 것이라 느껴집니다.

돌이켜보면 나의 경우는 나의 많은 부분을 교도소에 묻은 셈이 됩니다. 이것은 흡사 치과의 포르말린 병 속에 이빨을 담은 것처럼 답답한 것이기도 합니다.

교도소가 닫힌 공간이라면, 그래서 포르말린 병처럼 멎은 공간이라면 그러한 느낌도 당연한 것이라 할 수 있습니다. 그러나 또 한편 돌이켜보면 교도소는 세상으로부터 동떨어진 곳이 아닐 뿐 아니라 도리어 우리 사회, 우리 시대와 가장 끈끈하게 맺어져 있는, 그것의 어떤 복판을 이루고 있는 것이 사실입니다.

이를테면 피라미드를 거꾸로 세웠을 경우 그 꼭지점이 땅에 닿는 자리, 즉 피라미드의 전 중압(全重壓)이 한 점을 찌르는 바로 그 지점에 교도소가 위치하고 있습니다. 이처럼 교도소는 사회의 모순 구조와 직결된 공간임으로 해서 전 사회를 향하여 활짝 열려 있는 공간이라 믿고 있습니다.

그럼에도 불구하고 교도소에 묻은 나의 20여 년의 세월이 쓸쓸하게 느껴지는 까닭은 무엇인가. 포르말린 병의 그 답답함이 연상되는 까닭은 무엇인가. ……징역살이라 하여 한시도 끊임없이 내내 자신을 팽팽하게 켕겨놓을 수도 없지만 어느새 느슨해져버린 의식과 비어버린 가슴에 새삼 놀라게 됩니다. 이것은 깨어 있지 못한 하루하루의 누적이 만들어놓은 공동(空洞)입니다. 피라미드의 전 중압이 걸려 있는 자리에서 나타나는 의식의 공동화(空洞

化)—역시 교도소가 만만치 않음을 실감케 합니다.

묻는다는 것이 파종(播種)임을 확신치 못하고, 나눈다는 것이 팽창임을 깨닫지 못하는, 아직도 청산되지 못한 나의 소시민적 잔재가 치통보다 더 통렬한 아픔이 되어 나를 찌릅니다.

계수님께 편지 쓸 때면 으레 약간의 망설임이 없지 않습니다. 징역 이야기만 가득한 나의 편지가 계수님의 생활에 무엇이 되어 나타나는지, 공연히 계수님의 방 창유리나 깨뜨려 찬바람 술렁이게 하는 것이나 아닌지, 걱정이 없지 않습니다. 그러나 계수님의 편지와 그 편지에 실려오는 계수님의 면모와 생활자세는 이러한 나의 망설임이나 걱정을 시원하게 없애줍니다. —1987.5.28.

머슴새의 꾸짖음

형수님께

새장 속에 거울을 넣어주면 새가 더 오래 산다고 합니다. 한 번도 옥담 안으로 날아든 적 없어 다만 그 지저귐만으로 친한 사이지만 여름 나무 속의 무성한 새소리는 큼직한 옥중 거울입니다. 그러나 뭇 새소리 가운데 유독 머슴새소리는 거울의 환영(幻影)이 아닌 회초리 같은 통렬함을 안겨주는 듯합니다.

꾀꼬리소리는 너무 고와서 귀 간지럽고 뻐꾸기소리는 구성져 산을 깊게 만들지만 한물간 푸념인데 오직 머슴새소리만은 다른 새소리 듣듯 한가롭게 앉아서 맞을 수 없게 합니다.

단숨에 30~40번 그리고 숨 돌릴 새도 없이 또 그렇게 우짖기를 거듭하여 5분, 길게는 무려 7분 동안 줄기차게 소리칩니다. 늦저녁과 신새벽을 골라 언제나 어둠 속에서만 우짖는 머슴새소리는 흡사 창문을 깨뜨릴 듯, 우리들의 잠을 두들겨 깨우듯 당당하고 거침없습니다.

혹은 머슴이 들판에서 소 꾸짖는 소리라고도 하고, 혹은 주인한테 맞아 죽은 머슴 혼백이 주인 꾸짖는 소리라고도 하는데 어쨌든 머슴새는 분명 누구를 당당하게 꾸짖고 있음에 틀림없습니다. 후다닥 무릎 고쳐 앉게 하는 꾸중이고 채찍임에 틀림없습니다.

물을 거울로 사용하던 옛날의 이야깁니다만 무감어수(無鑑於水)라 하여 물에다 얼굴 비춰보지 말라는 금언(金言)이 있습니다. 이는 외모나 말이나 현재를 보지 말고, 외모 속의 실체와 말 이후의 실천과 현재가 잉태하고 있는 미래를 직시하라는 뜻이며, 그도 그 시대의 역사적 당위에 준거하여 비춰봐야 한다는 뜻이라 믿습니다.

꾀꼬리, 뻐꾸기가 전자의 정한(靜閒)을 노래하는 것이라면, 머슴새는 후자의 그 변혁의 실상을 깨우쳐주는 거울이라 생각됩니다.

6, 7월 뜨거운 열기와 수많은 동료들의 참담한 고뇌를 제쳐두고 한가로이 새소리나 적고 있자니 금방이라도 머슴새의 꾸짖음 소리 들려올 듯합니다. 갑오(甲午) 녹두새의 채찍 같은 꾸짖음 소리 날아올 듯합니다.

— 1987. 7. 6.

징역살이에 이골이 난 꾼답게

아버님께

어머님과 집안 식구들 자주 현몽(現夢)하여 내심 기우(杞憂)라 여기면서도 문득문득 염려됩니다. 어머님 환후는 어떠하신지, 아버님 기력은 여전하신지, 형님과 동생의 소관사(所關事)는 순조로운지……, 하나 마나 한 걱정입니다만 그때마다 염려됩니다. 아마 그동안 적조한 탓이라 생각되어 오늘은 사연도 없이 붓을 들었습니다.

이곳의 저희들은 별고 없이 잘 지내고 있습니다.

더위 먹어 밥맛 떨어지더라도 물 말아 꼬박꼬박 한 그릇씩 비우고, 운동시간에는 웃통 벗어 몸 태우고, 속옷 자주 빨아 입고……. 오랜 징역살이에 이골이 난 꾼(?)들답게 우청한서(雨晴寒暑)에 일희일비(一喜一悲)하는 일 없이 묵묵히 당장의 소용에 마음을 쓰되 이를 유유히 거느림으로 해서 동시에 앞도 내다보는 그런 자세를 잃지 않으려 합니다.

전주로 이송 온 지도 벌써 1년 반입니다. 그동안 새 친구를 많이 사귀었을 뿐 아니라 이곳에는 이송 온 타지 사람들도 많고, 대부분이 연방 드나드는 단기수(短期囚)들이기 때문에 1년 반밖에 안됐지만 이젠 제법 신참티를 벗어가고 있습니다.

전주 와서 첫 밤 자고 난 새벽에 십수년 들어왔던 기상나팔 대신에 은근히 울리던 기상 종소리에서 매우 평화스러운 감동을 받았습니다. 그러나 그것이 종소리가 아니라 산소 땜통을 때려서 내는 소리임을 알고는 실망과 함께 고소를 금치 못했던 기억이 새롭습니다. 사람 키만 하고 무슨 포탄같이 생긴 산소아세틸렌 용접가

스통을 매달아놓고 나무망치로 몸통 중간짬을 치는 장면은 제가 처음 느꼈던 감동과는 사뭇 거리가 먼 것이었습니다.

실인즉, 나팔소리든 종소리든 산소 땜통소리든 그 소리가 우리에게 요구하는 바는 서로 다를 것이 하나도 없다는 점에서 감동이었건 실망이었건 고소였건 그것은 처음부터 저 혼자만의 감상에 지나지 않았던 것입니다.

장마 걷히고 바야흐로 뜨거운 8월 볕 앞두고 있습니다.

아버님, 어머님의 건안(健安)하심을 빕니다. —1987.7.20.

거꾸로 된 이야기

계수님께

맴—맴—찌—찌. 장마 지난 여름 한낮의 매미소립니다.

옥담 바깥쪽을 빙 둘러서 있는 단풍나무와 미루나무에서 울어제끼는 매미의 합창은 교도소의 정적을 한층 더 깊게 합니다.

우리나라에 가장 많은 유지매미와 참매미는 수명이 6년이라고 합니다. 그러나 그의 일생인 6년 가운데 5년 11개월을 고스란히 땅속에서 애벌레로 살아야 합니다. 땅속에서 나무뿌리의 즙을 먹으며 네 번 껍질을 벗은 뒤 정확히 6년째 되는 여름, 가장 날씨 좋은 날을 택하여 땅 위로 올라옵니다.

땅을 뚫고 올라오는 힘은 엄청나서 곤충학계에는 아스팔트를 뚫고 올라왔다는 기록도 보고되어 있을 정도라 합니다. 땅을 뚫고 나온 애벌레는 나뭇등걸을 타고 올라가 거기서 다섯 번째이며 마지막인 껍질벗음을 합니다. 이 순간 애벌레는 비로소 한 마리의 날개 달린 매미로 탈바꿈하는 것입니다.

그러나 매미는 화려하지만 지극히 짧은 생애를 끝마치도록 운명 지어져 있습니다. 불과 4주일 후에는 생명이 끝나기 때문입니다. 매미 중에는 이 짧은 생애를 위하여 무려 17년이나 땅속에서 사는 종류도 있다고 합니다. 긴 인고의 세월에 비하여 너무나 짧은 생애가 아닐 수 없습니다.

널리 알려진 개미와 매미의 우화(寓話)는 거꾸로 된 이야기입니다.

개미는 여름 동안 하루 한두 시간 일할까 말까 하며 도리어 매미가 나뭇등걸에 파놓은 우물을 치근덕거려 빼앗기 예사입니다.

겨울철에 굶주린 매미가 개미집으로 지팡이 짚고 밥 빌러 가기는 커녕 죽어서 개미들의 양식이 되는 것도 매미 쪽이라 하겠습니다.

매미가 노래하는 것은 즐기기 위한 유희(遊戲)가 아니라 종족 보존을 위하여 암매미를 부르는 것이라 합니다. 그것도 집단으로 줄기차게 울어제껴야 암매미가 날아올 확률이 높다고 합니다. 이를테면 겨레의 번영을 갈구하는 아우성인 셈입니다. 약육강식의 자연계에서 더욱이 새들의 맛있는 먹이이며 비무장인 매미가 저처럼 요란한 합창으로 자기의 존재를 드러내는 것은 매우 위험한 행위가 아닐 수 없습니다. 그럼에도 불구하고 당당히 소리치는 매미들의 사랑과 용기야말로, 수많은 수목들과 날새들과 짐승들은 물론, 한 포기 풀이나 벌레에 이르기까지 모든 살아 있는 생물들에 대한 힘찬 격려이며 생명에의 예찬입니다.

맴—맴—찌—찌. 매미들의 아우성 만세.

특별구매로 수박 사먹었습니다. 옥방에서 나누어 먹는 수박맛은 아마 계수님이 사주시겠다던 동큐빵집 팥빙수보다 나을 듯싶습니다. 덕분에 그날 밤은 변소 옆의 내 잠자리가 통행인들로 불이 났습니다.

화용이, 민용이의 여름방학은 나까지 덩달아 마음 가볍게 해줍니다. 방학 시작하자마자 일기까지 포함해서 방학숙제를 모두 해치우고 나면 방학을 훨씬 신나게 놀 수 있다는 점을 전해주고 싶습니다.

—1987.8.1.

뿌리 뽑힌 방학

형수님께

보내주신 서한과 돈 잘 받았습니다.

형수님의 손 기다리는 일들도 많고, 헝클어진 일 못 본 체 못하시는 형수님의 단정함으로 해서 더욱 부대끼고 심로(心勞)해하시는 모습 눈에 선합니다. 옛날부터 맏며느리 몸이 열이라도 모자란다고 합니다. 지금 세상에도 맏며느리나 시어머니로서의 여성이 차지했던 그 당당한 지위와 역할에 비견할 만한 여성의 사회적 직책을 찾아보기 어렵다던 말이 생각납니다. 형수님께서는 맡겨진 가내외 대소사 지혜롭고 명쾌하게 다듬어내시리라 믿습니다.

삼저호재(三低好材)라는 푸짐한 소문과는 아무런 인연 없이 내수 중소기업이라는 우리 경제의 가장 어려운 자리를 지키고 계시는 형님의 고충, 다는 아니더라도 대충은 짐작이 됩니다. 힘든 자리 훌쩍 떠나지 않는 고집이 곧 형님의 사회적 양심과 용기의 바탕을 이루고 있는 것임을 압니다.

방학이라도 책가방 내려놓지 못하는 것이나 아닌지 우용이, 주용이 여름방학도 궁금합니다. 제게는 도회지의 아이들이 어떤 방학을 보내는지 아는 바가 없습니다. 다만 지난번 귀휴 때 학교운동장 구석에서 우용, 주용이와 공 차던 기억이 지금도 흐뭇합니다. 시골 고향에 할아버님 댁이 있었더라면 우용, 주용이의 방학이 훨씬 더 풍성하고 생기 있는 것이 될 텐데…….

고향에서 뿌리 뽑힌 도회지의 삶이 어린이의 방학을 통해서도 다시 한 번 그 삭막한 모습의 일부를 드러내는 것 같습니다.

이곳의 저희들은 말복마저 보내놓고 이제 느긋하게 가을 생각으로 잔서(殘暑)를 벗하고 있습니다. —1987.8.10.

장인 영감 대접

형수님께

참 비 많이 내렸습니다. 호우, 폭우, 폭풍, 태풍…….

여름내 세차게 쏟아진 비는 교도소의 찌든 흙을 깨끗이 씻어놓았습니다. 본연의 풋풋한 흙내와 생기가 싱그럽습니다.

빗줄기로 드러난 잔돌, 물길에 파인 흙고랑, 그새 자라난 쇠비름, 가라지, 땅강아지, 베짱이…… 들은 이곳이 옥담 속에 갇히기 전의 모습을 보여줍니다. 햇빛과 바람이 자유롭게 노닐고 이름 없는 잡초들도 뽑히지 않고 무성하게 살아가던 옛날 언덕의 시절을 보여줍니다.

바람과 비 다 보내고 나니 어느새 가을입니다. 담요 빨래도 해야지, 순화교육도 받아야지, 맡은 글씨도 써야지, 더위 핑계로 미뤄놓은 읽을거리도 많지……. 원체 짧은 옥중의 가을이 여름 뒤치닥거리와 겨울 앞채비로 나머지가 없습니다. 징역살이처럼 왜소한 삶도 그것을 영위하기 위한 일거리가 적지 않습니다.

한때 저한테 대학 다니는 굉장히 예쁜 딸이 있다는 소문이 났습니다. 제가 구속되자 웬 젊은 여자가 어린 아기를 안고 와서 말없이 울기만 하다가 아기를 두고 갔다던가, 그 아기가 할머니 밑에서 자라서 지금은 대학에 다니고 있다는 제법 그럴듯한 내용입니다. 덕분(?)에 그 엉터리가 드러나기까지 한동안 젊은 친구들로부터 애교 있는 접근과 과분한 친절을 받았습니다. 흐뭇하면서도 섭섭한 일입니다. 제가 구속될 때의 나이 또래인 젊은 친구들로부터 장인 영감 대접이라니. 돌이켜보면 세월이 많이 흘렀습니다.

나무 없는 미도아파트, 그래도 가을은 올 테지요. 어떤 색깔인지 궁금하기는 합니다.

— 1987.9.17.

환절기면 찾아오는 감기

계수님께

방충망 떼어내고 나니 창밖에 가을 하늘 청명합니다.

그러나 우리들은 가을을 가을로 보지 못하고 가을 뒤에 숨은 겨울을 먼저 봅니다. 조적(組積)공장 처마에는 깬 지 며칠 안 되는 제비새끼가 있습니다. 이제 곧 겨울인데 아직 날지도 못하고 어미가 물어다주는 먹이를 받아먹고 있습니다. 언제 커서 어미 따라 강남까지 날아갈 수 있을지. 그 넓은 바다 쉬지 않고 건널 수 있을지.

환절기에는 거의 빠짐없이 감기 한 차례씩 겪습니다. 감기는 물론 걸리지 않는 편이 좋지만 걸리더라도 별 대수로울 것이 없습니다. 빤히 아는 상대를 만난 듯 며칠짜리의 어떤 증세를 가진 것인지 대강 짐작이 가기 때문입니다. 그때뿐이고 속만 긁는 감기약 먹는 법 없습니다.

신열과 몇 가지의 증세, 그리고 심한 피로감까지 고스란히 받아들입니다. 어떤 사람은 한 잔 먹은 주기(酒氣)를 느끼기도 하는 모양이지만 나는 아직 그런 경지까지는 이르지 못했습니다. 그러나 감기가 허락하는 며칠간의 게으름만은 무척 흐뭇하게 생각합니다. 넘어진 김에 쉬어 가자는 배짱으로 책은 물론 자잘한 일상적 규칙이나 이목들도 몰라라 하고 편한 생각들로만 빈둥거리는 며칠간의 게으름은 여간 흐뭇한 것이 아닙니다.

징역살이에는 몸 아플 때가 제일 서럽다고 하지만 내 경우에는 오히려 그 반대입니다. 감기 핑계로 누리는 게으름은 도리어 징역 속의 긴장감을 상당히 느꾸어줍니다. 특히 회복기의 얼마 동안은 몸 구석구석에 고였던 나른한 피로감 대신 생동하는 활력이 차오르면서 머릿속이 한없이 맑은 정신 상태가 됩니다. 이 명쾌한 정신 상태는 그동안의 방종을 갚고도 남을 사색과 통찰과 정돈을 가능케 해줍니다.

환절기의 감기는 편한 잠자리의 숙면처럼 그 자체가 깨끗한 휴식이면서 동시에 새로운 아침, 또 하나의 출발을 약속합니다. 이번 가을 아직 감기 걸리지 않았습니다. 그러나 언제라도 만반의(?) 아플 준비는 되어 있습니다.

계수님을 비롯해서 화, 민, 두용 꼬마들에 이르기까지 모두 큼직한 열매들을 거두기 바랍니다.

—1987.9.18.

추석
아버님께

추석이 다른 명절과 다른 점은 대부분의 사람들이 고향을 찾는다는 데에 있습니다. 부모님을 찾아뵙고, 형제들을 찾고, 조상을 찾아 산소에 성묘하는 등 추석이 되면 모든 사람들이 고향을 찾게 됩니다.

6, 70년대의 급속한 산업화로 말미암아 오늘날은 많은 사람들이 고향과 가족을 떠나서 객지를 살아가고 있습니다. 일제 때보다 그 수가 더 많다고 합니다. 이처럼 객지를 사는 수많은 사람들은 해마다 추석이 되면 엄청난 귀성인파가 되어 역이나 버스터미널에 운집합니다. 객지에서 고향으로 향하는 숱한 행렬은 흡사 뒤틀린 몸뚱이를 뒤척여 본래 자리로 돌이키려는 몸부림입니다.

그러나 막상 추석이 되어도 이 거대한 행렬 속에 끼이지 못하는 사람들도 얼마든지 있습니다. 이산가족은 물론 가산을 정리해서 아예 고향을 떠나버린 사람들을 비롯해서, 객지 나와서 돈 벌기는 커녕 지지리 고생만 하는 젊은 남녀에 이르기까지, 추석이 다가와도 열차표나 고속버스표 한 장 끊지 못하는 수많은 사람들이 있습니다.

함께 징역 사는 친구들에게 물어보면 열에 일고여덟은 추석 때의 괴로웠던 경험을 이야기합니다. 고향 마을 입구까지 갔다가 먼빛으로 동네 지붕만 바라보다가 도로 발길을 돌렸다는 어느 윤락녀의 이야기도 있고, 밤중에 고향집 담 너머 몰래 돈지갑을 던지고 도망쳐온 의적(?) 같은 이야기도 있습니다. 이것은 고향을 떠난 사람들의 이야기라기보다 차라리 고향을 잃은 사람들의 이야기입니다.

만약 추석 명절에 귀성객이 한 사람도 없다면 어떨까. 역이나 터미널에 아무도 얼씬거리지 않는 그런 추석이란, 생각만 해도 삭막하기 짝이 없습니다. 그러한 추석 그러한 사회는 설사 높은 물질적 풍요를 누린다 하더라도 삭막한 것이기는 마찬가지입니다. 많은 귀성객이 그 사회의 활성(活性)을 의미하지 않는 것과 마찬가지로 적은 귀성객이 그 사회의 질서를 의미하지 않습니다. 더욱이 우리나라처럼 반세기가 채 못 되는 기간 동안에, 이민족의 침략과 조국의 패망과 광복과 전쟁과 분단을 숨 가쁘게 겪어야 했던 격동의 현대사는 추석 명절에 대해서도 선명한 각인을 남기고 있는 것입니다.

추석 명절의 엄청난 귀성인파는 이를테면 우리 사회 속에 구조화되어 있는 소외의 외화체(外化體)이면서 동시에 그것을 극복하려는 공동체의 몸부림이라는 관점에서 재조명되어야 할 것입니다. 추석을 이곳에서 보내야 하는 저희들의 처지도 이러한 소외의 특수한 형태임은 물론입니다.

어머님께서 건강하시던 몇 년 전만 하더라도 추석 즈음에 어머님, 아버님께서 접견 다녀가시면 이곳의 여러분들로부터 이런 말을 듣곤 했습니다. "자네가 부모님을 찾아뵈어야 하는 건데……, 불효일세." 지금은 어머님께서 기동이 어려우시고 아버님 또한 극로(極老)하셔서, 추석이 되면 내심 다행으로 여겨지기도 합니다. 명절 세배는 제가 못다 하고 있는 숱한 도리 가운데 작은 하나일 뿐임을 명심하고 있습니다.

저희 방에는 큼직한 동창(東窓)이 있어서 보름달은 물론 산을 오르는 성묘객들의 모습도 잘 보입니다. 이번 추석에는 어머님의 창에도 크고 환한 보름달 둥실 떠오르길 빕니다. —1987.10.5.

졸가리 없는 잡담 다발

계수님께

어머님을 비롯하여 가내 무고하시리라 믿습니다. 이곳의 우리들도 건강하게 그리고 마음 편하게 지내고 있습니다.

요즈음은 밀린 일거리 때문에 10시까지 잔업입니다. 나도 거의 매일 잔업입니다. 땜통 미싱사라 1조, 2조, 3조, 4조 어느 조든 빠진 자리에 가 앉아 일합니다. 덕분에 친구도 많고 얻어듣는 이야기도 많습니다. 오늘은 잔업시간에 오가는 우리들의 졸가리 없는 잡담 다발 소개합니다.

성근이 잔업 잡혔구나. 안됐다. 감기몸살 엉까도 안 먹혔구나. 작업반장이 얼마나 빠꾸미라고. 곰보새끼 들어갔냐? 형님 여기 계신다 아우야. 곰보라니 문화재(文化財)보고. 겁을 상실한 애들인께. 야 몰짝 나왔다. 이것 봐라, 춘길이 솜씨지. 해태누깔이로구나. 미싱깨나 밟았다는 늠이. 인철이 오늘 보온메리 소포 받고 더 울쌍이냐. 마누라가 없는 돈에 사 부쳤는데 맴이 맴이간디. 어깨는 쌍가사리 때리는 거지? 나는 아무래도 도둑놈 체질이 못 되나봐. 도둑님이라 그러지. 야, 이 팔개월 반 만에 가출옥으로 나온 놈아. 먹고살자고 하는 짓인데 체질이 무슨 놈의 체질이야. 있어, 있어. 너는 진짜 체질이다. 아니야 걔는 영숙이 잘못 사랑해서 징역 들어온 거라고. "바위섬…… 나는 네가 조오아서……." 제 노래 솜씨 어때요? 푸로 이상이야, 서툰 기교도 안 부리고……. 저치 신선생 칭찬 들어서 계속 시끄럽게 생겼구나. 주제 파악 좀 해라. 동석이 형 『태백산맥』 3권 누가 보고 있나 지금.

영희 미싱 세워놓고 어디 갔어! 빨래하러 갔어. 작업 바쁜 줄 아누만. 작업반장 맥킨콜이야. 맥골이다 맥골. 고무풍선을 꽉 잡으면 손구락 새로 삐져나오잖아. 그 삐져나온 걸 또 꽉 잡으면 어떻게 되겠어? 어떻게 되긴 어떻게 돼, 펑이지 펑. 내일 불교집회 안 갈터? 비디오 가지고 온대. 떡 가지고 온다면 가지. 역시 너는 떡 신자야. 비디오 제목이 뭐래? 뭐긴 뭐겠어, '소림사 주방장'이지. 때가 크리스마스 땐디 먼 불교여. 상영이 너, 전성시대가 몇 년도야. 묻지 마라. 과거가 험한 사람한테는 과거가 고문이야. 니가 왜 끼어드냐. 그게 어디 제대로 된 전성시대냐. 동인천 그 왜 생낙지 집 있지. 야야, 먹는 얘기 좀 사양 안할래. 그것도 고문이야. "내 청춘의…… 빈 노트에 무엇을 채워야 하나……." 야, 잠 좀 자자. 노래 다칠라. 스피커에서 지금 나오고 있잖아. 암만 나오더라도 그렇지, 빈 노트가 어딨어. 너나 나나 고생고생 엉망진창 노트다. 우리한테는 못 맞는 노래다 임마. 그래그래. 있는 집의 할 일 없는 애들 노래야. 노래 잘못 골랐다가 몰매 맞는구나. 내내 그렇다니까. 가위 가져가신 분? 안 계십니까? 서울말로 욕치겠습니다. 내가 첨으로 양복일 배울 때 말이야, 쥔집 아줌마가 그러더라고. 너 이 단추구멍 예쁘게 치면 이담에 이쁜 마누라 얻는다고 그러더만, 진짜 이쁘게 쳤지. 그래서 이쁜 마누라 얻었어? 지금까장 수많은 단추구멍 이쁘게 쳤건만 이쁜 마누라커녕, 미운 마누라도 없어. 야 너 땀수 몇 단 놓고 박는 거야! 이 자식 막 건너뛰는구나. 삼부요인이 누구누구야. 어제 우리 방에서 심리 붙어갖고 한참 시끄러웠다. 단독주택인데 말이야, 뒷담으로 들어가서 안방일 보고 나오는데 대문 옆에 도사견이 떡 버티고 있더먼. 꼼짝 마라구나. 아니야, 건데 웃겼어. 비싸도 개는 개더만. 바깥에서 안으로 들어오면 달려들거나 짖었을 텐데 말이야, 안방에서 턱 나오니께 이게 헷갈리나봐. 고개만 갸웃갸웃하더라고. 비싸도 개는 개더만. 건데 개장에 통닭 남아도는 거 있지……. "이제는 졸립구나……." 용수, 참새의 하루 불르는 게 시간 됐나 보구나. 저 시계 5분 늦어. 한번은 들어갔는데 있지, 강짜들이 먼저 들었어. 보니께 안방에다 묶어놓고 이 새끼들, 막 일을 벌일 참이야. 폼들이 타짜가 아니야. 아무리 밤중이지만 바깥에 삥도 안 세워놓고 말야. 그래서 어떻게 했어? 야구방망이 있지, 그거 마당에 있더만. 이 새끼들 기겁했을 거야. 창문도 박살났지. 그치들 우리가 방범인 줄 알았을 꺼야. 우리도 물론 잽싸게 토꼈지. 어이. 기계수리! 여기 모타 좀 봐줘, 열 너무 받는데. 오늘 미싱 밟은 것만큼 오토바이를 밟았으믄 집에 갔다 오고도 남을 텐데. 너는 운짱으로 사고 내고 미싱사로 돌았다며? 풍파에 놀란 사공 배 팔아 말을 샀구나. 그런데도 징역 들어왔잖아? 사연이 길어, 다 얘기하자면. 육갑 떨고 있네. 다 물어봐라, 너만 한 사연 없는 놈 있는가. 도구 반납! 작업 끝이다. 천천히 가, 세면장 만땅꼬야. 춘데 씻긴 뭘 씻어, 발만 씻자…….

입방 길에 잠시 운동장에 서면 누구나 밤하늘을 바라봅니다.

흑청빛 하늘에 무수히 박혀 있는 별들.

수억 광년 수십억 광년의 광대한 우주. 일순 교도소의 주벽이 바짝 우리의 몸을 죕니다.

수고했어요. 수고했어요. 잘 자. 편히 쉬세요. 수고했어요.

잠든 동료들의 안면을 방해하지 않기 위하여 낮게, 낮게 나누는 인사말, 좀전의 농끼라곤 한 점도 찾을 수 없는 숙연할 정도로 진지합니다.

— 1987. 11. 27.

떡신자

형수님께

크리스마스가 가까워오면 기독교, 천주교 신자가 늘고 초파일이 가까워오면 불교 신도가 늡니다. 그외에도 떡이나 위문품이 곁들여진 종교집회가 있는 날이면 어김없이 신자 수가 부쩍 늘어납니다.

보통 때는 신자가 아니다가 이런 특별한 때에만 집회에 나오는 신자를 '떡신자' 또는 '기천불'(基天佛) 종합신자라 부릅니다. 저도 떡신자의 경험이 적지 않습니다. 지난번에는 떡 가지고 온다는 소문 듣고 기독교 집회에 참석했다가 허탕 치고 돌아온 적이 있습니다.

신자도 아니면서 떡을 위해 참석한다는 것이 사실 상당히 '쪽팔리는' 일임에 틀림없습니다. 그럼에도 불구하고 그런 자리에 가끔 끼이는 까닭은 물론 떡도 떡이지만 제 나름의 이유가 없지 않습니다. 떡 한 봉지 받자고 청하지도 않는 자리에 끼어든다는 것이 어지간히 징역때 묻은 소행이 아닐 수 없지만, 그곳에는 떡신자끼리만 나눌 수 있는 걸직한 공감이 있기 때문입니다.

징역때 묻었다는 것은 징역을 오래 살거나 자주 살아서 비위 좋고 염치없다는 뜻으로 통합니다. 그러나 한편으로는 알량한 체면이나 구차스런 변명 따위 코에 걸지 않는다는 솔직함을 뜻하기도 합니다. 그리고 떡신자끼리의 공감이란 것도 무슨 가치공감일 리도 없습니다. 그저 동류라는 편안함입니다.

그런 때 묻고 하찮은 공감에 불과하지만 삭막한 징역살이에서 이것은 여간 마음 훈훈한 것이 아닙니다. 자기와 처지가 비슷한 사람을 발견한다는 것은 그 자체가 기쁨이고 안도감입니다. 밥처럼 믿음직하고 떡처럼 반가운 것입니다. 헌 옷 걸치고 양지쪽에 앉아 있는 편안함입니다.

어쨌든 떡신자들의 가장 큰 특징은 한마디로 제사보다 젯밥에 생각이 있다는 사실입니다. 설교라든가 미사, 설법 등에는 처음부터 마음이 없고 참신자(?)들의 눈총을 받아가면서도 교회당 무대 한쪽 가생이에 쟁여놓은 보루박스의 높이에 줄창 신경을 쓰거나 외부에서 온 여신도들을 힐끔거리기 일쑤입니다. 한 가지 확실한 사실은, 떡신자들은 서로 얼굴만 보아도 알아차린다는 사실입니다. 어떤 때는 모르는 사이이면서도 멋쩍은 미소까지 교환합니다. 서로가 들킨 셈이면서도 마음 흐뭇해합니다.

집회 끝나고 한 줄로 서서 출구를 빠져나오면서 떡봉지 하나씩 받아들면, 사실 이때가 가장 쪽팔리는 순간이긴 하지만, "이 보리밥촌에서 떡 한 봉지가 어디냐." 마치 처자식 벌어다 먹이기나 하듯, 남의 눈치 아랑곳없이 '연잎 뜬 듯' 얼굴 들고 걸어 나옵니다.

"목사는 뭐 지돈 디려서 사오남!"

"아무렴 살아야 밍(命)인께, 먹어야 복(福)인께."

벽에 12월 달력 한 장, 그도 반밖에 남지 않았습니다. 그 반밖에 남지 않은 날들에 담긴 무게는 실로 육중하기 그지없습니다. 한 시대를 획(劃)하는 역사적인 날들입니다. 옥중에 앉아 이를 맞는 저희들의 심정도 결코 범상한 것일 수 없습니다만 역사의 대하에 낚시 드리운 태공의 유장(悠長)함을 아울러 간직하려 합니다.

오늘 임시 공휴일, 형수님을 비롯하여 온 가족의 소망과 긴장이 눈에 선하여 편지 드립니다. — 1987.12.16.

완산칠봉

형수님께

완산칠봉 바라볼 때마다
전주성 밀고 들어가던
농군(農軍)들의 함성들이
땅을 울리며
가슴 한복판으로
달려왔었는데
금년 세모의 완산칠봉에는
'전주화약'(全州和約) 믿고
뿔뿔이 돌아가는
농꾼들의 여물지 못한
뒷모습 보입니다.
곰나루, 우금치의
처절한 패배도 보입니다.
그러나 우리는 다시 봅니다.
강물은 끊임없이 흐르고
해는 내일 또다시 떠오른다는
믿음직한 진리를
우리는 다시 봅니다.
새해를 기원합니다.

— 1987. 12. 24.

스무 번째 옥중 세모를 맞으며

계수님께

87년이 저물면
88년이 밝아오고
88년이 저물면
89년이 밝아오고
89년이 저물면
90년이 밝아오고
90년이 저물면
91년이 밝아오고
91년이 저물면
92년이 밝아오고
92년이 저물면
93년이 밝아오고
93년이 저물면
94년이 밝아오고
94년이 저물면
95년이 밝아오고
95년이 저물면
96년이 밝아오고
96년이 저물면
97년이 밝아오고
98, 99, 2000, 2001, 2002, 2003, 2004, 2005 ……
…………

賀新一心

새해 또 새해 또 새해 또 새해 또 새해 또 새해

丁卯歲暮
書于金州

季嫂 님께

87년이 저물면
88년이 밝아 오고
88년이 저물면
89년이 밝아오고
89년이 저물면
90년이 밝아오고
90년이 저물면
91년이 밝아오고
91년이 저물면
92년이 밝아오고
92년이 저물면
93년이 밝아오고
93년이 저물면
94년이 밝아오고
94년이 저물면
95년이 밝아오고
95년이 저물면
96년이 밝아오고
96년이 저물면
97년이 밝아오고
98. 99. 2000. 2001.
2002, 2003, 2004.
2005 . . . .
. . . .
계속 밝아옵니다.

제수님과 온 가족의
새해를 기원합니다.

— 스무번째의 獄中歲暮를 맞으며 —
작은형 씀.

…………

계속 밝아옵니다.

계수님과 온 가족의 새해를 기원합니다. —1987.12.24.

나는 걷고 싶다

계수님께

작년 여름 비로 다 내렸기 때문인지 눈이 인색한 겨울이었습니다.

눈이 내리면 눈 뒤끝의 매서운 추위는 죄다 우리가 입어야 하는데도 눈 한번 찐하게 안 오나, 젊은 친구들 기다려쌓더니 얼마 전 사흘 내리 눈 내리는 날 기어이 운동장 구석에 눈사람 하나 세웠습니다.

옥뜰에 서 있는 눈사람. 연탄조각으로 가슴에 박은 글귀가 섬뜩합니다.

"나는 걷고 싶다."

있으면서도 걷지 못하는 우리들의 다리를 깨닫게 하는 그 글귀는 단단한 눈뭉치가 되어 이마를 때립니다.

내일 모레가 2월 초하루. 눈사람도 어디론가 가고 없고 먼 데서 봄이 오는 기척이 들립니다.

1월 25일부 편지와 돈 받았습니다. 계수님의 건강과 발전을 빕니다.

—1988.1.30.

季嫂 님께

작년 여름 비로 다 내렸기 때문인지
눈이 인색한 겨울이었읍니다
눈이 내리면 눈뒷끝의 매서운 추위는
죄다 우리가 입어야하는데도
눈한번 찐하게 안오나
젊은 친구들 기다려 쌓더니
얼마전 사흘 내리 눈내리는 날
기어이 운동장 구석에 눈사람 하나 세웠읍니다.

獄뜰에 서있는 눈사람
연탄조각으로 가슴에 박은 글귀가
섬뜩합니다.
「나는 걷고 싶다」
있으면서도 걷지못하는 우리들의 다리를 깨닫게하는
그 글귀는
단단한 눈뭉치가 되어
이마를 때립니다.

내일 모레가 2월 초하루
눈사람도 어디론가 가고 없고
먼 데서 봄이 오는
기척이 들립니다.

1. 25일부 편지와 돈 받았읍니다.
계수님의 건강과 발전을
빕니다.

1. 30. 전주에서
작은형 드림.

백운대를 생각하며

부모님께

어머님을 비롯하여 가내 두루 평안하시다니 반갑습니다. 이곳의 저희들도 이제는 긴 겨울을 지내놓고 건강하게 있습니다.

아버님께서 자세히 소개하신 우이동 새집은 매우 흐뭇한 소식입니다. 지금은 물론 많이 변하였겠지만 우이동은 토색(土色)이 밝고 산수(山水)가 빼어날 뿐 아니라 금강산에서부터 달려온 광주산맥의 끝가지가 도봉(道峰)과 북한(北漢)으로 나뉘면서 그 서쪽과 북쪽을 안온하게 감싸주는 땅으로서 가히 장풍향양처(藏風向陽處)라 할 수 있습니다.

비단 이러한 지세나 경관뿐만 아니라 출가외인이긴 하지만 바로 이웃에 지성으로 꽃을 가꾸는 큰누님이 있고, 멀지 않은 수유리에 착한 작은누님이 있어서 마치 가족들이 다시 한데 모이는 듯 마음 든든합니다. 그리고 출입 시마다 지나게 될 4·19묘소도, 자칫 무심하기 쉬운 우리들의 일상에 귀중한 뜻을 일깨워주리라 믿습니다. 그곳에는 저희 교우(交友)들이 묻혀 있어서 해마다 그날이 오면 친구들과 함께 찾아가서, 저만치 병 줍는 아이들이 지켜보는 가운데 헌주(獻酒)하던 기억이 지금도 생생합니다. 4·19는 신동엽(申東曄)의 시구처럼 겨냥이 조금 높아서 모자를 쏜 것이었지만 그날의 함성은 50이 된 저희들의 가슴에 지금도 살아서 번뜩이는 정신입니다.

우이동은 역시 백운(白雲), 국망(國望), 인수(仁壽)의 수려한 삼봉을 빼놓을 수 없습니다. 아버님께서는 이태조의 시를 적어주셨습니다만 제게도 영재(寧齋) 이건창(李建昌)이 삼각산 백운대에서 지었다는 시구가 기억납니다.

운부재하천상정 해탁무서일정장

雲浮在下天常靜　海拆無西日正長

(구름이 아래에 떠 있으니 하늘은 항상 고요하고

바다가 터져 서쪽이 없으니 하루해가 길도다.)

방에서 바라보이는 삼봉의 탈속(脫俗)한 자태는 생각만 해도 일거에 서울의 홍진(紅塵)을 씻어버리고 인경(人境)에서도 지편(地偏)함을 느끼게 하고도 남으리라 생각됩니다. 그 삼봉 중의 하나인 백운대를 수년 전에 어머님께서 오르셨다니 상상해보면 여간 멋진 장면이 아닐 수 없습니다. 그 봉우리 함께 바라보며 그때의 세세한 이야기 듣고 싶습니다.

강남의 형님 댁과 동생 집에서 먼 것이 흠이라면 흠이겠습니다만 우이동 새집은 잠실보다는 훨씬 더 좋은 안식처를 아버님, 어머님께 마련해주리라 믿습니다.

아직 번거로운 이삿일이 남아 있습니다만 아무쪼록 우이동 새집에 편안히 드시길 빌면서 이만 각필합니다. — 1988. 4. 1.

잘게 나눈 작은 싸움

계수님께

징역 사는 동안 자주 목격하게 되는 것 중의 하나가 바로 싸움입니다. 인제는 만성이 되어 순전한 구경꾼의 눈으로 바라보게끔 되었습니다. 좁은 공간에서 서로 부대끼다보면 공자와 맹자도 싸우게 됩니다.

문제는 남들에게 호락호락하게 보이지 않으려면 성깔 사나운 사람으로 호가 나야 되고 그러기 위해서는 어느 정도 싸워두어야 한다는 사고방식입니다. 그리고 더욱 심각한 것은 폭력으로써 문제를 해결하려는 소위 폭력문화의 광범한 영향입니다. 이래저래 이곳에서는 엔간한 다툼은 곧잘 싸움으로까지 직진해버립니다.

그 많은 싸움들을 보고 느낀 것입니다만, 싸움은 큰 싸움이 되기 전에 잘게 나누어서 미리미리 작은 싸움을 싸우는 것이 파국을 면하는 한 가지 방법입니다. 그리고 이 작은 싸움은 잘만 관리하면 대화라는 틀 속에서 비폭력적인 방법으로 그것을 소화해낼 수 있습니다. 그러나 이것은 상책(上策)은 못 되고 중책(中策)에 속합니다. 상책은 역시 싸움에 잘 지는 것입니다. 강물이 낮은 데로 낮은 데로 흘러 결국 바다에 이르는 원리입니다. 쉽게 지면서도 어느덧 이겨버리는 이른바 패배의 변증법을 터득하는 것이라 하겠습니다. 사실 진다는 것이 여간 어려운 일이 아닙니다. 이기기보다 어렵습니다. 마음이 유(柔)해야 하고 도리에 순(順)해야 합니다. 더구나 지면서도 이길 수 있기 위해서는 자신이 경우에 어긋나지 않고 떳떳해야 합니다. 경우에 어긋남이 없고 떳떳하기만 하면 조급하게 자신의 정당성을 입증할 필요도 없고, 옆에서 보는 사람은 물론 이긴 듯 의기양양하던 당자까지도 수긍하지 않을 수 없는 완벽한 승리가 되어 돌아옵니다. 그러나 이것도 싸우지 않는 것만은 못합니다.

싸움은 첫째 싸우지 않는 것〔無爭〕이 상지상책(上之上策)입니다. 그다음이 잘 지는 것〔易敗〕, 그다음이 작은 싸움〔靜爭〕, 그리고 이기든 지든 큰 싸움〔亂爭〕은 하책(下策)에 속합니다.

이것은 물론 징역살이에서 부딪히는 쓰잘데없는 싸움에나 통하는 이야기에 지나지 않는 것이며 막상 나 자신도 해내지 못하는 것이기도 합니다.

계수님이 궁금하실 부부싸움에 관하여는 나로서는 정작 아는 바가 별로 없습니다. 다만 맞아서 멍든 자국을 처치하는 우리들의 방법을 참고로 소개하는 것으로 싸움 이야기 끝내겠습니다.

멍든 곳을 찬물찜질하거나 날계란을 둘리거나 안티플라민, 제놀스틱으로 문질러 멍을 삭이는 방법과, 대일파스를 붙이거나, 마스크를 착용하거나 모자를 눌러써서 그 부위나 얼굴을 가리는 방법이 있습니다. 그러나 가장 어려운 것은 멍든 마음, 멍든 '관계'를 현명하게 치유하는 일입니다. 이 일을 훌륭하게 해내기만 하면 비 온 뒤에 땅이 굳듯이 난쟁(亂爭)이 무쟁(無爭)보다 더 나을 가능성마저 없지 않다 할 것입니다. 아무튼 계수님의 건승을 빕니다.

아버님 하서에 우이동 새집 이야기, 이태조의 「백운대」 시까지 곁들여서 자세히 적어 보내주셨습니다. 햇볕이 아쉬운 징역살이, 그나마 여러 사람들과 혼거해온 나로서는, 머지않아 북한산 삼봉(三峯)이 바라보이는 남향 방 하나 차지하오겠지 하는 기대로 마음 설레입니다.

뒷산에 봄 꿩소리 들립니다. 서울에는 없는 소리입니다.

— 1988.4.6.

비록 그릇은 깨뜨렸을지라도

부모님께

지금쯤은 이삿짐 웬만큼 정돈되었으리라 믿습니다. 이사 전후의 그 엄청난 수고에 생각이 미치면 짐 한 개 나르지 못하고 이제사 편지드리기도 송구스럽습니다. 오늘은 집수리하시겠구나, 오늘은 이삿짐 꾸리시겠구나, 오늘은 이삿짐 옮기시겠구나, 오늘은 새집에 드시겠구나……, 며칠째 내내 마음만 천 리입니다.

부근에 석촌호수만 한 아버님의 산책로 있으신지, 어머님 방에 화장실 딸려 있는지, 이것저것 궁금합니다. 이인위미(里仁爲美)란 『논어』의 구절이 생각납니다. 아버님, 어머님의 어지신 마음 깃든 곳이면 어느 곳이건 아름다운 거처 되리라 믿습니다.

아버님, 어머님께서 근심하시는 모습 눈에 선합니다. 성공은 그릇이 넘는 것이고, 실패는 그릇을 쏟는 것이라면, 성공이 넘는 물을 즐기는 도취인 데 반하여 실패는 빈 그릇 그 자체에 대한 냉정한 성찰입니다. 저는 비록 그릇을 깨뜨린 축에 듭니다만, 성공에 의해서는 대개 그 지위가 커지고, 실패에 의해서는 자주 그 사람이 커진다는 역설을 믿고 싶습니다.

"이빨은 오복에 들어도 자식은 오복에 들지 않는다" 하시던 어머님 말씀 떠오릅니다.

올봄은 내내 볕이 없다가 겨우 볕 들기 시작하자 이번에는 황사(黃砂) 천지였습니다. 서울은 어떠했는지 알 수 없습니다만 이곳에서는 모악산이 보이지 않았습니다. 고비 사막에서 이는 황진(黃塵)이 중국 대륙을 가로지르고 서해를 황해로 만들고 다시 우리 눈에까지 날아들다니.

남북 동서 문 닫고 살아가는 사람들끼리의 왜소한 내왕에 비하면 자연의 내왕은 실로 웅장합니다. 근 열흘 만에 황사 사라지고 나자 복숭아꽃 환히 만발하였습니다. 그 먼지 속에서도 햇빛을 주워담고 물을 자아올려 봉오리 키워왔었던지 복숭아꽃 흡사 아우성처럼 언덕을 흔들고 있습니다. 우이동의 새봄과 함께 아버님, 어머님의 평안하심을 빕니다. —1988.5.1.

옥담 밖의 뻐꾸기

계수님께

산속에서 내내 소리만 보내오던 뻐꾸기와 드디어 인사를 나누었습니다.

며칠 전 어쩐지 뻐꾸기소리가 유난히 크다 싶었습니다. 20미터나 떨어졌을까. 옥담 밖으로 늘어선 나무들 가운데 우리 방에서 가장 가까운 나뭇가지에 뻐꾸기가 와 앉아 있었습니다. 산촌(山村)에서 자라지 못한 나로서는 처음 보는 뻐꾸기입니다. 생각보다는 훨씬 크고 아름다운 새였습니다. 산비둘기만 한 몸집과 깃을 하고 있었습니다. 무엇보다도, 울음소리에 실려오던 예의 그 구슬픔 따위는 한 점도 찾아볼 수 없어 좋았습니다. 오히려 젊고 여유 만만하였습니다. 옆방 사람들까지 불러서 소개하였습니다. 겨우 1분 남짓 먼저 사귀었을 뿐이면서 마치 오랜 친구나 되는 듯 으쓱 자랑스럽습니다.

뻐꾸기는 나의 체면을 세워주느라 때맞춰 두어 번 거푸 소리하고는 이런저런 날갯짓까지 선보여주었습니다. 실은 계수님과 화용·민용·두용이들에게 보여주고 싶은 새였습니다. 우리의 접견 시간은 3분, 너무 짧았습니다. 단풍나무 가지만 흔들어놓고 서운하게도 날아가버리고 말았습니다.

그러나 얼마 안 있어 산속에서 뻐꾸기소리 들려왔습니다. 틀림없이(?) 그 뻐꾸기입니다. 이제는 아는 뻐꾸기입니다. 전보다는 훨씬 더 친근하고 다정하게 들립니다. 소리만으로도 그 모습이 눈앞에 환히 떠오릅니다. 서로 '안다'는 것은 참으로 신통한 것입니다. 만나지 않아도 통하는 것입니다.

이제 유월, 무성한 잎들이 모여 싯푸른 여름 숲을 만들어내는 계절입니다. 녹음과 철창(鐵窓)을 이어주는 빼꾸기소리는 올여름 우리의 무더운 더위를 식혀주는 한 줄기 시원한 벽계수(碧溪水)가 되리라 기대합니다.

운동시간에 서화반 10명 중 6명은 축구를, 4명은 땅탁구를 합니다. 축구에 대하여는 오해를 막기 위하여, 그리고 땅탁구에 대해서는 이해를 돕기 위하여 약간의 설명을 드립니다.

우리의 축구란 우선 골문이 하수구 뚜껑이란 점이 가장 큰 특징입니다. 1변이 1미터인 시멘트 하수구 뚜껑이 지면에서 15센티미터 정도 꺼져 있는데 여기에 공을 차 넣는 것입니다. 우리가 운동장으로 사용하는 주벽(周壁)과 사동(舍棟) 사이의 공지(空地)에는 이 뚜껑 두 개가 맞춤하게도 20미터 정도 상거(相距)하여 있습니다. 담 넘어가지 않도록 바람을 좀 뺀 배구공을 사용하는 것도 우리들의 경험의 창작임은 물론입니다. 한 팀이 3명씩이므로 '전원 공격 전원 수비' 쉴 새 없이 뛰어다닙니다.

땅탁구는 탁구라는 이름이 들어 있긴 하나 탁상(卓床)이 없습니다. 땅에 금을 그은 코트에서 모기장으로 만든 네트, 4부 합판으로 만든 배트, 그리고 연식 정구공으로 합니다. 유구(遊球)라는 제법 고상한 이름으로 불리기도 하지만 그것은 '돼지 코에 연지 찍은' 격이고 땅탁구란 이름이 천생연분입니다. 만약 종로 네거리에서 땅탁구판을 벌인다면 빵(전과) 있는 사람이면 금방 알아차릴 정도로 교도소에서 가장 흔한 운동입니다. 저는 요즈음은 축구로 땀을 빼고 있습니다.

—1988.5.31.

접견

새끼가 무엇인지, 어미가 무엇인지

아버님께

참새집에서 참새 새끼를 내렸습니다.

날새들 하늘에 두고 보자며 한사코 말렸는데도 철창 타고 그 높은 데까지 올라가 기어이 꺼내왔습니다. 길들여서 데리고 논다는 것입니다. 아직 날지도 못하는 부리가 노란 새끼였습니다. 손아귀 속에 놀란 가슴 할딱이고 있는데 사색이 된 어미 참새가 가로세로 어지럽게 날며 머리 위를 떠나지 못합니다.

"저것 봐라. 에미한테 날려 보내줘라."

"날도 못하는디요?"

"그러믄 새집에 도로 올려줘라."

"3사 늠들이 꺼내갈 껀디요? 2사 꺼는 위생늠들이 꺼내서 구워 먹어뿌렀당께요."

"……."

손을 열어 땅에다 놓았더니 어미 새가 번개같이 내려와 서로 몸 비비며 어쩔 줄 모릅니다. 함께 날아가버리지도 못하고, 그렇다고 그 높은 새집까지 안고 날아오를 수도 없고, 급한 대로 구석으로 구석으로 데리고 가 숨박는데,

"저러다가 쥐구멍에 들어갔뿌리믄 쥐밥 된당께."

그것도 끔찍한 일입니다. 어쩔 수 없기는 우리도 마찬가지입니다. 결국 방으로 가지고 왔습니다. 마침 빌려두었던 쥐덫에 넣어 우선 창문턱에 얹어놓았습니다.

어느새 알아냈는지 어미 새 두 마리가 득달같이 쫓아왔습니다.

처음에는 방 안의 사람 짐승을 경계하는 듯하더니 금세 아랑곳

하지 않고 오로지 새끼한테 전념해버립니다. 쉴 새 없이 번갈아 먹이를 물어 나릅니다. 놀라운 일입니다. 그리고 다행한 일입니다.

"거 참 잘됐다. 우리가 아무리 잘 먹여야 에미만 하겠어? 에미가 키우게 해서 노랑딱지 떨어지면 훨훨 날려 보내주자."

이렇게 해서 새끼 참새는 날 수 있을 때까지 당분간 쥐덫 속에서 계속 어미 새의 부양을 받으며 살아야 합니다. 먹이를 물어 나르던 어미 새는 쥐덫에 갇혔다가 놓여나는 혼찌검을 당하고도 조금도 변함이 없습니다.

새끼가 무엇인지, 어미가 무엇인지, 생명이 무엇인지…….

참새를 바라보는 우리의 마음이 아픕니다.

저는 물론 어머님을 생각했습니다. 정릉 골짜기에서 식음을 전폐하시고 공들이시던 어머님 생각에 마음이 아픕니다. 20년이 지나 이제는 빛바래도 좋을 기억이 찡하고 가슴에 사무쳐옵니다.

— 1988.5.30.